카탈루냐 찬가

카탈루냐 찬가

초판 1쇄 발행 2017년 3월 15일
2쇄 발행 2022년 9월 18일

지은이 조지 오웰
옮긴이 김옥수
펴낸이 김소연

펴낸곳 비꽃
등록 2013년 7월 18일 제2013-000013호
주소 서울 강북구 삼양로16길 12-11
이메일 rain__flower@daum.net
전화 02)6080-7287, 010)3924-7287 팩스 070-4118-7287
홈페이지 www.rainflower.co.kr

ISBN 979-11-85393-30-8
979-11-85393-19-3 (세트번호)

값 9,000원

Homage to Catalonia

카탈루냐 찬가

조지 오웰 지음 · 김옥수 옮김

이 책은 A Project Gutenberg of Australia eBook No: 0201111.txt February 2011 판형을 참고했다.

차례

제1장

민병대에 입대하기 하루 전날, 나는 바르셀로나 레닌 병영 장교들 탁자 앞에서 이탈리아인 민병대원을 한 명 보았다. 강인한 얼굴은 스물대여섯 살로 보이고, 금발은 붉은색이 감돌고 어깨는 단단했다. 챙이 뾰족한 가죽 모자를 밑으로 힘껏 당겨서 한쪽 눈을 가렸다. 옆으로 서서, 턱을 가슴까지 숙인 채, 어떤 장교가 탁자에 펼쳐놓은 지도를 잔뜩 찡그린 얼굴로 곤혹스러운 듯 살피는데, 얼굴에 담긴 묘한 특징이 관심을 끌었다. 공산주의자가 분명한데도 당연히 무정부주의자일 것 같은 얼굴, 친구를 위해서 살인도 마다치 않고 자기 목숨까지 기꺼이 내던질 것 같은 얼굴이었다. 정직함과 잔인함이 공존하는 얼굴, 무식한 사람이 상관을 숭배하는 애처로운 얼굴이었다. 젊은 친구는 지도를 아무리 들여다보아도 어디가 산이고 어디가 강인지 알아볼 수 없는 게, 지도를 읽으려면 지적 능력이 상당히 필요하다고 여기는 게 분명했다. 이유는 모르겠지만, 나는 한눈에 이토록 마음이 끌리는 사람을 – 당연히 사내 가운데서 – 본 적이 거의 없다. 탁자에 둘러앉아 이야기를 나누던 장교들 사이에서 내가 외국인이라는 말이 나왔다. 그러자 이탈리아인이 고개를 들어서 재빨리 물었다.

"이탈리아노?"

나는 형편없는 스페인어로 대답했다.

"노, 잉글레스. 이 투?"

"이탈리아노."

우리가 밖으로 나갈 때 이탈리아노 젊은 친구가 곧바로 다가와서 내 손을 강하게 움켜잡았다. 이상했다, 낯선 사람에게 호감을 느낄 수 있다는 게! 영혼과 영혼이 언어와 관습이란 장벽을 한순간에 뛰어넘어 완벽하게 달라붙는 느낌이었다. 나는 내가 그를 좋아하는 만큼 그도 나를 좋아하길 바랐다. 하지만 젊은 친구에 대한 첫인상을 유지하려면 두 번 다시 안 만나야 한다는 생각도 들었다. 말할 필요도 없겠지만, 나는 그 친구를 두 번 다시 못 보았다. 스페인에서는 이런 식으로 만나고 헤어지는 게 일상이었다.

내가 이탈리아인 민병대원 이야기를 꺼낸 건 기억이 생생하기 때문이다. 사나우면서도 애처로운 얼굴과 남루한 군복은 독특한 당시 분위기를 상징한다. 당시를 떠올릴 때마다, 바르셀로나에 휘날리던 적기(赤旗), 초라한 병사를 가득 태우고 전선으로 삭막하게 기어가는 열차, 전선 쪽으로 한참 올라가다 보면 전쟁에 찌들어 잿빛으로 드러나는 소도시, 얼음에 들어선 것처럼 추우면서도 질퍽대는 산속 참호 등을 떠올릴 때마다, 이탈리아인 민병대원이 언제나 끼어든다.

당시는 1936년 12월 말, 내가 지금 이 글을 쓰는 시점에서 불과 일곱 달 전인데, 벌써 엄청나게 밀려나고 말았다. 이후에 숱하게 일어난 사건이 그 시점을 1935년이나 1905년보다 멀리 밀어내고 말았다. 나는 신문 기사를 쓰겠다는 생각으로 스페인에 갔지만, 도착하자마자 민병대에 입대했다. 당시로선, 그 분위기에선, 다른 걸 생각할 수 없었다. 당시만 해도 무정부주의자들이 카탈루냐[1]를 실질적으로 장악하고, 혁명은 활발하게 일어났다. 처음부터 그곳에 있던 사람에게 혁명적 분위기는 12월이나 1월에 이미 저물기 시작한 거로 보일 수 있다. 그러나 영국에서 이제 막 건너간 사람에게 바르셀로나[2] 상황은 정말 놀랍고 대단했다.

노동 계급이 권력을 장악한 도시에 들어간 건 그때가 처음이다. 좀 크다 싶은 건물은 노동 계급이 예외 없이 장악했다. 건물마다 빨간 깃발이나, 검은색과 빨간색을 뒤섞은 무정부주의 깃발이 휘날렸다. 담벼락마다 소련 국기나 혁명 정당 머리글자가 달라붙었다. 교회마다 내부는 거의 박살 나고, 성상은 불에 탔다. 여기저기서 노동자들이 몰려들어 교회 건물을 체계적으로 철거했다. 상점마다 카페마다 '공동소유'라고 쓴 종이를 붙였다. 심지어 상자 같은 구두닦이 점포조차 공동소유한다며 빨간색과 검은색을 칠했다. 매장 직원이나 일꾼은 손님을 똑바로 바라보며 동등한 인간답게 행동했다. 비굴한 어투나 격식을 차린 말투는 단번에 사라졌다. '나리'나 '어르신'이라는 존칭은 물론 '선생님'이란 가벼운 존칭 역시 어디에도 없었다. 누구든 상대를 '동지'나 '당신'이라 부르고, '안녕하십니까?' 하는 인사 대신 '안녕하시오!'라고 인사했다. 프리모 데 리베라 통치기[3] 이후로 팁을 주는

1) 스페인 북동부 지방이다. 카탈루냐는 스페인과 민족도 언어도 다르고 혁명이 가장 활발했으며 20세기 중반 프랑코 독재 당시에 가장 가혹한 탄압을 받고 현재도 스페인 중앙정부에 차별대우를 받는다고 느낀다. 그래서 독립하려는 움직임이 활발하다.

2) 카탈루냐 중심도시로 항구가 있다.

3) Primo de Rivera, 우익이 독재하던 1923~1930년 시기를 말한다.

것도 법으로 금지했다. 엘리베이터를 움직이는 직원에게 팁을 주려다가 호텔 지배인에게 훈시를 들은 게 내가 그곳에서 겪은 첫 번째 사건이다.

자가용은 없었다. 모두 징발당했다. 전차와 택시를 비롯해 모든 교통수단을 빨간색과 검은색으로 칠했다. 혁명 포스터가 사방에 나붙었다. 빨간색과 파란색이 선명한 포스터가 벽마다 붙어 활활 타오르는 것 같았다. 몇 개 남지 않은 광고물은 어설프고 하찮게 보였다. 도심을 가로지르는 대동맥이라 할만한 람블라스 거리는 언제나 사람들로 붐볐다. 거리를 따라 낮에는 물론이고 밤늦도록 혁명가요가 확성기에서 쩌렁쩌렁 울려 퍼졌다.

무엇보다 신기한 건 군중이었다. 겉으로 볼 때 부유한 계층은 실질적으로 완벽하게 사라졌다. 극소수 여인과 외국인을 제외하면 '옷을 잘 차려입은' 사람은 어디에도 없었다. 모든 사람이 꺼칠꺼칠한 노동자 복장이나, 파란 작업복이나, 민병대 군복을 약간 고쳐 입었다. 풍경 하나하나가 신기했다. 감동적이었다. 이해할 수 없는 것도 많고 마음에 안 드는 측면도 있지만, 나는 싸워서 지킬만한 가치가 충분한 상황이라고 단번에 확신했다. 모든 상황을 겉으로 드러난 모습 그대로, 여기는 정말로 '노동자 국가'라고, 부르주아지는 모두 도망치거나 살해당하거나 자발적으로 노동자 편에 섰다고 믿었다. 돈 많은 부르주아지 대다수가 프롤레타리아처럼 행세하며 기회를 엿보았다는 사실은 몰랐다.

이런 분위기와 동시에 전쟁 분위기도 흉흉했다. 도시는 을씨년스럽고 지저분하며, 도로와 건물은 보수할 생각조차 않고, 밤이면 공습을 우려해서 거리마다 어둠에 잠기고, 상점은 대체로 진열대 절반이 비어서 초라했다. 고기는 귀하고 우유는 구할 수 없으며, 석탄과 설탕과

석유는 부족한데, 특히 심각한 건 빵 부족 현상이었다. 이 시기에도 빵을 구하려는 줄이 수백 미터씩 늘어서기 일쑤였다. 그러나 전체적으로 모든 사람이 희망차고 만족스러운 분위기였다. 실업자는 하나도 없으며, 생활비는 여전히 극도로 저렴해, 눈에 띄게 곤궁한 사람은 찾아보기 힘들고, 집시를 제외하면 거지도 없었다.

혁명과 미래에 대한 믿음이, 평등하고 자유로운 시대로 한순간에 들어선 느낌이 있었다. 인간은 자본주의 기계에 맞물린 톱니가 아니라 진짜 인간답게 행동하려고 노력했다. 이발소에 들어가면 이발사는 이제 노예가 아니라고 엄숙하게 천명하는 무정부주의자 벽보가 붙었다. 이발사는 대부분 무정부주의자였다. 거리에는 매춘부에게 매춘을 그만두라고 호소하는 천연색 포스터가 붙었다.

냉정하고 냉소적인 영어 문명권 사람이 볼 때, 스페인 사람들이 낡아빠진 혁명 구절을 문자 그대로 받아들이며 이상을 추구하는 모습은 정말 감동이었다. 극히 소박한 혁명 발라드 악보를 한 곡에 몇 센티모[4] 받고 팔았다. 프롤레타리아는 누구나 형제며 무솔리니는 정말 사악하다는 내용이다. 글자를 모르는 민병대 병사가 이런 발라드 악보를 한 곡 사서 단어 하나하나를 힘겹게 읽다가, 뜻을 대충 이해한 다음에 가락에 맞추어 노래하는 모습이 눈에 자주 띄었다.

이 기간 내내 나는 레닌 병영에서 지내며, 전선에 가려고 형식적인 훈련을 받았다. 민병대에 입대할 때만 해도 다음 날 전선에 곧바로 파견할 거란 말을 들었으나, 실제로는 〈센투리아〉를 새로 구성할 때까지 기다려야 했다. 노동자 민병대는 전쟁이 일어난 초기에 여러 노동조합에서 급조하느라, 아직 일반적인 군대 형식을 못 갖췄다. 기본 편제는 약 서른 명이 모인 〈과〉, 약 백 명이 모인 〈센투리아〉, 아주 많은

4) 센트에 해당한다.

병력을 의미하는 〈대오〉라는 이름을 붙였다. 레닌 병영에는 돌로 지은 훌륭한 건물이 여럿이었다. 승마 학교도 있고, 엄청나게 커다란 마당에는 자갈도 깔렸다. 원래 이곳은 기병대 병영이나 7월 전투에서 빼앗은 거다.

내가 속한 〈센투리아〉는 여러 마구간 가운데 하나에 들어가 돌로 만든 여물통 밑에서 잤는데, 여물통에 새긴 기병대 군마 이름이 그대로 있었다. 군마는 모두 압류해서 전선으로 보냈다. 하지만 말 오줌 냄새와 썩은 귀리 냄새는 여전했다. 나는 거기에서 대략 일주일을 보냈다. 주로 기억나는 건 말 냄새, 덜덜 떨리는 나팔 소리(나팔수는 하나같이 아마추어로, 내가 스페인식 나팔 소리를 제대로 들은 건 나중에 파시스트 진영 바깥이었다), 연병장에서 징 박힌 군화가 쿵쿵거리는 소리, 아침마다 겨울 햇빛을 받으며 오랫동안 행진하던 열병식, 자갈이 깔린 승마 학교에서 한편에 오십 명씩 먹고 벌이는 마구잡이 축구 시합이다.

병영에는 사내가 대략 천 명, 여자가 대략 스무 명, 취사를 담당하는 민병대 부인이 여럿이었다. 민병대로 참전한 여자도 있는데, 많은 숫자는 아니었다. 초기 전투에서는 여자도 남자와 어깨를 나란히 하고 당당하게 싸웠다. 혁명기에는 극히 자연스러운 현상이다. 하지만 이런 저런 생각이 벌써 이리저리 변하기 시작했다. 민병대 남성은 여자가 훈련받는 동안 승마 학교에 접근할 수 없었다. 남자들이 놀려대는 바람에 여자들 기가 꺾였기 때문이다. 몇 달 전만 해도 여자가 총 다루는 걸 보고 웃는 사람은 없었는데 말이다.

병영 전체는 극히 더럽고 혼란스러운데, 민병대는 건물을 점거만 하면 모두 그렇게 만들어버리니, 이것도 혁명의 부산물인가 보다. 구석마다 부서진 가구, 망가진 안장, 놋쇠로 만든 기병대 군모, 텅 빈 기병대 칼집, 썩어가는 음식이 가득했다. 음식은, 특히 빵은, 낭비가 엄청났다. 내가 있던 내무반만 해도 식사 때마다 빵을 들통으로 하나씩 버리는데, 민간인은 빵이 모자라서 난리인 걸 생각하면 정말 창피하지 않을 수 없었다.

우리는 다리를 버팀목으로 세우고 판자를 기다랗게 얹은 식탁에 앉아서 언제나 기름이 미끌미끌한 양철 접시로 음식을 담아 먹고, 〈포론〉이라고 부르는 끔찍한 병에 포도주를 담아서 마셨다. 〈포론〉은 일종의 유리병으로 끝에 뾰족한 주둥이가 달려서 한쪽으로 기울이면 포도주를 가늘게 뿜어서 입에 댈 필요가 없으니, 〈포론〉 하나만 있으면 돌아가면서 마실 수 있다. 나는 〈포론〉을 처음 보는 순간에 즉각 항의하며 컵을 달라고 요구했다. 병실에서 쓰는 오줌통과 너무나 비슷한 데다 백포도주로 가득 채운 모습은 더욱 똑같았기 때문이다.

신병에게 제복을 조금씩 지급하는데, 스페인답게 모든 걸 따로따로 지급해서 누가 무엇을 받았는지 아무도 확인할 수 없는 데다, 정말 필요한 물품은, 허리띠나 탄약 상자 같은 건, 마지막 순간에, 전선으로 떠날 기차가 기다리는 시점에 비로소 나왔다. 내가 지금 막 〈제복〉이라고 표현했는데, 행여나 엉뚱한 인상을 줄까 염려스럽다. 사실 그건 제복이 아니었다. 〈제각각 제복〉이라고 말하는 편이 정확할 것 같다. 모든 제복을 똑같은 규칙에 따라서 만들었지만, 똑같은 복장은 어디에도 없었다. 민병대 전체가 코르덴 반바지를 입은 건 똑같은데, 제복이란 통일성은 그게 전부였다. 일부는 순면 각반을 차고, 일부는 코르덴 각반을 차고, 일부는 가죽 각반을 차거나 높이 올라오는 장화를 신었다. 지퍼가 달린 저고리를 입은 것 역시 똑같은데, 일부는 가죽이고, 일부는 색깔이 제각기 다른 모직이었다. 모자도 사람 숫자만큼이나 다양했다. 모자 앞쪽에 정당 배지를 다는 건 누구나 똑같은데, 거의 모두가 빨간 손수건이나 빨간색과 검은색이 섞인 손수건을 목에 묶었다. 민병대 대오 전체가 한마디로 정말 독특한 오합지졸로 보였다. 하지만 이 공장 저 공장에서 재빨리 만들어 황급히 지급해서 그렇지, 당시 상황을 고려하면 품질이 나쁜 편은 아니었다. 하지만 셔츠와 양말은 정말 형편없는 면으로 만들어서 추위를 막는데 아무런 도움도 안 됐다. 처음 몇 달은 이만한 체계도 못 갖춰서 민병대 병사들이 얼마나 고생했을지는 생각하고 싶지도 않다. 두 달 전 신문에서 '마르크스주의 통일노동자당'[5] 지도자 한 사람이 전선을 방문한 뒤에 "민병대 병사에게 모포를 한 장씩 지급하도록" 노력하겠다고 말한 기사를 우연히 본 게 기억난다. 참호에서 잔 적이 있는 사람이라면 이 말을 듣는 순간에 몸이 오싹 떨렸을 게 분명하다.

병영에서 이틀째 되는 날에는 〈훈련〉이라고 말하기조차 우스꽝스러운 과정에 착수했다. 처음에는 무서울 정도로 혼란스러웠다. 신병은 바르셀로나 빈민가 출신 열여섯 살이나 열일곱 살짜리 아이가 대부분으로, 혁명적 열정은 가득해도 전쟁에 대해선 아는 게 하나도 없었다. 줄을 제대로 맞추는 것조차 힘들었다. 규율은 존재하지 않았다. 명령이 마음에 안 들면 대열에서 빠져나와 장교에게 매섭게 대들었다. 우리를 교육하던 중위는 몸집이 단단하고 얼굴이 해맑고 성격이 명랑한 젊은이로 정규군 장교 출신인데, 몸가짐에 절도가 있고 복장도 말쑥해서 여전히 정규군 장교로 보였다. 그런데도, 정말 재미있는 건, 아주 충실하고 열렬한 사회주의자란 사실이다. 그래서 모든 병사는 계급과 상관없이 완전히 평등해야 한다고 누구보다 강하게 주장했다. 아무것도 모르는 신병이 〈세뇨르〉라고 부르는 순간에 장교가 깜짝 놀라면서 고통스러운 표정으로 "뭐! 세뇨르? 나를 세뇨르라고 부른 사람은 도대

---

5) Partido Obrero de Unificación Marxista(POUM). 앞으로 통일노동자당이라는 약칭으로 부르겠다.

체 뭐 하는 사람이오? 우리는 누구나 똑같은 동지 아닙니까?" 하고 되묻던 장면이 지금도 기억난다. 하지만 평등 정신 덕분에 장교가 할 일이 쉬워졌다고 말할 순 없다.

어쨌든 갓 들어온 신병은 조금이라도 유익하게 사용할만한 군사 훈련을 전혀 못 받았다. 외국인은 〈훈련〉에 참석할 의무가 없다는 말을 들었지만(딱하게도 스페인 사람은 외국인은 누구든 군사 문제에 대해서 자기네보다 많이 안다고 생각하는 게 분명했다), 나는 다른 사람과 자연스럽게 어울리며 밖으로 나갔다. 기관총 사용법을 배우고 싶은 마음이 간절했다. 한 번도 다루지 못한 무기였기 때문이다. 그러나 실망스럽게도 우리는 무기 사용법을 하나도 배울 수 없었다. 훈련이라는 건 연병장에서 행진하는, 정말 낡고 어리석은 내용에 불과했다. 우향우, 좌향좌, 뒤로 돌아, 3열 종대 행진 등등, 내가 열다섯 살 때 배운 아무짝에도 쓸모없는 내용이 전부였다. 게릴라군이 받는 훈련치고 정말 의외였다. 병사를 훈련할 기간이 며칠밖에 없다면 몸을 숨기는 방법, 열린 공간에서 전진하는 방법, 보초를 서고 흉벽을 쌓는 방법, 무엇보다도 무기를 다루는 방법 등, 병사에게 가장 필요한 내용을 가르쳐야 하는 건 너무나 당연하다. 그러나 열정만 가득한 무리는, 며칠이면 전선으로 나가야 하는데도, 소총을 쏘거나 수류탄 핀을 뽑는 방법조차 배울 수 없었다. 무기가 없어서 그럴 수밖에 없다는 사실을 나는 당시에 몰랐다. 통일노동자당 민병대는 소총이 너무 부족한 나머지, 전선에 도착한 다음에 비로소 전선에서 물러나는 병사에게 소총을 인계받아야 했다. 레닌 병영 전체를 통틀어 소총이라고는 보초들이 사용하는 것 말고 단 한 자루도 없었던 것 같다.

며칠이 지나자, 일반적인 기준에서 완벽한 오합지졸이란 현실은 여전한데도, 상부에서는 사람들 앞에 내놓을 만큼 준비되었다고 판단해,

우리는 아침마다 에스파냐 광장을 지나서 조그만 산에 있는 공원까지 행군했다. 공원은 국경경비대와 새로 구성한 인민군 초기 파견대는 물론 정당 소속 민병대까지 공동으로 사용하는 연병장이었다. 공원에 올라가면 낯설면서도 가슴 뭉클한 광경이 보였다. 공원에서 가꾸어 놓은 꽃밭 사이로 좁은 길과 통로마다 다양한 분대와 소대가 뻣뻣한 자세로 가슴을 쑥 내밀고 군인답게 보이려고 필사적으로 애쓰며 행군했다. 하나같이 비무장에다 군복이라고 해야 여기저기 찢어진 누더기에 불과했다. 행군 순서는 늘 비슷했다. 어깨를 으쓱이며 세 시간 정도 앞으로 가고 뒤로 가다가(스페인식 행군 보폭은 아주 짧고 빠르다), 행군을 마치고 흩어져서 산 중턱 자그마한 상점으로 황급히 모여드니, 그 상점은 우리에게 싸구려 포도주를 많이도 팔아먹었다.

동료들은 나에게 하나같이 우호적이었다. 영국인은 호기심의 대상이며, 국경경비대 장교들은 나를 대단하게 여겨서 포도주까지 사주었다. 그러는 내내, 나는 우리 중위와 일대일로 마주칠 때마다, 기관총 사용법을 가르쳐달라고 으르렁댔다. 호주머니에서 스페인어 사전을 꺼내 들고 형편없는 스페인어로 퍼부어대는 식이었다.

“요 세 마네자르 푸실. 노 세 마네자르 아메트랄라도라. 키에로 아프렌데르 아메트랄라도라. 쿠안도 바모스 아프렌데르 아메트랄라도라?”[6]

그럴 때마다 중위는 지칠 대로 지친 웃음으로 대답하며 ‘마냐나’[7]에 기관총 훈련을 할 거라고 약속했다. 말할 필요도 없겠지만, ‘마냐나’는 한 번도 안 왔다. 며칠이 지나면서 신병들은 제법 발맞춰 행군하고 차렷 자세도 그럴싸하게 나왔지만, 무기에 대해서 아는 게 있다면 총알이 어느 쪽에서 나오는지 정도였다. 하루는 우리가 쉴 때 무장한 국경

6) 나는 소총을 다룰 줄 알지만, 기관총 다루는 건 모른다. 기관총 쏘는 법을 배우고 싶다. 교육은 언제 하는가?

7) ‘내일, 곧’이라는 뜻이다.

그림 1 - 뒷부분에 불쑥 튀어나온 키 큰 남자가 조지 오웰

경비대 병사가 어슬렁거리며 다가와서 소총을 구경시켜주었다. 결국, 소총을 조준하는 방법은 둘째치고 총알을 장전하는 방법을 아는 사람은 우리 소대에서 나 말고 아무도 없다는 사실이 드러났다.

이러는 동안에도 나는 스페인어와 끊임없이 씨름했다. 병영에는 나 말고 영국인이 딱 한 명인 데다, 장교들조차 불어를 한마디라도 할 줄 아는 사람이 없었다. 더욱 난감한 건, 동료들이 자기들끼리 말할 때 카탈루냐 말[8]로 하는 게 일반이라는 사실이다. 내가 그들과 어울리려면 조그만 사전을 항상 지니고 다니다가 위기가 닥친 순간에 주머니에서 얼른 꺼내는 방법밖에 없었다. 그러나 나중에 외국에서 지내야 한다면, 나는 다른 나라가 아니라 스페인을 선택하고 싶다. 스페인은 친구를 사귀는 게 정말 쉽다! 하루나 이틀 만에 성 대신 이름을 친근하게 부르고, 이런저런 비결을 알려주고, 감격할 정도로 따듯하게 대하는 동료가 수십 명이었다.

지금 나는 선전용 책자를 쓰는 것도 아니고, 통일노동자당 민병대를 이상적으로 묘사할 생각도 없다. 민병대 체계 전체에 결함이 심각하고, 이 무렵에 지원병은 이미 줄어들고 쓸 만한 병사는 전선에 나갔거나 전사했기 때문에, 신병은 어중이떠중이가 대부분이었다. 일부는 정말 아무짝에도 쓸모가 없었다. 부모들이 열다섯 살짜리 아들을 데려와서 민병대에 입대시키며, 민병대 하루 수당 10페세타가 필요한 데다 부대에서 넉넉히 지급하는 빵을 집으로 빼돌려야 한다고 공공연하게 밝힐 정도였다.

하지만 나처럼 스페인 노동 계급 속에 – 나는 아라곤이나 안달루시아 사람하고 접촉한 적이 거의 없으니, 카탈루냐 노동 계급이라고 말하는 게 훨씬 정확할 것 같은데 – 들어가서 함께 어울린 사람은 그들이

8) 카탈루냐는 같은 스페인이라도 언어가 다르다.

천부적으로 타고난 성품에 감동하지 않을 수 없다. 품성 자체가 너무나 솔직하고 관대하기 때문이다. 스페인 사람이 관대한 수준은, 일반적으로 말해서, 정말 당혹스러울 정도다. 담배 한 대만 달라고 하면 한 갑을 억지로 떠안기니 말이다. 이렇게 관대한 모습을 뛰어넘는, 훨씬 깊은 의미에서, 위대한 영혼도 있으니, 나는 절망적인 상황에 부닥칠 때마다 위대한 영혼을 마주치고 또 마주쳤다.

내전 기간에 스페인을 돌아다닌 기자나 외국인 상당수는 외국인이 돕는 걸 스페인 사람은 속으로 심하게 증오한다고 주장한다. 내가 확실히 말할 수 있는 건 내 눈으로 그런 모습을 본 적은 한 번도 없다는 사실이다. 내가 병영을 떠나기 며칠 전에 병사들 한 무리가 전선에서 휴가받고 돌아온 기억이 난다. 그들은 다양한 경험을 열심히 떠들어대다가 우에스카에서 바로 옆에 주둔한 프랑스인 부대를 극찬했다. 프랑스 병사들이 정말 용감하다면서 "마스 발리엔테스 케 노스 트로스(우리보다 훨씬 용감해!)"라고 열심히 칭찬했다. 당연히 나는 이의를 제기하고, 그들은 프랑스 병사들이 전쟁 기술을 훨씬 많이 안다고, 폭탄이나 기관총 등등을 다루는 실력이 훨씬 좋다고 설명했다. 하지만 나는 배알이 꼴렸다. 영국인이라면 그런 식으로 말하느니 차라리 손을 잘라내는 쪽을 선택할 테니 말이다.

민병대에 복무한 외국인은 누구나 처음 몇 주는 스페인 사람을 사랑하면서도 동시에 짜증스러운 특징을 몇 가지 발견한다. 나는 전선에서 짜증스럽다 못해 극도로 분노한 게 여러 번이다. 스페인 사람은 많은 일에 능숙하지만, 전쟁만큼은 아니다. 외국인은 그들이 너무나 비능률적인 모습에, 머리가 돌아버릴 정도로 시간을 어기는 모습에 하나같이 경악한다. 어떤 외국인이든 스페인 단어 '마냐나'를 배울 수밖에 없다. 원뜻은 '아침'이지만 실제로는 '내일'을 뜻한다. 이들은 괜찮다는 생각만 들면 오늘 할 일을 '마냐나'로 미룬다. 악명이 워낙 높은 터라, 스페인 사람끼리도 농담하며 놀릴 정도다. 스페인에서는 식사에서 전투까지 예정시간에 하는 법이 없다. 대체로 늦는 쪽이지만, 아주 가끔은 너무 이르다. 어떤 일이든 예정시간보다 당연히 늦을 거로 생각하고 움직이면 안 된다는 사실을 알려주려는 것처럼 말이다. 가령, 8시에 떠날 예정인 기차는 9시에서 10시 사이에 떠나는 게 일반인데, 일주일에 한 번은 기관사가 변덕을 부리는 바람에 7시 반에 떠나는 식이다. 이런 일을 당하면 화가 살짝 치밀 수 있다. 입으로야 스페인 사람에게는 우리 같은 북쪽 사람 특유의 시간 강박증이 없는 게 정말 존경스럽다고 말할 수 있다. 그러나 불행히도 나 자신은 그런 강박증에 시달리는 북쪽 사람 아니던가.

'마냐나'에 출발한다는 소문이 끝없이 나오고 끝없이 미루더니, 두 시간 뒤에 전선으로 떠나라는 명령이 갑자기 떨어지는데, 필요한 장비는 여전히 대부분 못 받은 상태였다. 병참 창고에서 끔찍한 소란이 일어났으나, 결국에는 많은 병사가 장비를 제대로 못 갖춘 상태에서 출발할 수밖에 없었다. 땅에서 솟아나기라도 한 것처럼 갑자기 여자들이 병영에 가득 들어차더니, 멀리 떠날 아들이나 오빠 동생이 담요를 말고 군장을 꾸리는 걸 거들었다. 창피하긴 해도 나는 스페인 여자에게, 또 한 사람 있다는 영국인 민병대 윌리엄스 부인에게, 가죽으로 만든 탄약통 차는 법을 배워야 했다. 눈동자는 까맣고 성격은 차분하며 여성성은 극히 뛰어난 모습이 요람 흔드는 걸 평생 업으로 삼을 것 같지만 실제로는 7월 시가전에서 용감하게 싸운 여성이었다. 당시에도 아기를 품에 안았는데, 전쟁이 일어나고 열 달 만에 태어난 아기니, 바리케이드 안에서 아기를 키웠을 가능성이 크다.

기차는 8시에 떠날 예정인데, 장교들이 땀을 뻘뻘 흘릴 정도로 애먹으며 병영 연병장에 우리를 그럭저럭 정렬시킨 시간은 대략 8시 10분이었다. 횃불에 드러난 광경이, 여기저기에서 흥분한 채 야단법석이고, 적기는 곳곳에서 펄럭이며 횃불을 받고, 수많은 민병대는 등에 배낭을 메고 둘둘 만 모포를 어깨에 탄띠처럼 걸치고, 군화는 양철 접시에 부닥치며 쨍그랑거리고, 커다랗게 외치는 소리는 사방에서 일어나는 가운데 조용히 하라며 쉬쉬하는 소리가 마침내 엄청 커다랗게 일어나고, 정치위원은 커다랗게 굽이치는 적기 밑에서 카탈루냐어로 연설하던 광경이 지금도 생생하게 기억난다.

마침내 우리는 기차역으로 행진하는데, 가장 먼 길을 택해서 도시 구석구석을 6~7㎞나 누비며 우리 모습을 보여주었다. 그러다가 람블라스 거리에서 행진을 멈추고, 돈 주고 데려온 악단은 여러 혁명가를 연주했다. 전선으로 싸우러 가는 영웅을 환송하는 광경이 또다시 펼쳐졌다. 사람들은 사방에서 열렬히 소리치고, 빨간색 깃발도 빨간색과 검은색이 섞인 깃발도 사방에서 나부끼고, 우리를 구경하러 나온 군중은 인도를 가득 메우고, 여자들은 창문에서 손을 흔들었다. 당시에는 이 모든 게 얼마나 자연스러웠던가! 하지만 지금은 그게 얼마나 비현실적으로 느껴지는가!

기차는 병사로 꽉꽉 들어찼다. 좌석은커녕 바닥에 앉을 자리도 없었다. 마지막 순간에 윌리엄스 부인이 플랫폼으로 달려와서 포도주 한 병과 새빨간 소시지 하나를 주었는데, 소시지는 비누 맛이 나는 데다 먹기만 하면 설사했다. 기차는 전시 평상 속도 시속 20㎞ 이하로 카탈루냐를 빠져나가, 아라곤 고원 지대를 향해 꾸준히 기어갔다.

제2장

바르바스트로는 전선에서 상당히 멀지만 포격을 당한 것처럼 황량했다. 민병대가 곳곳에서 초라한 군복 차림으로 무리 지어 거리를 돌아다니며 추위를 이기려고 애썼다. 금방이라도 무너질 것 같은 담장에서 작년 날짜 포스터가 보였다. 아무 달 아무 날에 투우장에서 〈멋진 황소 여섯 마리〉를 죽일 거라고 광고했다. 색 바랜 포스터가 정말 처량했다! 멋진 황소와 멋진 투우사는 지금 어디에 있을까? 당시에는 바르셀로나조차 투우 경기를 안 하는 것 같았다. 왠지 모르겠지만 훌륭한 투우사는 전부 파시스트였기 때문이다.

우리 소대는 화물 자동차를 타고 시에타모로 갔다. 거기에서 서쪽으로 방향을 틀어 알쿠비에레로 갈 예정인데, 그곳은 사라고사 전선 바로 뒤편이었다. 무정부주의자들은 무려 세 번이나 전투를 벌여서 10월에 시에타모를 점령해, 도시 곳곳이 폭격으로 무너지고 거의 모든 건물은 총에 맞아 곰보투성이였다. 여기는 해발 500m 고지였다. 추위가 극심하고 자욱한 안개는 사방에서 소용돌이치며 몰려들었다. 시에타모와 알쿠비에레 중간에서 화물차 운전사가 길을 잃어(이것도 이번 내전에서 흔히 나타나는 특징 가운데 하나다), 우리는 안갯속에서 몇 시간을 헤맸다. 마침내 알쿠비에레에 도착한 건 늦은 저녁이었다. 어떤 사람 한 명이 양 떼처럼 모는 가운데 우리는 질퍽질퍽한 진창길을 걸어서 노새 우리로 들어가, 왕겨에 몸을 파묻은 채 곧바로 곯아떨어졌다. 왕겨는 깨끗하기만 하면 잠을 자는 데 불편할 게 없다. 건초보다는 못해도 밀짚보다는 좋다. 문제는 아침이 밝은 다음에 비로소 빵 부스러기, 신문 쪼가리, 뼈, 죽은 쥐, 깔쭉깔쭉한 우유 깡통 따위가 왕겨 속에 가득하다는 사실을 알았다는 거다.

이제 전선 근처였다. 가까운 거리에서 전쟁 특유의 냄새가 날 정도인데, 그건 내가 경험한 바에 의하면 배설물과 음식 썩는 냄새였다. 알쿠비에레는 폭격을 당한 적이 없어서 전선 바로 뒤에 있는 그 어떤 마을보다도 상태가 좋았다. 하지만 평화로운 시기라도 스페인 그쪽 지역을 돌아다니면 특히 초라하고 비참한 마을 풍경에 충격받을 것 같다. 마을마다 진흙과 돌로 초라하고 조그맣게 지은 집이 교회 주변을 잔뜩 에워싼 게 하나같이 요새처럼 보였다. 봄이 와도 꽃을 볼 수 없었다. 주택에는 정원이 없고 뒤뜰만 있어, 노새 똥이 가득한 사이에서 너덜너덜한 닭들이 미끄럼탔다. 날씨는 지독했다. 안개가 자욱하지 않으면 비가 왔다. 좁은 흙길은 거대한 진창으로 변해, 곳곳이 60cm 깊이까지 패여서 화물차는 헛바퀴가 돌아 애먹으며 지나가고, 농부는 노새 여러 마리를 밧줄 하나에 기다랗게 매달아서 꼴사나운 마차를 힘겹게 잡아끌며 지나는데, 가끔은 밧줄 하나에 여섯 마리까지 기다랗게 매달기도 했다. 이런 참에 군부대까지 끊임없이 오가니, 마을은 말할 수 없이 더러웠다. 예전이나 당시나 화장실 같은 시설을 어떤 식으로도 만들지 않아, 발을 조심하지 않고 내딛어도 괜찮은 땅은 1㎡도 찾을 수 없었다. 교회 건물은 변소로 변한 지 오래고, 300~400m 인근 밭도 모두 마찬가지였다. 지금도 내전에 참전한 초창기 두 달을 생각하면 그루터기만 남은 황량한 밭 가장자리마다 가득한 똥부터 떠오른다.

이틀이 지나도록 우리는 소총을 못 받았다. 코미테 데 게라[9]에 가서 벽에 기다랗게 늘어선 총알구멍을, 거기에서 파시스트를 총살하느라 소총으로 일제사격을 가할 때 뚫린 구멍을 확인했다면 알쿠비에레에서 볼 건 모두 본 셈이다. 전선은 너무나 조용했다. 부상병을 데려오는

---

9) 전투 위원회.

경우도 거의 없었다.

가장 흥미진진한 현상은 파시스트 탈주병이 전선을 넘어와, 감시병이 알쿠비에레로 데려오는 것이다. 이쪽 전선 맞은편 병사는 파시스트라기보다 전쟁이 발발한 시점에 병역의무 기간이 겹치는 불행에 시달리다가 탈영할 기회만 엿보는 징집병이 대부분이었다. 그래서 몇 명이 모여서 우리 쪽으로 넘어오는 위험을 감수할 때가 잦았다. 파시스트 지역에 사는 가족만 없다면 더 많은 병사가 우리 쪽으로 넘어왔을 게 분명하다. 이렇게 탈영한 병사가 내가 목격한 첫 번째 '진짜' 파시스트였다. 나는 그들이 우리와 다를 게 없다는 사실에 놀랐다. 바지가 카키색이라는 게 유일한 차이였다. 우리 쪽으로 데려올 때마다 그들은 하나같이 굶어 죽기 직전이었다. 사람이 하나도 없는 중립지대를 하루 이틀씩 피해 다녔으니 너무나 당연한 결과인데, 그 모습을 볼 때마다 우리 쪽에서는 파시스트 군대가 굶주린다는 증거라고 의기양양하게 떠벌렸다.

나는 탈주병 가운데 하나가 농가에서 식사하는 모습을 지켜보았다. 정말 안타까운 광경이 아닐 수 없었다. 스무 살 정도로 보이는 커다란 청년이 살갗은 바람에 상할 대로 상하고 군복은 넝마에 가까운 행색으로 불가에 쭈그려 앉아서 절박한 표정으로 스튜를 접시째 들이마시는데, 그러는 동안에도 두 눈은 주위를 동그랗게 에워싼 채 가만히 지켜보는 민병대를 초조하게 흘끔거렸다. 지금 생각하면 그는 우리가 피에 굶주린 〈빨갱이〉라서 자신이 식사만 마치면 곧바로 총살할 거라는 생각을 완전히 떨쳐낼 수 없었던 것 같다. 그래서 그를 데려온 감시병은 그 어깨를 계속 도닥이며 안심하라고 달래주었다.

탈영병 열다섯 명이 한꺼번에 몰려온 기념비적인 날도 있었다. 그들은 백마에 올라탄 감시병이 인솔하는 가운데 마을 전체를 의기양양하게 돌았다. 나는 사진을 한 장 찍어두었다. 초점이 안 맞아서 희미하게 나온 사진인데, 나중에 누군가가 훔쳐가고 말았다.

알쿠비에레에서 세 번째 맞는 아침에 소총이 도착했다. 구릿빛 얼굴이 꺼칠한 상사가 노새 등짐에서 소총을 꺼내 나눠주었다. 나는 소총을 받는 순간에 질려버렸다. 1896년에 만든 독일제 모제르 소총…… 40년이 넘은 거! 전체적으로 녹슬어 노리쇠는 뻑뻑하고, 나무로 만든 총신 받침은 갈라졌다. 총구를 보면 부식이 심해서 고칠 수 없다는 사실을 단번에 알 수 있었다. 대부분이 비슷하고 일부는 상태가 유난히 심한데, 총을 다룰 줄 아는 사람에게 그나마 괜찮은 걸 주려는 배려조차 없었다. 가장 좋은 소총은, 십 년밖에 안 된 소총은, 모두가 마리콘(호모 여자)으로 여기던 열다섯 살짜리 얼간이에게 갔다. 상사는 우리를 5분간 "교육"하며, 총알 장전하는 방법과 노리쇠 분해하는 방법을 설명했다. 민병대 대다수는 이전에 총을 만져본 적이 한 번도 없었다. 가늠쇠가 무얼 하는 건지 아는 사람조차 없었던 것 같다. 탄약통도 지급하는데, 한 사람당 50발이었다. 그런 다음에 우리는 대열을 정비하고 군장을 메고 전선으로 출발했다. 약 5㎞ 거리였다.

병력 팔십 명과 개 몇 마리로 구성된 〈센투리아〉는 남루한 모습으로 도로를 따라 꾸불꾸불 힘겹게 올라갔다. 민병대는 부대마다 최소한 개 한 마리 이상을 마스코트로 배당받았다. 우리와 함께 행군하는 가련한 짐승은 몸뚱이에 P.O.U.M[10]이란 글씨가 커다랗게 찍힌 채, 자기 겉모습이 아주 이상하다는 걸 안다는 듯 살금살금 걸었다. 종대 선두에서, 적기 바로 옆에서, 몸집이 단단한 벨기에 출신 지휘관 게오르게스 콥이 흑마를 타고 나아갔다. 조금 앞에는 민병대 기병대에서 파견한 젊은이가 산적 같은 모습으로 의기양양하게 이리저리 말을 몰다가

10) 마르크스주의 통일노동자당 약칭이다.

둔덕이 보일 때마다 빠르게 달려가, 꼭대기에서 그림 같은 자세를 취했다. 스페인 기병대가 타던 훌륭한 군마는 혁명기에 대량으로 압류해서 민병대에 넘기고, 민병대는 말이 죽어 나갈 지경으로 열심히 타고 다닐 때였다.

도로는 노랗게 메마른 밭 사이로, 지난해 추수하고 계속 묵혀둔 밭 사이로 구불구불 이어졌다. 우리 앞에는 알쿠비에레와 사라고사 사이에 나지막하게 누운 산맥이 있었다. 전선이, 포탄과 기관총과 진흙탕이 서서히 다가왔다. 나는 속으로 겁을 먹었다. 당장은 전선이 조용하단 사실을 잘 알지만, 나는 주변에 가득한 동료와 달리 제1차 세계대전을 생생하게 기억하는 나이였다. 참전해서 직접 싸울 정도로 많은 나이는 아니지만, 나에게 전쟁은 포탄이 험상궂게 날아다니고 강철 파편이 달려드는 걸 의미했다. 진흙탕과 이와 굶주림과 추위를 의미했다.

이상한 건 내가 적을 두려워한 이상으로 추위를 두려워했다는 거다. 추위에 대한 공포가 바르셀로나에 머무는 내내 끊임없이 스며들었다. 참호에서 밤마다 잠자리에 누우면 춥다는 생각만, 어스름한 새벽마다 대기하고, 얼어붙은 소총을 들고 보초근무를 오랫동안 서고, 차가운 진흙이 군화로 스며드는 생각만 떠올렸다.

함께 행군하는 동료들을 볼 때마다 묘한 공포에 떨었다는 사실 역시 인정하지 않을 수 없다. 우리가 얼마나 오합지졸로 보였는지 여러분은 상상도 못 할 것이다. 양 떼보다 못할 정도로 뿔뿔이 흩어져서 걷다 보면 3㎞도 못 가서 종대 후미가 안 보였다. 군인이라고 해도 절반은 어린애였다. 진짜 어린애, 기껏해야 열여섯을 넘지 않은 아이들 말이다. 그런데도 마침내 전선으로 나간다며 모두 마음이 부풀고 행복한 표정이었다.

전선이 나타나자, 선두에서 적기를 에워싼 아이들이 "비스카 P.O.U.M.!"[11] "파시스타스-마리코네스!"[12] 등을 목청껏 외치기 시작했다. 역전의 용사처럼 위세를 떨쳐보자는 속셈인데, 아이들 목청에서 나오는 소리가 새끼고양이 우는 소리처럼 구슬프게 들렸다. 〈공화국〉을 수호한다는 군대가 오합지졸이란 사실이, 다룰 줄도 모르면서 낡아빠진 소총을 들고 다니는 아이들이라는 사실이 섬뜩할 뿐이었다. '파시스트 비행기가 지나다가 굳이 내려와서 기관총을 갈기면 어떻게 될까, 우리가 진짜 군인이 아니라는 건 공중에서도 충분히 알아볼 수 있는 거 아닐까?' 하고 걱정하던 게 기억난다.

도로가 산맥으로 접어들면서 우리는 오른쪽으로 방향을 꺾어, 노새가 다니는 좁은 길을, 산허리를 나선형으로 올라가는 길을 오르기 시작했다. 그 지역은 산이 묘하게 생겼다. 꼭대기가 펑퍼짐한 말굽 같은가 하면, 갑자기 가파른 경사가 나오면서 거대한 골짜기로 이어진다. 조금 높은 비탈은 석회암이 곳곳에서 허연 뼈처럼 튀어나와, 왜소한 관목과 히스 말고 어떤 식물도 안 자란다. 여기에 있는 전선은 참호가 기다랗게 이어나가지 않았다. 이런 산악 지대에서는 참호를 그렇게 팔 수 없다. 산꼭대기마다 요새처럼 만든 초소가, '진지'라고 하는 게 점점이 박히는 형태로 이어나가는 정도다. 말굽 꼭대기에 틀어박힌 우리 '진지'가 멀리서 보였다. 모래주머니를 울퉁불퉁 쌓아올린 바리케이드에서 적기가 펄럭이고 방공호 모닥불에서 연기가 피어올랐다. 조금만 가까이 다가가면 욕이 절로 나오는 악취가 콧속으로 들척지근하게 파고들어 몇 주는 그대로 달라붙었다. 진지 바로 뒤편 움푹한 틈새에는 몇 달 동안 버린 쓰레기로 가득했다. 빵 부스러기와 배설물과

11) 통일노동자당 만세!
12) 파시스트 호모!

녹슨 깡통이 썩어드는 온상이었다.

우리가 교대할 중대는 군장을 꾸리는 중이었다. 전선에서 석 달을 보낸 터라, 군복마다 진흙이 덕지덕지 달라붙고 군화마다 해져서 갈라지고 얼굴마다 수염이 텁수룩했다. 진지를 지휘하는 대위가 참호에서 기어 나와 우리를 맞았다. 이름은 레빈스키라고 하는데, 모두 베냐민이라고 불렀다. 폴란드 유대인이지만 모국어는 불어였다. 나이는 스물다섯 정도며 키는 조그만 청년으로, 까만 머리카락은 억세고 창백한 얼굴은 열의로 가득한데, 전시에는 누구나 그렇듯 몹시 더러웠다.

총알 몇 발이 머리 위로 빠르게 날아갔다. 진지는 약 50m 정도 담을 쌓은 반원형으로, 흉벽 일부는 모래주머니고 일부는 석회암 덩어리였다. 바닥에는 쥐구멍처럼 판 참호가 삼사십 개 있었다. 나는 윌리엄스와 윌리엄스 스페인 처남과 함께 제일 가까운 참호로 얼른 뛰어들었다. 그나마 괜찮아 보이는 참호였다. 앞쪽 어디선가 총소리가 이따금 일어나, 돌산을 따라 묘하게 구르듯 메아리쳤다. 우리가 군장을 내던지고 참호에서 막 기어 나오는데, 총소리가 또 일어나더니, 우리 중대에 속한 아이 한 명이 흉벽 뒤로 나자빠져 얼굴에서 피가 펑펑 솟구쳤다. 소총을 쏘았는데 노리쇠가 터져서 탄피 조각에 머리 가죽이 갈가리 찢어진 것이다. 우리에겐 첫 번째 부상병인데, 스스로 다쳤다는 사실이 독특했다.

오후에는 첫 번째 경계근무를 서는데, 베냐민이 진지 주변을 안내했다. 흉벽 앞으로 바위를 깎아서 좁은 참호를 차례대로 파고 석회암 조각을 쌓아서 극히 원시적인 총안을 만들었다. 보초는 열두 명으로, 참호 내부와 흉벽 안쪽 여러 곳에 배치했다. 참호 앞에는 철조망이 있고 그 너머로 경사진 비탈은 끝없이 깊은 골짜기로 이어졌다. 참호 맞은편은 민둥산으로, 바위 절벽이 군데군데 보이는데, 회색만 황량할 뿐, 생명이 살아가는 흔적은 없었다, 새 한 마리조차도. 나는 총안 사이로 조심스럽게 내다보며 파시스트 참호를 찾으려고 애쓰면서 물었다.

"적군은 어디에 있습니까?"

베냐민이 손으로 커다란 원을 그리며 영어로, 형편없는 영어로 대답했다.

"쪼기."

"어디…… 어디요?"

내가 파악한 참호전 개념에 따르면 파시스트가 떨어진 거리는 50m에서 100m 사이여야 한다. 그런데 아무것도 안 보였다. 참호를 제대로 위장한 것 같았다. 그러다가 베냐민이 가리키는 곳을 보는 순간에 나는 어이가 없었다. 골짜기 맞은편 꼭대기에서, 최소한 700m는 되는 거리에서 빨갛고 노란 깃발과 함께 흉벽이 흐릿하게 보였다. 파시스트 진지였다. 나는 말할 수 없이 실망했다. 파시스트가 바로 옆에 없는 거다! 이만한 거리에서 우리 소총은 완벽한 무용지물이었다. 하지만 바로 그 순간에 잔뜩 흥분한 소리가 일어났다. 파시스트 두 명이 멀리서 희끄무레한 모습으로 벌거벗은 맞은편 산자락을 기어올랐다. 베냐민은 옆에 있는 병사의 소총을 움켜잡고 겨냥하다가 방아쇠를 당겼다. 철컥! 불발탄이었다. 나쁜 징조란 생각이 절로 떠올랐다.

이제 막 도착한 보초들이 참호에 자리를 잡자마자 제대로 겨냥하지도 않고 연속으로 무시무시한 사격을 퍼붓기 시작했다. 개미처럼 조그만 파시스트가 자기네 흉벽 뒤에서 이리저리 움직이며 총알을 피하는데, 가끔은 검은 점 하나가, 머리 하나가, 건방지게 튀어나와서 가만히 있는 장면도 보였다. 총을 쏘는 건 아무런 소용도 없는 게 분명했다. 그런데도 바로 왼쪽에 있는 보초가 전형적인 스페인 동작으로 자리를 떠서 옆으로 살금살금 다가오더니, 나더러 총을 쏘라고 재촉했다. 나는 거리가 멀어서 이런 총으로는 우연이 아니곤 맞출 수 없다고 설명하려고 애썼다. 하지만 상대는 어린아이에 불과해, 자기 총으로 다양한 점 가운데 하나를, 싱긋싱긋 웃는 점 하나를 계속 가리키며 자갈을 던지기만 바라는 개처럼 애절한 표정으로 쳐다보았다. 결국, 나는 가늠쇠를 칠백에 맞추고 총알을 날렸다. 검은 점이 사라졌다. 지금도 당시 생각을 하면 나는 총알이 가까이 날아가서 상대가 깜짝 놀랐기만 바란다. 내가 인간을 겨냥해서 총을 쏜 건 그게 처음이었다.

전선을 충분히 살피고 나니, 구역질이 절로 났다. 이런 걸 전쟁이라고 할 수 있단 말인가! 적군하고 싸울 수도 없는데! 나는 참호 밑으로 머리를 숙이려는 시도조차 안 했다. 그런데 잠시 후에 총알 하나가 섬뜩한 소리를 내며 귀 옆을 스쳐서 뒤편 흉벽에 쿵 박혔다. 아아! 나는 고개를 숙였다! 나는 총알이 머리 위를 처음 스치는 순간에 고개를 절대로 안 숙이겠다고 평생을 맹세하며 살았다. 하지만 머리를 숙이는 게 본능인 것 같았다. 거의 모두가 최소한 한번은 그렇게 고개를 숙이니 말이다.

제3장

참호전에는 다섯 가지가 중요하다. 땔감, 식량, 담배, 초, 적군이다. 겨울을 맞은 사라고사 전선 역시 다섯 가지가 이 순서 그대로 중요했다. 적군은 제일 마지막이었다. 적군이 언제든 기습할 수 있는 밤을 제외하면 적군에게 아무도 신경을 안 썼다. 적군은 멀리서 가끔 펄쩍펄

쩍 뛰어다니는 새까만 벌레에 불과했다. 전선 양쪽으로 늘어선 군대에게 가장 중요한 관심사는 추위를 몰아내는 것이다.

이야기가 나온 김에 한마디 하겠는데, 나는 스페인에 머무는 내내 전투 장면을 거의 못 봤다. 1월부터 5월까지 아라곤 전선에 있었는데, 테루엘 지역을 제외하면, 1월부터 3월 말까지 우리 쪽 전선에서 어떤 일도 일어나지 않았다. 3월 말에 비로소 우에스카 주변에서 커다란 싸움이 일어나, 나도 아주 살짝 참여하는 정도였다. 나중에, 6월에 우에스카를 대대적으로 공격했다. 하루 사이에 수천 명이 전사할 정도였으나, 나는 그 전에 다쳐서 움직일 수 없었다. 전쟁을 끔찍하게 여길만한 사건은 나에게 거의 안 일어났다. 비행기가 근처에 폭탄을 떨군 적도 없고, 주변 50m 반경에서 포탄이 터진 적도 없는 것 같고, 육탄전을 벌인 건 딱 한 번이다(물론 처음이 마지막일 때도 잦은 법이다). 기관총 공격을 엄청나게 받은 경험은 당연히 많지만, 대체로 거리가 아주 멀었다. 아무리 우에스카라도 적당히 조심하면 대체로 안전했다.

여기는, 사라고사를 에워싼 산악 지대 전체는, 전선이 교착 상태라서 따분하고 불편한 정도였다. 도시 사무직원처럼 하루하루가 무사태평할 뿐 아니라 꽤 규칙적이었다. 보초근무, 정찰, 참호파기. 참호파기, 정찰, 보초근무. 파시스트든 민병대든 산꼭대기마다 더럽고 지저분한 차림으로 깃발 주변에 모여들어 추위를 몰아내려고 애썼다. 총알이 밤낮으로 텅 빈 골짜기를 의미 없이 가로지를 뿐, 사람 몸뚱이에 꽂히는 경우는 거의 없었다.

나는 을씨년스런 풍경을 둘러보면서 아무짝에도 쓸모없는 짓거리에 놀랐다. 아무런 결론도 내릴 수 없는 전쟁! 예전에는, 10월경에는, 산악 지대를 전부 차지하려고 무섭게 싸웠다. 그러다가 병력과 무기가, 특히 대포가 부족해서 대규모 작전을 수행할 수 없자, 각 부대는 자기네가 차지한 산꼭대기에 땅을 파고 눌러앉아 버렸다. 우리 오른편 너머로 조그만 전초기지가 있는데 통일노동자당 진지고, 7시 방향 왼쪽 돌출부는 카탈루냐 통일사회당[13] 진지고, 맞은편은 훨씬 높은 봉우리마다 파시스트 소형 진지가 산재했다. 전선이라는 게 앞으로 튀어나오거나 뒤로 물러나는 식으로 꾸불꾸불해서 진지마다 깃발이 나부끼지 않으면 어디가 어느 쪽인지 구분할 수 없을 정도였다. 통일노동자당과 통일사회당 깃발은 빨간색이고, 무정부주의 깃발은 빨간색과 검은색이 섞였다. 파시스트는 군주주의자 깃발(빨강-노랑-빨강)을 휘날리는 게 일반인데, 가끔은 공화국 깃발(빨강-노랑-자주)을 휘날리기도 했다.[14]

경치는 엄청나게 훌륭했다, 산꼭대기마다 군대가 주둔하고, 그래서 양철 깡통과 딱딱하게 굳은 똥이 사방에 가득하다는 사실만 잊을 수 있다면. 우리 오른쪽에서 산맥이 남동쪽으로 굽이치며 골짜기가 광활하게 뻗어서 우에스카로 이어졌다. 평원 한가운데에는 조그만 육면체 서너 개가 흩어진 모양이 주사위를 굴린 것 같은데, 소도시 로브레스로, 민병대가 차지했다. 아침이면 골짜기마다 운해가 휘감고 그 위로 봉우리가 편평하면서도 푸르스름하게 솟아올라, 전체적으로 네거티브 사진원판 같은 풍경을 묘하게 연출했다. 우에스카 너머에도 우리가 점령한 산악 지대와 모양새가 똑같은 산악 지대가 있어서 하얀 눈이 뻗어 나가는데, 그 모양이 매일 변했다. 멀리서는 거대하고 우람한 피레네 산맥 봉우리가 만년설에 쌓인 풍경이 공중에 둥둥 뜬 것처럼 보였다. 그 밑으로 펼쳐진 평원도 모든 게 죽어서 황량했다. 맞은편

13) 통일사회당이라는 약칭으로 부르겠다.
14) (원주) 오웰이 사망한 뒤에 오웰 문서에서 다음 같은 정오표를 발견했다. '지금 생각하면 파시스트가 공화국 깃발을 휘날린 걸 내가 확실히 보았다고 장담할 수 없다. 하지만 조그만 나치 십자가를 표시한 공화국 깃발이 휘날리는 건 본 것 같다.'

봉우리는 하나같이 잿빛인 게 주름진 코끼리 가죽 같았다. 하늘에는 새 한 마리 없었다. 새가 그렇게 드문 지역을 나는 지금까지 본 적이 없는 것 같다. 언제라도 볼 수 있는 새라고는 까치밖에 없고, 밤이면 메추라기떼가 느닷없이 퍼드덕 날아올라서 사람을 놀라게 하고, 독수리가 상공을 천천히 나는 모습이 아주 드물게 보이는데, 그럴 때마다 총소리가 잇따라 일어나지만, 독수리는 거들떠보지도 않았다.

밤이나 안개가 자욱한 날이면 우리는 파시스트 진영과 대치한 중간 골짜기로 정찰대를 파견했다. 이걸 좋아하는 병사는 별로 없었다. 날씨는 너무 춥고 자칫하면 길을 잃기 때문이니, 원하기만 하면 언제든 정찰대에 참여할 수 있다는 걸 나는 곧바로 깨달았다. 골짜기는 울퉁불퉁하고 거대할 뿐, 길은 물론 길 비슷한 것도 찾아볼 수 없었다. 정찰을 나갈 때마다 새로운 지형지물을 파악하는 방식으로 나아가야 했다. 총알이 날아가는 직선거리로 제일 가까운 파시스트 진지는 우리 진지에서 700m 정도지만, 굽이치며 걷는 거리로 따진다면 2.5㎞는 충분했다. 아무렇게나 쏘아댄 총알이 머리 위 높은 곳에서 쌩쌩 날아다니는 가운데 어두운 골짜기를 돌아다니는 것도 나름대로 재미있었다. 밤보다는 안개가 자욱할 때가 훨씬 좋았다. 안개가 끼면 온종일 사라질 줄 모르는데, 산꼭대기만 안개가 자욱하고 계곡은 맑기 때문이다.

파시스트 방어선 주변에서는 달팽이처럼 기어 다녀야 하는데, 관목은 부스럭거리고 석회암은 달그락거리는 산자락을 조용히 나아간다는 건 쉬운 일이 아니었다. 나는 세 번인가 네 번인가 시도한 끝에 파시스트 진영까지 가는 길을 간신히 찾아냈다. 안개가 몹시 짙어, 철조망까지 기어가서 귀를 기울였다. 안쪽에서 파시스트가 말하고 노래하는 소리가 들렸다. 그러더니 내가 있는 산자락으로 여러 명 내려오는 소리가 일어났다. 나는 깜짝 놀라서 덤불 뒤로 재빨리 숨었지만, 덤불이 너무 작은 것 같았다. 그래서 노리쇠를 가만히 잡아당기려고 애썼다. 하지만 그들은 옆으로 빠져서 시야에 들어오지 않았다. 내가 숨은 덤불 뒤에는 예전에 전투한 흔적이 다양했다. 수북이 쌓인 탄피, 총알구멍이 난 가죽 모자, 우리 깃발이 분명한 적기 등이었다. 나는 적기를 우리 기지로 가져왔는데, 사람들은 아무렇지 않게 찢어서 걸레로 사용했다.

부대가 전선에 도착하자마자 나는 하사로 - '카보'로 - 승진해, 보초 열두 명을 지휘했다. 쉬운 업무가 아닌데, 처음에는 특히 심했다. 〈센투리아〉는 훈련을 조금도 못 받은 오합지졸로 대부분 십 대 청소년이었다. 민병대 여기저기에서 열한 살이나 열두 살짜리 어린애도 툭하면 마주치는데, 파시스트 지역에서 피신해 가장 손쉽게 먹고사는 방법으로 민병대에 입대한 아이들이다. 후방에서 쉬운 일을 맡는 게 보통이지만 교묘하게 빌붙어서 전선까지 오는 사례도 가끔 있으니, 이들은 전선에서 정말 커다란 골칫거리가 아닐 수 없었다. 어느 조그만 녀석이 "장난삼아서" 참호 모닥불에 수류탄을 던진 기억도 난다.

포세로 산에는 열다섯 살 이하가 없었던 것 같은데, 그래도 평균 연령은 스무 살을 한참 밑도는 게 분명하다. 이런 어린애는 전선에 보내면 절대 안 된다. 참호전에서는 잠이 항상 모자랄 수밖에 없는데, 어린애는 그걸 견딜 수 없기 때문이다. 처음에는 밤에 진지에서 보초를 제대로 세울 수 없을 정도였다. 우리 분대에 속한 아이들은 가련하게도 발을 잡고 참호 밖으로 질질 끌어내야 잠에서 겨우 깨어나다, 지휘관이 등을 돌리는 순간에 위치에서 벗어나 잠잘 곳으로 찾아들거나, 끔찍하게 추운 날씨에도 참호 벽에 기댄 채 그대로 잠들기 일쑤였다. 적군에게 모험심이 많지 않다는 게 그나마 다행이었다. 보이스카우트 스무 명이 공기총으로 무장하고 달려들어도, 아니, 걸스카우트 스무 명이

빨랫방망이만 들고 달려들어도 우리 진지를 단숨에 휩쓸어버릴 거란 생각이 밤마다 떠올랐다.

이 무렵은 물론 훨씬 나중까지, 카탈루냐 민병대는 전쟁 초기에 장악한 근거지에서 계속 머물렀다. 프랑코가 반란을 일으킨 초기에 다양한 노동조합과 정당에서 서둘러 모집한 민병대다. 따라서 각각의 민병대는 정치 성향이 강해, 중앙정부만 아니라 소속 정당에도 충성했다. 그런데 1937년 초에 '정치색' 없이 대체로 평범한 노선에 기초해서 인민군을 조직해, 정당 소속 민병대는 이론상으로 인민군 편제에 합류했다. 하지만 그건 서류상 편제에 불과했다. 새로 조직한 인민군 부대를 아라곤 전선에 투입한 건 6월이니, 그때까지 민병대 편제를 변한 것 하나 없이 유지했다.

민병대 편제에서 가장 중요한 요소는 장교와 사병이 동등하다는 사상이다. 장군에서 사병까지 모두 똑같은 보수를 받고, 똑같은 음식을 먹고, 똑같은 옷을 입고, 완전히 평등한 상태로 함께 뒤섞이며 생활했다. 사단을 지휘하는 장군에게 등을 톡 치면서 담배 한 대 달라고 하고 싶으면 그렇게 해도 되는데, 그걸 이상하게 여기는 사람은 아무도 없었다. 이론적으로 민병대원 각자는 계급 체계가 아니라 민주주의 원칙에 따랐다. 명령에 복종한다는 공감대는 있지만, 명령은 윗사람이 아랫사람에게 하는 게 아니라 동지가 동지에게 하는 거였다. 장교도 있고 부사관도 있지만, 일반적인 의미에서 말하는 군대 계급은 아니었다. 계급 명칭도, 계급장도, 뒤꿈치를 찰싹 붙이는 경례도 없었다. 민병대에서 계급 없는 사회 모델을 일시나마 만들려고 했던 거다. 물론 완벽하게 평등한 건 아니지만, 내가 그때까지 목격하거나 전시에 생각할 수 있는 이상으로 가까이 접근한 건 사실이다.

하지만 나는 전선에서 너무 무질서한 모습을 보고 처음에는 끔찍하게 여겼다는 사실을 인정하지 않을 수 없다. 이런 군대를 가지고 전쟁에서 어떻게 이긴단 말인가? 당시에는 모두가 이렇게 말했는데, 이 말은 맞는 말이면서 동시에 부당한 말이기도 했다. 다양한 여건상 민병대는 어차피 그 수준을 벗어날 수 없었기 때문이다. 현대식 기계화 부대는 땅에서 갑자기 솟아나는 게 아니다. 인민전선 정부가 제대로 훈련된 군대를 준비할 때까지 기다렸다면 프랑코에게 아무런 저항도 못 한 채 그대로 당할 수밖에 없었다. 나중에는 민병대를 비난하는 게 유행으로 변하고, 훈련도 부족하고 무기도 부족한 건 평등한 군 체계 때문이라고 공격하는 사람도 나왔다. 하지만 새로 모병한 민병대가 오합지졸인 건 장교가 사병을 "동지"라고 불러서가 아니라, 신병 부대는 어디나 오합지졸일 수밖에 없기 때문이다.

실제로, 민주적이고 〈혁명적〉인 규율은 흔히 예상하는 이상으로 믿음직하다. 노동자 군대에서 규율은 원칙적으로 자발적일 수밖에 없다. 이들은 기본적으로 혁명 정신에 근거해서 움직이지만, 부르주아 징집병은 궁극적으로 공포에 근거해서 움직인다. (민병대를 대체한 인민군은 두 가지 유형에서 중간이다.) 민병대는 일반 군대에서 일상 일어나는 기합이나 학대를 조금도 용납하지 않았다. 일반적인 군법회의나 징계는 있지만, 극히 심각한 범죄에 한정했다. 병사가 명령에 복종하지 않아도 그 자리에서 처벌하는 대신, 동지애로 호소했다. 사람을 다룬 경험이 없고 냉소주의만 가득한 사람이라면 이런 방식은 절대 "성공할 수 없다"고 단번에 말하겠지만, 실제로 그런 방법은 장기적으로 볼 때 "효과"가 확실하다. 아무리 엉망진창이던 민병대 신병이라도 시간이 지나면서 규율은 눈에 띄게 나아졌으니 말이다.

1월에 나는 미숙한 신병 열두 명을 나무랄 데 없는 수준으로 끌어올리느라 머리카락이 하얗게 셀 지경이었다. 5월에는 상사 대리로 약

서른 명을 지휘했는데, 영국 사람도 있고 스페인 사람도 있었다. 우리 모두 포화 속에서 몇 달을 지냈지만, 명령에 따르거나 위험한 업무에 자원하길 꺼리는 사람은 아무도 없었다. 〈혁명적〉 규율은 정치의식에 달렸다. 명령에 복종해야 하는 이유를 이해하는 게 중요하단 뜻이다. 정치의식을 보급하는 데에는 시간이 걸리지만, 연병장에서 사람을 자동인형으로 조련하는 데에도 시간은 걸린다. 언론에서 민병대 체제를 비웃는 이유는 인민군이 후방에서 훈련하는 동안 민병대가 전선을 지켰다는 사실을 망각했기 때문이다. 그런데 민병대가 전선을 지킨 건 〈혁명적〉 규율이 힘을 발휘했기 때문이다. 1937년 6월까지 민병대를 전선에 묶어둔 건 혁명에 대한 열정이 전부였다. 탈영병은 총살하고 그래서 총살도 가끔 집행했지만, 병사 천 명이 전선을 떠나기로 작정하면 그들을 막을 방법은 없었다. 강제로 징집한 군대는 똑같은 상황에서, 헌병만 없으면, 눈 녹듯이 사라질 수밖에 없다. 그런데 민병대는 전선을 지켰다. 적을 공격해서 이긴 적은 거의 없지만, 탈영병 역시 거의 없었다. 통일노동자당 민병대에서 네다섯 달을 보내는 동안 내가 들은 탈영병은 딱 네 명인데, 두 명은 애초에 정보를 캐려고 들어온 첩자가 거의 확실하다. 초창기만 해도 질서가 없고 훈련은 부족해, 명령 하나를 관철하려고 5분이나 논쟁할 때가 잦다는 사실에 나는 경악하고 격분했다. 나는 영국군 관습이 몸에 배고, 스페인 민병대는 영국군과 완전히 달랐다. 하지만 다양한 상황을 고려할 때, 그들은 흔히 예상하는 이상으로 훌륭한 군대였다.

그런데, 땔감…… 문제는 땔감이다. 내가 일기장에 땔감을 언급하지 않은 건, 정확히 말해서 땔감이 부족하다고 언급하지 않은 건, 그 기간 내내 단 한 번도 없을 것이다. 우리가 주둔한 곳은 해발 600m에서 900m 높이로, 당시는 한겨울이니, 추위는 말할 수 없었다. 기온은 그렇게 낮은 편이 아니었다. 밤에도 얼음이 얼지 않을 때가 많고, 한낮에는 겨울 태양이 한 시간 정도 비출 때도 잦았다. 하지만 실제로 그렇게 추운 건 아닐지언정 그렇게 추운 느낌이 든 건 확실하다. 바람이 매섭게 몰려들어 모자를 벗겨서 머리카락을 사방으로 흩날리고 안개가 참호로 물처럼 스며들어 뼛속까지 파고드는 것 같았다.

비도 자주 내리는데, 15분만 비가 와도 주변 환경은 도저히 견딜 수 없게 변했다. 석회암을 얇게 덮은 흙은 순식간에 미끌미끌한 기름으로 변하니, 경사면을 걸어야 하는 우리로서는 늘 미끄러지지 않을 수 없었다. 깜깜한 밤이면 20m를 가다가 여남은 번은 넘어지기 일쑤로, 이건 정말 위험했다. 진흙이 들어가서 소총 발사 장치를 망가뜨리기 때문이다. 옷이고 군화고 모포고 소총이고 할 것 없이 며칠은 진흙 범벅으로 지냈다. 나는 두꺼운 옷을 최대한 많이 가져갔지만, 대부분은 옷이 끔찍하게 부족했다. 우리 요새는 병력이 약 백 명인데, 외투는 열두 벌에 불과해서 보초가 번갈아 입고, 모포는 한 사람당 한 장이 전부였다. 하루는 밤에 너무 추워서 나는 내가 입은 옷을 일기장에 모두 적어보았다. 인간이 자기 몸뚱이에 옷을 얼마나 걸칠 수 있는지 살피는 것도 재미있다. 내가 몸에 걸친 건 두꺼운 조끼와 바지, 면으로 만든 셔츠, 스웨터 두 장, 순모 재킷, 돼지가죽 재킷, 코르덴 반바지, 각반, 두꺼운 양말, 군화, 억센 방수 외투, 머플러, 안감을 댄 가죽장갑, 모직 모자였다. 그런데도 나는 온몸이 끊임없이 떨렸다. 내가 추위를 유난히 타는 편이란 사실은 인정한다.

땔감은 정말로 중요했다. 문제는 현실적으로 땔감을 구할 수 없다는 거다. 우리가 주둔한 곳은 민둥산이라서 가장 좋은 계절에도 풀과 나무가 많지 않은데, 이전에 주둔한 민병대가 몇 달 동안 추위에 달달 떠는 동안 샅샅이 잘라다가 닥치는 대로 때버려, 손가락보다 굵은 건

재로 변한 지 오래였다. 먹거나, 자거나, 보초를 서거나, 사역을 안 할 때면 우리는 진지 뒤편 골짜기로 내려가서 땔만한 걸 샅샅이 긁어모았다. 당시를 떠올리면 수직에 가까운 경사를 오르내리고 날카로운 석회암에 군화를 찢기면서 조그만 나뭇가지를 향해 사납게 달려들던 기억만 난다. 세 사람이 두 시간을 찾아다니며 모아도 참호에서 모닥불을 한 시간 정도 피우면 끝이었다.

땔감을 열심히 찾아다닌 덕분에 누구나 식물학자로 돌변했다. 우리는 산자락에서 자라는 식물 전체를 불타는 특성에 따라 분류했다. 다양한 히스와 풀은 불을 붙이기에 좋으나 몇 분이면 타버리고, 야생 로즈메리와 아주 작은 가시금작화 덤불은 불이 활활 타오른 다음에 넣어야 잘 붙고, 구스베리 덤불보다 조그만 떡갈나무는 불이 거의 안 붙었다. 바짝 마른 갈대는 불쏘시개로 최고지만, 진지 왼쪽 산꼭대기에서만 자라기 때문에 그걸 구하러 가려면 총 맞을 각오를 해야 했다. 파시스트 기관총 사수가 우리를 발견했다 하면 둥그런 탄창에서 총알이 다 떨어질 때까지 쏘아대기 때문이다. 그들은 조준이 대체로 높아서 총알이 새처럼 머리 위로 휭 날아가지만, 가끔은 바로 옆에서 석회암을 때리는데, 그럴 때마다 우리는 재빨리 엎드려야 했다. 그래도 우리는 갈대를 꺾으러 계속 갔다. 땔감이 무엇보다 중요했기 때문이다.

추운 것만 아니면 크게 불편한 건 없었다. 물론 우리 모두 항상 더러웠다. 물은 식량과 마찬가지로 알쿠비에레에서 노새 등에 싣고 올려와, 한 사람 몫으로 하루에 약 1리터 정도를 나눠주었다. 물이 얼마나 더러운지 우유 이상으로 뿌옜다. 원칙상 식수로만 사용해야 하나, 나는 양철 접시에 몰래 담아두었다가 아침에 세숫물로 사용했다. 하루는 세수하고, 하루는 면도하는 식이었다. 두 가지를 한꺼번에 할 만큼 물이 충분한 경우는 한 번도 없었다.

진지는 악취가 극심하고, 조그만 바리케이드만 넘으면 어디나 배설물투성이였다. 민병대 일부는 참호에서 변을 보는 습관까지 있어, 어두울 때도 참호 내부를 돌아다니다 보면 구역질이 올라오기 일쑤였다. 하지만 우리가 더러운 걸 걱정한 적은 없다. 더러운 걸 보면 사람들은 대체로 야단법석을 떤다. 하지만 손수건 없이 살아가고 세수한 양철 접시로 음식을 먹는 생활에 순식간에 적응하는 걸 보면 정말 놀랍다. 하루 이틀만 지나면 옷을 입은 채 잠자리에 누워도 문제가 안 된다. 아니, 밤에 옷을 벗고 잠자리에 눕는 자체가 불가능하다. 군화를 벗는 건 더더욱 그렇다. 적이 공격하는 즉시 뛰쳐나갈 준비를 항상 갖추어야 하기 때문이다. 그곳에서 팔십일을 보내는 동안 내가 밤에 옷을 벗은 건 딱 세 번이다. 하지만 낮에는 옷을 가끔 벗었다. 너무 추워서 이가 슬 걱정은 없어도 들쥐와 생쥐는 넘쳐흘렀다. 들쥐와 생쥐를 한 장소에서 볼 순 없다고 말하는 사람이 많은데, 훔쳐먹을 음식이 충분한 곳에서는 그렇지도 않다.

다른 면에서 우리는 그렇게 궁핍하지 않았다. 음식은 훌륭하고, 포도주는 충분했다. 담배도 하루에 한 갑씩 배급했다. 성냥은 이틀에 한 번씩 배급하고, 심지어 초도 배급했다. 크리스마스 케이크에 꽂는 것처럼 가늘어, 교회에서 몰수한 초 같다고 다들 생각했다. 참호마다 7~8cm가량 되는 초를 매일 배급받는데, 20분 정도는 밝힐 수 있는 분량이었다. 당시만 해도 초를 살 수 있을 때라 나는 초를 상당 분량 확보한 상태였다. 나중에는 성냥과 초가 부족해서 참호 생활이 그만큼 비참하게 변했다. 이런 물건은 수중에 없을 때 비로소 그 중요성을 깨닫는 법이다. 예를 들어, 밤에 경보가 울려 참호에서 모든 사람이 소총을 찾으려 뒤엉기며 서로 얼굴을 짓밟을 때, 성냥 하나를 켤 수 있느냐 없느냐에 따라 삶과 죽음이 엇갈릴 수 있다. 민병대는 부싯돌과 노란 심지 몇 미터를 누구나 가지고 다녔다. 소총 다음으로 중요한 소지품이었다. 부싯돌은 바람이 불어도 불꽃을 일으키는 장점이 있으나, 연기만 내는 정도라서 불을 붙이는 데는 소용이 없었다. 성냥이 최악으로 부족할 때 불빛을 만들어내는 유일한 방법은 탄창에서 총알을 꺼내 부싯돌로 화약을 터트리는 거다.

하루하루가 정말 독특했다. 이걸 전쟁이라고 할 수 있다면 정말 독특한 전쟁이었다. 아무런 작전도 없다는 사실에 민병대 전체가 짜증스러워했다. 적군을 공격하지 않는 이유가 무언지 따지느라 끊임없이 아우성이었다. 그러나 적이 도발하지 않는 한 전투는 앞으로도 오랫동안 없을 게 분명했다. 게오르게스 콥은 정기 검열을 할 때마다 우리에게 솔직하게 털어놓으며 "이건 전쟁이 아니오. 이건 사람이 가끔 죽는 코미디요"라고 말했다. 사실, 아라곤 전선이 교착 상태에 빠져든 데에는 정치적 이유가 있는데, 당시만 해도 나는 그것을 하나도 몰랐다. 하지만 지원병력이 부족하다는 걸 별도로 쳐도, 군사적인 관점에서 어려운 점이 있다는 건 누가 보더라도 분명했다.

무엇보다 먼저 지역적인 특성을 고려해야 했다. 전선은, 우리와 파시스트가 대치한 전선은, 모두 천혜의 요새라서 접근할 방향이 한쪽밖에 없다. 이런 요새는 참호만 몇 군데 파놓아도, 병력이 압도적이지 않은 한, 보병만 가지고 점령할 수 없다. 우리 진지든 주변을 둘러싼 진지든, 여남은 병력에 기관총 두 대만 있으면 일개 대대라도 막아낸다. 우리처럼 산꼭대기에 자리하면 포대가 공격하기에 딱 좋은데, 포대는 하나도 없었다. 나는 주변을 오랫동안 둘러보며 대포 두 문만 있으면 바랄 게 없겠다는 생각을 – 더없이 간절하게! – 떠올리곤 했다. 그것만 있으면 망치로 호두를 박살 내듯 적군 진지를 차례대로 간단하게 깨부술 수 있었다. 그러나 우리 편에 대포는 한 문도 없었다. 파시스트 진영에서는 사라고사에서 대포를 한두 문씩 간혹가다 가져와 포탄을 두세 발씩 쏘긴 했으나, 너무 조금 쏘는 바람에 사정거리조차 확인을 못 한 채 텅 빈 골짜기에 떨어뜨릴 뿐이라, 우리는 아무런 피해도 없었다. 대포는 없고 기관총으로 대치할 때 우리가 할 수 있는 건 딱 세 가지였다. 400m 정도로 안전한 거리를 확보한 채 땅을 파고 틀어박히는 방법, 탁 트인 공간을 가로지르며 돌격하다가 전사하는 방법, 전황 전체를 바꿀 순 없을지언정 야간에 소규모 공격을 감행하는 방법 말이다. 현실적으로 교착 상태냐 자살이냐 둘 가운데 하나를 선택하는 방법밖에 없다는 거다.

이게 전부가 아니다. 전쟁 물자가 모든 부분에서 완벽하게 부족했다. 당시에 민병대 무기가 정말 형편없었다는 사실을 이해하려면 노력이 약간 필요하다. 영국 공립학교 장교 후보생 교육대보다 턱없이 부족했으니 말이다. 우리 무기가 얼마나 놀라울 정도로 형편없었는지 여기에 자세히 열거하는 것도 꽤 재미있겠다.

우리 전선에서 포대라곤 박격포 네 문이 전부로, 박격포 한 대당 포탄은 열다섯 발이었다. 포탄 한 발 한 발은 당연히 너무나 소중하고, 따라서 알쿠비에레에 보관만 할 뿐 사용하진 않았다. 기관총은 대략 오십 명에 한 정씩 배당받는데, 아주 낡긴 해도 300~400m 거리는 명중률이 꽤 높았다. 나머지는 소총이 전부인데, 대다수는 고철이나 마찬가지였다. 소총은 종류가 세 가지였다. 첫 번째는 모제르 소총으로, 20년 안짝에 만든 게 거의 없어, 가늠쇠는 너무 오래 사용해서 망가진 속도계 같고 총열은 한심할 정도로 부식해, 열 자루 가운데 쓸 만한 건 한 자루 정도였다. 두 번째는 모제르 단총으로 무스케톤이라는 건데, 원래는 기병대가 쓰던 무기였다. 이건 모제르 소총보다 인기가 좋은데, 가벼워서 들고 다니는 게 편하고 참호에서 걸리적대지 않는 데다, 비교적 새것이라 성능이 괜찮을 것처럼 보였기 때문이다. 하지만 실제로는 쓸모가 거의 없었다. 부속을 재생해서 조립하느라 노리쇠조차 제 것이 아니니, 다섯 발만 쏘면 네 정 가운데 세 정은 어김없이 망가졌다. 여기에다 윈체스터 소총이 몇 자루 있었다. 총알은 잘나가는데 정확성이 떨어지고, 탄창이 없어서 한 번에 한 발씩 쏘아야 했다. 총알은 너무 부족한 나머지 전선에 투입하는 병사 한 명당 50발만 지급하는데, 상태가 최악인 게 대부분이었다. 스페인제 총알은 하나같이 속을 다시 채워서 재활용한 터라, 최고급 소총조차 망가지기 일쑤였다. 멕시코제 총알은 그보다 좋아서 기관총용으로 아껴두었다. 제일 좋은 건 독일제 총알인데, 이것은 포로나 탈영병에게 구하는 거라서 많지 않았다. 나는 급할 때 쓰려고 독일제 총알과 멕시코제 총알이 든 탄창을 호주머니에 늘 넣고 다녔다. 하지만 실제로 긴박한 상황이 닥쳐도 나는 총을 거의 못 쏘았다. 빌어먹을 소총이 망가질까 겁나는 데다, 총알이 제대로 나가는 탄창 하나는 무슨 일이 있어도 남겨두고 싶었기 때문이다.

우리는 철모도 총검도 리볼버나 피스톨도 없었다. 수류탄은 다섯 명이나 열 명에 하나였다. 당시에 사용한 수류탄은 〈F.A.I 수류탄〉이라는 끔찍한 물건으로, 전쟁 초기에 무정부주의 집단이 만든 것이다. 원리는 달걀처럼 생긴 밀스 수류탄과 같으나, 레버를 잡아주는 게 핀이 아니라 테이프 조각이었다. 그래서 테이프를 떼는 즉시 수류탄을 던져야 했다. 이 수류탄은 "공평하다"는 말이 돌아다녔는데, 맞는 사람이든 던진 사람이든 다 죽기 때문이다. 다른 종류도 몇 가지 있는데, 〈F.A.I 수류탄〉보다 원시적이기는 해도 던진 사람에게 약간은 덜 위험할 것 같았다. 던져도 괜찮은 수류탄을 본 건 3월 말이 지난 다음이다.

무기 말고도 전쟁 수행에 부차적으로 필요한 물품 역시 하나같이 부족했다. 예를 들어, 지도 같은 건 하나도 없었다. 스페인 영토를 완벽하게 측량한 적 자체가 없는 데다, 우리 지역을 자세히 그린 지도는 예전에 사용하던 군사 지도가 유일한데, 대부분이 파시스트 소유였다. 우리는 거리 측정기도 없고, 망원경도 없고, 참호용 전망경도 없고, 개인이 소유한 몇 개 말고는 쌍안경도 없고, 조명탄이나 신호용 조명탄도 없고, 철사 절단기도 없고, 철갑 장비도 없고, 총기 청소도구도 없었다. 스페인 동료들은 총신 청소용 줄이 있다는 건 들어본 적도 없는지, 내가 하나 만들어서 사용하자, 모두 놀란 눈으로 구경했다. 소총을 청소하고 싶으면 상사에게 가져갔다. 상사는 놋쇠 꽂을대가 하나 있어서 총열 내부에 넣어 이리저리 구부리며 표면을 긁었다. 심지어 총에 칠하는 기름조차 없었다. 올리브 기름이 생기면 그걸 이리저리 바르는데, 그것도 없으면 바셀린이나 콜드크림은 물론 베이컨 기름까지 칠했다. 랜턴이나 회중전등도 없었다. 당시에는 전선에 배치된 우리 부대 전체를 통틀어서 회중전등 같은 물건은 하나도 없었을 게 분명하다. 바르셀로나에 가면 혹시 구할 수 있을지 모르겠는데, 쉽지는 않을 터였다.

시간은 흐르고 총소리는 간헐적으로 메아리치는 가운데, 나는 과연 이렇게 멍청한 전쟁에 좋은 쪽이든 나쁜 쪽이든 조금이라도 영향을 미칠 일이 생기기는 하는 걸까 회의가 들기 시작했다. 우리가 싸우는 대상은 폐렴이지 인간은 아니었다. 참호 거리가 500m 이상 떨어진 상태에서는 우연이 아니면 누구도 총알에 맞지 않는다. 물론 부상병은 생기지만, 대부분 자신이 실수했기 때문이다. 내가 정확히 기억한다면, 내가 스페인에서 처음에 목격한 부상병 다섯 명은 하나같이 자기 무기에 다쳤다. 일부러 그랬다는 뜻은 아니다. 사고나 부주의 때문이다. 우리가 보유한 낡디낡은 소총은 그 자체로 위험했다. 개중에는 개머리판으로 땅을 툭 치기만 해도 총알이 나갈 정도로 어설펐다. 그래서 손바닥을 관통당한 병사도 한 번 보았다. 그리고 사방이 어두울 때는 신병이 자기편에게 총을 쏘아대기 일쑤였다. 한번은 어스름 녘에 보초 하나가 20m 거리에서 나에게 총을 쏘아, 총알이 1m 차이로 빗나갔다. 스페인 사람들 사격 실력이 떨어진 덕분에 내가 목숨을 구한 게 몇 번인지 모른다. 한번은 안개가 자욱한 상태에서 정찰을 나가느라, 보초 지휘관에게 미리 세심하게 주의 준 적이 있다. 하지만 돌아오는 길에 덤불을 밟는 순간, 놀란 보초는 파시스트가 쳐들어온다며 소리치고, 덕분에 나는 보초 지휘관이 내 쪽을 향해 발포하라고 모두에게 명령하는 소리를 듣는 기쁨을 누렸다. 당연히 나는 바닥에 바싹 엎드리고 총알은 공중을 스치며 날아갔다. 총기는 위험하니 조심히 다뤄야 한다고 아무리 말해도 스페인 사람은, 최소한 스페인 젊은이는 알아듣질 않았다. 한번은, 바로 앞에서 말한 사건이 있고 얼마 뒤에, 내가 기관총 사수를 사진에 담는데, 기관총이 나를 향했다. 그래서 나는 카메라 초점을 맞추며 농담으로 말했다.

"쏘지 말게."

"맙소사, 당연히 안 쏘지."

그와 동시에 무시무시한 총성과 함께 총알이 얼굴을 스치며 연속으로 날아가는데, 얼마나 가까운지 코르다이트 폭약 알갱이에 뺨이 따끔할 정도였다. 일부러 그런 건 아니지만, 기관총 사수들은 그 일을 무척 재미있게 여겼다. 하지만 불과 며칠 전에 노새를 몰던 사람이 총에 맞는 사고가 일어났는데, 정치위원이 자동권총을 가지고 바보처럼 장난치다가 그 허파에 총알 다섯 발을 처박은 것이다.

당시에 군대에서 사용하던 복잡한 암호 역시 색다른 위험 요소였다. 한쪽이 한마디 하면 상대는 다른 말로 대꾸하는 이중 암호라서 짜증이 저절로 치밀었다. 암호는 혁명적인 내용으로 사기를 북돋는 단어가 일반이었다. 예를 들어, '쿨투라(문화)'라고 하면 '프로그레소(진보)'라고 대답하고, '세레모스(될지어다)'라고 하면 '인벤시블레스(무적)'라고 대답하는 식이다. 그런데 글자를 모르는 보초는 거창한 단어를 암기하는 자체가 불가능할 때가 많았다. 하루는 밤에 암호가 '카탈루냐'라고 물으면 '에로이카(영웅)'라고 대답하는 건데, 자이메 도메네시라는 농촌 총각이 둥그런 얼굴에 어리둥절한 표정으로 다가와서 물었다.

"에로이카…… 에로이카가 무슨 뜻인가요?"

나는 '발리엔테(용기)'와 같은 뜻이라고 알려주었다. 잠시 후에 농촌 총각이 어두운 곳에서 참호로 다가가자, 보초가 소리쳤다.

"알토(정지)! 카탈루냐!"

"발리엔테!"

농촌 총각이 소리쳤다. 그게 정답이라고 생각한 것이다.

탕!

하지만 보초는 농촌 총각을 못 맞췄다. 이 전쟁에서는 누구든 상대를 제대로 맞추는 경우가 없었다, 의지 하나로는.

제4장

내가 전선에 투입되고 삼 주 정도 지나자, 독립노동당이 영국에서 보낸 파견대 이삼십 명이 알쿠비에레에 도착해, 영국인을 한곳으로 모으는 차원에서 나는 윌리엄스와 함께 파견대로 배정받았다. 우리가 새로 맡은 진지는 예전보다 서쪽으로 몇 킬로미터 이동한 오스쿠로 산으로, 사라고사가 보였다.

진지는 석회암 뒤편 면도날 같은 지형으로 절벽에다 개천제비 둥지처럼 판 참호가 수평으로 쭉 늘어섰다. 참호는 땅속으로 엄청나게 깊이 파고들어, 내부가 칠흑처럼 깜깜하고 천장이 낮아서 일어서는 건 둘째 치고 무릎을 꿇고 앉는 것조차 힘들었다. 우리 왼쪽 봉우리에 통일노동당 진지 두 개가 있는데, 전선을 지키는 병사 모두 그중 한 곳에 관심이 쏠렸다. 취사를 담당하는 여자 민병대 세 명 때문이다. 그렇게 예쁜 편은 아니지만 다른 진지에서 남자 병사들이 접근하는 걸 막는 건 극히 중요했다.

오른쪽으로 500m 거리에 통일사회당 진지가 있는데, 알쿠비에레로 향하는 도로가 휘어지는 지점이었다. 바로 여기에서 도로를 지배하는 주인이 툭하면 바뀌었다. 밤이면 우리 쪽 보급 물자를 싣고 알쿠비에레에서 구불거리며 다가오는 화물 트럭 불빛과 사라고사에서 오는 파시스트 화물 트럭 불빛이 동시에 보였다. 남서쪽 20㎞ 거리에서는 사라고사가 가느다란 띠를 이룬 선박 창문 불빛처럼 보이기도 했다. 정부군은 1936년 8월부터 이 지점에서 사라고사를 지켜보았는데, 6개월이 지난 당시에도 그대로 지켜보기만 했다.

우리는 스페인 병사(윌리엄스 처남 라몬) 한 명을 포함해서 대략 서른 명에다 스페인 기관총 사수 여남은 명도 있었다. 전쟁터에는 인간 쓰레기가 언제나 끼어드는 법이니, 그런 인간 한두 명을 제외하면 영국인 지원병은 신체 상태나 정신 상태나 하나같이 탁월했다. 그중에서도 가장 탁월한 사람은 보브 스마일리 같은데, 유명한 광부 노동운동가의 손자로 태어나 나중에 발렌시아에서 덧없이 참혹하게 죽는다.

언어 장벽에도 영국 병사들과 스페인 병사들이 늘 잘 지냈다는 사실은 스페인 사람들 성격을 잘 알려준다. 우리는 스페인 사람 모두가 영어 표현 두 개를 안다는 걸 깨달았다. 하나는 "오케이, 베이비"고 또 하나는 바르셀로나 창녀들이 영국인 선원을 상대할 때 사용하는 말인데, 여기에 싣는다 해도 식자공이 뺄 것 같다.

이번에도 전선 어디서든 아무 일도 안 일어났다. 땅땅거리는 총소리가 이따금 일어나고, 파시스트 박격포가 극히 드물게 터져서 우리 모두 봉우리 참호로 뛰어올라, 포탄이 어느 산에서 터지는지 확인하는 정도였다. 이곳은 적군이 지난번보다 약간 가까웠다. 대략 삼사백 미터 같았다. 제일 가까운 적군 진지는 바로 맞은편으로 우리는 적군이 기관총을 배치한 총안으로 탄약을 낭비하고 싶은 유혹에 늘 시달렸다. 파시스트는 소총 사격에 별다른 신경을 안 쓰지만, 행여나 우리 편이 몸이라도 드러내면 기관총을 정교하게 퍼부었다. 그런데도 우리 편에서 첫 번째 부상병이 생긴 건 열흘이 넘은 다음이다. 우리 맞은편 적군은 스페인 부대로, 탈영병에 따르면, 독일 부사관도 몇 명 있었다.[15] 예전에는 아프리카 모로코 용병도 있었는데 - 더운 나라에서 온 악당들이 추위에 얼마나 고생했을까! - 양측 전선 중간 무인지대에서 모로코인 시신을 확인하고 깨달은 사실로, 그 시신은 이 지역에서 좋은 구경거리 가운데 하나였다.

우리 왼쪽으로 이삼 킬로미터 지점에서 전선이 끊겼다. 그곳은 땅이 넓고 지대가 낮고 숲이 울창해, 파시스트도 우리도 참호를 배치하지 않았다. 우리든 파시스트든 낮이면 그쪽으로 정찰을 나가곤 했다. 보이스카우트 관점에서 보자면 재미가 없는 건 아니나, 나는 파시스트 순찰대를 수백 미터 거리 이내에서 본 적이 한 번도 없다. 낮은 포복으로 한참 기어가면 파시스트 방어선을 뚫고 들어갈 수 있고, 그러면

---

15) 히틀러는 각종 무기를 지원하는 건 물론 독일군 병력 19,000명까지 스페인에 투입했으며, 무솔리니는 50,000명이 넘는 병력을 스페인 내전에 투입했다.

왕당파 깃발이 나부끼는 농가도 보이는데, 그 지역 파시스트 본부였다. 우리는 그곳을 향해 일제사격을 가하다가 기관총이 우리를 겨냥하기 직전에 얼른 피신하기도 했다. 우리가 창문이라도 몇 장 깨뜨렸길 기원하는데, 거리는 팔백 미터나 되고 소총 성능은 뻔해서 농가를 제대로 맞추는 자체도 쉬운 일이 아니었다.

날씨는 대체로 맑고 추웠다. 한낮에는 햇빛이 환하게 비추기도 하지만, 늘 추웠다. 산기슭 여기저기에서 야생 크로커스 녹색 잎사귀가 나타나고 붓꽃이 머리를 내미는 걸 보면 봄이 오는 건 분명한데, 너무 느렸다. 밤만 되면 오히려 더 추웠다. 경계근무를 마치고 잠시라도 시간만 나면 우리는 취사실에서 불 때고 남은 걸 긁어모아 새빨간 깜부기불을 쬐곤 했다. 군화는 망가질지언정 발을 녹일 수 있어서 정말 좋았다. 하지만 새벽빛이 봉우리 사이로 솟구치는 걸 보려고 이른 시간에 잠자리에서 빠져나오는 고통을 감내할 때도 있었다. 나는 산을 싫어한다. 전망이 좋은 산에서 놀라운 경관을 보는 것도 싫다. 하지만 우리 후면 봉우리 너머에서 밝아오는 새벽은, 어둠을 가르는 칼처럼 날카롭게 솟구치는 황금색 줄기는, 빛이 점차 늘어나다가 운해가 끝없이 새빨갛게 뻗어 나가는 광경은 설사 밤을 꼬박 새우느라 무릎 아래는 감각이 없고 앞으로 세 시간은 아무것도 못 먹는다는 생각이 떠올라서 우울할 때조차 구경할 가치가 충분했다. 전선을 지키는 동안에 나는 지난 삶 전체를 합친 이상으로 많은 일출을 보았다. 앞으로 살아갈 미래에는 이럴 일이 없기를 바랄 뿐이다.

우리 진지는 병력이 부족해서 경계 근무 시간이 길어, 그만큼 피곤했다. 나는 수면 부족으로 약간 고생했는데, 이건 아무리 조용한 전쟁이라도 피할 수 없는 현상이다. 보초와 정찰 업무는 차치하더라도 밤마다 경보가 울려서 경계 태세에 들어가고, 설사 그런 일이 없더라도,

지긋지긋한 땅굴은 발이 아플 정도로 추워서 제대로 잠잘 수 없었다. 전선에서 처음 서너 달 동안, 잠 한숨 못 자고 24시간을 버틴 적이 여남은 번을 넘지는 않는 것 같다. 하지만 잠에 푹 빠져든 밤도 여남은 번을 넘지는 않았다. 일주일에 스물에서 서른 시간 정도를 자는 게 일반이었다. 그 결과는 흔히 예상하는 만큼 나쁘진 않았다. 머리가 멍하고 산을 오르내리는 게 그만큼 힘들긴 해도, 몸은 늘 건강하고 배는 늘 고팠다. 아, 정말 배고팠다! 모든 음식이, 스페인에서 지내다 보면 어디에도 안 빠져 결국에는 눈에 띄기만 해도 싫어하게 되는 강낭콩조차 맛있는 것 같았다. 얼마 안 되는 물은 몇 킬로미터 거리에서 당나귀나 노새 등에 싣고 극심하게 부려먹으면서 운반했다. 무슨 이유인지, 아라곤 농부는 노새한테 잘하면서 당나귀는 엄청나게 구박했다. 당나귀가 움직이지 않으면 불알을 걷어차기 일쑤였다.

초는 보급을 중단하고, 성냥은 부족했다. 스페인 사람들은 연유깡통, 탄창, 걸레 조각으로 올리브유 등잔 만드는 법을 가르쳐주었다. 간혹가다 올리브 기름이 생기면 기름 등잔이 연기와 함께 불꽃을 깜빡이며 촛불 4분의 1 밝기로 타올랐다. 소총을 간신히 찾을 정도였다.

아쉽게도, 실전을 벌일 가능성은 없었다. 포세로 산을 떠날 때 총알을 셌더니, 거의 3주 동안 적군에게 쏜 건 세 발이 전부였다. 적군 한 명을 죽이는 데 총알 천 발이 든다고 하니, 이런 속도라면 내가 파시스트 한 명을 죽이는 데 20년은 걸리는 셈이다. 오스쿠로 산은 적군 방어선이 가깝고 총도 자주 쏘지만, 내가 적군을 맞췄을 가능성은 현실적으로 없다. 사실, 이 시기에 이쪽 전선에서 가장 효과적인 무기는 소총이 아니라 확성기였다. 적군을 죽일 수 없으니 소리라도 지른 것이다. 이렇게 전쟁하는 방법은 정말 독특하니, 설명이 필요하겠다.

서로 소리치면 들릴 만한 거리에서는 참호마다 언제나 커다랗게 외쳤다. 우리 쪽에서는 "파시스타스-마리코네스!"[16]라 소리치고, 파시스트 쪽에서는 "비바 에스파냐! 비바 프랑코!"[17]라고 소리치다가 우리 쪽에 영국인이 있다는 걸 알면 "고향으로 돌아가라, 영국놈아! 외국인은 필요 없다!"고 소리쳤다.

인민전선 정부는 정당 민병대가 커다랗게 소리쳐서 적군 사기를 떨어뜨리는 전술을 정식으로 끊임없이 개발했다. 위치가 적당한 병사에게, 대체로 기관총 사수에게 소리치는 임무를 맡기면서 확성기를 주었다. 이들은 틀에 박힌 내용을, 혁명적 정서가 가득한 내용을 소리치면서 파시스트 병사에게 '너희는 국제 자본주의 하수인에 불과하다, 너희는 너희 계급에 맞서서 싸우는 거다'는 식으로 설명하고, 우리 편으로 넘어오라고 촉구했다. 병사들은 서로 번갈아서 이런 내용을 끊임없이 되풀이하며 소리쳤다. 밤새도록 계속할 때도 잦았다. 이게 효과적이라는 건 의심할 여지가 없다. 드문드문 넘어오는 파시스트 탈영병이 부분적으로 영향받았다는 사실에 하나같이 동의했으니 말이다. 가만히 생각하면, 불쌍한 적군 보초는 사회주의나 무정부주의 노동조합 조합원으로 활동하다가 강제로 징집당했을 가능성이 크니, 진지에서 추위에 시달리는 판에 어둠 속에서 "너희 계급에 맞서서 싸우지 마라!"는 구호가 끊임없이 울리며 가슴 한구석을 파고들 때마다, 탈영하느냐 버티느냐 흔들리면서 고민할 수밖에 없을 터였다.

물론 이런 방식은 영국식 전쟁 개념에 안 맞는다. 그런 장면을 처음 보았을 때는 나도 솔직히 어이가 없고 창피했다. 적군에게 총을 쏠 생각은 않고 마음을 돌리게 하다니! 하지만 지금은 모든 관점에서 아주 타당한 작전이었다고 생각한다. 일반적인 참호전에서 야포 없이 적군

---

16) 파시스트는 호모다.
17) 스페인 만세!, 프랑코 만세!

을 죽이려면 이쪽 역시 상당한 손실을 감수해야 한다. 적군이 탈영해서 전력이 줄어들면 그만큼 유리한 데다, 정보까지 얻을 수 있으니 우리로서는 시체보다 탈영병이 훨씬 낫다. 하지만 처음에는 그런 행동에 우리 모두 당황했다. 스페인 사람들은 자기네 전쟁을 그다지 심각하게 받아들이지 않는다는 생각마저 들었다.

우리 오른쪽 아래편 통일사회당 초소에서 소리치는 병사는 이런 일에 정말 탁월했다. 그는 파시스트에게 혁명 구호를 외치는 대신, 우리가 그들보다 훨씬 잘 먹는다고 소리쳤다. 인민전선 정부가 배급하는 식량을 설명할 때면 상상력까지 살짝 발휘했다. "버터 바른 토스트! 우리는 지금 여기에 앉아서 버터 바른 토스트를 먹는다! 버터 바른 토스트가 정말 먹음직하다!"는 목소리가 쓸쓸한 골짜기 너머로 메아리치기 일쑤였다. 그 병사가 몇 주는 물론 몇 달 동안 버터를 구경조차 못 했다는 사실은 나를 비롯해 우리 모두 잘 안다. 하지만 밤에 추위에 덜덜 떨다가 버터 바른 토스트란 말을 들으면 수많은 파시스트 입에 침이 고일 게 분명했다. 거짓말이라는 걸 잘 아는 나조차 입에 침이 고였으니 말이다.

하루는 2월에 파시스트 비행기 한 대가 날아오는 게 보였다. 우리는 평소와 마찬가지로 기관총 한 대를 바깥으로 끌어다가 총신을 추켜세우고, 나머지는 겨냥을 잘하려고 바닥에 모두 드러누웠다. 우리 진지는 모두 동떨어져서 굳이 폭격할 가치가 없고, 몇 대 안 되는 파시스트 비행기는 기관총 사격을 피하려고 멀리 선회하는 게 일반이다. 그런데 이번에는 비행기가 우리 머리 위로, 너무 높아서 총을 쏘아야 아무런 소용이 없는 높이로 곧장 날아오더니, 폭탄이 아니라 하얗게 반짝거리는 게 떨어지며 공중에서 이리저리 흔들렸다. 몇 개가 퍼덕이며 우리 진지로 떨어졌다. 파시스트 신문 〈에랄도데 아라곤〉이 말라가를 함락했다고 선언하는 내용이었다.

그날 밤에 파시스트가 섣부르게 공격했다. 나는 잠자리에 누워서 반쯤 죽은 듯 자는데 머리 위 공중으로 총알이 갑자기 빗발치듯 날더니, 누군가 참호에 대고 소리쳤다.

"적군이 공격한다!"

나는 소총을 움켜쥐고 내가 맡은 위치로 올라갔다. 진지 꼭대기 기관총 바로 옆자리였다. 완전히 깜깜한 가운데 총소리만 무시무시했다. 기관총 다섯 정이 우리에게 총알을 퍼붓고, 묵직하게 쾅쾅거리는 소리도 연달아 일어났다. 파시스트가 자기네 흉벽 안쪽에서 수류탄을 던지는 소리인데, 정말 멍청한 짓이 아닐 수 없었다. 칠흑처럼 깜깜했다. 골짜기 아래 왼쪽에서 소총이 뿜어대는 불빛만 푸르스름했다. 소규모 파시스트 부대가, 정찰대가, 총을 쏘아대는 불빛이었다. 총알이 어둠 속에서 우리 주변을 쌩쌩 날아갔다. 포탄 서너 발이 우리 위로 쌔앵 날아갔다. 하지만 우리 주변에 떨어진 건 하나도 없을뿐더러, 이번 전쟁에서 흔히 그러듯, 터지지 않는 게 대부분이다. 그런데 우리 뒤편 봉우리에서 기관총 한 정이 불을 뿜는 순간, 나는 이제 끝장이다 싶었다. 실제로는 우리를 지원하려고 쏘아대는 기관총인데, 당시에는 우리가 완전히 포위당한 느낌이었다.

우리 진지 기관총은 금세 망가졌다. 이번에도 당연히 형편없는 총알 때문인데, 한 치 앞이 안 보이는 어둠 속에서 탄약 꽂을대를 찾을 수도 없었다. 가만히 서서 총알에 맞는 외에는 다른 방법이 없는 것 같았다. 그런데 스페인 기관총 사수들은 숨는 게 싫어서 몸을 일부러 노출하니, 나 역시 그럴 수밖에 없었다. 하찮은 사례지만, 나로선 정말 흥미진진하지 않을 수 없었다. 총탄 세례를 받았다고 할 만한 경우는 이번이 처음으로, 창피하게도, 나는 무지하게 겁난다는 사실을 깨달았다. 지금 생각하면, 총알 세례가 빗발칠 때는 누구나 그런 느낌을 받는 것 같다. 총알에 맞는 자체가 무섭다기보다 어디에 맞을지 모른다는 게 무서운 거다. 총알 세례를 받는 동안 총알이 어디에 박힐까 끊임없이 생각하다 보면 몸 전체가 정말 불쾌할 정도로 예민하게 변하니 말이다.

한두 시간이 지나면서 사격이 줄다가 완전히 멈췄다. 우리 편에 부상병은 단 한 명이었다. 파시스트는 아무도 없는 중간 지대까지 전진해서 기관총 두 정을 설치했지만, 안전한 거리를 유지할 뿐 우리 진지로 총알을 퍼붓진 않았다. 실제로 그들은 공격한 게 아니라 말라가 함락을 자축하느라 총을 신나게 쏘아댄 것에 불과했다. 이번 사건에서 무엇보다 중요한 건, 신문에 실린 전쟁 소식을 내가 더욱 의심스러운 눈으로 바라보게 되었다는 사실이다. 하룬가 이틀 뒤에 신문과 라디오에서 파시스트 기병대와 탱크가 (그것도 수직 비탈을 올라오며!) 맹공을 퍼부었는데 영국인 민병대 부대가 영웅적으로 싸워서 모두 물리쳤다고 보도했기 때문이다.

파시스트가 말라가를 함락했다고 주장할 때도 우리는 거짓말로 치부했으나, 바로 다음 날에 훨씬 그럴싸한 소문이 돌고, 공식 기관에서 인정하는 데에는 하룬가 이틀이 걸린 것 같다. 그러더니, 아군이 총 한 방 안 쏘고 도시에서 철수했다, 이탈리아 파시스트 부대는 싸울 상대가 없어서 가엾은 민간인 다수에게 화풀이했다, 일부는 백오십 킬로미터나 쫓아가서 민간인을 기관총으로 사살했다는 등등, 굴욕적인 이야기가 조금씩 흘러나왔다. 이런 소식에 전선 전체가 얼어붙었다. 사실 여부야 어쨌든, 민병대 전체는 말라가 포기를 배반 행위로 여긴 거다. 목적이 다르다거나 배반했다는 말을 내가 처음 들은 게 바로 그때다. 내가 내전 전체를 막연하게 의심한 것 역시 그때가 처음이다.

옳고 그름이 아름다울 정도로 단순명쾌하던 느낌이 사라진 거다.

2월 중순에 우리는 오스쿠로 산을 떠나, 통일노동자당 부대 전체와 함께 우에스카 포위 공격에 참여했다. 우리는 화물 트럭을 타고 겨울 평원을 가로지르며 80㎞를 달렸다. 가지를 친 포도 덩굴은 싹트기 전이나, 겨울 보리는 울퉁불퉁한 땅을 뚫고 싹을 내밀었다. 우리가 새로 들어선 참호와 4㎞ 떨어진 거리에서 우에스카는 인형 집이 가득한 도시처럼 조그맣고 선명하게 반짝거렸다. 몇 달 전, 시에모타를 점령할 때, 정부군 총사령관은 "내일이면 우에스카에서 커피를 마실 거"라고 쾌활하게 말했다. 이 말은 거짓으로 끝났다. 여러 차례 치열하게 공격했지만, 우에스카 함락에 실패하고, "내일이면 우에스카에서 커피를 마실 거"라는 말은 판에 박힌 농담처럼 부대 전체를 돌아다녔다. 행여나 내가 스페인에 다시 간다면 우에스카에서 커피 한잔을 반드시 마시고 말겠다.

제5장

우에스카 동부 전선에서는 3월 말까지 아무 일 없었다. 말 그대로 아무 일도 없었다. 우리 진지와 적군 진지는 천이백 미터 거리였다. 파시스트가 쫓기면서 우에스카로 퇴각할 때, 이쪽 전선을 책임진 공화국 군대가 악착같이 밀고 들어가지 않아, 주머니처럼 생긴 전선이 탄생했다. 어차피 나중에는 빗발치는 총알을 견디며 진격하겠지만, 당장은 적군이 아예 없는 거나 마찬가지였다. 우리에게 유일한 관심사는 추위를 피하고 먹을 걸 확보하는 것이었다. 사실대로 말하자면, 나는 이 시기에 몇 가지에 크게 관심이 끌렸는데, 나중에 설명하겠다. 사건을 순서대로 정리하려면 정부 측에 존재하던 내적 갈등부터 설명하고 넘어가야 하니 말이다.

처음에 나는 이번 전쟁에 내재한 정치 갈등을 무시했는데, 이 무렵부터는 관심을 가질 수밖에 없었다. 소름 돋는 정당 정치에 관심이 없는 독자라면 건너뛰기 바란다. 나 역시 똑같은 마음이라서 정당 정치에 관한 부분은 나중에 따로 다루고자 한다. 하지만 스페인 내전을 순전히 군사적인 각도에서 쓴다는 건 완전히 불가능하다. 무엇보다도, 이 전쟁은 정치 전쟁이다. 정부 방어선 뒤에서 벌어지던 정당 내부 투쟁을 모른다면 이 전쟁을 조금도 파악할 수 없다, 첫해에 일어난 사건은 더더욱.

스페인에 처음 올 때도 상당 기간이 지난 다음에도, 나는 정치 상황에 관심도 없고 아는 것도 없었다. 전쟁이 벌어졌다는 건 알아도, 어떤 전쟁인지는 몰랐다. 그런데도 민병대에 입대한 이유가 뭐냐고 묻는다면 나는 "파시즘에 대항해서 싸우려고"라고, 싸우려는 이유가 뭐냐고 또 묻는다면 나는 "상식을 지키려고"라고 대답하겠다. 나는 《뉴스 크로니클》과 《뉴 스테이츠먼》에서 설명하는 대로, 블림프스 대령이 히틀러에게 지원받아 일으킨 반란에 맞서서 인류가 문명사회를 지키려는 전쟁으로 받아들였다. 혁명적인 바르셀로나 분위기도 나를 깊이 빨아들였다. 하지만 그 자체를 이해하려고 노력하진 않았다. 다양한 정당과 노동조합이, P.S.U.C., P.O.U.M., F.A.I., C.N.T., U.G.T., J.C.I., J.S.U., A.I.T. 등등 어려운 명칭이 이리저리 꼬여서 짜증만 치밀었다. 처음에는 스페인이 머리글자 전염병에 걸렸다는 느낌만 들었다. 내가 통일노동자당이라는 조직에 참여했다는 사실은 나도 알았다. 내가 통일노동자당 민병대에 입대한 건 영국 독립노동자당에서 제공한 신분증을 들고 바르셀로나에 도착했다는 이유 하나 때문이다. 정당들 사이에 심각한 차이가 있다는 사실은 전혀 몰랐다.

포세로 산에서 병사들이 우리 왼쪽 진지를 가리키며 "저쪽은 사회주의자 진지"(통일사회당이라는 의미다)라고 말할 때, 나는 어리둥절해서 "우리 모두 사회주의자 아니냐?"고 물었다. 사람들이 목숨 걸고 싸우는 건 똑같은데 정당은 다르다는 자체가 정말 멍청하단 생각이 들었다. 그래서 나는 언제나 "다들 말도 안 되는 정치 놀이는 그만두고 전쟁에 집중하자!"는 태도를 보였다. 이건 「반파시스트」 자세로 당연히 올바른 태도고 영국 신문은 이런 자세를 주도면밀하게 퍼뜨렸는데, 그 의도는 사람들이 이번 투쟁에 내재한 본질을 정확히 이해할 수 없도록 하자는 거였다. 하지만 스페인에서는, 카탈루냐에서는 더더욱, 그 누구도 이런 태도를 마냥 유지할 수 없고 유지하지도 않았다. 누구든, 좋든 싫든, 결국에는 한 편을 선택했다. 정당이나 갈등을 빚는 「노선」에 아무리 관심이 없다 해도, 자신의 운명이 거기에 걸렸다는 게 너무나 분명했기 때문이다. 병사들은 민병대로서 프랑코와 싸우지만, 정치 이론 두 개를 놓고 엄청나게 다투는 사이에서 볼모 역할도 했다. 산비탈에서 땔감을 찾아다니며 이게 진짜 전쟁인지 《뉴스 크로니클》이 가짜로 만들어낸 건지 의아하게 여긴 것도, 바르셀로나 시가전 당시에 공산주의자들이 쏘는 기관총을 피해 다닌 것도, 경찰이 뒤쫓는 상황에서 마침내 스페인을 간신히 빠져나온 것도…… 이런 일을 모두 겪은 건 내가 P.S.U.C.(통일사회당)가 아니라 P.O.U.M.(통일노동자당) 민병대로 근무했기 때문이다. 머리글자 두 개에 엄청난 차이가 있었던 거다!

인민전선 정부를 구성한 세력을 이해하려면 내전을 어떻게 시작했는지 알아야 한다. 7월 18일에 싸움이 처음 일어나는 순간, 유럽에 존재하는 반파시스트 세력은 새롭게 솟구치는 희망을 하나같이 느꼈다. 마침내 스페인에서 민주주의가 일어나 파시즘에 대항하는 게 분명했기 때문이다. 그전까지는 국가마다 다양한 민주주의를 시행하다가 파시즘에 굴복하고 말았는데 말이다. 일본이 만주에서 마음대로 행동해도 모두 방관했다. 히틀러가 권력을 틀어잡고 다양한 정적을 모두 학살해도 방관했다. 무솔리니가 아비시니아를 폭격하는 동안에도 53개 국가(그래, 53개국이 맞는 것 같다!)는 "그만하라"며 점잖게 타이르기만 했다. 하지만 온건한 좌익 정부를 프랑코가 전복하려는 순간에 스페인 민중은 모든 예상을 뒤엎고 일어나서 프랑코에 맞서 싸웠다. 기류가 바뀌는 것처럼, 아니, 진짜 바뀐 것처럼 보인 거다.

하지만 세상이 제대로 못 본 게 몇 가지 있다. 무엇보다 먼저, 엄격하게 말해서 프랑코를 히틀러나 무솔리니하고 비교할 순 없다. 프랑코가 일으킨 군사 반란을 귀족과 교회가 지원해, 기본적으로, 초창기에는 특히, 파시즘이 아니라 봉건제로 돌아가려고 시도했다. 따라서 프랑코는 노동 계급은 물론이고 다양한 부르주아지 자유주의자도 – 파시즘이 현대적인 모습으로 나타날 때 누구보다 열심히 지지하는 계급도 – 적으로 삼았다. 이보다 중요한 건 스페인 노동 계급이 영국에서 흔히 생각한 것처럼 〈민주주의〉를 지켜서 〈현상 유지〉[18]를 하려고 프랑코에 저항한 게 아니라는 사실이다. 이들이 들고일어나면서 혁명적인 성격이 뚜렷한 봉기도 일어났기 때문이다. 프랑코에 대한 저항과 혁명적 봉기는 하나라고 말해도 될 정도로 말이다. 토지는 농민이 장악하고, 공장과 교통수단은 노동조합이 장악하고, 교회 건물은 부수고 사제는 내쫓거나 죽였다. 그래서 《데일리 메일》은 프랑코를 애국자라고, 사악한 〈빨갱이〉 무리에게서 나라를 구하려는 애국자라고 묘사해, 가

---

18) 제2 인민정부를 가리킨다.

톨릭 성직자에게 극찬을 받았다.

전쟁 초기 몇 달만 해도 프랑코를 괴롭힌 가장 커다란 적은 인민전선 정부가 아니라 노동조합이었다. 프랑코가 반란을 일으키자마자 도시 노동자 조직은 총파업으로 맞서다가 무기고에 몰려가서 무기를 요구하고 싸워서 빼앗았다. 노동자들이 자발적으로 그리고 다소 독자적으로 행동하지 않았다면, 현실적으로 프랑코는 아무런 저항도 겪지 않았을 가능성이 크다. 물론 이런 걸 확실하게 장담할 순 없지만, 이렇게 생각할 근거는 충분하다. 인민전선 정부는 반란을 사전에 막으려는 노력을 거의 않거나 전혀 안 했다. 반란이 일어날 걸 오래전에 예상했으면서도 말이다. 그러다가 문제가 터지자 정부는 주저하면서 극히 유약한 태도를 보였다. 실제로, 수상을 하루에 두 번이나 바꿀 정도였다.[19] 게다가 당면 상황에 대처하는데 무엇보다 중요한 조치를, 노동자가 무장하는 것을 한참이나 망설이다가 격렬한 대중적 요구에 못 이겨서 마지못해 허용했다.

어쨌든 노동자는 무기를 확보하고 스페인 동부 여러 도시에서 파시스트는 엄청난 반격에 밀렸는데 주력은 노동 계급이며 옆에서 도운 건 돌격대 등 정부에 충성하던 군대 일부였다. 이건 혁명에 대한 의지가 확실한 인민이 아니고선, 현재보다 훨씬 바람직한 사회를 위해 싸운다고 확신하는 인민이 아니고선 누구도 할 수 없는 투쟁이었다. 다양한 도시 노동자가 봉기하면서 단 하루에 3천에 달한 민중이 거리에서 죽었다. 남자나 여자가 다이너마이트만 들고 기관총 사수를 향해 탁 트인 광장을 가로지르며 석조 건물로 돌진했다. 파시스트가 전략 지점마다 세워놓은 기관총 진지를 택시들이 시속 백 킬로미터로 돌진해서

---

19) (원주) 키로가에서 바리오스로, 그리고 히랄로 바꿨다. 처음 두 수상은 노동조합에 무기를 공급하길 거부했다.

부숴버렸다. 농민이 토지를 접수하고 지역 소비에트를 수립했다. 저항 세력 주축인 무정부주의자와 사회주의자들이 자본주의적 민주주의를 지키려고 그렇게 행동했다고 믿을 순 없다. 특히, 무정부주의 관점에서 자본주의적 민주주의는 중앙 집권적 착취 구조에 지나지 않는데 말이다.

어쨌든 노동 계급은 무기를 손에 넣었고, 새로운 단계에서 무기를 내놓길 거부했다. (1년이 지난 다음에도 카탈루냐 무정부주의 조합주의자들이 소지한 소총은 3천 정에 달했다.) 파시스트를 지지하는 대지주 토지는 농민이 모두 접수했다. 산업과 교통수단은 공공소유로 돌림과 동시에 지역 위원회를 세우고 노동자 순찰대를 만들어서 자본주의 경찰력을 대체하고 노동조합에서 노동자 민병대를 조직하는 등, 노동자 정부를 세우려는 첫발을 곳곳에서 거칠게 내디뎠다. 물론 진행 단계가 모두 똑같은 건 아니며, 카탈루냐는 다른 지역보다 유난히 활발했다. 지방정부가 거의 원형 그대로 남은 지역도 있고, 지방정부가 혁명위원회와 공존하는 지역도 있었다. 일부 지역에서는 무정부주의 코뮌을 독자적으로 세우고, 이 가운데 일부는 대략 1년 정도 버티다가 인민전선 정부에게 강제로 해산당했다.

카탈루냐에서는 처음 몇 달 동안 무정부주의 조합주의자들이 실질적인 권력을 대부분 장악하고 주요 산업을 통제했다. 스페인에서 일어난 사건은 실제로 단순한 내전이 아니라 혁명이었다. 스페인 외부에서 반파시스트 언론이 구체적인 혁명을 모호하게 변질시켰다. 〈파시즘 대 민주주의〉로 쟁점을 좁히고 혁명적 측면은 최대한 숨겼다. 영국은 다른 나라보다 언론 집중이 심하고 대중은 훨씬 가볍게 속아 넘어가는 편이라 스페인 내전에 대해서 입에 오르내리는 시각은 두 가지가 전부였다. 하나는 볼셰비키 세력이 유혈 사태를 일으켜서 기독교 애국세력

이 맞서 싸우는 거란 우익 시각이고, 또 하나는 신사적인 공화주의자들이 군사 반란을 진압하는 거란 좌익 시각이었다. 핵심적 쟁점은 완벽하게 숨긴 거다.

여기에는 몇 가지 이유가 있다. 우선, 파시스트에 동조하는 언론은 잔혹 행위가 있었다는 끔찍한 거짓말을 유포하고, 여론 선도층은 스페인이 〈공산국가〉로 가는 걸 부정하는 게 스페인 인민전선 정부를 돕는 길이라고 좋은 뜻에서 생각한 게 분명하다. 하지만 훨씬 커다란 이유가 있다. 나라마다 존재하는 소수 혁명집단만 예외일 뿐, 스페인에서 일어나는 혁명을 온 세상이 막기로 한 거다. 특히 각국 공산당은, 소련이 지시하는 가운데, 혁명을 억누르려고 모든 힘을 기울였다. 현 단계에서 혁명은 치명적이라는 게, 스페인은 노동자 정권이 아니라 부르주아 민주주의를 목표로 해야 한다는 게 공산당 주장이었다. 〈자유주의〉 자본가들과 똑같은 의견을 주장한 이유까지 굳이 열거할 필요는 없다. 외국 자본은 스페인에 많이 투자했다. 예를 들어, 〈바르셀로나 철도 회사〉는 영국 자본 천만 파운드를 끌어들였는데, 카탈루냐에서 노동조합이 운송 수단을 모두 접수했다. 혁명이 성공하면 영국은 아무런 보상을 못 받거나 극히 조금밖에 못 받는데, 자본주의 공화국이 승리하면 외국 투자 자본은 안전하다. 따라서 혁명을 진압해야 하니, 혁명은 아예 일어나지도 않은 것처럼 상황을 극히 단순하게 왜곡한 거다.

각각의 사건에 담긴 진정한 의미를 이런 식으로 덮어버리고, 노동조합이 확보한 권력을 중앙정부에 넘기는 게 군대 재편에 꼭 필요한 조치처럼 주장했다. 그래서 극히 이질적인 상황이 묘하게 나타났다. 스페인 바깥에서는 스페인에서 혁명이 일어났다는 사실을 파악한 사람이 거의 없고, 스페인 내부에서는 아무도 혁명을 의심하지 않은 것이다. 공산당이 통제해서 다소간 반혁명 정책을 취하던 P.S.U.C. 신문도

〈우리 영광스러운 혁명〉에 대해 이야기했다. 그런데 외국 공산주의 언론은 혁명 징후를 어디에서도 찾아볼 수 없다고, 공장을 접수하거나 노동자 위원회를 설립하는 행위는 어디에도 없다고, 일부에서 그렇게 하지만 〈정치적인 의미가 있는 건 아니〉라고 목소리를 높였다.

1936년 8월 6일에 간행한 《데일리 워커》에 따르면, 스페인 인민이 사회 혁명을 위해, 또는 부르주아 민주주의가 아닌 정치체제를 위해 싸운다고 말하는 사람은 '새빨간 거짓말을 늘어놓는 악당'이었다. 그러나 발렌시아 정부 각료 후앙 로페스는 1937년 2월에 "스페인 인민은 민주주의 공화국이나 종잇조각에 불과한 헌법이 아니라, 혁명 때문에 피를 흘리는 거다"고 선언했다. 새빨간 거짓말을 늘어놓는 악당 가운데에는 우리가 수호하려고 싸우는 정부 각료도 있는 셈이다.

외국 반파시스트 신문 상당수는 교회가 파시스트 요새로 쓰일 때만 공격받는다는 거짓말까지 처량하게 늘어놓았다. 실제로 교회는 어디나 약탈당했는데, 이는 당연한 일이었다. 스페인 교회는 자본주의 돈벌이 수단에 불과하다는 걸 민중이 완벽하게 이해했기 때문이다. 스페인에 여섯 달 동안 머무는 사이에 내가 본 교회 가운데 파괴되지 않은 건물은 딱 두 개며, 1937년 7월까지 어떤 교회도 문을 열고 미사를 할 수 없었다. 마드리드에 있는 개신교 교회 한두 개만 예외였다.

하지만 이건 혁명 시작이지 혁명 완성은 아니었다. 카탈루냐는 물론 다른 여러 곳에서 노동자에겐 그럴 힘이 분명히 있는데도 정부를 전복하거나 교체하지 않았다. 프랑코가 망치로 대문을 두드리고 중간 계급 일부가 프랑코를 편드는 상황에서 그럴 수 없는 건 당연했다. 이 나라는 사회주의 방향으로 나아갈 수도 있고 일반적인 자본주의 공화국으로 돌아갈 수도 있는 과도기 상태였다. 농민은 토지를 대부분 몰수했으며 토지를 계속 점유할 가능성이 컸다, 프랑코가 승리하지 않는 한.

커다란 공장은 모두 공유로 돌렸지만, 공유 상태를 유지할지 자본주의로 돌아갈지는 결국 어느 정치집단이 권력을 장악하느냐에 따라 결정될 수밖에 없었다.

초기에 중앙정부와 헤네랄리테 데 카탈루냐(반(半)자치 카탈루냐 지방정부) 양측은 노동 계급을 또렷하게 대표했다. 중앙정부는 좌익 사회주의자 카발레로가 이끌고, 노동자 총연합(사회주의 노동조합 동맹, U.G.T.)과 전국노동자연맹(무정부주의자들이 통제하는 노동조합주의 노동조합 동맹, C.N.T.) 대표자도 내각에 참여했다. 카탈루냐 지방정부는 노동조합을 대표하는 위원을 다수로 구성한 반파시스트 방어 위원회[20]가 업무를 한동안 대신했다. 나중에는 방어 위원회를 해산하고 노동조합과 다양한 좌익 정당을 대표하는 형태로 지방정부를 다시 구성했다. 하지만 중앙정부는 개편을 거듭하면서 우익으로 조금씩 이동했다. 처음에는 통일노동자당이 중앙정부에서 쫓겨나더니, 여섯 달 뒤에는 카발레로 자리를 우익 사회주의자 네그린이 차지했다. 그런 직후에는 전국노동자연맹이 정부에서 쫓겨나고, 다음에는 노동자총연합이 쫓겨나더니, 결국, 전쟁과 혁명이 발발하고 1년 뒤에는 우익 사회주의자, 자유주의자, 공산주의자만 남아서 중앙정부를 구성했다.

우익으로 돌아서기 시작한 건 1936년 10월~11월 무렵이다. 소련이 정부에 무기를 공급하면서 권력이 무정부주의자에게서 공산주의자로 넘어가기 시작한 것이다. 러시아와 멕시코를 제외한 그 어떤 나라도 스페인 정부를 지원할 만큼 관대하지 않았는데, 멕시코는 무기를 대량으로 공급할 여건이 아닌 게 분명했다. 따라서 러시아가 조건을 결정하

20) (원주) Comité Central de Milicias Antifascistas. 조직원 수에 비례해서 위원을 선출했다. 노동조합을 대표하는 위원은 아홉 명, 카탈루냐 자유주의 정당을 대표하는 위원은 세 명, 다양한 마르크스주의 정당(통일노동자당, 공산당, 기타)을 대표하는 위원은 두 명이었다.

는 위치에 올라선 것이다. 러시아가 제시한 조건은 사실상 '혁명을 안 막으면 무기도 없다'였다. 그래서 혁명 분자를 제거하는 첫 번째 조치로 카탈루냐 지방정부에서 통일노동자당을 추방했으니, 이는 소련 명령에 따른 거란 사실을 조금도 의심할 수 없다. 러시아 정부가 압력을 직접 행사했다는 소문은 끊임없이 부인하지만, 이건 별다른 의미가 없다. 어떤 나라든 공산당은 러시아 정책에 따르는데, 공산당이 처음에는 통일노동자당을 반대하고 나중에는 무정부주의자를 반대하고 나중에는 사회주의자 카발례로 일파를 반대하고, 혁명 정책 일반에 반대한 핵심세력이었다는 건 부인하지 않기 때문이다. 소련이 개입한 이상 공산당 승리는 너무나 당연했다.

우선, 무기를 공급하는 러시아가 고마운 데다 〈국제여단〉까지 도착하면서 공산당이 확실히 승리할 것처럼 보이자, 공산주의자 위신이 크게 올라갔다. 둘째, 러시아는 공산당 그리고 공산당과 동맹한 정당을 통해서 무기를 공급하고, 이들은 정적에게 무기가 최대한 안 가도록 조치했다.[21] 셋째, 공산주의자는 반혁명 정책을 선포하는 방법으로 극단주의에 겁먹은 세력을 모두 규합했다. 예를 들어, 무정부주의 공유화 정책에 반대하는 식으로 부농을 간단하게 끌어모았다. 그래서 공산당 당원이 엄청나게 늘어났는데, 대체로 상점 주인, 관리, 장교, 부농 같은 중간 계급이었다. 그러면서 전쟁 자체가 삼각 구도로 변했다. 인민전선 정부는 프랑코에 맞서서 계속 싸우지만, 동시에 노동조합 수중에 남은 권력까지 빼앗으려고 한 것이다. 이런 작업은 사소한 조치를 계속 내리는 식으로 정교하게 나타났다. 바늘로 콕콕 찌르는 방식이라고 누가 한탄할 정도였다. 반혁명 조치가 또렷하고 확실하게

21) (원주) 바로 이것 때문에 주력 부대가 무정부주의자였던 아라곤 전선에서 러시아 무기가 그렇게 드물었던 거다. 1937년 4월까지 내가 본 러시아제 무기는 러시아제일 수도 있고 아닐 수도 있는 비행기 몇 대를 제외하면 기관단총 한 정이 유일하다.

나타나는 경우는 없었다. 1937년 5월까지는 무력을 사용할 필요조차 없었다. "당신네가 이렇게 안 하면, 저렇게 안 하면, 우리는 전쟁에서 진다"는 식으로 너무 뻔해서 말할 필요조차 없는 주장 하나로 노동자를 언제나 무릎 꿇릴 수 있었기 때문이다. 말할 필요도 없겠지만, 군사적으로 필요하다면서 요구한 내용은 노동자가 1936년 투쟁에서 쟁취한 권력을 조금씩 빼앗는 거였다. 하지만 무엇을 요구하든 매번 성공할 수밖에 없으니, 혁명 정당은 내전에서 지는 게 무엇보다 싫었기 때문이다. 내전에 진다면 민주주의와 혁명, 사회주의와 무정부주의는 무의미한 어휘로 전락하기 때문이다.

세력이 커서 문제가 될 수 있는 유일한 혁명 정당은, 무정부주의 정당은, 한 걸음 한 걸음 물러나지 않을 수 없었다. 공유화 과정은 중단하고, 지역 위원회는 해산하고, 노동자 순찰대는 폐지하고, 전쟁 전 경찰력은 세력을 확대해서 복원하며 중무장까지 갖추고, 노동조합이 통제하던 주요 산업은 정부가 접수했다. (바르셀로나 전화교환소를 장악하면서 5월 시가전으로 이어진 사건은 이런 과정에서 생긴 거다.)

마지막으로, 무엇보다 중요한 건데, 노동조합에서 조직한 노동자 민병대를 점차 해체해서 인민군 소속으로 재배치했다는 사실이다. 반(半)부르주아 노선에 따른 〈비정치적〉 군대로, 봉급 체계를 차별화하고 장교 계급 특권을 유지하는 형태로 인민군을 재편한 거다. 혁명 정당이 밀리는 분위기에서 이건 정말 결정적인 조치였다. 카탈루냐에서는 이런 조치를 다른 곳보다 늦게 시행했는데, 혁명 정당 세력이 가장 강한 지역이었기 때문이다. 노동 계급이 그동안 쟁취한 권력을 유지하려면 자신들이 통제하던 무장 병력을 지켜야 한다는 건 분명하다. 하지만 흔히 그런 것처럼, 군사적 효율성이란 명분으로 민병대까지 해체하고 말았다. 군대를 철저하게 재편해야 한다는 사실은 아무도 부정하지 않았다. 하지만 노동조합이 직접 통제하면서 민병대를 효율적으로 재편하는 방법도 얼마든지 가능하다. 그러나 인민군을 재편하는 가장 커다란 목적은 무정부주의 정당이 통제하는 군대를 없애자는 거였다. 게다가 민병대는 민주적인 분위기 때문에 혁명 사상을 양산하는 토대로 작용하기도 했다. 공산당은 이런 사실을 잘 알며, 그래서 통일노동자당과 무정부주의 정당이 모든 계급에 같은 보수를 지급하는 원칙을 끊임없이 통렬하게 비난했다.

〈부르주아로 돌아가는 분위기〉가, 혁명 초기 몇 개월 동안 시행한 평등 정신을 일부러 깨부수는 분위기가 일어났다. 모든 게 너무나 갑작스러운 바람에 스페인을 몇 달 간격으로 다시 찾은 사람은 다른 나라에 온 것 같다고 한탄할 정도였다. 잠시나마 표면적으로 노동자 국가처럼 보이던 국가가 부자와 빈자로 갈리는 평범한 부르주아 공화국으로 변하기 시작한 거다. 1937년 가을에는 〈사회주의자〉 네그린이 대중 연설에서 "우리는 사적 소유를 존중한다"고 선언하고, 전쟁 초기에 파시스트에 동조한 혐의 때문에 국외로 탈출할 수밖에 없었던 코르테스[22] 의원들이 스페인으로 돌아왔다.

이런 과정 전체는 파시즘 때문에 부르주아와 노동자가 일시적으로 동맹을 맺은 데서 나타난 결과로 쉽게 이해할 수 있다. 인민전선이라는 동맹 자체는 본질에서 적일 수밖에 없는 세력끼리 맺은 거로, 한쪽이 다른 쪽을 집어삼키는 식으로 끝날 수밖에 없다. 스페인 상황에서 예기치 못한 유일한 측면은, 그래서 스페인 외부에 엄청난 오해를 불러일으킨 측면은, 인민전선 정부에 참여한 정당 가운데서 공산당이 극좌가 아니라 극우 편에 섰다는 점이다. 사실, 이건 놀랄 일도 아니다. 다른 나라 공산당은, 특히 프랑스 공산당은, 공산주의 전체가 최소한 당장

---

22) 스페인 의회를 말한다.

은 반혁명 세력으로 자리해야 한다는 주장을 명백하게 밝혔기 때문이다. 코민테른 정책 전체는 이제 소련 방어를 최우선으로 삼고, 이는 세계 상황을 고려할 때 나름대로 타당하며, 군사동맹 체계 역시 여기에 기초한다. 그래서 소련은 자본주의 제국주의 국가 프랑스와 동맹까지 맺었다. 이 동맹은 프랑스 자본주의가 강하지 않으면 러시아에 쓸모가 없으니, 프랑스 공산당 역시 반혁명으로 돌아설 수밖에 없었다. 따라서 프랑스 공산당은 이제 삼색기 뒤에서 행진하며 라 마르세예즈[23]를 부르는 건 물론, 이게 훨씬 중요한데, 다양한 프랑스 식민지에서 효과적인 선전선동을 모두 중단했다. 불과 3년 전에는 프랑스 공산당 비서 토레스가 프랑스 노동자는 교묘한 말에 속아서 독일 동지와 싸우는 일이 절대 없을 거라는 선언까지 했다.[24] 그리고 지금은 프랑스에서 가장 시끌벅적한 애국자 가운데 하나로 변신했다.

각 나라에 존재하는 공산당 전술을 파악하는 지침은 그 나라가 소련과 군사적으로 어떤 관계를 맺는가 하는 거다. 예를 들어, 영국은 입장이 여전히 불분명해서 영국 공산당은 거국 내각에 여전히 적대적이며, 신무기 개발에 노골적으로 반대한다. 그러나 대영제국이 소련과 동맹을 맺거나 군사 협약을 맺는다면, 영국 공산당 역시 프랑스 공산당과 마찬가지로 애국자며 제국주의자로 돌변할 수밖에 없으니, 이런 전조는 이미 나타났다.

스페인 공산당은 러시아 동맹국 프랑스가 이웃에 혁명 국가가 생기는 걸 강력하게 반대하고 스페인령 모로코 해방을 막으려고 길길이 날뛴다는 사실에 영향받아 〈노선〉을 설정했다는 건 의심할 여지가 없다. 모스크바에게 재정을 지원받아서 붉은 혁명 이야기를 홍보하는

23) 프랑스 국가(國歌).
24) (원주) 1935년 3월에 프랑스 하원에서 이렇게 선언했다.

《데일리 메일》은 훨씬 많이 왜곡한 이야기를 사방에 퍼트렸다. 하지만 실제로 스페인에서 혁명을 막는 세력은 바로 공산당이었다. 나중에 우익 세력이 상황을 완전히 장악하자, 공산당은 혁명 지도자를 추적하고 체포하는 일에 자유주의자보다 지독하게 달려드는 모습까지 기꺼이 보여주었다.[25)]

지금까지 나는 스페인 혁명이 일어난 첫해를 전체적으로 가볍게 묘사했다. 그러면 특정 시점에 벌어진 상황을 그만큼 쉽게 이해할 수 있기 때문이다. 하지만 지금까지 언급한 상황을 내가 2월 당시에 알았던 건 아니다. 우선, 내가 눈을 뜨게 한 사건은 여전히 안 일어나고, 내가 동조하는 내용도 여러 측면에서 현재와 달랐다. 전쟁을 둘러싼 정치적 속성이 더없이 지루하기도 하고, 내가 가장 많이 접하는 관점에, 즉, 스페인 통일노동자당과 영국 독립노동자당 관점에 자연스럽게 반응했기 때문이다. 나와 함께 지낸 영국인은 독립노동자당 당원이 대부분이고 공산당 당원은 소수며, 대부분은 정치의식이 나보다 훨씬 뛰어났다. 우에스카 주변에서 아무런 사건도 안 일어나 모든 게 따분하던 몇 주 동안, 나는 끝없이 이어지는 정치 토론 한가운데로 빨려들었다. 냄새가 역하고 외풍이 심한 농가 헛간 숙소에서, 사방이 깜깜한 대피호에서, 몸이 꽁꽁 얼어붙는 한밤중에 흉벽 뒤에서, 서로 충돌하는 당 〈노선〉을 논쟁하고 또 논쟁했다. 스페인 병사들 사이에서도 마찬가지였으며, 우리가 보는 신문 대부분은 정당 사이에서 일어나는 갈등을 크게 다루었다. 그런 상황에서 다양한 정당이 주장하는 내용을 못 주워듣는다면 청각장애인이거나 바보일 수밖에 없다.

정치 이론이란 관점에서 문제가 되는 정당은 통일사회당(P.S.U.C.), 통

25) (원주) 각 정당이 정부에 가담해서 서로에게 미친 영향을 제대로 파악하려면 프란츠 보케노가 쓴 『스페인 투계장』을 보라. 스페인 내전에 대해 지금까지 나온 책 가운데에서 가장 쓸 만한 책이다.

일노동자당(P.O.U.M.), 무정부주의로 통칭하는 전국노동자연맹(C.N.T.) - 무정부주의 연합[26] 세 개다. 우선, 통일사회당부터 이야기하겠다. 마지막으로 승리했으며 지금도 눈에 띄게 상승세를 타는, 무엇보다 중요한 정당이기 때문이다.

통일사회당 〈노선〉을 설명하려면, 이게 공산당 〈노선〉이란 사실부터 설명해야 한다. P.S.U.C.(Partido Socialista Unificado de Cataluña)는 카탈루냐 사회당이다. 전쟁 초기에 카탈루냐 공산당을 포함한 마르크스주의 정당 여럿이 연합해서 만든 당이지만, 이제는 공산당이 완전히 통제하고, 제3 인터내셔널에도 가입했다. 스페인 다른 지역에서 사회주의자와 공산주의자가 공식적으로 통일한 경우는 없지만, 공산주의 관점과 우익 사회주의 관점은 어디나 똑같다고 볼 수 있다. 대충 말해서, 통일사회당은 U.G.T.(Unión Generql de Trqbqjqdores, 노동자총연합), 즉, 사회주의 노동조합이 모인 정치 조직이다. 스페인 전역에 걸친 조합원은 이제 약 백오십만에 달한다. 육체 노동자가 다양하게 참여했지만, 내전이 일어난 다음에 중간 계급 출신이 대대적으로 가입하면서 완전히 삼켜버렸다. 〈혁명〉 초기에는 온갖 계층 사람들이 노동자총연합(U.G.T.)이나 전국노동자연맹(C.N.T.)에 가입하는 게 유리하다고 판단했기 때문이다. 두 조직은 중복으로 가입한 조합원도 많지만, 전국 노동자연맹이 노동계급을 훨씬 또렷하게 대표했다. 통일사회당은 노동자가 한 축을 이룬다면, 상점 주인과 공무원과 부농 같은 프티부르주아가 또 다른 한 축을 이룬 정당이었다.

공산당이나 친공산당 언론이 전 세계 곳곳에 전파한 통일사회당 〈노선〉은 대략 다음과 같다.

「지금 당장으로선 내전에 이기는 게 무엇보다 중요하다. 내전에 못

26) 정식 명칭은 〈이베리아 무정부주의 연합〉이다.

이기는 한 그 무엇도 의미를 찾을 수 없다. 따라서 지금은 혁명을 계속 밀고 나가야 한다고 주장할 때가 아니다. 우리는 농민에게 공영화를 강제해서 농민이 이탈하는 걸 감수할 처지가 아니며, 우리 편에서 싸우는 중간 계급이 겁먹고 달아나는 걸 감수할 처지도 아니다. 우리는 무엇보다 먼저 혁명적 혼돈을 일소해서 효율성을 끌어올려야 한다. 중앙정부를 강력하게 키워서 지방 위원회를 대체하고, 단일 지휘 체계를 확립해서 제대로 훈련받고 체계도 완벽한 군대를 확보해야 한다. 여기저기 흩어진 노동자 권력에 매달려서 혁명 구호를 앵무새처럼 외치는 건 아무런 가치도 없다. 그건 방해가 되는 건 물론 반혁명적이기도 하다. 그런 형태는 분열로 나아가서 파시스트에게 이용당할 수 있기 때문이다. 현 단계는 프롤레타리아 독재가 아니라 의회 민주주의를 위해 싸우는 단계다. 내전을 사회 혁명으로 돌리려는 세력은 파시스트 손에 놀아나는 세력이며, 그럴 의도는 없더라도, 결과적으로 반역자다.」

통일노동자당(P.O.U.M.) 〈노선〉은 이 노선과 모든 점에서 달랐다. 내전에 이기는 게 당연히 중요하다는 내용만 예외다. 통일노동자당은 〈스탈린주의〉에 반대한 결과, 즉, 공산주의 정책이 실질적이건 표면적이건 변질하는 걸 반대한 결과, 지난 몇 년 사이에 많은 나라에서 출현한 반대파 공산주의 정당 가운데 하나다. 통일노동자당은 처음에 〈노동자-농민 연합〉으로 출발하고 공산주의자 출신이 참여하면서 정당으로 발전했다. 당원 숫자가 적고,[27] 카탈루냐를 벗어나면 영향력도

27) (원주) 통일노동자당 당원은 1936년 7월에 만 명, 1936년 12월에 7만 명, 1937년에 6월에 4만 명이었다. 하지만 이건 통일노동자당에서 발표한 숫자다. 반대파에서는 당원 숫자를 4분의 1 정도로 추산한다. 스페인 정당 당원 숫자에 대해 확실하게 말할 수 있는 건 어느 정당이든 당원 숫자를 부풀린다는 사실 하나밖에 없다.

크지 않았다. 통일노동자당을 중요하게 여긴 가장 커다란 이유는 정치의식이 강한 당원 비율이 유난히 높았기 때문이다. 카탈루냐에서 통일노동자당 핵심 거점은 레리다였다. 통일노동자당은 어떤 노동조합 연합도 대표하지 않았다. 통일노동자당 민병대는 전국노동자연맹 조합원이 대부분이지만, 실제 당원은 대체로 노동자총연합에 속했다. 하지만 통일노동자당이 그나마 영향력을 미치는 곳은 전국노동자연맹 하나뿐이었다.

통일노동자당 〈노선〉은 대략 다음과 같다.

「부르주아 〈민주주의〉로 파시즘에 대항한다는 건 말도 안 되는 주장이다. 부르주아 〈민주주의〉란 자본주의의 또 다른 이름에 불과하며, 파시즘 역시 마찬가지다. 부르주아 〈민주주의〉를 위해서 파시즘과 싸운다는 건 자본주의 유형 하나를 위해 다른 자본주의 유형과 싸우자는 건데, 첫 번째 자본주의 유형은 두 번째 자본주의 유형으로 언제든 돌변할 수 있다. 파시즘을 실제로 타파할 대안은 현실적으로 노동 계급이 모든 걸 장악하는 거다. 이보다 낮은 목표를 설정하면 프랑코에게 승리를 넘겨주거나 기껏해야 파시즘이 뒷문으로 들어오는 결과를 낳을 뿐이다. 따라서 노동 계급은 스스로 쟁취한 모든 권력을 굳세게 지켜야 한다. 반(半)부르주아 정부에 조금이라도 양보하면 결국에는 기만당할 수밖에 없다. 노동자 민병대와 순찰대는 조직을 그대로 보존해야 한다. 자신을 〈부르주아 조직〉으로 만들려는 모든 시도에 저항해야 한다. 노동 계급이 군대를 통제하지 않으면, 군대가 노동 계급을 통제할 것이다. 전쟁과 혁명은 분리할 수 없다.」

무정부주의 관점은 간단하게 정리할 수 없다. 〈무정부주의〉라는 용어 자체가 다양한 견해를 지닌 수많은 사람을 포괄하는 개념이니 말이다. C.N.T.[28]를 구성하는 대규모 노동조합 연합은 조합원이 대략

2백만에 달하며 F.A.I.[29]란 정치 조직이 있는데, 사실상 무정부주의 조직이다. 하지만 스페인 사람 대부분이 그렇듯, 무정부주의 연합 구성원 역시 무정부주의 철학에 영향은 받아도 가장 순수한 의미에서 무정부주의자라고 할 순 없다. 전쟁 초기 이후로 더더욱, 이들은 사회주의 일반이 제시하는 방향으로 이동했다. 다양한 상황에 밀리면서 중앙집권화된 행정부에 참가하고, 심지어 모든 원칙을 어기면서 중앙정부에 들어갔으니 말이다. 그렇지만 이들은 통일노동자당과 마찬가지로 의회 민주주의가 아닌 노동자 권력을 목표로 삼았다는 점에서 공산당과 근본적으로 다르다. 이들은 〈전쟁과 혁명은 분리할 수 없다〉는 구호를 통일노동자당처럼 강력한 원칙으로 삼진 않았지만, 어쨌든 받아들였다.

개괄적으로 말해서 전국노동자연맹-무정부주의 연합은 대략 다음을 주장했다. (1) 운송, 방직 공장 등 각 산업 부문은 거기에 종사하는 노동자가 직접 통제한다. (2) 지방 위원회가 구성한 정부를 지지하고, 모든 형태의 중앙집권화된 권위주의에 저항한다. (3) 부르주아지와 교회를 비타협적으로 공격한다.

마지막 사항은 극히 불명확한데 가장 중요하다. 무정부주의자는 원칙이 다소 애매하긴 해도, 특권과 불의에 대한 증오는 누구보다 대단하다는 점에서 혁명가라고 불리는 대다수와 정반대다. 철학적으로 공산주의와 무정부주의는 양극단이다. 현실적으로, 즉, 목표로 삼는 사회형태라는 점에서, 두 집단은 강조하는 측면이 다르다는 차이가 있는데, 이건 결코 화합할 수 없는 차이다. 공산주의는 중앙 집권과 효율성을 늘 강조하고, 무정부주의는 자유와 평등을 강조한다. 무정부주의는

---

28) Confederatión Nacional de Trabajadores, 〈전국노동자연맹〉
29) Federación Anarquista Ibérica, 〈이베리아 무정부주의자 연합〉

스페인에 뿌리를 깊숙이 내렸으니, 러시아 영향력이 사라진다면 공산주의보다 오래 살아남을 가능성이 크다. 전쟁이 일어난 처음 두 달 동안 상황에 누구보다 잘 대처한 세력은 무정부주의 집단이며, 훨씬 나중에도 무정부주의 민병대는 규율이 형편없어도 순수한 스페인 군대에서 가장 훌륭한 전사로 명성을 날렸다. 1937년 2월 무렵부터는 무정부주의 집단과 통일노동자당이 한 덩어리로 상당히 단단하게 뭉쳤다. 무정부주의 집단, 통일노동자당, 사회주의 좌익이 처음부터 힘을 합쳐서 현실적인 정책을 지혜롭게 추진했다면 내전 양상은 달라질 수 있었다. 하지만 초창기에는, 혁명 정당이 상황을 통제하는 것처럼 보일 때는 그럴 수 없었다. 무정부주의자와 사회주의자 사이에 해묵은 반목이 있었다. 마르크스주의자들이 모인 통일노동자당은 무정부주의에 회의적이고, 순수한 무정부주의 관점에서 통일노동자당의 〈트로츠키주의〉는 공산당의 〈스탈린주의〉보다 나을 게 없었다. 그런데도 공산당 전술 때문에 두 정당은 연합하는 방향으로 나아갔다. 5월에 통일노동자당이 바르셀로나에서 시가전에 뛰어들어 엄청난 피해를 감내한 것도 전국노동자연맹을 지원해야 한다는 본능적 판단에 따른 것이며, 나중에 통일노동자당이 탄압당할 때 대담하게 나서서 목소리를 높이며 옹호한 세력은 무정부주의자밖에 없었다.

따라서, 대충 설명하자면, 세력은 이렇게 갈린다. 한쪽에서는 전국노동자연맹-무정부주의자 연합, 통일노동자당, 사회주의자 그룹이 노동자 권력을 지지하고, 다른 쪽에서는 우익 사회주의자, 자유주의자, 공산주의자들이 중앙 집권 정부와 정규군을 지지했다.

이 시기에 내가 공산당 관점을 통일노동자당 관점보다 좋아한 이유는 간단하다. 공산당은 실용적인 정책이, 단 몇 달만 내다보는 상식적인 관점에서 정책이 훨씬 또렷하고 바람직했다. 하지만 통일노동자당이 끊임없이 주장하는 정책과 선전선동 기타 등등은 말할 수 없을 정도로 형편없었다. 그것만 아니라면 훨씬 많은 대중이 따랐을 것이다. 내가 보기에 모든 걸 결론지은 건 공산당이 전쟁에 발맞추어 나가는 동안 우리와 무정부주의자는 가만히 있었다는 사실이다. 이게 당시에는 일반적인 느낌이었다. 공산당이 권력을 확보하고 당원이 엄청나게 늘어난 건 혁명을 반대하고 중간 계급에 호소했기 때문이지만, 그들이 전쟁에 승리할 능력을 갖춘 유일한 집단으로 보였기 때문이기도 하다. 공산당이 통제하는 부대가 러시아제 무기로 마드리드를 훌륭하게 방어하면서 공산당은 스페인에서 영웅으로 떠올랐다. 누군가 말했듯, 머리 위에서 날아다니는 러시아제 비행기 한 대 한 대가 공산당 선전물이었다. 통일노동자당의 혁명적 순수성은, 나 역시 그 논리를 알지만, 상당히 무력하게 보였다. 결국, 무엇보다 중요한 건 내전에서 이기는 거였다.

한편으로는 각종 신문과 팸플릿과 포스터와 책 등 사방에서 정당 간 분쟁이 극악무도하게 나타났다. 이즈음에 내가 자주 본 신문은 통일노동자당 계열 신문 《라 바탈라》와 《아델한테》인데, 이들이 〈반혁명적인〉 통일사회당에 반발하는 글을 끊임없이 싣는 걸 보고서 나는 정말 까칠하다고 느꼈다. 짜증스러울 정도였다. 통일노동자당은 상대 정당에 비하면 오류가 거의 없다는 사실을 깨달은 건 나중에 통일사회당과 공산당 계열 신문을 자세히 살핀 다음이었다. 여기에서 중요한 건, 통일노동자당에 기회가 너무 적었다는 사실이다. 공산당과 달리, 이들은 국내를 벗어나면 발붙일 언론이 하나도 없고, 스페인 국내에서도 조건이 극히 불리했다. 공산당이 언론 검열 기관을 주로 관리했으니, 이건 통일노동자당 신문에 안 좋은 내용이 실리면 발매를 중지하거나 벌금을 물린다는 의미였다.

공정을 기한다는 측면에서 한 가지 더 말하자면, 통일노동자당은 혁명에 대해 끊임없이 설교하고 레닌을 지겹도록 인용했지만, 인신공격까지 하진 않았다. 그리고 논쟁 내용을 신문 지면에 한정하기 일쑤였다. 광범위한 대중이 보도록 색채를 넣어서 커다랗게 만든 포스터로는 (스페인에 문맹률이 높다는 현실을 고려할 때 포스터는 극히 중요한데) 상대 정당을 공격하지 않았다. 파시즘에 반대하거나 혁명을 주장하는 추상적인 내용이 전부였다. 민병대가 부르는 노래도 마찬가지였다. 그러나 공산당이 공격한 건 완전히 달랐다. 이 문제는 뒤에서 다루도록 하고, 여기에서는 공산당이 공격하는 형태만 간략하게 지적하겠다.

표면적으로 공산당과 통일노동자당이 벌이는 논쟁은 전술에 관한 내용이었다. 통일노동자당은 즉각적인 혁명을 주장하고, 공산당은 아니었다. 여기까지는 좋다. 양쪽 모두 할 얘기가 많을 테니 말이다. 그런데 공산당은 통일노동자당 선전이 정부군을 분열하고 약화하며, 그래서 내전 승리를 위태롭게 한다고 주장했다. 지금은 결국 나도 반대하지만, 이런 주장 역시 충분히 할 수 있다. 하지만 여기에서 공산당 전술이 독특하게 드러난다. 처음에는 머뭇거리면서, 그러다가 점차 큰소리로, 통일노동자당이 정부군을 분열시키는 건 엉뚱한 판단 때문이 아니라 정교하게 세운 계획 때문이라고 주장하기 시작한 거다. 통일노동자당은 프랑코와 히틀러에게 매수된, 위장한 파시스트 무리에 지나지 않으며, 사이비 혁명 정책을 밀어붙이는 건 파시스트 집단을 도우려는 것에 불과하다는 선언도 했다. 통일노동자당은 〈트로츠키파〉 조직이며, 〈프랑코 간첩〉이라는 거다. 이 말은 수십만 노동자, 전선 참호에서 추위에 떠는 8천에서 만 명에 달하는 병사, 직장과 조국을 떠나서 파시즘과 싸우려고 스페인으로 달려온 외국인 수백 명이 적군에게 매수된 반역자란 뜻이다. 그런데도 이런 주장은 포스터 등을 통해서 스페인 전역으로 퍼져나가고 전 세계 공산당 기관지와 공산당 계열 언론을 통해서 수없이 재생산되었다. 마음먹고 수집하면 그 내용을 인용한 기사로 책 여섯 권은 채울 정도다.

당시에 그들은 우리를 트로츠키주의자, 파시스트, 반역자, 살인자, 겁쟁이, 간첩 등이라고 비난했다. 이 말을 듣고서 나 역시 기분이 나빴다는 건, 그런 일을 자행한 세력을 생각하면 더더욱 그렇다는 건 인정한다. 열다섯 살짜리 스페인 소년은 들것에 실린 채 전선을 벗어나다가 모포 틈새에서 눈부시게 하얀 얼굴로 내다보는데, 런던이나 파리에서 말쑥한 사람들은 이 소년을 위장한 파시스트로 여긴다고 생각하면 정말 불쾌할 수밖에 없었다. 전쟁에서 나타나는 가장 끔찍한 특징 가운데 하나는 전쟁에 사용하는 모든 선전물을, 모든 악다구니와 거짓말과 증오를, 만들어내는 게 전투에 참여하지 않는 사람들이란 사실이다. 내가 전선에서 만난 통일사회당 민병대 병사나, 이따금 만난 국제여단 출신 공산주의자들은 나를 트로츠키주의자나 배반자라고 부른 적이 한 번도 없다. 그렇게 부른 사람은 후방에 있는 기자들이었다. 우리를 비난하는 팸플릿을 쓰고 신문에서 우리를 헐뜯는 사람은 총알과 진창에서 수백 킬로미터 떨어진 발렌시아 신문사 사무실이나 자택에서 하나같이 안전하게 지내는 사람이었다.

정당 사이에 불화가 생겨 서로 비방하는 건 물론, 탁자를 내려치며 적군을 얕보는 전쟁 경험담이나 영웅담을 늘어놓는 사람은 전선에 참여한 적이 없거나 전투가 벌어지는 순간에 백 킬로미터는 도망칠 사람이다. 이번 전쟁에서 무엇보다 우울한 건, 좌익 언론 역시 모든 점에서 우익 언론만큼 사건을 조작해서 보도하는 사악한 집단이란 사실을 내가 깨달았다는 거다.[30] 우리 편은, 인민전선 정부 측은, 이번

30) (원주) 《맨체스터 가디언》은 예외로 삼고 싶다. 이 책을 쓰느라 영국 신문을 수없이 뒤지는 동안, 대형 신문 가운데서 내가 정직성을 더욱 높이 사게 된 신문은 《맨체스터 가디언》뿐이다.

전쟁을 제국주의 전쟁 일반과 완전히 다르게 받아들였다는 게 내가 느끼는 진심이다. 하지만 전쟁 선전물을 보면 그런 측면은 조금도 떠올릴 수 없다. 내전이 발발하는 순간에 우익과 좌익 신문은 똥통에 그대로 뛰어들었다. 우리는 '빨갱이가 수녀들을 십자가에 매달다'라는 《데일리 메일》 선전 문구를 생생하게 기억한다. 그런데 《데일리 워커》가 바라본 프랑코 외국인 군단은 '살인자, 백인 노예주, 마약 상용자, 유럽 각국에 가득한 인간쓰레기'였다. 1937년 10월이라는 뒤늦은 시기에도 《뉴 스테이츠먼》은 파시스트가 살아있는 아이들 몸뚱이로 바리케이드를 만들었다는 거짓말을 우리에게 늘어놓았다. 이렇게 바리케이드를 만들면 정말 불편하겠다는 생각이 절로 떠오르는데도 말이다. 그리고 아서 브라이언트는 프랑코 반대진영이 장악한 지역에서 "보수적인 상인 다리를 톱으로 절단하는 건 극히 흔하다"고 선언했다. 이런 거짓말을 스스럼없이 늘어놓는 사람은 전투 경험이 전혀 없는 사람이다. 이들은 어쩌면 이런 글을 쓰는 자체가 전투라고 생각할 수도 있겠다. 전쟁은 어디나 똑같다. 병사는 전투하고, 기자는 소리 지르고, 애국자를 자처하는 사람들은 전선 참호 근처에도 안 간다. 선전용으로 잠시 방문하는 게 전부다. 그래서 비행기가 전쟁 분위기를 완전히 바꿀 거라고 생각하면 마음이 편하다. 앞으로 엄청난 전쟁이 터진다면 엉터리 애국자 몸뚱이에도 총알구멍이 뚫리는 사상 유례없는 광경이 우리 앞에 펼쳐질 터이니 말이다.

기자들 시각에서 이번 전쟁은 다른 모든 전쟁과 마찬가지로 일종의 야단법석에 불과했다. 한 가지 차이가 있다면, 기자들은 제일 지독한 욕설을 아끼다가 적군에게 사용하는 게 일반인데, 이번 전쟁에서는 시간이 흐르는 사이에 공산당 측 기자든 통일노동자당 측 기자든 서로를 파시스트 이상으로 가혹하게 비난하는 글을 쓰기 시작했다는 거다.

그런데도 당시에 나는 그런 모습을 심각하게 받아들일 수 없었다. 정당끼리 다투는 모습이 짜증스럽고 역겨웠지만, 내 눈에는 사소한 집안싸움으로 보였기 때문이다. 나는 그렇게 싸워도 달라지는 건 하나도 없다고 생각할 뿐, 둘 사이에 정말로 양립할 수 없는 정책 차이가 있다는 건 생각조차 못 했다. 공산주의자와 자유주의자가 혁명이 전진하는 걸 막으려고 강력히 저항하는 정도라고 이해했다. 그들이 혁명을 후퇴시킬 수 있다는 사실은 미처 몰랐다.

여기에는 그럴 만한 이유가 있다. 나는 언제나 전선에 있고, 전선에서는 사회 분위기나 정치 분위기가 변하지 않았다. 나는 1월 초에 바르셀로나를 떠나 4월 말까지 휴가를 나간 적이 한 번도 없었다. 이 기간은 물론 이후에도 무정부주의자와 통일노동자당 군대가 지키는 아라곤 전선은 모든 상황이 똑같았다, 최소한 겉으로는. 혁명 분위기도 내가 처음에 알던 그대로였다. 장군과 사병, 농민과 민병대는 여전히 평등했다. 모두가 똑같은 보수를 받고, 똑같은 옷을 입고, 똑같은 음식을 먹고, 서로를 "당신"이나 "동지"라고 불렀다. 고용주 계급도 없고, 하인 계급도 없고, 거지도 없고, 창녀도 없고, 변호사도 없고, 사제도 없고, 아첨도 없고, 모자에 손을 대는 인사도 없었다. 나는 평등한 공기를 숨 쉬며 살고, 스페인 전역에 똑같은 공기가 가득하다고 생각할 정도로 순진했다. 어쩌다 보니 내가 스페인 노동 계급에서 가장 혁명적인 조직에 우연히 가담해, 고립되었다는 사실은 조금도 못 깨달았다.

그래서 정치를 잘 아는 동지들이 내전을 순수하게 군사적인 관점으로 바라볼 수 없다거나, 혁명이냐 파시즘이냐 선택해야 한다고 말할 때마다 나는 그냥 웃어넘겼다. 대체로 나는 공산주의 관점을, 한 마디로 "내전에서 이기기 전에는 혁명을 이야기할 수 없다"는 관점을 받아들였다. "전진 아니면 후퇴뿐"이라는 통일노동자당 관점을 받아들인 게 아니었다. 나중에 통일노동자당이 옳다고, 어쨌든 공산당보다 옳다고 판단한 건, 이론상의 문제 때문이 아니었다. 글로 볼 때는 공산당 주장이 훌륭했다. 문제는 그들이 실제로 하는 행동을 보면 입으로 하는 주장을 성실하게 실천한다고 믿을 수 없다는 거다. 흔히 제창하는 구호 가운데 "내전이 먼저고, 혁명은 나중이다"는 구호가 있는데, 통일사회당 민병대 일반은 내전에 이기고서 혁명을 계속한다는 생각을 진심으로 믿었지만, 실제로 이 구호는 눈속임이었다. 공산당이 진정으로 바란 건 적당한 시기가 올 때까지 스페인 혁명을 미루자는 게 아니라, 혁명이 일어나지 않도록 하자는 거였다. 이런 속성은 시간이 갈수록 명백하게 드러나서 노동자는 권력을 조금씩 빼앗기고, 다양한 혁명가를 감옥에 가두는 사례는 조금씩 늘어났다. 명분은 군사적으로 필요하다는 뻔한 핑곗거리지만 노동자를 우월한 위치에서 저급한 위치로, 내전이 끝나고 자본주의를 재도입할 때 저항할 수 없는 위치로 떨어뜨리는 효과는 탁월했다. 내가 일반 공산주의자에게, 특히 마드리드 주변에서 영웅적으로 죽어간 수천에 달하는 공산주의자에게 불만이 있는 건 아니란 사실을 알아주면 좋겠다. 이들은 당이 나아갈 방향을 결정하는 사람들이 아니다. 하지만 높은 자리에 있는 이들은 두 눈을 감고 움직이는 사람들이란 생각이 저절로 떠오르지 않을 수 없었다.

물론 혁명은 실패하더라도 내전에서 이기는 건 아주 중요하다. 하지만 나는 공산당 정책이 장기적인 관점에서 내전에 이기려는 것이었는지 의심하지 않을 수 없다. 내전은 상황이 변할 때마다 정책도 변해야 한다는 생각을 한 사람은 거의 없었던 것 같다. 무정부주의 그룹은 내전이 일어난 처음 두 달 동안 난국을 극복하는 힘을 발휘했지만, 저항 세력을 일정 한도 이상으로 조직할 능력은 없었다. 그러자 10월부터 12월까지는 공산주의 그룹이 전면에 나서서 난국을 극복했으나,

내전에서 이기는 건 완전히 다른 문제였다.

영국 사회는 내전에 대한 스페인 공산당 정책을 별다른 이의 없이 받아들였는데, 거기에 비판하는 내용은 활자에 담을 수 없기도 하지만 혁명적 혼돈을 없애고 생산을 증강하고 정규군을 양성한다는 노선 전체가 현실적으로 그럴싸하게 들렸기 때문이기도 하다. 하지만 이 노선에 존재할 수밖에 없는 약점을 지금부터 지적하겠다.

혁명적 성향을 모두 억누르고 내전을 다른 전쟁과 최대한 똑같이 보이게 하려니, 전략적으로 다양하게 존재하는 가능성을 모두 포기할 수밖에 없었다. 나는 아라곤 전선에서 우리 무기가 어땠는지, 얼마나 빈약했는지 앞에서 말했다. 무정부주의자가 나중에 혁명에 이용하는 일이 없도록 무기를 일부러 공급하지 않았다는 건 의심할 여지가 없다. 무기만 충분했다면 아라곤 대공세로 프랑코를 빌바오에서, 그리고 마드리드에서 몰아낼 수 있었는데도 말이다. 하지만 이건 비교적 사소한 문제다. 훨씬 중요한 문제는 전쟁을 "부르주아 민주주의를 위한 전쟁"으로 좁히면서 대대적인 협조를 해외 노동 계급에 호소할 수 없게 되었다는 것이다. 현실을 직시한다면, 우리는 전 세계 노동 계급이 스페인 내전에 거리를 두었다는 사실을 인정하지 않을 수 없다. 수만 명이 개인적으로 싸우러 왔지만, 수천만은 뒤에 남아서 냉담한 태도를 유지했다.

전쟁이 일어난 첫해에는 영국인 전체가 이런저런 "스페인 원조" 기금에 약 25만 파운드를 냈다고 하는데, 이건 영국인이 극장에 가려고 일주일 동안 소비하는 비용의 절반도 안 된다. 민주주의 국가에서 노동 계급이 스페인 동지를 진정으로 돕는 길은 파업과 불매운동을 하고 쟁의에 돌입하는 것이다. 하지만 이런 일은 일어날 낌새조차 없었다. 노동당과 공산당 지도부는 그건 생각도 할 수 없다고 곳곳에서 선언했다. 이 말이 옳다는 건 의심할 여지가 없다, 이들이 〈빨간〉 스페인은 〈빨간 게〉 아니라고 소리높여 외치는 한. 1914~1918년 이후로 "민주주의를 위한 전쟁"은 불길한 소리였다. 공산당 스스로 모든 나라에서 전투적 노동자에게 "민주주의"란 자본주의를 고상하게 부르는 이름에 불과하다고 오랫동안 가르쳤다. "민주주의는 사기다"고 주장하다가 "민주주의를 위해 싸우라!"고 주장하는 건 올바른 전술이 아니었다. 소비에트 러시아라는 엄청난 세력을 등에 업고 "민주 스페인"이 아닌 "혁명 스페인"이란 이름으로 전 세계 노동자에게 호소했다면 커다란 호응이 일 수밖에 없었는데 말이다.

하지만 무엇보다 중요한 건 반혁명 정책으로 프랑코 후방을 공격하는 건 설사 불가능한 건 아닐지언정 극히 어려웠다는 사실이다. 1937년 여름, 프랑코는 정부와 규모가 비슷한 군대로 정부보다 많은 인구를, 식민지 주민까지 헤아린다면 훨씬 많은 인구를 통제했다. 누구나 알듯, 후방에서 주민이 적대적으로 행동하면 상당한 병력을 동원해서 통신 시설을 지키고 파업을 진압해야 전방을 지키는 군대도 유지할 수 있다. 그런데 프랑코 후방에서는 이렇다 할 대중운동이 전혀 없었다. 프랑코가 지배하는 인민이, 도시 노동자와 빈농이, 프랑코를 좋아했다거나 받아들였다고 생각할 순 없는데도, 인민전선 정부는 우익으로 끊임없이 나아가면서 주도력을 잃었다. 모로코 사례는 이런 모습을 결정적으로 보여준다. 모로코에서 아무도 봉기하지 않은 이유가 무얼까? 프랑코는 악명 높은 독재를 시도했는데도 모로코 인민은 실제로 인민전선 정부보다 프랑코를 좋아했다! 확실한 사실은 모로코에서 봉기하도록 선동하려는 시도가 전혀 없었다는 건데, 그렇게 한다는 건 전쟁에 혁명성을 부여한다는 의미기 때문이다. 모로코 인민에게 인민전선 정부의 선의를 보여주는 데에는 모로코 해방을 선언하는 게 무엇보다 중요했다. 그랬더라면 프랑스가 얼마나 곤란했을까! 프랑스와 영국을 회유하려는 헛된 소망 때문에 전략적으로 가장 바람직한 기회를 날려버린 것이다. 공산당 정책 전반은 이번 전쟁을 혁명과 상관없는 평범한 전쟁으로 축소하는 것이며, 따라서 인민전선 정부는 그만큼 불리할 수밖에 없었다. 이런 유형이라면 결국에는 기계적 수단, 즉, 무기를 무제한 공급해야 이길 수 있는데, 정부에 무기를 주로 지원하는 소련은 이탈리아나 독일과 비교할 때 지리적으로 엄청나게 멀기 때문이다. 통일노동자당과 무정부주의 집단이 내건 "전쟁과 혁명은 분리할 수 없다"는 구호가 오히려 현실적으로 들릴 수밖에 없을 정도다.

공산당의 반혁명 정책이 틀렸다고 생각하는 이유를 지금까지 나름대로 늘어놓았다. 하지만 그 정책이 전쟁에 미치는 영향을 고려할 때, 나는 내 판단이 틀렸기를 바란다. 정말 수없이 바란다. 나는 인민전선 정부가 어떤 식으로든 내전에서 승리하는 걸 보고 싶다. 그런데 앞으로 어떻게 될지 장담할 수 있는 사람은 없다. 정부가 좌익으로 다시 돌아설 수도 있고, 모로코 인민이 자발적으로 봉기할 수도 있고, 영국이 이탈리아를 매수해서 손을 떼게 할 수도 있고, 군사 작전으로 내전에서 이길 수도 있다. 이건 아무도 모른다. 나는 위에서 제시한 판단을 그대로 고수할 테니, 내가 옳은지 그른지는 역사가 알려줄 것이다.

하지만 1937년 2월만 해도 나는 이런 관점에서 상황을 바라보지 않았다. 아라곤 전선에서 가만히 있는 게 지겨운 나머지, 내가 제대로 싸우지 못했다는 생각 하나에 사로잡힐 뿐이었다. 바르셀로나에서 목격한 모병 포스터가 지나가는 사람에게 〈당신은 민주주의를 위해 무엇을 했느냐?〉며 질책하듯 묻는 내용이 떠오를 때마다 나는 〈식량만 축냈다〉고 대답할 수밖에 없다는 느낌마저 들었다. 민병대에 입대할 때만 해도 우리가 한 명씩 죽이면 파시스트는 금방 소멸할 터이니,

나는 내 손으로 파시스트 한 명을 꼭 죽이겠다고 다짐했는데 지금까지 하나도 못 죽였으며, 앞으로 그럴 기회도 완전히 사라졌다. 물론 나도 마드리드로 가고 싶었다. 전선을 지키는 모든 병사는, 정치적 견해가 어떻든, 마드리드로 가길 원하는 마음이 언제나 가득했다. 마드리드로 가려면 국제여단에 들어가야 했다. 통일노동자당은 이제 마드리드 주둔 부대가 거의 없고, 무정부주의 집단 역시 예전만큼 그곳에 부대가 많지 않았기 때문이다.

물론 당장은 방어선을 지켜야 하지만, 우리가 휴가를 나간 사이에 나는 가능하다면 국제여단으로 바꿔야겠다고 모두에게 말했는데, 이건 공산당 지휘 아래에 들어간다는 의미였다. 다양한 동료가 말렸지만, 방해하는 사람은 없었다. 분명히 말해서, 통일노동자당 내부에는 이단자를 사냥하는 분위기 자체가 없었다. 아니, 궁지에 몰리는 특별한 상황에서도 파시스트를 찬양하는 게 아닌 한 아무리 엉뚱한 정치 견해를 표방해도 처벌하지 않았다. 나는 민병대에서 통일노동자당 〈노선〉을 혹독하게 비판했지만, 그것 때문에 어려움을 겪은 적은 없었다. 심지어 당원으로 가입하라는 압력도 없었다. 그런데도 지금 생각하면 민병대 병사 다수는 당원으로 가입한 것 같다. 나는 정당에 절대 가입하지 않았는데, 나중에 통일노동자당이 탄압받을 때, 나는 그 점이 항상 미안했다.

제6장

이러는 동안에도 경계근무, 정찰 업무, 땅파기 등, 평범한 일과를 끊임없이, 밤에는 더더욱 확실하게 이어나갔다. 진흙탕, 비, 날카로운 바람, 가끔 내리는 눈! 밤 날씨가 눈에 띄게 따뜻하게 변한 것도 4월로 접어들고 한참이 지나서다. 이곳 고지대는 3월 날씨가 영국 3월 날씨처럼 하늘은 맑고 푸르며 바람은 끈질긴 게 대체로 비슷했다. 겨울보리는 두 뼘 높이로 올라오고, 이곳은 전선 자체가 버려진 과수원과 밭을 관통한 터라, 벚나무마다 새빨간 봉오리가 영글고, 도랑을 뒤지면 초롱꽃 비슷한 야생 히아신스나 제비꽃이 보였다. 방어선 바로 뒤로는 파란 개울이 상쾌한 소리를 내며 기분 좋게 흐르는데, 전선에 들어선 이후로 맑은 물을 본 건 처음이었다. 결국, 나는 날을 잡아서 이를 악물고 물속으로 기어들었다. 여섯 주 만에 하는 목욕인데, 물에 몸만 대충 담갔다가 나온 꼴이다. 눈 녹은 물이라 수온이 빙점을 간신히 넘겼기 때문이다.

그동안 특별한 일은 없었다. 단 하나도 없었다. 영국 민병대는 이건 전쟁도 아니라고 투덜댔다. 그나마 위험한 건 유탄 정도였다. 진지가 양쪽에서 앞으로 휘는 바람에 유탄이 사방에서 날아든 거다. 이 무렵에 생긴 부상병도 모두 유탄 때문이다. 아서 클린턴은 영문모를 총알이 날아와서 왼쪽 어깨를 으스러뜨리는 바람에 팔을 못 썼다. 영원히 그렇게 살아야 하는 건 아닐까 걱정스럽다. 포탄도 가끔 날라오는데, 효과는 조금도 없었다. 포탄이 비명을 지르며 날아와서 터지는 자체가 가벼운 구경거리였다.

파시스트는 우리 참호에 포탄을 떨군 적이 한 번도 없다. 우리 뒤로 몇백 미터 거리에 라 그란하[31]라고 부르는 농장이 있는데, 커다란 건물이 여럿이라 이쪽 전선에서 창고와 본부와 취사장으로 사용했다. 파시스트 포수가 노리는 건 바로 여기지만, 5~6㎞ 떨어진 거리라서 기껏해

---

31) 〈농장〉이라는 뜻이다.

야 창문이나 깨고 벽이나 살짝 부수는 정도였다. 포격을 시작할 때 공교롭게 도로에 올라갔는데 바로 옆으로 포탄이 떨어지는 것 말고는 특별히 위험할 게 없었다. 우리는 소리만 듣고도 포탄이 얼마나 가까이 떨어질지 알아내는 비법을 금세 터득했다. 게다가 이 시기에 파시스트가 쏘아대던 포탄은 품질이 형편없었다. 150밀리 포인데도 포탄이 떨어진 자리에 생기는 구멍은 너비 2m에 깊이 1m밖에 안 됐다. 그나마도 네 발 가운데 최소한 한 발은 불발이었다. 파시스트 공장에서 방해활동을 벌여 불발탄에서 폭약 대신 〈붉은 전선〉이라고 적힌 종잇조각이 나왔다는 낭만적인 소문까지 돌았으나, 내 눈으로 직접 확인한 적은 없다. 사실대로 말하자면 포탄이 너무 낡아서 쓸모가 없었다. 놋쇠 신관 덮개를 누가 주웠는데, 거기에 찍힌 제조 연도가 1917년이었다. 파시스트 대포는 우리 것과 똑같은 곳에서 만들고 구경도 같아, 우리는 불발탄을 수리하여 다시 쏘았다. 이렇게 적군과 아군 사이를 매일 오가면서 한 번도 터지지 않아 아예 별명을 붙인 포탄까지 있다는 소문마저 돌았다.

밤이면 소규모 정찰대를 중립지대에 파견해, 파시스트 방어선 근처 도랑에 엎드려서 집합 나팔 소리나 자동차 경적 같은 걸 들으며 우에스카 동향을 파악했다. 파시스트는 부대가 끊임없이 이동하는 터라, 척후병 보고를 듣고서 규모를 대충 파악했다. 우리에게 떨어진 특명은 교회 종소리가 울릴 때마다 항상 보고하라는 거였다. 파시스트는 작전을 전개하기 전에 반드시 미사를 보는 것 같았다. 밭과 과수원 사이에는 버려진 토담집이 여러 채 있는데, 창문만 가리면 성냥을 켜고 내부를 뒤져도 안전했다. 그러다 보면 도끼나 파시스트 물병처럼 우리 것보다 좋아서 인기가 많은 전리품도 챙길 수 있었다.

낮이라고 수색할 수 없는 건 아니지만 낮은 포복으로 기어 다녀야 했다. 추수할 시점에 모든 게 멈춰서 아무도 없는 비옥한 들판을 이리저리 기어 다니다 보면 기분이 정말 묘했다. 지난해 농작물은 손도 안 댄 상태였다. 가지를 안 쳐서 포도 덩굴은 뱀처럼 땅바닥을 기어 다니고, 옥수수 줄기는 그대로 서서 열매가 돌처럼 딱딱하게 굳고, 근대와 사탕무는 비대하게 자라서 엄청난 목질 덩어리로 변했다. 농부들이 양쪽 군대를 얼마나 저주했을까!

남자들은 중립지대로 몰려가서 감자를 캐기도 했다. 우리 오른쪽 1.5㎞ 거리에, 양쪽 진영 방어선이 아주 가까운 지점에 감자밭이 있어서 우리나 파시스트나 자주 찾았다. 우리는 낮에 가고 파시스트는 밤에 왔다. 우리 편 기관총 사정거리였기 때문이다. 그런데 어이없게도 하루는 밤에 파시스트가 무더기로 몰려와서 감자를 싹 쓸어가고 말았다. 우리는 조금 떨어진 곳에서 감자밭을 새로 발견했는데, 그곳은 엄폐물이 없어, 배를 바닥에 바싹대고 엎드려서 감자를 캐야 했다. 정말 힘든 작업이었다. 파시스트 기관총 사수가 발견하면 총알이 바로 앞에서 땅바닥을 갈라, 우리는 문짝 밑에 웅크린 쥐처럼 납작 엎드려야 했다. 그 일은 당시만 해도 목숨을 걸만한 가치가 있었다. 감자가 아주 귀했다. 한 자루만 캐서 취사실로 가져가면 물병 하나 분량 커피와 맞바꿀 수 있었다.

그런데도 별다른 일은 여전히 없고, 무슨 일이 생길 것 같지도 않았다. 낮이나 밤이나 스페인 병사와 영국 병사가 한결같이 "언제 공격하지? 왜 공격을 않는 거야?"라고 투덜댔다. 전투가 의미하는 내용을 생각한다면 병사들이 전투하길 원한다는 자체가 이상하겠지만, 모든 병사가 하나같이 간절하게 원했다. 전투가 교착 상황에 빠져들면, 병사는 누구든 세 가지를 갈망한다. 전투, 더 많은 담배, 일주일 휴가다. 우리는 개인화기도 예전보다 훨씬 좋았다. 각 병사는 총알을 오십 발

대신 백오십 발씩 지급 받고, 총검과 철모와 수류탄도 하나씩 지급 받았다. 전투가 벌어질 거라는 소문도 끊임없이 나도는데, 이건 내가 나중에 생각한 바에 의하면 부대원 사기를 유지하려고 일부러 퍼트린 것 같다. 최소한 당장은 우에스카 이쪽에서 대대적인 군사 작전이 없다는 정도는 특별한 군사 지식이 없어도 알 수 있었다. 전략 지점은 하카로 가는 도로였다. 나중에 무정부주의 집단에서 하카 도로를 공격할 때 우리는 파시스트 부대를 공격해서 우리 쪽으로 "묶어두는" 임무를 맡았다.

약 6주에 걸친 작전 기간 내내, 우리가 전선에서 움직인 건 딱 한 번이다. 우리 〈돌격대〉가 마니코미오[32]를, 정신병원으로 쓰던 걸 파시스트가 요새로 개조한 건물을 공격한 거다. 통일노동자당에는 독일 피난민 수백 명이 복무했다. 바탈리온 데 초케[33]라는 특수부대인데, 군사적 관점에서 이들은 다른 민병대와 사뭇 달랐다. 돌격대와 국제여단 일부를 빼면 스페인에서 본 그 누구보다 군인다웠다. 공격은 여느 때와 마찬가지로 실패했다. 도대체 이번 전쟁에서 정부 측 작전이 실패하지 않은 게 얼마나 되는지 궁금할 정도다. 돌격대는 마니코미오를 급습했으나, 인근 언덕을 점령해서 마니코미오를 굽어보며 지원할 민병대가 형편없이 깨지고 만 거다. 그 민병대를 이끌던 대위는 정규군 장교 출신으로 충성심이 의심스러웠으나 정부 측에서 고집부려 임명된 자였다. 겁이 나서 그런 건지 배반하려고 그런 건지, 대위는 200m나 떨어진 거리에서 수류탄을 던지는 식으로 파시스트에게 대비할 여유를 주었다. 나로선 부하들이 현장에서 대위를 사살했다고 말할 수 있다는 게 기쁠 뿐이다. 그러나 기습 효과는 사라지고, 민병대는

32) 〈정신병원〉이란 뜻이다.
33) 〈기습 대대〉란 뜻이다.

집중사격에 추풍낙엽처럼 쓰러지며 후퇴하니, 돌격대는 황혼녘에 마니코미오를 포기할 수밖에 없었다. 시에타모로 이어지는 지긋지긋한 도로는 구급차가 밤새도록 이어지며 심하게 흔들려서 중상자를 많이도 죽였다.

이 무렵에 누구든 몸에서 이가 들끓기 시작했다. 여전히 추운 날씨지만 이가 슬기에는 충분했다. 나는 몸에 기생하는 다양한 벌레를 경험했는데, 이렇게 지독한 벌레는 어디에도 없다. 가령 모기 같은 벌레는 사람을 괴롭히긴 해도 최소한 몸뚱이에 상주하진 않는다. 몸뚱이에 기생하는 이는 아주 조그만 가재랑 비슷한데, 주로 바지에 산다. 몸에 걸친 옷을 모두 태우는 외에 없앨 방법이 없다. 바지 솔기에 알을 낳으면 하얗게 번뜩이는 게 조그만 쌀 알갱이처럼 보이는데, 이 알이 부화해서 엄청나게 빠른 속도로 종족을 불린다. 득시글대는 이를 반전론자들이 사진에 큼지막하게 담아서 선전책자에 실으면 효과가 정말 좋을 것 같다. 전쟁의 영광을 그대로 보여주니 말이다!

전쟁터에서는 어느 병사든 이가 들끓는다, 날씨만 살짝 풀리면. 베르덩에서, 워털루에서, 플로든에서, 센락에서, 테르모필레에서 싸우는 병사는 하나도 빠짐없이 사타구니에서 이가 기어 다녔다. 우리는 알을 태우는 방법으로 그리고 가능한 선에서 최대한 자주 목욕하는 방법으로 지겨운 놈들을 없애려고 애썼다. 득시글대는 이만 아니라면 내가 얼음처럼 차가운 강물로 뛰어들지도 않았을 거다.

군화, 옷, 담배, 비누, 양초, 성냥, 올리브 기름 등, 모든 게 부족했다. 군복은 넝마로 변하고, 군화가 없어서 샌들에 밧줄을 감은 병사도 많았다. 어디를 가나 닳아빠진 군화가 무더기로 쌓였다. 한번은 군화만 가지고 참호에서 이틀이나 불을 피웠는데, 그런대로 불이 잘 붙었다. 이 무렵 아내는 바르셀로나에서 지내며 차, 초콜릿, 심지어 시가까지 힘겹게 구해서 나에게 보냈으나, 바르셀로나 역시 모든 게 부족했다. 담배가 특히 그랬다. 차를 구하는 행운은 가끔 누려도, 우유는 없고 설탕도 귀했다. 영국에서 파견대 소속 가족에게 소포를 계속 보내지만, 도착한 건 하나도 없었다. 음식이든, 옷이든, 담배든, 모든 소포를 프랑스 우체국에서 배달을 거부하거나 압류했다. 정말 이상한 건 영국 육·해군 구내매점을 통해서 보낸 차를 여러 차례, 한 번은 비스킷이 가득한 깡통까지 아내가 받았다는 사실이다. 육·해군은 맡은 임무를 가여울 정도로 고상하게 수행했지만, 소포가 전선 저편 프랑코 진영으로 갔다면 훨씬 좋아했으리라!

담배 부족 사태는 최악이었다. 처음에는 하루에 한 갑씩 배급하더니, 나중에는 하루에 여덟 개비로 줄다가 다섯 개비로 줄고, 결국에는 열흘 동안 담배를 한 개비도 안 주는 사태마저 죽음처럼 찾아들었다. 런던에서 매일 보던 광경을 스페인에서 처음 목격한 건 바로 그때다. 사람들이 담배꽁초를 줍기 시작한 거다.

3월 말에는 손에 염증이 심하게 생겨서 도려내고 삼각건을 걸어야 했다. 병원에 가야 하지만, 이 정도로 시에타모까지 후송할 순 없어, 몬플로리테에서 병원이라고 부르는 곳에 머물렀다. 부상병 후송 병원 수준이었다. 열흘 동안 머물며 침상에서 많은 시간을 보냈다. 프락티칸테(병원 조수)는 내가 소지한 귀중품을 모조리 훔쳐갔는데, 내가 오랫동안 찍은 사진과 카메라도 있었다. 전선에서는 누구나 훔쳤다. 물자 부족으로 인한 필연적인 결과지만, 병원에서 일하는 사람이 제일 심했다. 나중에 바르셀로나 병원에서 국제여단에 합류한 미국인 한 명을 만났는데, 이탈리아 잠수함이 쏜 어뢰에 다쳐서 해안으로 수송되어 구급차로 옮길 때, 들것을 들던 사람이 손목에서 시계를 풀어가더라는 말까지 했다.

삼각 붕대를 매서 팔을 지탱한 채, 나는 시골길을 돌아다니며 며칠 동안 행복한 나날을 만끽했다. 몬플로리테는 여느 마을과 다름없이 흙과 돌로 지은 집이 옹기종기 모이고, 사이사이로 골목길이 꼬불꼬불 이어지는데, 화물 트럭이 휘젓고 다니는 바람에 곳곳이 달에 파인 분화구 같았다. 교회는 심하게 부서진 채 군용 창고로 사용되었다. 동네 전체에 규모가 커다란 농장은 토레 로렌조와 토레 파비안 두 곳밖에 없고, 커다란 건물도 두 동밖에 없었다. 인근에서 지주가 세도를 부리던 건물이 분명했다. 이들이 얼마나 부유하게 살았는지는 농부가 사는 초라한 오두막을 통해 파악할 수 있었다.

강 바로 뒤, 전선 가까운 곳에 대규모 방앗간이 있고, 거기에 지주 별장 한 채가 딸렸다. 값비싸고 커다란 기계는 쓸모없이 녹슬고 나무로 만든 밀가루 운반 시설은 땔감으로 쓰려고 뜯어낸 광경이 안타까웠다. 나중에는 한참 떨어진 부대까지 땔감을 구하려고 병사를 화물 트럭에 실어 와서 건물 전체를 차례대로 뜯어갔다. 바닥에 깔린 판자를 부수려고 수류탄까지 터트릴 정도였다.

라 그란하는 우리가 창고와 취사장으로 사용하는데, 원래는 수도원으로 사용한 곳 같다. 외부를 둘러싼 건물과 마당은 천백 평이 넘을 정도로 널찍하고, 말 삼사십 마리는 족히 수용할 마구간도 있었다. 이 지역 스페인 지주 저택은 건축학적으로 가치는 없어도 고상하게 보이는데, 회칠한 석조가 동그란 아치를 이루고 웅장한 들보가 천장을 가로지르는 모습은 수세기에 걸쳐 변함없이 내려온 방식 같았다. 민병대가 접수한 건물을 다루는 모습을 보노라면 예전의 파시스트 소유주에게 미안한 느낌마저 살짝 들었다. 우선, 라 그란하에서 사용하지 않는 방은 하나같이 변소로 돌변해, 배설물은 사방에 가득하고 가구는 끔찍하게 부서져서 엉망이었다. 바로 옆에 세운 조그만 교회는 포탄에 맞아서 구멍이 숭숭 뚫리고, 바닥에는 똥이 한 뼘 높이까지 쌓였다. 취사 당번이 국자로 음식을 퍼주는 커다란 마당은 녹슨 깡통과 진흙과 노새 똥과 썩은 음식이 지저분하게 널려서 역겨웠다. 군대에서 오랫동안 내려오던 노랫말이 맞는 것 같았다.

병참 부대 창고에는
쥐, 쥐,
고양이만 한 쥐가 있다네!

라 그란하는 쥐가 정말 고양이처럼 컸다. 큼지막한 놈들이 쓰레기더미를 어기적어기적 돌아다니는데, 총으로 쏘기 전에는 달아날 생각조차 안 할 만큼 건방졌다.

마침내 전선에도 봄이 왔다. 하늘은 파란빛이 부드럽고, 공기는 갑자기 훈훈했다. 개구리는 도랑에서 짝을 찾느라 요란했다. 마을 노새들이 물을 마시는 웅덩이 근처에서 크기가 동전만 한 예쁘장한 녹색 개구리를 보았는데, 빛깔이 어찌나 찬란한지 바로 옆에서 돋아나는 새싹이 둔하게 보였다. 마을 아이들은 들통을 들고서 달팽이를 잡아, 양철판에다 산 채로 구웠다. 날씨가 좋아지자마자 농부들이 나와서 봄갈이를 시작했다. 스페인 토지 개혁 역시 다른 것과 마찬가지로 모호하기 이를 데 없어, 나는 이곳 농민들이 토지를 공동소유로 한 건지 제각기 나눈 건지 이해할 수 없었다. 형식적으로는 공동소유일 거란 생각이 들었다. 통일노동자당과 무정부주의 집단이 통제하는 곳이었으니 말이다. 어쨌든 지주는 사라지고 농민들은 밭을 경작하니, 모두 만족하는 것 같았다.

농민들은 내가 항상 놀랄 정도로 친절했다. 나이가 지긋한 농민들은 전쟁을 무의미하게 보는 게 분명했다. 전쟁 때문에 물자가 하나같이 부족하고, 사람마다 우울하고 따분하게 살아가며, 아무리 좋은 시절이라도 농민은 군부대가 마을에 주둔하는 걸 싫어할 수밖에 없으니 말이다. 그런데도 농민들은 항상 친절했다. 우리가 여러 측면에서 짜증스럽게 행동해도 지주가 돌아오는 걸 막는 건 결국 우리라고 생각하는 것 같았다.

내전은 정말 기묘하다. 우에스카는 8㎞ 거리도 안 되고, 마을 사람에겐 장터가 열리는 읍내며, 그곳에 하나같이 친척이 살고, 그곳에 일주일에 한 번씩 가서 닭도 팔고 채소도 팔며 평생을 살았다. 그런데 철조망과 기관총 장벽에 가로막힌 게 벌써 여덟 달로 접어든 거다. 장벽을 아예 잊어버린 사람도 가끔 나왔다. 한번은 할머니가 아주 조그만 철제 등잔을, 스페인 사람들이 올리브 기름으로 태우는 등잔을 들고 가는 걸 보고서 내가 "그런 등잔은 어디에서 사나요?" 하고 묻자, 할머니는 아무런 생각 없이 "우에스카"라고 대답하다가 나도 웃고 할머니도 웃었다. 마을 처녀는 머리카락이 새까매서 생기가 넘치고 아름다운데, 활달한 걸음걸이와 당당하고 솔직하게 말하는 모습은 혁명 때문인 것 같았다.

남정네는 파란 누더기 셔츠에 새까만 코르덴 반바지 차림으로 챙이 넓은 밀짚모자를 쓴 채 밭을 갈고, 앞에서는 노새가 규칙적으로 귀를 퍼덕이며 쟁기를 끌었다. 그런데 쟁기가 정말 형편없어서 흙만 뒤적거릴 뿐 밭고랑이라고 할 만한 수준은 아니었다. 농기구는 하나같이 애처로울 정도로 낡아빠졌는데, 금속 가격이 비싸서 제대로 고칠 수도 없었다. 그래서 보습이 부서지면 때우고 또 때워서 아예 때운 부분이 더 많을 정도였다. 써레와 갈퀴는 나무로 만들었다. 장화를 신은 사람조차 거의 없으니 삽을 사용하는 사람도 없고, 인도에서 그런 것처럼 엉성한 괭이로 땅을 팠다. 석기 시대 후반에나 사용했을 법한 써레도 있었다. 판자를 겹쳐서 부엌 식탁만 한 크기로 만들어, 판자에 구멍 수백 개를 파서 구멍마다 단단한 돌을 하나씩 박았는데, 돌이 닳고 닳은 게 마치 만 년 전부터 사용한 것 같았다. 사람이 안 사는 중립지대 오두막에서 이런 써레를 처음 보고 깜짝 놀랐던 기억이 난다. 오랫동안 살핀 다음에 비로소 그게 뭔지 이해할 정도였다. 그런 물건을 고생스럽게 만들 수밖에 없는 가난에, 쇠 대신 단단한 돌을 사용할 수밖에 없는 가난에 구역질이 났다. 그때 이후로 나는 근대화 사업을 훨씬 바람직하게 여긴다. 하지만 마을에는 농장용 최신형 트랙터도 두 대나 있는데, 대지주에게서 몰수한 게 분명했다.

나는 마을에서 1~2㎞ 거리에 담을 둘러친 공동묘지도 한두 차례 산책했다. 전선에서 전사한 시신은 시에타모로 후송하는 게 일반이고, 이곳 묘지에는 마을 사람만 묻혔다. 그런데 영국 공동묘지하고는 완벽하게 달랐다. 여기는 죽은 자를 존중하지 않았다! 어디든 덤불과 잡초가 무성하게 자라고, 유골은 사방에서 나뒹굴었다. 하지만 정말 놀라운 건 비석에 새긴 날짜가 모두 혁명 이전인데 어느 비석이든 종교적인 내용은 거의 없다는 사실이다. 가톨릭 신자가 묻힌 무덤 비석에 흔히 담기는 〈아무개 영혼을 위해 기도한다〉는 내용을 딱 한 번 본 것 같다. 비석에 담긴 내용은 지극히 세속적이었다. 고인의 선행을 우스꽝스러운 시구로 묘사하는 식이었다. 무덤 네다섯 기에 하나 정도로 십자가를 조그맣게 세우거나 천국을 형식적으로 언급하는데, 근면한 무신론자가 끌로 새긴 수준이었다.

이 지역 스페인 사람은 신앙심이, 흔히 말하는 신앙심이, 털끝만치도 없다는 사실에 나는 충격받았다. 스페인에 머무는 동안 성호 긋는 사람을 한 번도 못 보았다는 사실 역시 정말 이상하다. 그런 동작은 혁명파든 아니든 본능인 것 같은데 말이다. 깜깜한 밤과 예수회는 늘 돌아온다는 속담처럼 스페인 교회는 분명히 돌아오겠지만, 혁명이 발발하는 순간에 교회가 무너져, 영국 국교회가 침체한 수준은 비교조차 안 될 정도로 박살 났다는 건 의심할 여지가 없다. 스페인 사람들에게, 최소한 카탈루냐와 아라곤 사람들에게, 교회는 사기 집단에 불과했다. 기독교 신앙을 무정부주의 철학으로 상당히 대체해서 그럴 수도 있는데, 실제로 무정부주의 철학이 종교적인 색채를 띠고 광범위하게 퍼져나갔다는 것 하나는 확실하다.

우리가 작전 수행에 적합한 진지로 전진한 건 내가 병원에서 돌아온 당일로, 약 200m 앞에서 흐르는 조그만 개울을 따라 약 1,000m 거리에 파시스트 방어선이 있었다. 원래는 몇 달 전에 수행해야 하는 작전이었다. 이제 비로소 작전에 돌입하는 까닭은 무정부주의 그룹이 하카 도로를 다시 공격하니, 우리는 이쪽으로 진격해서 파시스트 부대를 분산시키자는 거였다.

당시에 우리는 60~70시간 동안 한숨도 못 잔 상태라, 기억이 단편적인 영상처럼 뿌옇게 떠오른다. 중립지대에서 적진 동향을 청취하는 임무, 파시스트 방어선에서 요새로 변신한 카사 프란세사 농장 인근 100m 지점, 끔찍한 늪지에 일곱 시간 엎드리기, 갈대 냄새가 지독한 늪지에 조금씩 가라앉는 몸뚱이, 감각을 마비시키는 추위, 새까만 하늘에 틀어박힌 별, 시끄럽게 울어대는 개구리. 4월인데도 스페인에서 가장 추운 밤 같았다. 불과 100m 뒤에서 작업반이 열심히 일하는데, 개구리 합창 소리만 가득할 뿐 주변은 완벽하게 고요했다. 밤새도록 들린 소리는 딱 한 번…… 삽으로 모래주머니를 납작하게 두드리는, 귀에 익은 소리였다. 가끔은 스페인 사람도 뛰어난 조직력을 발휘할 수 있다는 사실이 놀랍기만 했다. 동작 하나하나가 아름다울 정도로

착착 맞아떨어졌다. 600명이 일곱 시간 만에 1,200m나 되는 참호와 흉벽을 쌓았다, 파시스트 방어선하고 150~300m 떨어진 곳에서. 너무 조용해서 파시스트는 아무런 소리도 못 듣고, 부상자는 밤새 한 명뿐이었다, 다음 날에는 부상자가 당연히 많이 나왔지만. 모든 병사가 한 가지씩 역할을 맡았다. 취사장을 담당하는 병사도 마찬가지였다. 작업이 끝나는 순간에 브랜디가 섞인 포도주 들통을 여러 개 들고 갑자기 나타난 거다.

이윽고 동이 터오는 순간에 바로 앞에서 우리 진지가 떡 나타났으니, 파시스트가 보기에 얼마나 뜬금없겠는가! 네모진 하얀 건물 카사 프란세사는 200m 거리나 되는데도 바로 앞에서 우리를 굽어보고, 이 층 창문에 쌓은 모래주머니 안에서 기관총 여러 정이 참호 내부를 곧장 겨냥하는 것 같았다. 우리 역시 하나같이 멍하니 서서 카사 프란세사를 바라보았다. 파시스트가 우리를 못 본 이유가 무언지 궁리할 뿐이었다. 그러다가 총알이 빗발치듯 쏟아지고, 우리는 재빨리 무릎을 꿇고 정신없이 삽질해서 참호를 훨씬 깊게 파다가 한쪽에 조그만 피난처까지 만들었다.

나는 팔에 붕대를 감은 상태라 참호를 팔 수 없어서 거의 모든 시간을 탐정 소설을 읽으며 보냈다. 『사라진 채권자』라는 제목이었다. 소설 줄거리는 기억이 안 나지만, 그곳에 앉아서 소설을 읽던 느낌은, 참호 바닥은 진흙투성이라서 축축하고, 나는 삽질을 피하느라 다리를 끊임없이 옮기면서 동료들이 허겁지겁 파는 참호 바닥을 바라보고, 바로 머리 위에서는 총알이 탁, 탁, 탁 때리던 느낌은 지금도 생생하게 떠오른다. 총알이 토마스 파커 허벅지 상단을 관통했는데 상처가 생각보다 깊어, 파커 자신이 말한 것처럼, 하마터면 무공훈장을 타고 제대할 뻔했다.

방어선 전역에서 부상자가 생겼지만, 지난밤에 작업하다가 들켰을 때와 비교하면 아무것도 아니었다. 나중에 적군 탈영병이 말한 바에 따르면, 파시스트 보초 다섯 명이 근무 태만으로 총살당했다. 당장에라도 그들이 박격포 몇 대만 가져와서 공격한다면 우리는 대량으로 학살당할 판이었다. 좁고 혼잡한 참호에서 부상자를 운반하자니 정말 갑갑했다. 반바지가 피로 물든 부상병 하나는 들것에서 떨어져 숨을 헐떡이며 고통스러워했다. 부상병은 1.5㎞ 이상 떨어진 거리로 운반해야 했다. 도로가 있어도 구급차는 전선 근처에 절대로 안 오기 때문이다. 행여나 구급차가 가까이 다가오면 파시스트가 포격을 마구 퍼붓는데, 이유가 있다. 현대전에서는 구급차를 이용해서 탄약 나르는 걸 조금도 꺼리지 않는 거다.

다음 날 밤, 토레 파비안에서 공격 명령을 기다리는데, 마지막 순간에 무전기로 취소를 통보받았다. 우리가 대기하던 헛간 바닥은 뼈다귀를, 사람 뼈와 소뼈를 수북이 쌓고 그 위에 왕겨를 얇게 뿌려서 생쥐가 득실거렸다. 역겨운 놈들이 사방에서 떼 지어 몰려다녔다. 내가 무엇보다 싫어한 건 어둠 속에서 몸뚱이를 타고 넘어가는 쥐였다. 하지만 주먹으로 제대로 때려서 한 마리를 기분 좋게 날려 보낸 적도 있다.

결국, 우리는 파시스트 흉벽 50~60m 거리에서 공격 명령을 기다렸다. 병사들은 관개 수로를 따라 한 줄로 기다랗게 웅크려 앉았다. 총검은 모서리 위로 삐죽삐죽 오르고, 눈동자는 어둠 속에서 하얗게 빛났다. 콥과 베냐민은 우리 뒤에 쪼그려 앉고, 그 옆에는 무전기를 등에 걸머진 병사가 앉았다. 서쪽 지평선에서 장밋빛 불꽃이 번쩍 일더니 몇 초 후에 거대한 폭발음이 들렸다. 그러자 무전기에서 삐삐삐 하는 잡음과 함께 상황이 괜찮을 때 빠져나오라고 명령하는 소리가 조그맣게 일어났다. 우리는 그렇게 했지만, 신속한 건 아니었다. 청년노동

연합(통일노동자당 소속 청년 동맹으로, 통일사회당 소속 통일사회주의청년동맹에 해당) 아이들 열두 명이 파시스트 흉벽 40m 거리에 배치되었다가 가엽게도 동이 틀 때까지 붙잡혀서 탈출할 수 없었다. 엄폐물이라고는 풀밭뿐인데, 파시스트는 그들이 움직일 때마다 총알을 퍼부어, 온종일 가만히 누워 있어야 했다. 어둠이 깔릴 무렵에는 일곱 명이 전사하고, 나머지 다섯 명은 야음을 틈타서 바닥을 기어 간신히 빠져나왔다.

그런 다음에도 무정부주의 집단이 우에스카 건너편을 공격하는 소리는 아침마다 들렸다. 언제나 똑같은 소리였다. 새벽녘에 갑자기 포탄 수십 발이 터지는 소리가 – 몇 킬로미터 거리에서도 모든 것을 찢어발기는 끔찍한 소리가 – 들리고 소총과 기관총 소리가 잇따라 뒤엉키는데, 묵직한 소리가 드럼을 빠르게 치는 소리랑 신기할 정도로 비슷했다. 그러다가 일제사격은 우에스카를 휘감은 전선 전체로 퍼져나가고, 우리는 참호로 기어들어 흉벽에 등을 기댄 채 꾸벅꾸벅 졸고, 아무렇게 쏘아대는 총알은 귀에 거슬리는 소리로 공중을 갈랐다.

낮에는 대포 소리가 간헐적으로 우르릉거렸다. 우리가 취사장으로 사용하는 토레 파비안은 포탄에 맞아서 일부가 부서졌다. 안전한 거리에서 포대 사격을 지켜보노라면 포탄이 목표물에 제대로 떨어지기를 바라는 묘한 기분마저 든다. 그 목표물에 내가 먹을 음식과 동료 일부가 포함되더라도 말이다. 독일군이 맡았는지, 파시스트는 그날 아침에 포격을 잘했다. 먼저 토레 파비안 거리를 재려고 포격했다. 한방은 토레 파비안 너머에 떨어지고, 한방은 조금 못 미치더니, 휘이잉…… 쾅! 서까래가 공중으로 튀고 석판 하나가 카드처럼 공중을 날았다. 다음에 날라온 포탄은 건물 모서리 한쪽을 거인이 칼로 벤 듯 말끔하게 잘라냈다. 그런데도 취사 당번은 식사를 제때 공급했다. 기억할 만한 공로였다.

하루하루가 지나는 사이에, 보이진 않고 들리기만 하는 대포 역시 나름대로 특징이 있다는 사실을 파악했다. 러시아 75밀리 포대가 두 곳으로 우리 뒤편 인근에서 발포하는데, 가만히 듣노라면 뚱뚱한 사람이 골프공 치는 광경이 괜히 떠오른다. 이게 내가 목격한, 아니, 귀로 들은 첫 번째 러시아 대포다. 이들은 탄도 궤적이 낮고 속도는 빨라, 발사하는 소리, 휘이잉 소리, 포탄 터지는 소리가 거의 동시에 들린다. 몬플로리테 뒤편에는 하루에 서너 번만 쏘는 꽤 묵직한 대포 두 문이 있는데, 소리가 둔탁하면서 묵직한 게 사슬에 묶인 괴물이 멀리서 울부짖는 소리 같았다. 아라곤 산 상단에는 지난해에 인민정부군이 (이번 내전에 처음으로) 급습한 중세 성채가 있는데, 우에스카로 가는 길목 하나를 지키는 요새로, 19세기에 생산한 게 분명한 중포 한 문이 여기에 있었다. 커다란 포탄이 천천히 날아, 마음만 먹으면 옆에서 나란히 달릴 수 있을 것 같았다. 포탄이 날아가는 소리 역시 사람이 자전거를 타면서 휘파람 부는 소리 그대로였다. 참호에서 쏘는 박격포는 포탄이 조그만데도 소리는 가장 끔찍했다. 포탄 하나하나가 날개 달린 수뢰 같았다. 술집에서 던지는 다트 모양에 1ℓ 병만 한 크기로, 끔찍한 금속성을 내지르며 터지는 소리가 잘 깨지는 쇠로 거대한 공을 만들어 모루에 올려놓고 내려치는 것 같았다. 가끔은 우리 편 비행기가 날아가며 공중어뢰를 떨구는데, 그럴 때마다 엄청난 굉음이 울리는 바람에 3㎞ 떨어진 땅바닥까지 흔들렸다. 파시스트 대공포 포탄은 형편없이 그린 수채화 속 구름 조각처럼 하늘에 점점이 박히는데, 비행기 천 미터 이내로 접근하는 걸 본 적은 한 번도 없다. 비행기가 강하하며 기관단총을 발사할 때는 날개를 퍼덕이는 소리 같은 게 밑에서 들렸다.

우리가 주둔한 전선에는 별다른 사건이 없었다. 우리 오른편 200m

거리 높은 고지에 파시스트가 주둔해, 저격병이 우리 동료를 쏘아서 서너 명 쓰러뜨린 정도다. 왼쪽 200m 거리에서는 우리 쪽 부대가 냇물을 가로지르는 다리에 콘크리트 바리케이드를 설치하느라 파시스트 박격포와 사투를 벌였다. 조그맣고 끔찍한 포탄이 슈웅 날아와서 아스팔트 도로에 떨어지는 바람에 우당탕-쾅! 우당탕-쾅! 소리가 두 배는 끔찍하게 들렸다. 흙 기둥과 새까만 연기가 요술 나무처럼 솟구치는 광경을 우리는 100m 떨어진 거리에서 똑바로 일어선 채 안전하게 구경할 수 있었다. 그러나 다리 근처에 있던 가엾은 병사들은 밝은 대낮 대부분을 참호 옆에 파놓은 좁은 구멍에 들어가서 웅크린 채 보내야 했다. 하지만 부상병은 예상보다 적고, 50cm 두께 콘크리트로 세우는 바리케이드는 꾸준히 오르더니, 총안까지 뚫어서 기관총 두 정과 조그만 약포 한 문을 배치했다. 콘크리트는 침대 뼈대를 중심으로 만들었는데, 당시에 구할 수 있는 쇳덩이는 그것밖에 없었던 게 분명하다.

제7장

하루는 오후에 베냐민이 지원자 열다섯 명을 요구했다. 지난번에 취소한 파시스트 요새 공격을 오늘 밤에 한다는 거다. 나는 멕시코제 탄창 열 개에 기름칠하고 (반짝이면 위치가 드러나므로) 총검에 흙을 묻히고, 빵 한 덩어리와 붉은 소시지 8cm, 아내가 바르셀로나에서 보내 정말 오랫동안 간직하던 시가 한 대를 챙겼다. 수류탄도 한 사람당 세 개씩 받았다. 스페인 정부도 마침내 좋은 수류탄을 생산했다. 원리는 밀스 수류탄과 똑같은데, 핀이 하나가 아니라 두 개였다. 핀

두 개를 모두 뽑으면 수류탄이 터질 때까지 여유가 7초쯤 있었다. 단점은 핀 하나가 너무 뻑뻑하고 다른 하나는 너무 헐겁다는 거다. 따라서 핀을 둘 다 그대로 두었다가 긴급한 상황에 뻑뻑한 핀이 안 빠져서 쩔쩔매느냐, 아니면 뻑뻑한 핀을 미리 빼놓아 혹시나 호주머니에서 수류탄이 터지는 건 아닐까 노심초사하느냐를 선택해야 했다. 하지만 손에 쏙 들어와서 던지기엔 정말 편리했다.

자정 직전에 베냐민은 열다섯 명을 이끌고 토레 파비안으로 내려갔다. 초저녁부터 비가 세차게 퍼부었다. 관개 수로가 잔뜩 불어, 수로에 들어설 때마다 물이 허리까지 찼다. 칠흑같이 어둡고 비가 억수로 퍼붓는 가운데 우리는 농장 마당에서 흐릿한 모습으로 기다리고, 콥은 처음에 스페인어로 나중에 영어로 연설한 다음에 공격 계획을 설명했다. 이곳 파시스트 방어선은 L자 모양으로 휘었는데, 우리가 공격할 구역은 L자 모서리 언덕이었다. 총지휘관은 호르헤 로카 대대장이고(민병대 일개 대대는 약 4백 명이었다), 우리는 서른 명가량으로 절반은 영국 병사고 절반은 스페인 병사로, 베냐민이 위로 기어올라 파시스트 철조망을 자르면 호르헤가 던지는 수류탄을 신호로 나머지도 수류탄을 일제히 던져 파시스트를 흉벽에서 몰아내고, 그들이 반격하기 전에 모서리 언덕을 점령한다는 계획이었다. 그와 동시에 돌격대 70명이 측면에 있는 파시스트 〈진지〉를 공격하기로 했는데, 우리가 공격하는 곳 오른쪽 200m 거리며, 두 진지는 도랑을 파서 연결한 상태였다. 어둠 속에서 아군끼리 오인 사격하는 일이 없도록, 우리는 팔에 하얀 완장을 차기로 했다. 바로 그 순간에 연락병이 도착해서 하얀 완장은 없다고 했다. 어둠 속에서 누군가 푸념하는 소리로 "그럼 파시스트한테 하얀 완장을 차라고 하면 안 될까요?" 하고 제안했다.

작전 개시까지 한두 시간은 여유가 있었다. 노새 외양간 건너편

헛간은 포격으로 무너져서 불빛이 없으면 주변을 돌아다닐 수 없었다. 내리꽂힌 포탄에 바닥 절반이 6m 깊이로 파여서 돌덩이가 드러난 상태였다. 누군가 곡괭이를 구해 부서진 널빤지를 바닥에서 뜯어내고 몇 분 후에 모닥불을 지피니, 흠뻑 젖은 우리 옷에서 김이 피어올랐다. 다른 사람은 카드 한 벌을 꺼냈다. 브랜디를 넣은 뜨거운 커피가 나올 거라는 소문이 돌았다. 전쟁터에서 풍토병처럼 번지곤 하던 애매한 소문 가운데 하나였다. 우리는 거의 무너진 계단을 한 줄로 기쁘게 내려와서 깜깜한 마당을 돌아다니며 커피 주는 곳이 어디냐고 물었다. 아아! 커피는 없었다! 그 대신 지휘관이 집합시켜 한 줄로 세우고, 호르헤와 베냐민은 어둠 속으로 빠르게 나아가고, 우리는 그 뒤를 따라 갔다.

비는 여전히 퍼붓고 사방은 깜깜하지만, 바람은 가라앉았다. 진창이 질퍽대는 건 말로 형용할 수 없었다. 사탕무밭 사이로 좁은 길이 났는데 진흙 덩어리를 잇대어놓은 식이라서 기름 바른 장대처럼 미끄럽고 거대한 물웅덩이가 사방에 널렸다. 우리는 아군 최전선 흉벽에 도달하기도 전에 모두 몇 번씩 넘어지고 소총은 진흙을 뒤집어썼다. 흉벽에 다다르니, 몇 사람이 모여서 우리를 도우려고 기다렸다. 군의관과 한 줄로 늘어놓은 들것도 보였다. 우리는 흉벽 틈새를 한 줄로 지나서 또 다른 관개 수로를 건넜다. 철벅 철벅…… 꼴록꼴록! 이번에도 물은 허리까지 차고, 더럽고 미끌미끌한 진흙은 군화로 스며들었다. 건너편 풀밭에선 호르헤가 우리 모두 건너오기만 기다렸다. 그러다가 허리를 거의 90도로 구부려서 앞으로 천천히 기어가기 시작했다. 파시스트 흉벽은 약 백오십 미터 거리였다. 거기까지 우리 모두 아무런 소리도 안 내고 움직여야 했다.

나는 호르헤와 베냐민과 함께 선두에 나섰다. 허리는 완전히 숙이고 얼굴은 쳐든 채 거의 완벽한 어둠 속에서 발을 뗄 때마다 속도가 줄어드는 걸 느끼며 천천히 기어갔다. 빗줄기가 얼굴을 가볍게 때렸다. 흘끗 돌아보니 바로 뒤에서 동료들이 곱사등이처럼 웅크린 자세로 다가오는데, 새까맣고 거대한 버섯 덩어리가 천천히 앞으로 미끄러지는 것 같았다. 하지만 내가 고개를 들고 뒤를 돌아볼 때마다 베냐민이 바로 옆에서 내 귀에 대고 "머리 숙여! 머리 숙여!" 하고 날카롭게 속삭였다. 나는 걱정하지 말라고 대꾸할 수도 있었다. 깜깜한 밤에는 이십 보 거리만 떨어져도 안 보인다는 사실을 경험상 잘 알기 때문이다. 무엇보다 중요한 건 조용히 움직이는 거였다. 적군이 소리를 들으면 우리는 그것으로 끝장이었다. 어둠에 대고 기관총을 갈기면 우리로선 그대로 달아나거나 총알받이가 되는 수밖에 없었다.

그러나 진흙밭에서 조용히 움직인다는 건 현실적으로 불가능하다. 어떻게 해도 두 발에 진흙이 달라붙어, 발을 내디딜 때마다 절벅절벅, 절벅절벅 하는 소리가 났다. 게다가 바람까지 멎어, 비는 계속 오는데도 주변이 너무 조용했다. 소리가 훨씬 멀리 날아갈 터였다. 한 번은 깡통을 걷어차, 파시스트 전체가 분명히 들었을 것 같은 끔찍한 순간도 있었다. 그러나 아니었다. 파시스트 전선에서 어떤 소리도, 대응 사격도, 움직임도 없었다. 우리는 앞으로 계속 기어가고, 속도는 꾸준히 줄었다. 목표 지점에 한시바삐 닿고 싶은 마음에 내가 얼마나 조바심쳤는지 모른다. 적군이 소리를 듣기 전에 수류탄을 던질만한 거리까지 가자!

이런 순간에는 두려움조차 못 느낀다. 목표 지점까지 단숨에 달려가고 싶은 불가능한 욕망만 가득할 뿐이다. 나는 야생동물에게 살금살금 다가갈 때와 똑같은 기분을, 사정거리에 다가가기만 간절하게 바라지만 결국엔 실패하고 말 거라는 어렴풋한 확신을 느꼈다. 게다가 거리는 오히려 늘어나는 것 같았다! 내가 파악한 그곳 지리에 의하면 거리는 150m에 불과한데, 1㎞가 넘는 것 같았다. 그런 속도로 기어가노라면 땅바닥 느낌을 개미처럼 상세하게 파악하는 법이다. 여기는 풀밭이 부드러워서 기분이 좋고, 저기는 진창이 끈적끈적해서 기분이 더럽고, 여기는 갈대가 높아서 바스락거리니까 피하고, 저기는 돌 더미라서 조용히 통과할 수 없으니 모든 희망을 포기하자는 식으로 말이다.

그렇게 하염없이 기어가는데 길을 잘못 들었다는 생각이 들기 시작했다. 그러다가 어둠 속에서 어둠보다 까맣게 보이는 평행선이 가늘고 희미하게 보였다. 파시스트 이중 철조망 바깥쪽이었다. 호르헤는 무릎을 꿇고 호주머니를 뒤졌다. 하나밖에 없는 철사 절단기를 가져온 것이다. 싹둑, 싹둑. 잘려서 늘어진 철조망 자락은 옆으로 살며시 돌렸다. 우리는 뒤에서 병사들이 바짝 다가오기만 기다렸다. 하나같이 시끌벅적하게 다가오는 것 같았다. 이제 파시스트 흉벽까지 50m 남짓한 거리였다.

우리는 허리를 굽히고 앞으로 나아갔다. 고양이가 쥐구멍으로 다가가듯 한 발을 살며시 내려놓고 멈춘 다음에 귀를 기울이고 다시 한 발을 내디디며 살금살금 나아갔다. 한 번은 내가 머리를 쳐들자, 베냐민이 뒷덜미를 조용히 잡아서 밑으로 눌렀다. 나는 안쪽 철조망이 흉벽에서 불과 20m 거리라는 사실을 깨달았다. 30명이 적군에게 안 들키고 다가간다는 걸 나로선 상상할 수도 없었다. 우리가 숨 쉬는 소리까지 들릴 것 같았다. 그런데도 어찌 된 일인지 무사히 도달했다. 파시스트 흉벽이 보였다. 새까만 둔덕이 우리를 흐릿하게 굽어보았다. 호르헤는 무릎을 다시 꿇고 호주머니를 뒤졌다. 싹둑, 싹둑. 철조망을 조용히 끊을 방법은 없었다.

마침내 안쪽 철조망도 절단했다. 우리는 열린 구멍을 낮은 포복으로 상당히 급하게 통과했다. 이제 모두 들어와서 좌우로 자리 잡을 시간만 있으면 다 되는 셈이다. 호르헤와 베냐민은 오른쪽으로 기어갔다. 하지만 뒤에 있는 동료들은 좁은 철조망 구멍을 넘어오려고 양옆으로 퍼져서 한 줄로 늘어선 상태인데, 바로 그 순간에 파시스트 흉벽에서 불빛과 함께 탕! 소리가 일어났다. 우리가 접근하는 소리를 보초가 마침내 들은 것이다. 호르헤는 한쪽 무릎을 바닥에 대고 자세를 잡더니 볼링 선수처럼 팔을 휘둘렀다. 쾅! 호르헤가 던진 수류탄이 흉벽 너머 어딘가에서 터졌다. 그와 동시에 인간이 상상할 수도 없을 정도로 빠르게 파시스트 흉벽에서 총소리가, 소총 열 정에서 스무 정 정도가 동시에 불을 뿜는 소리가 일어났다. 우리가 다가오기만 기다렸던 거다. 번쩍이는 불빛 사이로 모래주머니 하나하나가 순간적으로 눈에 들어왔다. 뒤쪽 멀리 떨어진 동료들이 수류탄을 던지는데, 대부분 흉벽 근처에도 못 갔다.

총안마다 불길을 뿜어대는 것 같았다. 사방이 깜깜한 곳에서 사격당하는 기분은 정말 엿 같다. 소총 섬광이 하나같이 나를 겨냥하는 느낌이다. 하지만 최악은 수류탄이다. 사방이 깜깜한데 바로 옆에서 터지는 수류탄을 경험하지 않은 사람은 그 공포감을 상상도 할 수 없다. 낮에는 쾅! 터지는 굉음 정도에 불과한데, 사방이 깜깜할 때는 눈부시게 빨간 섬광까지 솟구친다. 일제사격을 처음 퍼붓는 순간에 나는 바닥에 재빨리 엎드렸다. 그러는 내내 미끌미끌한 진창에 옆으로 누워서 수류탄 핀을 뽑느라 무자비하게 씨름했다. 그런데 지랄 맞을 핀이 도무지 뽑히질 않았다. 결국에는 내가 반대 방향으로 비튼다는 사실을 깨달았다. 그래서 핀을 뽑고, 무릎으로 일어나 앉아, 수류탄을 던지고, 다시 바닥에 납작 엎드렸다. 수류탄은 흉벽 외곽 오른쪽 너머에서 터졌다. 겁나서 겨냥을 제대로 못 한 거다. 바로 그때 수류탄

한 발이 바로 앞쪽 오른편에서 터지는데, 거리가 얼마나 가까운지 폭발하는 열기를 느낄 정도였다. 나는 바짝 엎드려서 목이 아플 정도로 얼굴을 진창에 힘껏 박았다. 수류탄 파편에 맞았다는 생각이 들었다. 총소리와 수류탄 소리가 시끄러운 사이로 뒤에서 영국 병사가 "내가 맞았다"고 조용히 말하는 소리가 들렸다. 실제로 수류탄은 주변 동료 여럿을 부상시켰지만 나는 아니었다. 나는 무릎을 꿇고 두 번째 수류탄을 던졌다. 그 수류탄이 어디로 날아갔는지는 기억이 안 난다.

앞에서는 파시스트가 총알을 퍼붓고 뒤에서는 아군이 사격하는데, 나는 그 중간에 틀어박혔다는 생각만 머릿속에 가득했다. 어디선가 총을 쏘는데 동료 한 명이 바로 뒤에서 사격하는 거였다. 나는 벌떡 일어나서 그 동료에게 "나한테 쏘지 마, 멍청한 자식아!" 하고 소리쳤다. 그 순간, 베냐민이 오른쪽 10~15m 거리에서 나에게 손짓하는 게 보였다. 나는 베냐민에게 달려갔다. 불을 내뿜는 총안 앞에서 그대로 가로지르며 달린 건데, 그렇게 달리는 동안에는 왼손으로 뺨을 가렸다. 손으로 총알을 막으려는 멍청한 행동이긴 한데, 당시에는 얼굴에 총을 맞는 게 그렇게 무서웠다.

베냐민은 한쪽 무릎을 꿇고 앉아, 현 상황을 즐기는 악마 같은 표정을 머금은 채 소총 섬광을 향해서 자동권총으로 신중하게 사격했다. 호르헤는 첫 번째 일제사격 때 다쳐서 쓰러졌는데, 어디에 있는지 안 보였다. 나는 베냐민 옆에 무릎을 꿇고 핀을 뽑아서 세 번째 수류탄을 던졌다. 아! 이번은 확실했다. 수류탄이 흉벽 안쪽 모퉁이, 기관총 바로 옆에서 터졌다. 파시스트 사격이 갑자기 줄어드는 것 같더니, 베냐민이 벌떡 일어나며 소리쳤다.

"돌격! 앞으로!"

우리는 흉벽을 향해 짧고 가파른 비탈을 단숨에 올랐다. 아니, 단숨에 올랐다기보다 힘겹게 올랐다는 표현이 훨씬 정확하겠다. 머리부터 발끝까지 흠뻑 젖고 진흙도 뒤집어쓴 상태에서 총검을 꽂은 묵직한 소총에 총알 백오십 개가 든 탄약통까지 짊어진 채로 신속하게 움직일 순 없는 거 아닌가. 나는 파시스트가 꼭대기에서 당연히 나를 기다릴 거로 생각했다. 그 정도 거리에서 총을 쏘면 실수할 리 없을 터인데, 웬일인지 나는 상대가 총을 쏘는 대신 총검으로 맞서 싸울 거란 생각이 들었다. 서로 총검을 부딪치는 기분까지 미리 느낄 정도였다. 상대편 총검이 내 것보다 강할지도 궁금했다. 그런데, 기다리는 파시스트는 하나도 없었다.

나는 막연한 안도감 속에서 이곳은 흉벽이 낮고 모래주머니는 발판으로 훌륭하다는 사실을 발견했다. 흉벽을 넘는 건 정말 어려운 게 일반인데 말이다. 흉벽 안쪽은 모든 게 박살 났다. 대들보는 사방에서 나뒹굴고, 거대한 석판은 깨져서 이리저리 흩어졌다. 우리 편 수류탄에 참호와 움막이 모두 부서진 거다. 그런데 적군은 여전히 하나도 안 보였다. 적군이 땅속 어딘가에 숨어서 웅크렸을 거라는 생각에 나는 영어로 소리쳤다. (갑자기 스페인어가 하나도 생각나지 않았다.)

"거기서 나와! 항복해!"

대답이 없었다. 그러다가 사내 한 명이, 어슴푸레한 불빛에 거무스름한 형체가 부서진 움막 지붕을 미끄러지듯 넘으며 왼쪽으로 쏜살같이 달렸다. 나는 그 뒤를 쫓으며 총검으로 어둠 속을 아무렇게나 찔러댔다. 움막 모서리를 돌자 사내 한 명이 보였다. 내가 조금 전에 발견한 사내인지 모르겠는데, 다른 파시스트 진지로 이어지는 도랑을 따라 열심히 도망치는 중이었다. 내가 꽤 가까운 거리까지 다가간 게 분명하다. 사내 모습이 똑똑히 보였기 때문이다. 대머리인데, 어깨에 둘러쓴 담요 말고는 아무것도 안 입은 것 같았다. 내가 총을 쏘면 상대는 바로 쓰러질 수밖에 없었다. 하지만 우리는 아군끼리 오인 사격할 걸 염려한 나머지, 흉벽 안에서는 총검만 사용하라고 명령받은 상태인 데다, 어쨌든 나는 아예 총을 쏠 생각조차 못 했다. 머릿속 생각이 20년 전으로, 학교 권투 코치 선생님이 다르다넬스 해협에서 터키군 병사를 총검으로 찌르던 장면을 동작까지 생생하게 곁들이며 설명하던 순간으로 거슬러 올라갔다. 그래서 나는 개머리판을 움켜쥐고 상대편 등을 힘껏 찔렀다. 하지만 아슬아슬하게 안 닿았다. 다시 찔렀다. 이번에도 아슬아슬하게 안 닿았다. 우리는 그러면서 한동안 달렸다. 상대는 참호 속에서 달리고, 나는 참호 위에서 쫓으며 상대편 어깨를 향해 연신 찔러대지만, 번번이 못 미쳤다. 돌이켜보면 정말 우스꽝스러운 기억인데, 쫓기는 사람에겐 그렇게 우스울 거 같지 않다.

상대는 그곳 지형을 당연히 잘 알아, 나에게서 금방 도망쳤다. 돌아가니, 진지는 함성으로 가득했다. 총소리는 어느 정도 수그러들었다. 파시스트는 삼면에서 여전히 총알을 퍼부어대지만, 거리가 상당히 멀었다. 당장은 우리가 적군을 물리친 거다. 그때 내가 신탁을 내리듯 말한 기억이 난다.

"우리가 여길 점령할 시간은 삼십 분 정도에 불과해."

삼십 분이라고 한 이유는 모르겠다. 오른쪽 흉벽 너머로 푸르스름한 소총 섬광이 어둠을 수없이 가르는 게 보였다. 하지만 거리가 멀었다. 백이십 미터는 될 것 같았다. 이제 우리가 할 일은 그곳을 수색해서 약탈할 만한 물건을 챙기는 거였다. 베냐민을 비롯한 몇몇은 진지 한가운데에서 커다란 움막 폐허나 참호를 벌써 뒤지는 중이었다. 그런데 베냐민이 부서진 지붕 사이에서 탄약 상자 밧줄을 힘껏 잡아당기며 소리쳤다.

"동지들! 탄약이오! 여기에 엄청나게 많소!"

"탄약은 필요 없습니다. 우리에게 필요한 건 소총입니다."

어떤 목소리가 대답했다. 그 말이 맞다. 우리 소총 가운데 절반은 진흙에 막혀서 사용할 수 없었다. 닦아내면 되는데, 사방이 어두워서 노리쇠를 소총에서 떼어내는 자체가 위험하다. 어딘가 내려놓았다간 잃어버리기 십상이니 말이다. 나에겐 아내가 바르셀로나에서 어렵사리 구해 보낸 소형 손전등이 있었다. 그게 아니면 우리 사이를 구분할 불빛이 하나도 없을 뻔했다. 소총이 쓸 만한 동료 서너 명은 멀리 떨어진 불빛을 향해 산발적으로 총을 쏘기 시작했다. 연속해서 사격할 생각은 조금도 못했다. 아무리 좋은 소총이라도 너무 가열돼서 뜨거우면 곧바로 망가지기 때문이다. 흉벽 내부에는 동료가 열여섯 명가량 있는데, 한두 명은 다친 상태였다. 흉벽 바깥에는 영국 병사와 스페인 병사 여럿이 다쳐서 쓰러진 상태였다. 아일랜드 벨파스트 출신 패트릭 오하라는 응급처치 훈련을 받은 터라 붕대 묶음을 들고 이리저리 뛰어다니며 부상병 상처를 묶어주다가 흉벽으로 돌아오고, 그럴 때면 아군이 어김없이 총을 쏘았다, 잔뜩 화난 목소리로 "포움!"[34] 하고 소리치는데도.

우리는 진지를 수색했다. 시체 몇 구가 나뒹굴었지만, 나는 몸뚱이를 뒤지지 않았다. 내가 찾는 건 기관총이었다. 철조망 밖에 엎드린 내내 기관총을 안 쏘는 이유가 무얼까 막연히 궁금하게 여긴 터였다. 나는 기관총 자리를 손전등으로 비추었다. 실망감이 몰려들었다! 기관총이 없었다. 삼각대 받침은 있고 다양한 탄약 상자와 부품도 있는데, 기관총은 사라졌다. 우리를 발견하자마자 뜯어간 게 분명하다. 명령에 따라서 그런 건 의심할 여지가 없지만, 정말 멍청하고 비겁한 행동이었다. 기관총을 제자리에 두고 쏘았더라면 우리를 전멸시켰을 수도 있었

34) P.O.U.M.(통일노동자당)이라는 뜻이다.

는데 말이다. 어쨌든 우리는 잔뜩 화났다. 기관총을 노획하고 싶은 마음이 간절했기 때문이다.

여기저기 찔러보았지만 가치가 나갈만한 물건은 못 찾았다. 파시스트 수류탄은 사방에 널렸다. 줄을 잡아당겨서 터뜨리는, 우리 것보다 떨어지는 수류탄이었다. 나는 기념품으로 두 개를 호주머니에 넣었다. 파시스트 참호가 참담하고 쓸쓸한 건 정말 놀랍지 않을 수 없었다. 여벌의 옷, 책, 음식, 자잘한 소지품 등, 우리 참호에서 흔한 물건이 그곳에는 하나도 없었다. 가엾게도 징집당한 병사들이 보수조차 못 받아, 가진 거라곤 모포와 젖은 빵 덩어리 말고 아무것도 없는 것 같았다.

제일 끝 조그만 참호는 일부를 지상으로 돌출시켜 조그만 창문까지 하나 달아놓은 상태였다. 손전등으로 창문 안쪽을 비추는 순간에 우리 입에서 환호성이 터져 나왔다. 원통형 물체를 가죽 가방에 넣어서 벽에 기댔는데, 길이 1m에 지름 15cm였다. 기관총 총신이 분명했다. 우리는 참호를 단숨에 돌아서 입구로 들어갔으나, 가죽 가방에 든 건 기관총이 아니었다. 장비에 굶주린 우리 부대에게는 그보다 귀한 물건이었다. 거대한 망원경, 배율 60배에서 70배는 되는 망원경으로, 접이식 삼각대 받침까지 있었다. 이런 망원경은 우리 편에 아예 없어, 간절히 필요한 상태였다. 우리는 망원경을 의기양양하게 꺼내서 흉벽에 기댔다, 나중에 가져갈 생각으로.

바로 그 순간, 누군가 파시스트가 몰려온다고 소리쳤다. 시끌벅적한 총소리 역시 훨씬 커다랗게 들렸다. 오른편에서는 파시스트가 공격할 수 없었다. 중립지대를 쓸데없이 넘어 바깥에서 자기네 흉벽을 공격하는 셈이기 때문이다. 생각이 조금이라도 있다면 자기네 방어선 안쪽에서 우리를 공격할 게 분명했다. 나는 참호 건너편으로 돌아갔다. 진지는 대충 말발굽 모양으로, 참호를 한가운데에 배치해, 왼쪽에도 우리를 보호할 흉벽이 있었다. 엄청난 총알이 그쪽에서 날아오긴 하지만, 우리로선 문제 될 게 없었다. 취약 지점은 정면이었다. 그곳에는 방호물이 하나도 없었다. 총알이 물결을 이루며 머리 위로 지나갔다. 전선 훨씬 위쪽 파시스트 진지에서 날아오는 거다. 돌격대가 진지를 점령하지 못한 게 분명했다. 그런데 이번에는 총소리에 귀가 먹먹했다. 수많은 소총이 일제히 쏘아대는 게 마치 드럼을 두들기는 것처럼 끊이지 않던 소리, 멀리서 익숙하게 들리던 소리였다. 하지만 그 한가운데에 있는 건 처음이었다. 게다가 지금은 당연히 주변 몇 킬로미터 방어선 전체가 총알을 쏘아댔다. 더글러스 톰슨은 다친 팔 한쪽을 덜렁대며 흉벽에 몸을 기댄 채 나머지 한 손으로 불꽃을 향해 총을 쏘았다. 자기 총은 망가진 병사가 옆에서 대신 장전했다.

이쪽에 아군은 네다섯 명뿐이었다. 이제 어떻게 해야 할지 분명했다. 앞쪽 흉벽에서 모래주머니를 끌어다가 방호물이 없는 곳에 바리케이드를 쌓아야 한다. 급히 서둘러야 한다. 당장은 총알이 공중으로 날아가지만, 언제 낮아질지 모른다. 주변에서 일어나는 섬광을 보면 적군은 백 명에서 이백 명 수준이다. 우리는 모래주머니를 꺼내고 20m를 달려서 정면에 툭툭 던지며 대충 쌓아놓았다. 정말 힘든 작업이었다. 모래주머니가 커서 각각 50㎏은 나가, 그것을 끄집어내려면 힘이란 힘은 모두 써야 했다. 그러다가 망할 놈의 자루가 터지기라도 하면 축축한 흙이 온몸으로, 목과 소매로 쏟아져 내렸다.

당시에 나는 모든 게, 혼돈과 어둠과 무시무시한 총소리와 진창에서 이리저리 미끄러지며 터지는 모래주머니와 씨름하는 게 정말 무서웠던 기억이, 소총이 마냥 걸리적거리는데도 행여나 잃어버릴까 두려워서 감히 내려놓을 수 없었던 기억이 난다. 어떤 병사와 함께 모래주머니 하나를 들고 비틀거리며 나아가다 "이게 전쟁이야! 너무 지독해!" 하고 소리 지른 기억도 난다. 그런 참에 커다란 물체가 정면 흉벽을 넘으며 갑자기 뛰어들었다. 그들이 가까이 다가오는 순간에 우리는 아군 돌격대 제복을 알아보고 지원하러 왔다고 생각하며 환호했다. 그러나 네 명에, 독일 출신 세 명에다 스페인 병사 한 명에 불과했다. 돌격대가 당한 일을 우리는 나중에 들었다. 지리는 모르고 사방은 깜깜해서 엉뚱한 곳으로 갔다가 파시스트 철조망에 걸려서 총에 맞아 많은 병력을 잃은 상태였다. 우리한테 온 네 명 역시 길을 잃은 건데, 그들로서는 천만다행이 아닐 수 없었다. 독일 출신 세 명은 영어, 불어, 스페인어를 한마디도 못했다. 그래서 우리가 하는 일을 몸짓까지 섞어가며 힘들게 설명한 후에 바리케이드 쌓는 일을 거들게 했다.

파시스트 집단은 어느새 기관총까지 가져와서 설치했다. 100~200m 거리에서 불꽃을 폭죽처럼 내뿜는 기관총이 보이고, 총알은 섬뜩한 소리를 내지르며 우리 머리 위로 꾸준히 날아갔다. 얼마 후에는 모래주머니를 꽤 던져서 나지막한 흉벽이라도 만들어, 몇 안 되는 병력이나마 그 뒤에 엎드려서 총을 쏠 수 있었다. 나는 동료들 뒤에 무릎을 꿇었다. 박격포 폭탄이 쌔앵 날아와서 중립지대 어딘가에 터졌다. 새로운 위험 요소지만, 사정거리를 정확히 찾아내는 데 몇 분은 걸릴 터였다. 당장은 끔찍한 모래주머니와 씨름하는 걸 마친 상태라서 기분이 그리 나쁜 편은 아니었다. 시끄러운 총소리, 깜깜한 어둠, 다가오는 섬광, 그 섬광을 향해 아군 소총이 내뿜는 불꽃을 둘러볼 여유도 생겼다. 머릿속 생각을 정리할 여유마저 살짝 생길 정도였다. 그래서 내가 정말 겁먹은 건지 곰곰이 생각하다가 아니라고 결론 내린 기억이 난다. 진지 바깥에서 전진할 때 너무 무서워서 배까지 아프던 것에 비하면 지금은 위험한 게 아니었다.

파시스트가 다가온다는 소리가 갑자기 또다시 들렸다. 이번에는 의심할 여지가 없었다. 총을 쏘아대는 섬광이 많이 다가왔다. 20m 거리에서 번뜩이는 섬광도 보였다. 진지끼리 연결한 도랑으로 다가오는 게 분명했다. 20m이면 수류탄을 가볍게 던질 수 있는 사정거리였다. 우리는 여덟 명에서 아홉 명이 똘똘 뭉쳤으니, 수류탄 하나만 제대로 던져도 전멸할 수밖에 없었다. 보브 스마일리가 가벼운 상처를 입어 얼굴에서 피를 줄줄 흘리며 벌떡 일어나서 무릎을 꿇은 채 수류탄 하나를 던졌다. 우리는 바닥에 엎드려서 수류탄이 터지기만 기다렸다. 공중을 나는 동안 퓨즈가 빨갛게 타들어 갔지만, 수류탄은 안 터졌다. 수류탄 가운데 적어도 4분의 1은 불발탄이었다. 내가 가진 건 파시스트 수류탄이 전부고 나는 사용법을 몰랐다. 그래서 동료들에게 남는 수류탄이 없느냐고 소리쳤다. 더글러스 모일이 호주머니를 뒤져서 하나를 건네주었다. 나는 수류탄을 던지고 납작 엎드렸다. 일 년에 한 번 있을까 말까 한 행운이 밀려들어, 수류탄은 소총이 섬광을 번뜩이는 곳에 정확하게 떨어졌다. 폭발 소리와 동시에 끔찍한 비명과 신음이 터져 나왔다. 어쨌든 우리가 적군 한 명은 확실히 제거한 것이다. 상대편이 죽었는지 아닌지 모르겠지만, 최소한 중상을 입은 건 확실했다. 비명을 들으면서 나는 막연하게 밀려드는 슬픔을 느꼈다. 불쌍한 놈, 불쌍한 놈! 그런데 거의 동시에, 소총에서 섬광이 터지는 희미한 불빛에, 소총 섬광이 번뜩인 자리 바로 옆에서 물체 하나를 본 것 같았다. 나는 소총을 들어서 사격했다. 비명이 또 들렸지만, 아직은 수류탄 때문인 것 같았다. 수류탄을 몇 개 더 던졌다. 다른 소총은 불빛을 번뜩이는 거리가 멀었다. 100m 이상이었다. 우리가 적군을 물리친 거다, 최소한 당장은.

지원 부대를 보내지 않는 이유가 도대체 뭐냐고 모두가 투덜대며 욕설을 뱉어내기 시작했다. 기관단총 한 정과 좋은 소총으로 무장한 병력 스무 명이면 일개 대대가 달려들어도 진지를 지킬 수 있었다. 그런데 베냐민 다음가는 지휘관 패디 도너번이 명령을 받으러 갔다가 돌아와서 앞쪽 흉벽을 넘으며 소리쳤다.

"어이! 이제 모두 나와! 지금 당장 철수다!"

"뭐?"

"철수! 어서 나와!"

"왜?"

"명령이다. 우리 진지까지 속보로 돌아간다."

동료들은 벌써 앞쪽 흉벽을 넘기 시작했다. 일부는 묵직한 탄약 상자와 씨름했다. 나는 진지 건너편 흉벽에 세워놓은 망원경을 떠올렸다. 그런데 돌격대 네 명이 도랑으로 달려가는 게 보였다. 사전에 받은 뭔지 모를 명령에 따라 행동하는 것 같았다. 도랑을 따라가면 다른 파시스트 진지가 나오니, 그곳으로 간다는 건 죽는다는 걸 의미했다. 그들이 어둠 속으로 사라졌다. 나는 그 뒤를 쫓으며 '철수하라'는 스페인 말을 떠올리려고 애쓰다가 마침내 "아트라스! 아트라스!"라고 소리쳤는데, 뜻이 통했던 모양이다. 스페인 병사가 알아듣고 동료들을 데려온 것이다. 패디가 흉벽에서 기다리다 지시했다.

"서둘러, 어서!"

"하지만 망원경은!"

"망원경은 무슨 빌어먹을 망원경! 베냐민이 밖에서 기다려."

우리는 흉벽을 넘었다. 패디는 내가 지나도록 철조망을 잡아주었다. 파시스트 흉벽 피난처를 벗어나자마자 엄청난 총알이 달려들었다. 사방에서 우리에게 총을 쏘아대는 것 같았다. 일부는 우리 편에서 날아온 게 분명하다. 전선에 대치한 병사 모두가 총을 쏘았다. 어느 쪽으로 방향을 틀어도 총알이 빗발치듯 지나치고, 우리는 칠흑처럼 어두운 곳에서 양 떼처럼 이리저리 내몰렸다. 수류탄 한 상자와 파시스트 소총 몇 자루에다 탄약 상자까지 노획해서 질질 끄느라 그만큼 더 힘들었다. 상자 하나에 총알이 1,750발이나 들어 무게가 50㎏이나 나갔다. 양쪽 흉벽은 거리가 200m에 불과하고 우리는 지리를 잘 아는데, 불과 몇 분도 안 돼서 길을 완전히 잃고 말았다. 두 발은 진흙밭에 쭉쭉 미끄러지고, 머릿속은 총알이 양쪽에서 날아온다는 생각만 가득했다. 달조차 안 떠올라 의지할 데가 없더니, 하늘이 조금씩 밝아왔다. 우리 진지는 우에스카 동쪽이니, 나는 동이 터서 어디가 동쪽이고 어디가 서쪽인지 구분할 때까지 그 자리에 머물고 싶었지만, 동료들은 반대했다. 그래서 쭉쭉 미끄러지며 계속 전진하다 방향을 이리저리 바꾸고, 탄약 상자는 교대로 끌었다. 마침내 나지막하고 평평한 흉벽 전선이 우리 앞에 희미하게 나타났다. 우리 진영일 수도 있고 파시스트 진영일 수도 있었다. 우리가 가야 할 방향을 아무도 몰랐다. 베냐민이 바닥에 배를 댄 채 희끄무레하고 커다란 갈대 사이를 기어 흉벽 20m 거리까지 다가가서 암호를 소리쳤다. "포움!"이란 대답이 바로 나왔다. 우리는 벌떡 일어나서 흉벽을 따라 걷다가, 관개 수로를 다시 철벅 철벅…… 꼴록꼴록! 건너서 안전지대에 들어섰다.

콥이 스페인 병사 몇 명과 함께 흉벽 안쪽에서 기다렸다. 군의관과 들것은 사라졌다. 부상병을 모두 후송한 것 같았다. 호르헤와 우리 소대 소속 히들스턴만 빠졌다. 행방불명이었다. 콥은 이리저리 어슬렁거리는데 얼굴이 몹시 창백했다. 두툼한 목덜미 주름까지 창백했다. 나지막한 흉벽을 빗발치듯 넘어서 머리 바로 위로 쌩쌩 지나는 총알은 신경조차 안 썼다. 우리는 흉벽 뒤에 웅크렸는데 말이다. 콥이 "호르헤! 코그뇨! 호르헤!" 하고 중얼거렸다. 그러더니 영어로 말했다.

"호르헤가 죽었다면 너무 끔찍한 거야, 너무 끔찍한 거야!"

콥에게 호르헤는 절친한 친구일 뿐 아니라 가장 훌륭한 부하 장교였다. 그래서 콥이 갑자기 우리를 돌아보며 지원자 다섯 명을, 영국 병사 두 명과 스페인 병사 세 명을 요청했다. 실종자를 찾아오라는 거였다. 모일과 나 그리고 스페인 병사 세 명이 지원했다.

흉벽 바깥으로 나서자, 이미 날이 밝아서 위험하다고 스페인 병사들이 중얼거렸다. 사실이었다. 하늘은 파란빛이 뿌옜다. 파시스트 요새에서 흥분한 목소리가 엄청나게 시끄러웠다. 되찾은 진지에 훨씬 많은 병력을 투입한 게 분명했다. 흉벽 60~70m 거리까지 다가간 순간에 그들이 우리를 본 게 분명하다. 적군이 엄청난 사격을 퍼부어, 우리 모두 바닥에 얼굴을 처박았으니 말이다. 파시스트 한 명이 흉벽 너머로 수류탄을 던졌다. 공황에 빠졌다는 표시가 분명했다. 우리는 풀밭에 엎드린 채 전진할 기회를 노리는데, 파시스트 목소리가 훨씬 가깝게 들렸다. 아니, 들린 것 같았다. 지금 생각해 보면 상상에 불과하지만, 당시에는 진짜 같았다. 파시스트가 흉벽에서 몰려나와 우리를 쫓는 느낌이었다.

"도망쳐!"

나는 모일에게 소리치며 벌떡 일어섰다. 그리고 얼마나 열심히 도망쳤는지! 조금 전 깜깜할 때만 해도 머리끝에서 발끝까지 흠뻑 젖은 상태에서 소총과 탄약통까지 들고 달리는 건 불가능하다고 생각했다. 하지만 오십 명에서 백 명이나 되는 적군이 쫓아온다고 생각하면 언제든, 언제든, 뛸 수 있다는 사실을 이제 비로소 깨달았다. 하지만 내가 빨리 뛸 수 있다면, 다른 사람은 더 빨리 뛸 수 있다는 사실도 깨달았다. 내가 열심히 도망치는데 무언가 유성처럼 빠르게 스치며 지나갔기 때문이다. 앞에서 나아가던 스페인 병사 세 명이었다. 그들은 아군 흉벽에 들어선 다음에 비로소 걸음을 멈추고, 나는 그때 비로소 그들을 따라잡을 수 있었다. 사실 우리는 신경이 극도로 곤두서서 갈가리 뜯겨 나간 상태였다. 하지만 아직은 주변이 어슴푸레해 다섯 명은 또렷하게 보여도 한 명은 잘 안 보인다는 사실을 아는 터라, 나는 혼자 수색에 나섰다. 그래서 적진 외곽 철조망까지 살금살금 다가가 내가 할 수 있는 선에서 최대한 수색하는데, 줄곧 기어 다녀야 하는 터라 효과가 좋은 건 아니었다. 호르헤나 히들스턴 흔적이 안 보여, 나는 다시 기어서 돌아왔다. 호르헤와 히들스턴을 응급 치료소로 제일 먼저 후송했다는 사실은 나중에 알았다. 호르헤는 어깨에 총알이 관통한 경상인데, 히들스턴은 부상 상태가 심각했다. 총알 하나가 왼쪽 팔을 관통하면서 뼈를 부수어 땅바닥에 누워서 꼼짝을 못 하는데, 옆에서 수류탄이 터져 다른 부위를 갈가리 찢어발긴 거다. 하지만 다행히도 회복했다. 나중에 직접 만나서 이야기를 들어보니, 히들스턴은 똑바로 누워서 상당한 거리를 이동하다가 스페인 부상병을 만나서 꼭 움켜잡고 서로 도우며 아군 진영으로 돌아왔다.

이제 날이 많이 밝았다. 전선 몇 킬로미터에 걸쳐서 총을 쓸데없이 쏘아대는 소리가 폭풍우 끝물 같았다. 내 눈에 모든 게 황량하게 보이던 기억이 난다. 바닥에는 진흙탕만 가득하고, 미루나무는 흐느끼고, 참호 바닥은 황토물이 고이고, 병사들은 잔뜩 지친 얼굴로 면도조차 못 해서 꺼칠한 뺨으로 흙탕물이 줄줄 흐르고, 두 눈은 연기 때문에 시꺼멨다. 참호로 돌아오니, 함께 쓰는 동료 셋은 깊은 잠에 벌써 빠져들었다. 군장을 그대로 걸치고 진흙으로 가득한 소총까지 꼭 움켜쥔 채 쓰러진 거다. 참호 안이든 밖이든, 모든 게 흠뻑 젖었다. 여기저기 오랫동안 뒤진 끝에 마른 장작 몇 조각을 간신히 긁어모아서 불을 지폈다. 그러고 나서 오랫동안 아끼던 시가를 피우는데, 그렇게 모진 밤을 보내는 동안에도 안 부러졌다는 사실이 놀라웠다.

우리가 작전에 성공했다는 사실은 나중에 알았다. 그곳을 급습해서 우에스카 건너편 파시스트 부대를 분산시킨 사이에 무정부주의 집단이 그쪽을 공격하는 작전이었으니 말이다. 당시에 나는 파시스트가 병력 1~2백 명을 투입해서 반격한 거로 판단했는데, 탈영병 말에 따르면 그 병력은 6백 명에 달했단다. 장담컨대 탈영병 말은 거짓이 분명하다. 탈영병은 우리에게 비위를 맞추려고 거짓말하는 경우가 많기 때문이다. 망원경을 놓고 온 건 참으로 아쉬웠다. 멋들어진 전리품을 놓쳤다는 생각을 떠올리면 지금도 속이 쓰리다.

제8장

날씨는 점차 달아올라, 이제는 밤도 충분히 견딜 만큼 따듯했다. 우리 흉벽 앞에서 총알에 뜯겨나간 벚나무도 열매가 두텁게 달리기 시작했다. 강에서 목욕하는 것도 이제 괴롭기는커녕 상쾌한 느낌마저 들었다. 토레 파비안 주변 포탄 구멍 사이에서 들장미가 흐드러지게 피어나 접시만 한 분홍 꽃을 자랑했다. 전선 안쪽에서 들장미를 귀에 꽂은 농부들이 보였다. 그들은 초저녁이면 녹색 그물을 들고나와서 메추라기를 잡았다. 풀밭 위 공중에 그물을 펼친 다음에 엎드려서 메추라기 암컷 같은 소리를 낸다. 그러면 주변에서 메추라기 수컷이 소리를 듣고 달려와, 그물 밑으로 들어오면 돌을 던져서 위협하고, 메추라기는 공중으로 치솟다가 그물에 걸린다. 메추라기 수컷만 잡는 방식에 나는 정말 불공평하다는 생각이 절로 들었다.

안달루시아인 부대가 우리 부대 옆에 자리를 틀었다. 그들이 우리 부대 옆으로 오게 된 과정을 나는 지금도 전혀 모르겠다. 돌아다니는 소문은 그들이 말라가에서 너무 급하게 도망치는 바람에 발렌시아에서 멈춰야 한다는 걸 깜빡 잊었다는 건데, 이런 소문은 당연히 카탈루냐인 사이에서 나왔다. 이들은 안달루시아인을 반야만인 종족이라며 공공연하게 경멸했다. 실제로 안달루시아인은 정말 무식했다. 글을 읽을 줄 아는 사람이 거의 없는 건 물론, 스페인 사람이라면 누구나 아는 것조차, 자신이 속한 정당조차, 모르는 것 같았다. 자신들을 무정부주의 그룹으로 여기긴 해도 자신 있게 말하는 건 아니니, 공산당일 가능성도 있었다. 촌뜨기처럼 우락부락하게 생긴 게, 머나먼 남부 지방 올리브 농장에서 일하거나 양을 치느라 얼굴이 강한 햇볕에 그을린 것 같았다. 그들은 우리에게 매우 커다란 도움을 주었다. 바짝 말린 스페인 담뱃잎을 말아서 궐련을 만드는 재주가 뛰어났기 때문이다. 담배 보급은 오래전에 멈췄으나, 몬플로리테에서 싸구려 담뱃잎을 다발로 사는 건 가능한데, 모양이나 질감이 잘게 썬 여물 같았다. 맛은 나쁘지 않은데, 바싹 말린 상태라서, 담배를 제대로 말아도 담뱃잎이 곧바로 쏟아져 속이 텅 비기 일쑤였다. 그런데 안달루시아인은 담배를 멋들어지게 말아서 양쪽 끝을 안으로 말아 넣는 기술이 정말 탁월했다.

영국인 두 명이 일사병으로 쓰러졌다. 한낮에 뜨겁게 내리쬐는 태양, 햇볕에 살갗이 벗겨진 어깨를 혹사하며 반쯤 벌거벗은 몸으로 모래주머니 나르기, 말 그대로 누더기로 변해서 이만 득실대는 옷과 군화, 총소리는 신경조차 안 써도 공중에서 포탄만 터지면 기겁하며 날뛰는 식량 운반용 노새와 실랑이하기, 이제 막 나타나기 시작한 모기, 가죽 허리띠와 탄약 주머니까지 먹어치워서 공적 1호가 된 쥐새끼 등이 또렷하게 기억난다. 우에스카 공습과 간헐적인 포격과 저격병 총알에 부상병이 가끔 생길 뿐, 특별한 일은 없었다. 이제 나뭇잎도 무성해, 우리는 전선에 늘어선 미루나무에 마친[35] 같은 저격용 갑판을 세웠다.

우에스카 건너편에서 공격하는 사례는 거의 없었다. 무정부주의 집단은 커다란 손실만 입고 하카 도로를 완전히 차단하는 데 실패했다. 양군 모두 도로 양쪽에 기관총 진지를 배치해서 어느 쪽도 통행할 수 없도록 만드는 수준이었다. 하지만 양편 거리는 1㎞에 달하고 파시스트는 거대한 참호처럼 움푹 들어간 도로를 따로 만들어, 그 길을 따라 화물 트럭이 다닐 수 있었다. 탈영병은 우에스카에 탄약은 많고 식량은 거의 없다고 말했다. 하지만 우에스카를 함락할 수 없는 건 분명했다. 무기도 형편없는 만오천 병력으로 점령한다는 자체가 애초에 불가능했다. 나중에, 유월에, 중앙정부는 마드리드에서 병력을 보내 우에스카에 3만 명을 집결하고 비행기도 엄청나게 동원했지만, 그래도 우에스카는 무너지지 않았다.

우리가 전선에서 벗어난 건 백십오 일을 보낸 뒤였는데, 당시만 해도 나는 전선에서 보낸 기간이 내 인생에서 가장 무익한 시기라고 여겼다. 파시즘과 싸우려고 민병대에 입대했는데, 제대로 싸워본 적은 거의 없고, 식량을 받아먹는 대가로 한 거라곤 수동적인 객체처럼 지내면서 수면 부족과 추위에 시달린 게 전부니 말이다. 어쩌면 이건 모든 전쟁에서 모든 병사가 겪는 운명일 수도 있다. 하지만 지금 기다란 안목으로 이 시기를 돌아보면, 완전히 실망스러운 건 아니었다. 스페인 정부에 조금이라도 효율적으로 이바지하면 좋았을 거란 후회만 가득하다. 하지만 개인적인 관점에서 볼 때, 내가 새로운 사실을 깨달았다는 관점에서 볼 때, 전선에서 처음 보낸 서너 달은 당시에 내가 생각한 정도로 무익하지 않았다. 그 시기는 내 인생에서 일종의 과도기

35) 인도에서 사용하는 호랑이 사냥용 감시대다.

였다. 이전에 살던 삶과 완전히 다르고 앞으로 살아갈 삶하고도 완전히 다를 과도기 말이다. 그 시기는 어디에서도 배울 수 없는 중요한 진실을 나에게 가르쳐주었다.

핵심은 내가 이 기간 내내 고립되었다는 사실이다. 전선에 있으면 바깥 세계와 거의 완전히 단절되니, 바르셀로나에서 실제로 벌어지는 일조차 어렴풋이 짐작하는 수준에 불과하다, 혁명한다곤 해도 혁명가라고 하기엔 모호한 사람들 사이에 둘러싸여서 말이다. 민병대 구조가 그랬기 때문인데, 이런 현상은 아라곤 전선에서 1937년 6월 무렵까지 근본적으로 변한 게 없었다. 노동자 민병대는 노동조합에 근거해서 어느 민병대든 정치적 견해가 비슷한 사람끼리 모인 터라, 출신 지역이 같고 혁명을 추구하는 경향이 비슷한 집단을 한 자리에 모은 것과 똑같았다.

나는 하나밖에 없는 서유럽 공동체에 우연히 배속받았는데, 자본주의를 불신하는 정치의식이 비교적 평범했다. 이곳 아라곤에 주둔한 병사는 만 명 정도인데, 전부는 아니라도 대체로 노동 계급 출신으로, 모두 똑같은 수준에서 생활하며 평등한 관계를 유지했다. 이론적으로는 완전한 평등이며, 실제로도 완전한 평등에 가까웠다. 사회주의를 미리 맛보았다고 해도 무방할 정도다. 사회주의 분위기가 가득했다는 뜻이다. 속물근성이라든가 돈을 악착같이 모은다든가 상관을 두려워하는 등, 문명 세계에서 극히 일상적인 모습은 아예 보이질 않았다. 자본주의 사회에 일반적인 계급 분리는 황금에 물든 영국 분위기에선 상상할 수도 없을 정도로 사라졌다. 농민과 우리 말고 아무도 없었다. 주인도 노예도 없었다. 이런 상태는 당연히 오래갈 수 없었다. 지구 전체에서 벌어지는 거대한 갈등 구조에 일시적이고 국부적으로 나타난 수준에 불과했다. 하지만 그것을 경험한 사람은 그 효과를 오랫동안 느낄 수 있다. 당시에는 그걸 아무리 욕했더라도, 나중에는 정말 신기하고 소중한 체험이었다는 사실을 깨닫는다. 우리 모두 냉담과 냉소보다는 희망이 가득한 공동체에서, '동지'라는 말이 다른 곳처럼 허위가 아니라 진정한 동지를 뜻하는 공동체에서 지낸 거다. 우리 모두 평등한 공기를 마셨던 거다.

사회주의는 평등과 아무런 상관이 없다고 말하는 분위기가 지금 유행한다는 사실은 나도 잘 안다. 전 세계 모든 나라에서 말주변 좋은 교수를 비롯한 다양한 지식인이 사회주의란 국가 자본주의가 약탈하는 것에 불과하다는 걸 "증명"하느라 바쁘다. 그러나 다행히도 그것과 완전히 다른 사회주의도 존재한다. 평범한 사람이 사회주의에 끌리고 사회주의를 위해서 기꺼이 목숨 거는 "신비한 매력"은 바로 평등사상이다. 대다수 사람에게 사회주의는 계급 없는 사회를 의미한다. 그게 아니면 아무런 의미가 없다. 민병대에서 보낸 몇 달이 나에게 소중한 이유도 바로 이것이다. 스페인 민병대는 해체당하기 전까지 계급 없는 사회의 축소판이었다. 자기 이익에 급급한 사람이 아무도 없는 공동체, 모든 게 부족해도 특권이나 아첨 따위는 찾아볼 수 없는 공동체에서 우리는 사회주의 사회가 열리는 단계를 어렴풋이 감지한 것 같다. 나는 거기에서 환멸이 아니라 그윽한 매력을 느꼈다. 그래서 사회주의 사회를 갈구하는 욕망이 예전과 비교할 수 없을 만큼 구체적으로 자라났다. 내가 이런 확신을 지닌 건 스페인 사람들과 함께 지내는 동안, 이들은 기회만 된다면 타고난 품위와 변함없는 무정부주의 기질로 사회주의를 굳세게 실천할 거란 사실을 온몸으로 확인하는 행운을 누렸기 때문이다.

물론 당시만 해도 나는 마음속에 일어나는 변화를 의식할 수 없었다. 함께 지내는 모든 동료와 마찬가지로 권태, 더위, 추위, 더러운 환경,

이, 궁핍, 간헐적인 위험을 주로 떠올렸다. 그런데 지금은 완전히 다르다. 당시에는 그토록 무익하고 지루하던 기간이 지금은 매우 소중하게 다가온다. 그 시기는 내 인생의 다른 시기와 완전히 다르다. 벌써 나에게 마법을 부릴 정도다. 아주 오랜 추억만 그러는 게 일반인데 말이다. 당시에는 지긋지긋했지만, 지금은 내가 마음을 키워나가는 양식이다. 여러분에게 당시 분위기를 전할 수 있으면 좋겠다. 이 책 앞부분에서 조금이라도 그렇게 했기를 바랄 뿐이다. 지금 내 마음은 매서운 겨울 추위와 하나같이 넝마로 변한 민병대 제복, 달걀처럼 동그란 스페인 사람들 얼굴, 모스 신호 같은 기관총 소리, 지린내와 빵 썩는 냄새, 콩으로 만든 걸 더러운 접시에 담아서 황급히 들이키던 맛없는 스튜 요리로 가득하다.

그 시기 전체가 이상하리만큼 생생하게 머릿속에 머문다. 나는 너무 사소해서 되돌아볼 가치도 없는 것 같은 생활 하나하나를 곱씹으며 살아간다. 몬테 포세로 참호에 다시 들어가서 침대로 사용하던 석회암 턱에 오르고, 젊은 라몬은 내 어깨뼈 사이에 코를 처박은 채 코를 골아댄다. 더러운 참호를 비틀거리며 걷는데, 안개가 차가운 증기처럼 소용돌이치며 몰려든다. 산비탈 틈새로 중간까지 올라서 균형을 잡으며, 야생 로즈메리 뿌리를 파내려고 애쓴다. 머리 위 공중에서는 총알이 의미 없이 노래하며 날아간다.

나는 몬테 오스쿠로 서쪽 저지대 자그마한 전나무 사이에 엎드려서 숨고, 옆에는 콥과 보브 에드워즈와 스페인 병사 셋이 있다. 오른편 잿빛 민둥산에서 파시스트가 개미처럼 줄지어 비탈을 오른다. 바로 앞 파시스트 진지에서 집합하라는 나팔 소리가 일어난다. 콥이 내 시선을 끌더니, 그 소리를 어린아이 같은 몸짓으로 조롱한다.

나는 라 그란하 더러운 마당에서 양철 접시를 들고 동료들과 함께 스튜 솥을 에워싼 채 버둥거린다. 뚱뚱한 취사병이 성가신 표정으로 국자에 떠서 스튜를 나눠준다. 옆 탁자에서는 턱수염을 기르고 허리띠에는 큼지막한 자동권총을 찬 사람이 빵 덩이를 다섯 조각으로 자른다. 뒤에서는 런던 사투리를 쓰는 동료가 (빌 체임버스가, 나와 심하게 다투었는데 나중에 우에스카 외곽에서 전사한 동료가) 노래한다.

병참 부대 창고에는
쥐, 쥐,
고양이만 한……

포탄 하나가 굉음을 내며 날아온다. 열다섯 살짜리 아이들이 바닥에 납작 엎드린다. 취사병은 솥 뒤로 몸을 웅크린다. 포탄이 100m 거리에서 곤두박질치며 쾅! 터지자 하나같이 창피한 표정으로 일어선다.

나는 울창한 포플러 나뭇가지 밑에서 경계선을 따라 오르내린다. 물이 넘치는 도랑에서 생쥐들이 수달처럼 시끄럽게 굴며 허우적댄다. 뒤로 동녘이 노랗게 밝아오고, 안달루시아인 보초는 외투를 머리에 뒤집어쓴 채 노래한다. 중립지대 맞은편 100~200m 거리에서 파시스트 보초가 노래하는 소리도 들린다.

'마냐나'를 평소처럼 되풀이하던 끝에, 4월 25일, 다른 부대가 임무를 교대하러 와서 우리는 소총을 건네고 군장을 꾸려서 몬플로리테로 행진했다. 전선을 떠나는 게 아쉽진 않았다. 바지 속에 기생하는 이는 죽이는 이상으로 빠르게 불어나고, 지난 한 달을 양말 없이 지냈는데 군화는 바닥이 거의 닳은 상태라서 맨발로 걷는 거나 마찬가지였다. 뜨거운 목욕도 하고 깨끗한 옷도 입고 이불도 덮고 자고 싶은 욕망이 정상적인 문화생활에서 느끼던 그 어떤 욕망보다 강렬하게 일어났다.

우리는 몬플로리테 헛간에서 몇 시간을 자다가 새벽녘에는 화물 트럭에 올라타, 바르바스트로에서 5시 기차를 타고, 레리다에서 급행열차까지 운 좋게 갈아타고, 26일 오후 3시에 바르셀로나에 떨어졌다. 문제는 그런 다음에 비로소 일어났다.

제9장

버마 북부 만달라이에서 기차를 타면 샨 고원 지대 가장자리에 있는 주요 산악도시 마이미오까지 갈 수 있다. 기차 여행이 정말 신기했다. 전형적인 동양 도시 분위기에서 출발하는데, 이글거리는 태양, 먼지 낀 종려나무, 생선과 향료와 마늘 냄새, 물렁물렁한 열대 과일, 얼굴이 시커먼 인파 등에 너무 익숙한 나머지 이런 분위기가, 말하자면, 기차 안까지 그대로 들어온 느낌이다. 기차가 해발 1,200m 마이미오에서 멈출 때까지 분위기는 만달라이 그대로다. 하지만 기차에서 내리는 순간 지구 반대편에 들어선다. 갑자기 시원하고 달콤하게 밀려드는 공기는 영국에 들어선 느낌이고, 주변은 푸른 풀밭과 고사리와 전나무로 가득하며, 고지대 여인네는 빰이 발그레한 얼굴로 딸기 바구니를 판다.

전선에서 석 달 반을 보내다가 바르셀로나로 돌아가는 순간에 그 기차 여행이 생각났다. 당시와 마찬가지로 모든 분위기가 갑자기 한순간에 놀랍게 변했다. 바르셀로나로 가는 내내 기차 내부에는 흙, 소음, 불편함, 넝마로 변한 군복, 궁핍한 느낌, 동지애와 평등 정신 등, 전선 분위기가 지겹게 달라붙었다. 바르바스트로를 떠날 때 민병대로 가득

들어찬 기차는 역에 설 때마다 농민을 태우고 또 태우는데, 어떤 농민은 채소 꾸러미를 들고, 어떤 농민은 겁에 질린 닭을 거꾸로 움켜잡고, 꼭 동여맨 보따리는 바닥에서 이리저리 꿈틀거리는데 알고 보니 보따리마다 산 토끼가 가득하고, 마지막에는 양 떼가 밀려들어 빈자리마다 비집고 들어갔다. 민병대는 혁명가를 소리 높여 불러대며 덜컹대는 열차 소리를 압도하고, 철로가에 예쁜 여자가 나타날 때마다 손으로 키스를 날리고 검붉은 손수건을 흔들었다. 포도주 술병이나 아라곤 독주 아니스 술병이 손에서 손으로 옮겨 다녔다. 스페인 염소 가죽 물통은 포도주를 분사해서 통로 맞은편 동료 입으로 정말 편리하게 들어가고, 바로 옆에서는 열다섯 살짜리 소년 민병대원이 새까만 거짓말이 분명한 무용담을 새까만 눈으로 멋들어지게 늘어놓고, 농부 두 사람은 가죽 같은 얼굴로 입까지 벌린 채 열심히 들었다. 그러더니 보따리를 풀어서 진하고 검붉은 포도주를 꺼내 우리에게 건넸다. 모두가 마냥 행복했다. 말로 도저히 표현할 수 없을 정도로 행복했다. 하지만 기차가 사바델을 지나고 바르셀로나에 들어서는 순간, 우리는 파리나 런던에 들어선 것처럼 이질적이고 적대적인 분위기에 빠져들었다.

전쟁 기간에 몇 달 간격을 두고 바르셀로나를 다시 찾은 사람은 그곳 분위기가 정말 놀라울 정도로 변했다고 하나같이 말한다. 8월에 처음 방문했다가 1월에 다시 방문한 사람이든, 나처럼 12월에 방문했다가 4월에 다시 방문한 사람이든, 하는 말이 정말 이상할 정도로 똑같았다. 혁명 분위기가 사라졌다는 거다. 8월만 해도 거리마다 흘린 피는 그대로 젖어들고 민병대는 고급 호텔에 주둔했는데, 12월에 찾아간 바르셀로나는 부르주아 분위기만 가득했다. 영국에서 갓 건너올 때만 해도 바르셀로나는 내가 상상한 이상으로 노동자 도시다웠다. 그런데 지금은 완벽하게 밀려났다. 다른 곳처럼 평범한 도시, 전쟁에 생채기를 입어서 약간 부서졌지만, 노동 계급이 지배한다는 징후는 겉으로 완전히 사라진 도시였다.

사람들 겉모습이 변한 게 무엇보다 두드러졌다. 민병대 제복과 파란 작업복은 거의 사라졌다. 모든 사람이 스페인 재단사가 특별히 만든 양복을 산뜻하게 차려입은 것 같았다. 어디를 가나 뚱뚱한 부자, 우아한 여자, 늘씬한 자동차가 가득하고, 자가용은 아직 없는 것 같아도 엔간한 사람이면 자동차를 마음대로 부리는 것 같았다. 인민군 장교는 내가 바르셀로나를 떠날 때만 해도 거의 없었는데, 지금은 놀라울 정도로 많이 돌아다녔다.

인민군은 열에 하나꼴로 장교였다. 장교들 가운데는 전선에서 민병대에 복무하다가 기술 교육을 받으러 온 사람도 상당하지만, 대다수는 민병대 입대 대신 전쟁 학교를 택한 젊은이였다. 이들과 병사들 관계가 부르주아 군대와 똑같다고 할 순 없지만, 계급 차이는 또렷하며, 그 차이는 보수와 제복으로 나타났다. 사병은 거친 갈색 작업복을 입고, 장교는 우아한 카키색 제복에 허리를 딱 맞게 재단한 게 영국군 장교 복장 같은데, 허리가 조금 더 잘록했다. 스무 명 가운데 한 명 이상은 전선에 가보지 못했을 게 분명해도 허리춤에는 자동권총 벨트를 둘러찼다. 전선에서 우리가 돈으로도 구할 수 없는 물건이었다.

우리가 거리를 나아갈 때마다 더러운 외관을 빤히 쳐다보는 사람들 시선이 달라붙었다. 전선에서 몇 달을 보낸 사람이라면 누구나 그런 것처럼 당연히 우리는 몰골이 형편없었다. 나는 내가 사람들 눈에 허수아비처럼 보인다는 느낌이 들었다. 가죽 저고리는 누더기고, 모직 모자는 원래 모습을 잃은 채 밑으로 자꾸 흘러내리며 한쪽 눈을 가리고, 군화는 밑창이 사라지고 윗부분만 남아서 덜렁거렸다. 우리 모두 상태가 대체로 비슷하고 턱없이 더러운 데다 면도조차 안 했으니, 사람들이 물끄러미 쳐다보는 건 너무나 당연했다. 그런데도 나는 살짝 당혹스러운 느낌과 동시에 지난 석 달 동안 아주 이상한 일이 벌어진 게 분명하다는 생각을 떠올렸다.

며칠을 보내는 동안 나는 수없이 많은 증거를 통해 첫인상이 틀리지 않았다는 걸 깨달았다. 도시 전체가 근본적으로 변했다. 모든 현상에 두 가지 사실이 관통했다. 하나는 사람들이, 일반인이, 전쟁에 관한 관심을 많이 지웠다는 사실이고, 또 하나는 부자와 빈자로, 상류계급과 하류계급으로, 사람을 가르는 현상이 다시 나타났다는 사실이다.

전쟁을 무관심하게 바라보는 분위기가 놀랍기도 하고 살짝 역겹기도 했다. 이런 무관심에 마드리드는 물론 발렌시아에서 온 사람조차 반감을 느꼈다. 싸움이 벌어지는 전쟁터에서 바르셀로나가 멀리 떨어졌다는 사실도 이런 분위기에 부분적으로 작용했는데, 한 달 후에는 타라고나도 분위기가 똑같이 변했다. 멋진 해변 도시 특유의 삶이 아무 일 없다는 듯 그대로 나타났다. 하지만 1월 무렵부터 지원병 숫자가 스페인 전역에서 줄어드는 건 정말 의미심장했다. 카탈루냐에서는 2월에 인민군 입대 운동을 대대적으로 벌이면서 열광적인 분위기가 일어났으나, 입대하는 숫자는 크게 늘지 않았다. 전쟁이 일어난 건 여섯 달에 불과한데, 스페인 정부는 벌써 강제로 징집하니, 외국과 싸울 때는 당연해도 내전에서는 극히 이례적인 현상이 아닐 수 없었다. 처음에는 혁명에 대한 희망으로 전쟁까지 일으켰는데, 그 희망이 사라지면서 이런 현상으로 이어진 게 분명했다. 내전 초기 몇 주 사이에 노동조합원이 스스로 민병대를 만들어서 파시스트를 사라고사로 쫓아낸 건 노동 계급이 지배하는 사회를 만들려고 싸운다는 확신 때문이다. 그런데 지금은 노동 계급이 지배하는 사회라는 명분을 잃었다는 게 점차 또렷하게 드러나니, 내전이든 외국과 싸우는 전쟁이든 일반인이나 도시 프롤레타리아가 냉담한 반응을 보이며 군대를 외면하는 걸 탓할 순 없었다. 전쟁에서 지길 원하는 사람은 아무도 없지만, 대다수는 전쟁이 어서 끝나기만 바랐다. 어디를 가나 그런 분위기였다. 어디서든 "이놈의 전쟁, 끔찍하지 않아? 도대체 언제나 끝나려나?"라고 아무렇지 않게 뱉어냈다.

정치의식이 있는 사람은 프랑코와 싸우는 것보다 무정부주의 집단과 공산당이 죽자고 싸우는데 더 많은 관심을 보이고, 일반인 다수에게는 식량부족이 정말 커다란 문제였다. 〈전선〉은 신화처럼 머나먼 곳으로, 젊은이들이 사라졌다가 아예 못 돌아오거나 (민병대 병사는 휴가를 떠날 때 보수를 한꺼번에 받는 게 일반이니) 서너 달 지나서 호주머니에 돈을 두둑이 넣고 돌아오는 곳으로 여긴지 오래였다. 상이군인이 목발을 짚고 절뚝거리며 돌아다녀도 특별하게 관심을 보이는 사람은 없었다. 민병대에 입대하는 유행은 완전히 사라졌다. 다양한 상점에서, 대중의 취향을 언제나 그대로 보여주는 상점에서, 이런 사실은 또렷하게 드러났다. 내가 처음 바르셀로나에 올 때만 해도 상점마다 궁색하고 초라하나마 주로 취급하는 건 민병대 장비였다. 작업모자, 지퍼가 달린 저고리, 멜빵이 달린 장교용 혁대, 사냥용 칼, 물병, 권총집 등을 주로 진열했다. 그러던 상점이 지금은 몰라보게 깔끔하게 변하고 전쟁은 뒷전으로 밀려났다. 나중에 전선으로 돌아가려고 준비하면서 장비를 살 때 깨달았는데, 전선에서 꼭 필요한 물품을 구하는 것 역시 정말 힘들었다.

그러는 내내, 정당 민병대에 반대하고 인민군을 찬양하는 내용을 체계적으로 선전했다. 상황이 정말 이상했다. 2월 이후로 모든 군대를 이론적으로는 인민군으로 통합하고, 민병대 역시 서류상으로 인민군에 편성되면서 보수 체계에 차별이 생기고 계급에도 차별이 생겼다.

인민군 부대와 민병대 부대가 모여서 〈혼합 여단〉으로 사단을 이루는 게 원칙이었다. 그러나 실제로 변한 건 이름 하나가 전부였다. 예를 들어, '레닌 사단'으로 불리던 통일노동자당 부대는 29사단으로 변하는 식이었다. 유월 이전까지 인민군 병력을 아라곤 전선에 투입한 사례는 거의 없어, 민병대는 독특한 구조와 성향을 그대로 유지할 수 있었다. 하지만 정부 요원은 건물 벽마다 〈우리는 인민군을 요구한다〉는 글자를 찍어 바르고, 공산당 계열 라디오와 신문은 민병대를 쉴 새 없이 공격하거나 악의 가득한 어투로 조롱할 때도 잦은데, 대체로 민병대는 훈련도 못 받고 규율도 없다는 식으로 묘사하고 인민군은 늘 〈영웅〉으로 묘사하는 식이었다.

이런 선전을 끊임없이 듣다 보면 자원해서 전선으로 나간 건 아주 수치스럽고 징집할 때까지 기다린 건 매우 자랑스럽다는 느낌마저 받았다. 당시까지 민병대는 전선을 지키고 인민군은 후방에서 훈련만 받았으나, 이런 사실을 알리는 경우는 거의 없었다. 전선으로 돌아가는 민병대도 이제는 깃발을 펄럭이고 북소리가 요란한 거리를 더는 행군하지 않았다. 새벽 5시에 기차나 트럭을 타고 몰래 빠져나갔다. 이윽고 인민군 일부도 전선으로 조금씩 떠나면서 예전과 마찬가지로 거리를 멋들어지게 행군하는데, 전쟁에 관한 관심이 전반적으로 시들한 터라 예전만큼 뜨거운 열기를 느낄 순 없었다. 언론은 민병대 또한 서류상으로 인민군이란 사실을 이용하며 교묘하게 선전했다. 모든 공적은 자동으로 인민군 몫이고, 모든 잘못은 자동으로 민병대 몫이었다. 똑같은 부대가 인민군으로 칭찬받고 민병대로 비난받는 식이었다.

이런 변화가 아니더라도 사회적 분위기는 놀랍게 변하는데, 직접 겪지 않는 한 상상조차 못 할 정도였다. 바르셀로나에 처음 들어설 때만 해도 나는 계급 차별도 없고 빈부 차이도 거의 없는 도시라고 생각했다. 당시에는 실제로 그렇게 보였다. "맵시 있는" 옷차림은 비정상이며, 아첨하거나 팁을 받는 사람도 없어, 웨이터와 꽃 파는 여자와 구두닦이가 손님을 똑바로 바라보며 "동지"라고 불렀다. 당시만 해도 나는 이걸 희망과 위장이 뒤섞인 현상으로 이해할 수 없었다. 노동 계급은 혁명을, 이미 시작했으나 아직은 굳건하지 않은 혁명을 믿고, 부르주아지는 겁에 질려서 노동자로 재빨리 위장한 거다. 혁명 초기 몇 달은 생명을 유지하는 방편으로 일부러 작업복을 입고 혁명적 구호를 외친 사람이 당연히 수없이 많았던 거다.

그런데 지금은 모든 게 평상시로 돌아갔다. 고급 식당과 호텔은 부자가 가득 들어차서 값비싼 음식을 게걸스럽게 먹어치우는 동안, 노동 계급은 식료품비만 급등할 뿐 임금 상승은 그에 못 미쳤다. 물가는 하나같이 오르는데, 여러 물품이 부족한 현상은 반복해서 나타나니, 당연히 부자보다 빈자가 더욱 고통을 겪었다. 식당과 호텔은 원하는 재료를 어렵지 않게 구하는 것 같은데, 노동 계급이 사는 동네에서는 빵이나 올리브 기름이나 기타 생필품을 사려는 줄이 몇백 미터씩 늘어섰다.

예전에는 바르셀로나 전역에 거지가 없다는 사실에 놀랐으나, 지금은 거지가 사방에 넘쳐난다는 사실에 놀랐다. 람블라스 거리 위쪽 끝 식료품점 앞에는 아이들이 맨발로 가득 모였다가 식료품점에서 누가 나오면 우르르 몰려가 음식 부스러기라도 달라고 아우성쳤다. "혁명적인" 말투는 완전히 사라졌다. 낯선 사람에게 "당신"이라거나 "동지"라고 부르는 경우는 거의 없었다. "나리"나 "어르신"이 일반이었다. 평등한 인사도 공손한 인사로 변했다. 웨이터는 풀 먹인 하얀 와이셔츠 차림으로 돌아가고, 가게 점원은 익숙하게 아첨했다. 한 번은 아내와 함께 스타킹을 사러 람블라스 거리 양말 가게로 들어섰다. 점원이 이삼십 년 전이라면 모를까 요즘은 영국에서도 보기 힘들 만큼 허리를 숙이며 두 손을 비볐다. 팁을 주는 관행도 은밀하게 돌아왔다. 노동자 순찰대는 해산하란 명령이 떨어지고, 전쟁 전과 똑같은 경찰이 거리에 나타났다. 노동자 순찰대 시절에 폐쇄했던 카바레 쇼와 고급 매음굴 역시 곧바로 문을 다시 열었다.[36)]

모든 걸 부유한 계급 위주로 재편했다는 사실을 보여주는 사소하지만 중요한 사례는 담배 부족 현상에서도 찾을 수 있다. 일반인 다수는 담배가 너무나 부족한 나머지, 감초 뿌리를 썰어서 채워 넣은 담배를 거리에서 팔 정도였다. 나도 한때는 그런 담배를 피웠다. (많은 사람이 한때는 이럴 수밖에 없었다.) 프랑코가 카나리아 제도를 장악했는데 스페인 담배를 재배하는 곳은 모두 그곳에 몰렸고, 정부 측에서 비축한 담배는 전쟁 전에 확보한 게 전부였다. 물량이 워낙 부족해서 일주일에 하루만 담배 가게를 열어, 두 시간 줄 서도 운이 정말 좋아야 20g 담배 한 갑을 간신히 사는 정도였다.

정부는 이론상으로 해외에서 담배 수입하는 걸 금지했다. 담배를 수입한다는 건 금 보유량이 줄어든다는 의미인데, 금으로 무기와 생필품을 사야 하기 때문이다. 하지만 실제로는 럭키 스트라이크 같은 최고급 외제 담배를 꾸준히 밀반입했으니, 이윤을 엄청나게 챙길 기회로는 최고였다. 고급 호텔에 들어서면 밀수 담배를 공공연하게 구하고 거리에서도 마찬가지였다, 한 갑에 (민병대 병사 하루 임금) 10페세타만 낸다면. 밀수는 부유한 사람을 위한 것이고, 그래서 묵인되었다. 돈만

---

36) (원주) 오웰은 초판에 〈노동자 순찰대는 매음굴 75%를 폐쇄했다〉는 주석을 달았다. 그런데 사후에 발견한 정오표는 이렇게 바뀌었다. 〈이 말은 정정해야 한다. 전쟁 초기에 매음굴 75%를 폐쇄했다는 확실한 증거가 없다. 내가 보기에 무정부주의 집단은 매음굴을 폐쇄한 게 아니라 '공영화' 원칙에 따른 것 같다. 하지만 매음에 반대하는 움직임은 (포스터 등) 있었으며, 고급 매음굴과 카바레 나체쇼가 내전 초기에 문을 닫았다가 1년쯤 뒤에 다시 문을 연 건 사실이다.〉

있으면 어떤 물품이든 마음껏 살 수 있었다. 유일한 예외는 빵인데, 이것만큼은 정말 엄격하게 배급했다.

빈부 격차가 이렇게 노골적으로 나타나는 현상은 노동 계급이 지배하거나 지배하는 것처럼 보이던 몇 달 전만 해도 도저히 있을 수 없었다. 하지만 이런 현상을 정치권력 이동 하나 때문으로 바라보는 건 옳지 않다. 이런 현상이 나타난 데에는 바르셀로나에서 사는 게 안전하단 이유도 있었다. 가끔 공습당하는 외에는 전쟁을 떠올릴 필요가 없으니 말이다. 마드리드에 다녀온 사람은 그곳 상황은 완전히 다르다고 하나같이 말했다. 마드리드에서는 누구나 위험한 터라 거의 모든 사람이 나름대로 동지애를 느낄 수밖에 없다는 거다. 뚱뚱한 사람이 메추라기를 먹는 동안 아이들은 빵을 구걸하는 광경이 정말 역겨운데, 총소리가 들리는 곳에서는 그런 현상이 나타날 수 없다는 거다.

시가전이 끝나고 하루 이틀 뒤에는 중심가를 지나다가 제과점 진열장에 봉봉 과자 등 최고급 과자가 가득하고 값은 엄청나게 비싼 걸 본 기억이 난다. 영국 본드 거리나 프랑스 뤼 드 라페 거리에나 있음직한 가게였다. 전쟁에 찌들어 굶주리는 나라에 그런 사치품을 낭비할 돈은 여전히 있다는 사실에 나는 막연한 공포를 느끼며 망연자실한 기억이 난다. 그렇다고 해서 내가 개인적 우월감을 드러내려는 건 절대 아니다. 몇 달을 불편하게 산 터라 좋은 음식과 포도주, 칵테일, 미국 담배 등을 만끽하고 싶었으며, 실제로 돈이 허락하는 선에서 온갖 사치를 마음껏 누렸다. 시가전이 벌어지기 전, 처음 한 주일 동안 몇 가지 선입견이 기묘하게 얽히고설키며 영향을 미친 거다. 무엇보다 먼저, 앞에서 말한 대로, 나는 안락한 생활을 최대한 누리느라 바빴다. 둘째로, 과식과 과음으로 몸이 일주일 내내 안 좋았다. 몸이 안 좋아서 오전 내내 침대를 뒹굴다 일어나서 또 과식하고, 그런 다음에 다시 시달리는 식이었다. 그러면서도 연발권총을 한 자루 사려고 은밀하게 협상했다. 나는 연발권총이 정말 갖고 싶었다. 참호전에서는 소총보다 훨씬 유리하기 때문이다. 그런데 손에 넣기가 무척 힘들었다. 정부는 경찰관과 인민군 장교에게 연발권총을 나눠주었으나, 민병대에 나눠주는 건 거부했다. 무정부주의 집단이 은밀하게 운영하는 암시장에서 불법으로 구하는 수밖에 없었다. 그래서 안절부절못하며 야단법석을 떤 다음에 비로소 무정부주의자 친구 하나가 26인치 소형 자동권총을 구해주었는데, 5m만 벗어나도 쓸모없는 형편없는 무기지만, 그래도 없는 것보다는 나았다. 이것 말고도 나는 통일노동자당 민병대를 떠나서 다른 부대로, 마드리드 전선으로 가는 게 확실한 부대로 옮기는 작업에 들어갔다.

나는 통일노동자당을 떠나겠다고 오래전부터 모든 사람에게 말했다. 순전히 개인적인 선호도만 따진다면 나는 무정부주의 집단에 합류하고 싶었다. 전국노동자연맹에 가입하면 '무정부주의 민병대 연합'에 들어갈 수 있지만, '무정부주의 민병대 연합'은 나를 마드리드보다 테루엘로 보낼 가능성이 크다는 말을 들었다. 마드리드로 가고 싶으면 국제여단에 들어가야 하는데, 그러자면 공산당원에게 추천서를 받아야 했다. 그래서 스페인 의무대 소속 공산당원 친구를 찾아내서 사정을 설명했다. 그 친구 역시 나를 몹시 데려가고 싶은지, 가능하다면 다른 독립노동자당 소속 영국인에게 함께 가자고 설득하도록 요청했다. 내가 몸 상태만 좋았더라면 당장 그러겠다고 대답했을 것이다. 그렇게 했다면 무엇이 어떻게 달라졌을지 확실히 말할 순 없다. 바르셀로나 시가전이 일어나기 전에 알바세테로 떠났을 가능성이 아주 크다. 그러면 시가전을 바로 옆에서 못 보았을 터이니, 정부 발표를 진짜라고 믿었을 거다. 설사, 바르셀로나에 머물렀다 해도, 시가전이 벌어지는 동안 공산당 지시를 받으면서 개인적으로 통일노동자당 동료들에게 여전한 동지애를 느낄 터이니, 정말 곤란했을 거다. 하지만 휴가는 일주일이나 남고, 전선으로 돌아가기 전에 건강을 회복하고 싶은 마음은 간절했다. 게다가, 사소하고 보잘것없는 사건이 결국엔 운명을 결정할 때가 많은 법이니, 아니나다를까 (스페인 육군은 내 발에 맞을 정도로 커다란 군화를 어디에서도 안 만드니) 나는 제화공이 군화를 새로 만들 때까지 기다려야 했다. 공산당원 친구에게는 나중에 이야기하자고 말했다. 당장은 쉬고 싶었다. 아내와 함께 해변에 2~3일 다녀와야겠다는 생각마저 들었다. 정말 대단한 생각이다! 정치적 분위기로 볼 때 당시는 그런 여유를 부릴 때가 아닌 게 분명했는데도 말이다.

표면적인 도시 풍경에, 점차 늘어나는 사치품과 가난에, 꽃을 파는 매대와 형형색색 깃발과 선전 포스터와 인파로 넘쳐나는 활달한 거리에, 정치투쟁과 증오라는 무시무시한 감정이 또렷하게 틀어박혔다. 다양한 정치 견해를 지닌 사람들이 "머지않아 일이 터질 거"라며 하나같이 불길하게 예언했다. 위험 요소는 누가 보더라도 또렷했다. 혁명을 계속 추진하려는 세력과 혁명을 중단하거나 막으려는 세력이, 궁극적으로, 무정부주의 집단과 공산당이 극한으로 대립하는 거였다.

정치적으로, 카탈루냐에는 통일사회당과 자유주의 동맹세력 말고 이제 어떠한 권력도 없었다. 그러나 전국노동자연맹이라는 애매한 세력이 여기에 대항했는데, 무장력도 떨어지고 목표에 대한 확신도 부족했다. 그런데도 주요 산업 분야를 장악한 데다 숫자도 많아서 그 힘은 대단했다. 세력 판도가 이러다 보니, 문제가 생길 가능성은 농후했다. 통일사회당이 통제하는 지방정부 관점에서 자기네 입지를 강화하는데 무엇보다 필요한 건 전국노동자연맹 노동자에게서 무기를 빼앗는 거였다. 앞에서 언급했듯이, 이건 정당 민병대를 해체하려는 움직임 밑바탕에 처음부터 깔린 의도였다. 게다가 전쟁 이전과 마찬가지로 무장 경찰대, 〈치안대〉 등을 부활해서 병력과 무기를 보강한 상태였다. 이게 의미하는 건 딱 한 가지였다. 특히 치안대는 다른 나라에서 흔히 말하는 헌병대로, 지난 백 년 동안 유산계급을 지키는 경호대로 활약한 세력이었다. 그런 참에 개인이 소지한 무기는 모두 반납하라는 포고령까지 발표했다. 포고령에 따르는 사람은 당연히 없으니, 무정부주의자들이 소지한 무기를 강제로 압수할 수밖에 없다는 사실은 명백하게 드러났다.

이러는 내내, 언론 검열은 늘어나고 카탈루냐 전역에서 소규모 충돌이 일어났다는 소문은 애매하고 막연하게 돌아다녔다. 곳곳에서 무장 경찰대가 무정부주의 요새를 공격했다. 프랑스와 접한 국경도시 푸이그세르다에서는 국경경비대가 무정부주의자들이 통제하는 세관을 접수하려다 충돌하고, 그 과정에서 유명한 무정부주의자 안토니오 마르틴이 살해당했다.[37]

피게라스에서도 비슷한 사건이 일어나고, 타라고나에서도 마찬가지였다. 바르셀로나는 노동 계급이 거주하는 교외에서 비공식적인 분쟁이 잇달아 발생했다. 전국노동자연맹과 노동자총연합 조합원이 상대를 서로 죽이기 시작하고, 그래서 대규모 장례식을 잇달아 거행하는데, 정치적 증오심을 부추기려는 의도는 매번 또렷하게 드러났다. 직전에는 전국노동자연맹 조합원 한 사람이 살해당하고, 장례 행렬에 조합원 수십만 명이 참여한 터였다. 4월 말, 내가 바르셀로나에 도착한 직후에, 노동자총연합에서 유명한 조합원 롤단이 살해당하고, 사람들은 전국노동자연맹 조합원이 그랬다고 추정했다. 정부는 모든 상가에

37) (원주) 오웰 사후에 발견한 정오표는 이렇게 말한다. 〈이 사건에 관해 내가 언급한 내용은 부정확해서 오해하기 쉽다는 지적을 받았다.〉

철시를 명령하고 대규모 장례 행렬을 추진했는데, 인민군 부대가 대규모로 참가해, 행렬이 한 지점을 통과하는 데만 두 시간이 걸렸다. 나는 호텔 창문에서 행렬을 차가운 마음으로 지켜보았다. 장례식이라고 하지만 세력을 과시하려는 의도가 분명하니, 이런 장례식을 몇 번 더 치르다 보면 유혈 사태가 벌어질 수밖에 없었다.

바로 그날 밤에 나와 아내는 100~200m 떨어진 카탈루냐 광장에서 일제히 사격하는 총소리에 잠에서 깨어났다. 다음 날에는 전국노동자연맹 조합원이 살해당했는데 노동자총연합 측에서 그랬다는 소문을 들었다. 물론 경찰 앞잡이가 도발을 목적으로 이런 살인행위를 저지를 가능성도 컸다. 확실한 건, 외국 자본주의 언론이 롤단 피살 소식을 대대적으로 보도하고 그에 대한 보복 살인은 언급하지 않았다는 사실로 그들이 바라보는 공산당과 무정부주의 집단의 갈등 양상을 가늠할 수 있다는 것이다.

5월 1일 노동절이 다가오고, 전국노동자연맹과 노동자총연합이 모두 참여하는 엄청난 시위가 벌어질 거라는 소문이 돌았다. 전국노동자연맹 지도부는, 추종자보다 훨씬 온건한 터라, 노동자총연합과 화해하려고 오랫동안 노력했다. 실제로 이들은 두 조직을 하나의 거대한 연합체로 만드는 게 정책 핵심 기조였다. 그래서 전국노동자연맹과 노동자총연합 조합원이 노동절에 함께 행진해서 단결력을 과시할 생각이었다. 하지만 마지막 순간에 행진은 취소되었다. 폭동이 일어날 게 너무나 뻔했기 때문이다. 그래서 5월 1일에 아무런 행사도 없었다. 정말 묘한 상황이었다. 파시스트가 장악하지 않은 유럽에서 그날 기념식을 열지 않은 도시는 혁명 도시라고 불리는 바르셀로나 하나밖에 없을 터였다. 그렇지만 나는 다행으로 여겼다. 영국 독립노동자당 대표단은 통일노동자당 쪽에서 행진하기로 했는데, 문제가 일어날 거로 모두 예상한 터였다. 나는 의미 없는 시가전에 휘말리는 것만큼은 피하고 싶었다. 빨간 깃발에 다양한 구호를 적고 그 뒤에서 행진하다가 전혀 모르는 사람이 창문에서 쏘아댄 기관총에 맞아 죽는 건 보람되게 죽는 방식이 아니었다.

제10장

5월 3일 한낮에 친구가 호텔 라운지를 걷다가 "전화 교환국에서 문제가 생겼다는군"이라고 무심코 말했다. 나는 당시만 해도 그 말에 관심을 기울이지 않았다.

그날 오후 3~4시 사이에 람블라스 거리를 걷다가 뒤에서 일어나는 소총 소리를 들었다. 고개를 돌리니, 젊은이 몇 명이 손에 소총을 들고 목에 빨갛고 새까만 무정부주의자 손수건을 묶은 채 람블라스에서 북쪽 샛길로 조금씩 나아가는 게 보였다. 샛길을 내려다보는 팔각정 높은 곳에, 교회 건물 같은 곳에, 있는 누군가와 교전하는 게 분명했다. 나는 '이제 시작이다!'고 직감했다. 하지만 많이 놀란 건 아니었다. 지난 며칠 동안 모든 사람이 예상했기 때문이다.

나는 호텔로 당장 돌아가서 아내가 무사한지 확인해야겠다고 생각했다. 하지만 샛길 입구에 옹기종기 모여든 무정부주의자들이 사람들에게 뒤로 물러나라고 손짓하며 총알이 날아다니는 범위로 들어서지 말라고 소리쳤다. 총소리가 다시 울렸다. 팔각정에서 날아온 총알이 도로를 가로지르고, 군중은 공포에 사로잡힌 채 총격을 피해서 람블라스 거리를 내달렸다. 거리 여기저기에서 철커덕-철커덕-철커덕 소리가 들렸다.

상점마다 강철 셔터를 내려서 창문을 가리는 소리였다. 인민군 장교 두 명이 자동권총을 들고 나무에서 나무로 나아가며 조심스럽게 도망가는 모습도 보였다. 앞에 있던 사람들은 엄폐물을 찾아 람블라스 거리 한가운데 지하철역으로 몰려들었다. 나는 그렇게 하지 않기로 대뜸 결심했다. 그랬다가는 지하에 몇 시간 갇힐 수도 있었다.

바로 그 순간에 전선에서 우리와 함께 지낸 미국인 의사가 달려와서 팔을 움켜잡았다. 무척 당황한 표정이었다.

"어서 움직여요, 팔콘 호텔로 가야 합니다. 통일노동자당 동지들이 그곳으로 모일 겁니다. 문제가 생겼어요. 모두 똘똘 뭉쳐야 합니다."

팔콘 호텔은 통일노동자당에서 운영하는 하숙집 같은 곳으로 휴가 나온 민병대원이 주로 사용했다.

"도대체 어떻게 된 겁니까?"

내가 물어도 의사는 내 팔만 잡아끌었다. 너무 당황해서 말소리도 또렷하지 않았다. 의사가 카탈루냐 광장에 있을 때 무장 치안대[38)]가 트럭 몇 대에 나눠타고 전화교환소로 몰려가서 급습한 것 같았다. 그런데 전화교환소는 전국노동자연맹 조합원이 운영하던 곳이라, 습격 소식을 듣는 순간에 무정부주의자들이 달려가면서 싸움이 크게 번지고 만 거다. 나는 아까 "문제"가 생겼단 말을 정부가 전화교환소를 넘기라 요구했다가 당연히 거부당한 정도로 추측했는데, 그게 아니었다.

거리를 따라 내려가는데 맞은편에서 트럭 한 대가 급하게 지나갔다.

---

38) (원주) 오웰 사후에 발견한 정오표는 이렇게 말한다. 〈여기에서 '치안대'라고 계속 언급하는데, 모두 '돌격대'란 표현으로 바꾸는 게 옳다. 카탈루냐 돌격대가 나중에 발렌시아에서 온 돌격대와 다른 제복을 입은 데다, 스페인 사람들이 '라 가르디아'라고 부르는 소리를 듣고서 내가 착각한 거다. 확실한 건 치안대가 기회가 있을 때마다 프랑코 측에 가담했다는 사실이니, 제2공화국 이후에 등장한 돌격대하고는 완전히 다르다. 하지만 일반인 다수는 '라 가르디아'에 적대감을 가졌고, 이들이 바르셀로나에서 바람직하지 않은 역할을 했다는 사실에는 변함이 없다.〉

소총을 든 무정부주의자가 가득했다. 앞쪽에는 옷차림이 남루한 젊은이가 경기관총 뒤에 매트리스를 깔고 엎드린 상태였다. 람블라스 거리 아래쪽 팔콘 호텔에 도착하니, 많은 사람이 입구에 모여서 분노를 터트리느라 극히 혼란스러운데, 우리가 어떻게 해야 할지 아는 사람은 아무도 없고, 무장한 사람도 없는 것 같았다. 평소에 건물을 지키던 돌격대원 몇 명이 무장한 게 전부였다. 나는 거리를 가로질러서 맞은편에 있는 통일노동자당 코미테 로칼[39]로 갔다. 민병대 병사들이 급료를 받으러 가곤 하던 위층 방에도 인파가 모여서 시끌벅적했다. 커다란 키에 창백한 얼굴이 잘생기고 나이는 서른 살 정도로 보이는 사내가 민간인 복장으로 질서를 유지하려고 애쓰면서 구석에 쌓인 탄띠와 탄약 상자를 나누어주었다. 소총은 아직 없는 것 같았다. 벌써 사상자가 생겨서 불려갔는지 미국인 의사는 어디론가 사라졌지만, 다른 영국인 한 명이 들어온 상태였다. 이윽고 안쪽 사무실에서 커다란 사내가 다른 사람과 함께 소총을 한 아름 들고나와 한 자루씩 나누어주기 시작했다. 나와 다른 영국인은 외국인이라서 의심을 살짝 받아 처음에는 아무도 총을 주려 하지 않았다. 그러다가 전선에서 알고 지내던 민병대 한 명이 나타나서 나를 증명한 다음에 비로소 소총과 탄창을 지급하는데, 썩 내키는 기색은 아니었다.

멀리서 총소리가 일어나고 거리마다 사람은 하나도 없었다. 람블라스 거리로 올라가는 건 불가능하다고 모든 사람이 하나같이 말했다. 위치가 좋은 건물을 치안대가 장악한 채 누구든 지나가는 사람에게 총을 쏘았다. 그 정도라면 나는 위험을 무릅쓰고 호텔로 돌아가겠지만, 코미테 로칼이 금방이라도 공격받을 거라는 풍문이 나돌아, 우리는 그곳에서 대기하는 게 바람직했다. 건물 곳곳에도, 계단에도, 바깥

39) 지역 위원회.

보도에도 사람들이 옹기종기 모여서 열심히 떠들었다. 무슨 일이 어떻게 돌아가는지 분명히 아는 사람은 하나도 없는 것 같았다. 내가 파악한 내용은 치안대가 전화교환소를 공격하고 전략 거점을 다양하게 확보해서 노동 계급이 소유한 건물을 감시한다는 게 전부였다. 치안대가 전국노동자연맹과 노동 계급을 〈쫓는다〉는 인상을 대충 받았다. 주목할 만한 점은 아직까지 누구도 인민전선 정부 탓으로 돌리는 것 같지 않다는 사실이다. 바르셀로나 빈곤 계급은 치안대를 1921년 아일랜드 반란 진압에 파견한 영국 정부군처럼 여기니, 치안대가 정부와 관계없이 당연히 독자적으로 공격했으리라 생각하는 것 같았다.

사태를 대충 파악하니, 마음은 약간 편했다. 최소한 대결구도는 선명하게 드러났다. 한쪽에는 전국노동자연맹이, 다른 한쪽에는 경찰이 있었다. 나는 부르주아 공산주의자가 꿈꾸는 이상적인 "노동자"에 별다른 관심이 없지만, 살과 피를 가진 노동자가 치안대라는 천적하고 싸우는 모습을 실제로 목격하니, 내가 어느 편에 서야 할지 고민할 필요는 없었다.

오랜 시간이 흐르고, 우리가 있는 도시 끝쪽에서는 아무 일도 안 일어나는 것 같았다. 호텔로 전화해서 아내가 무사한지 확인한다는 건 생각조차 못 했다. 전화교환소 기능이 당연히 마비되었을 거라고 지레짐작했기 때문이다. 하지만 실제로 기능이 마비된 건 두 시간 정도에 불과했다. 건물 두 곳에 3백 명가량 있는 것 같았다. 가장 가난한 계급에 속한, 부두 옆 뒷골목 출신이 대부분이었다. 여자도 많은데 일부는 아기를 데려오고, 옷차림이 남루한 사내아이도 많았다. 내가 보기에, 대다수는 무슨 영문인지도 모른 채 위험을 피해 통일노동자당 건물로 도망친 것 같았다. 휴가를 나온 민병대도 많고, 외국인도 듬성듬성했다.

내가 판단하기에, 우리가 확보한 소총은 예순 자루에 불과했다. 위층 사무실로 사람들이 끊임없이 몰려들며 총을 달라고 요구했으나 남은 게 한 자루도 없다는 말만 들어야 했다. 어린 축에 속하는 민병대 소년들은 이번 사태를 일종의 여흥으로 여기는 듯 이리저리 어슬렁거리며 소총 가진 사람을 감언이설로 속여서 빼앗거나 훔쳤다. 그중 하나가 내 소총을 살그머니 집어 순식간에 사라지는 데에는 그리 오래 걸리지 않았다. 그래서 나는 다시 빈손이 되었지만, 조그만 자동권총 한 자루와 탄창 하나가 있었다.

주변은 점차 어두워지고 나는 배가 고픈데, 팔콘 호텔에는 먹을 게 하나도 없는 것 같았다. 나는 친구와 함께 멀지 않은 친구 호텔에서 저녁을 먹으려고 살그머니 빠져나갔다. 거리는 깜깜하고 고요했다. 인기척이라고는 전혀 없고 상점은 창문마다 쇠로 만든 셔터를 내렸지만, 바리케이드는 아직 세우기 전이었다. 호텔은 문을 잠그고 빗장까지 질러둔 상태로, 우리는 한참 야단법석을 떨고 나서야 들어갈 수 있었다.

코미테 로칼로 돌아간 다음에 비로소 전화교환소가 정상으로 돌아간다는 사실을 확인하고 나는 아내에게 전화하려고 위층 사무실로 갔다. 하지만 이곳 역시 스페인답게 건물 전체에 전화번호부가 없고, 나는 콘티넨털 호텔 전화번호를 몰랐다. 방을 이리저리 돌아다니며 한 시간 동안 샅샅이 뒤져서 안내책자 한 권을 간신히 찾아 전화번호를 파악했다. 아내랑 통화할 순 없어도, 바르셀로나 주재 영국 독립노동자당 대표 존 맥네어하고 간신히 통화할 순 있었다. 그는 모두 잘 있다고, 총에 맞은 사람은 없다고 말하곤, 코미테 로칼에 있는 사람들은 괜찮냐고 물었다. 나는 담배만 있으면 괜찮을 거라고 대답했다. 농담으로 한 말이었다. 그런데 삼십 분 뒤에 맥네어가 럭키 스트라이크

두 갑을 들고 나타났다. 칠흑같이 어두운 거리를 용감하게 뚫고 나타난 것이다. 무정부주의자 순찰대가 돌아다니는 거리였는데, 그들은 맥네어를 두 번이나 멈춰 세우고 권총을 겨눈 상태에서 신분증을 검사했다고 한다. 담배를 받고 우리 모두 몹시 기뻐했다. 나는 맥네어가 사소하게 보여준 영웅적인 행동을 결코 못 잊을 것 같다.

창문마다 무장한 보초를 배치하고, 도로는 돌격대가 몇 명씩 돌아다니며 드문드문 눈에 띄는 행인을 세워놓고 검문했다. 무정부주의자 순찰차가 달려왔는데, 잔뜩 무장한 상태였다. 운전사 옆에는 열여덟 살 정도로 보이는 까만 머리 아름다운 처녀가 기관단총을 무릎에 올려놓고 쓰다듬었다.

나는 건물 내부를 어슬렁거리며 기나긴 시간을 보냈다. 널찍하고 어수선해서 어디가 어딘지 분간할 수 없었다. 어디를 가든 쓰레기와 부서진 가구와 찢어진 신문 조각이 불가피한 혁명 부산물처럼 어김없이 널렸다. 곳곳에 사람들이 누워서 자는데, 복도 부서진 소파에는 부두 뒷골목에서 온 가난한 여자 둘이 누워서 평화롭게 코까지 골았다. 통일노동자당이 접수하기 전까지 원래는 카바레 극장이었다. 그래서 실내 곳곳에 높은 무대가 있는데, 그중 한 곳에 처량하게 놓인 그랜드 피아노가 보였다.

마침내 나는 내가 찾던 곳을 발견했다. 무기고였다. 이번 사태가 어떻게 풀릴지 모르니, 무기가 꼭 필요했다. 통일사회당이나 통일노동자당이나 전국노동자연맹-무정부주의 연합이나 정당마다 모두 바르셀로나에 무기를 잔뜩 비축했다는 말을 툭하면 들은 터라, 나는 통일노동자당 주요 건물 두 곳에 소총이 오륙십 정밖에 없다는 사실을 믿을 수 없었다. 무기고로 사용하는 공간은 보초도 없고 문도 허술해, 나는 다른 영국인과 함께 잠긴 문을 따고 쉽게 들어갔다. 그러나 우리는 그들이 말한 게 사실이란 걸 깨달았다. 무기가 하나도 없었다. 우리가 거기에서 발견한 건 폐물로 변한 22구경 소총 사십여 정과 산탄총 몇 자루가 전부며, 총알은 하나도 없었다. 나는 사무실로 올라가서 여분으로 보관한 권총 총알이 있느냐고 물었다. 하나도 없었다. 하지만 수류탄은 몇 상자 있었다. 무정부주의자 순찰차가 건넨 거다. 나는 수류탄 두 개를 내 탄약 상자에 넣었다. 조악한 수류탄이었다. 꼭대기를 성냥 같은 것으로 문질러서 점화시키는데, 저절로 터질 가능성이 컸다.

사람들은 바닥 여기저기에 쭉 뻗어서 곤하게 잤다. 어떤 방에서 아기가 울었다, 끊임없이. 5월인데도 밤이 되면서 싸늘했다. 카바레 무대 하나에 커튼이 곳곳에 달려서 나는 커튼 하나를 칼로 잘라내 온몸을 감싸고 눈을 몇 시간 붙였다. 망할 놈의 수류탄 생각에, 몸뚱이를 굴리다가 너무 세게 누르면 수류탄이 터질 수도 있다는 생각에, 잠을 제대로 이룰 수 없었던 기억이 난다. 새벽 3시에 커다랗고 잘생긴 남자가 지휘관 역할을 맡았는지, 나를 깨우더니, 소총을 주면서 창문 한곳에 보초로 세웠다. 그는 전화교환소를 공격한 책임으로 경찰서장 살라스를 체포했다고 말했다. (나중에 알았는데, 살라스는 경찰서장 자리에서 쫓겨난 게 전부다. 그런데도 이 소식을 통해서 치안대가 정부 명령 없이 행동했다는 느낌을 확인할 수 있었다.) 동이 트자마자 아래층 사람들은 바리케이드 두 개를 쌓는데, 하나는 코미테 로칼 앞이고 또 하나는 팔콘 호텔 앞이었다. 바르셀로나 도로는 네모난 돌로 포장한 터라 그걸 뜯어서 담을 쌓는 게 편하고, 돌 밑에는 자갈 같은 게 있어서 모래주머니를 채우기에 좋았다. 바리케이드를 쌓는 광경은 신기하면서도 멋있었다. 사진을 찍을 수 없었던 게 아쉬울 뿐이다. 스페인 사람들은 어떤 일을 하기로 마음먹을 때 흔히 보여주는 정열적인 에너지로 남자와 여자, 심지어 조그만 아이까지 기다랗게 줄 서서 돌을 뜯어내, 어디선가 가져온 손수레에 던지기도 하고, 무거운 모래주머니를 들고 비틀거리며 오가기도 했다. 코미테 로칼 현관에서 독일계 유대인 처녀는 무릎 단추가 발목까지 내려오는 민병대 바지 차림으로 웃으면서 가만히 지켜보았다. 두 시간이 지나자 바리케이드 두 개는 머리 높이로 오르고, 소총수는 총안에 자리하고, 한쪽 바리케이드 뒤에서는 사내들이 모닥불을 피워서 달걀을 구워 먹었다.

내가 들고 있던 소총을 그들이 다시 가져가니, 나는 그곳에 있어야 할 이유가 하나도 없는 것 같았다. 그래서 다른 영국인과 함께 콘티넨털 호텔로 돌아가기로 했다. 멀리서 총소리가 많이 일어나지만, 람블라스 거리는 그런 기색이 없는 것 같았다. 우리는 가는 길에 식료품 시장에 들렀다. 극소수 상점이 문을 열어, 람블라스 남쪽 노동 계급 거주지에서 몰려온 사람들이 하나같이 에워쌌다. 우리가 안에 막 들어선 순간에 밖에서 소총 소리가 묵직하게 일어나고 지붕 유리창 몇 개가 흔들려, 사람들이 뒤쪽 출구로 도망쳤다. 하지만 상점 서너 곳은 여전히 열고, 우리는 커피를 한 잔씩 마시고 나는 염소젖으로 만든 치즈도 한 토막 사서 수류탄 사이에 끼워 넣었다. 그리고 며칠 뒤에 아주 요긴하게 먹었다.

전날에 무정부주의자들이 총 쏘던 광경을 내가 목격한 거리 모퉁이에는 어느새 바리케이드를 세운 상태였다. 거리 맞은편 바리케이드 안에서 어떤 사내가 나에게 조심하라고 소리쳤다. 교회 팔각정에서 치안대가 지나는 사람마다 무차별로 사격했다. 나는 잠시 기다리다가 탁 트인 공간을 가로지르며 달렸다. 아니나다를까, 총알 하나가 쌔앵 지나는데, 불쾌할 정도로 가까운 거리였다. 도로 건너편 통일노동자당 집행부 건물로 다가가니, 현관을 지키던 돌격대원 몇 명이 다시 소리치는데,

당시에는 무슨 말인지 알아듣지 못했다. 나와 건물 사이에 가로수와 신문 판매대가 놓여서 (스페인 거리에는 도로 한복판에 널찍한 보도까지 있는 터라) 돌격대가 가리키는 걸 확인할 수도 없었다.

나는 콘티넨털 호텔로 올라가서 아무 문제가 없는 걸 확인하고, 세수한 다음 (도로 밑으로 약 100m 거리에 있는) 통일노동자당 집행부 건물로 돌아가서 역할을 달라고 요청했다. 이 무렵에는 사방에서 시끄럽게 일어나는 소총과 기관총 소리가 아수라장 전쟁터와 거의 비슷했다. 내가 콥을 막 발견하고 앞으로 어떻게 해야 하느냐고 묻는데, 거리 아래쪽에서 무시무시한 폭발 소리가 잇따라 일어났다. 소리가 너무 커서 나는 누군가 야포로 우리를 쏘아대는 게 분명하다고 생각했다. 실제로는 수류탄에 불과한데, 석조 건물 사이에서 터지는 바람에 소리가 두 배는 커다랗던 거다.

콥은 창문 밖을 흘끔 보더니, 지휘봉을 등 뒤로 곧추세우며 "고민해보자"고 한 다음, 평소처럼 느긋하게 계단을 천천히 내려가고, 나는 뒤를 따랐다. 현관 바로 안쪽에서 돌격대원들이 볼링이라도 하듯 수류탄을 보도로 굴렸다. 수류탄은 20m 거리에서 고막을 찢는 무시무시한 소리로 터지며 탕탕거리는 총소리에 뒤섞였다. 도로를 반쯤 가로지른 지점, 신문 가판대 뒤에서 머리 하나가 삐져나오는데, 내가 잘 아는 미국인 민병대원 머리로, 장터에 나온 코코넛 모양 그대로였다. 그것을 본 다음에 비로소 나는 무슨 일이 일어났는지 깨달았다. 통일노동자당 건물 바로 옆에 '모카'라는 카페가 있고 위층에 호텔이 있는데, 무장한 치안대원 이삼십 명이 하루 전날 카페에 들어갔다가, 전투가 시작되는 순간에 건물을 재빨리 접수해서 바리케이드를 치고 안에 틀어박힌 거다. 나중에 통일노동자당 건물을 공격할 걸 준비하는 차원에서 카페를 점령하라는 명령을 받은 것 같았다. 그런데 이른 새벽에 밖으로 나오려다가 총격이 벌어지면서 돌격대원 하나가 중상을 입고 치안대원 하나가 죽었다. 치안대는 카페로 다시 피신했지만, 미국인 동료가 거리를 따라 다가오는 걸 보고서 무장조차 안 한 사람에게 총을 쏘아대기 시작한 것이다. 그래서 미국인 동료는 신문 판매대 뒤로 재빨리 숨고, 돌격대는 치안대를 건물로 다시 들여보내려고 수류탄을 던지는 거였다.

콥은 상황을 한눈에 파악하고 앞으로 나아가, 수류탄 핀을 이빨로 막 뽑으려던 붉은 머리 독일인 돌격대원을 뒤로 잡아당겼다. 그리고 현관에서 물러나라고 모두에게 소리치더니, 유혈 사태는 피해야 한다며 우리에게 여러 언어로 말했다. 그리곤 보도로 나가, 치안대가 보는 앞에서 일부러 권총을 꺼내 땅에 던졌다. 스페인 민병대 장교 두 명도 똑같이 행동해, 세 사람은 치안대가 숨은 현관으로 천천히 다가갔다. 나라면 누가 떼돈을 준다고 해도 절대로 안 할 행동이었다.

세 사람은 무기도 없이, 겁에 질려 제정신이 아닌 상태로 장전된 총을 치켜든 사람들을 향해 천천히 다가갔다. 치안대원 하나가 겁에 질려서 납빛으로 변한 얼굴에 셔츠 차림으로 문에서 나와 콥과 협상을 시작했다. 그는 잔뜩 흥분한 동작으로 보도에 놓인 불발 수류탄 두 개를 연신 가리켰다. 콥이 돌아와서 우리에게 불발탄을 폭발시키는 게 좋겠다고 말했다. 그렇게 놓아두면 지나는 사람이 위험하기 때문이다. 돌격대 하나가 소총으로 수류탄 한 개를 맞혀서 터트리더니, 또 한 발을 쏘아서 빗나갔다. 나는 그에게 소총을 달라 해서 무릎을 꿇고 두 번째 수류탄에 총알을 날렸다. 안타깝게도 나 역시 못 맞혔다. 이건 소요가 일어난 동안에 내가 쏜 유일한 총알이었다. 카페 모카 간판이 깨지면서 유리 조각이 보도에 널리고, 바깥에 주차한 자동차 두 대는 총알에 맞아서 사방에 구멍이 뚫리고 수류탄 충격에 유리는 와르르

깨졌는데, 한 대는 콥이 사용하는 관용차였다.

콥은 나를 위층으로 다시 데려가서 상황을 설명했다. 통일노동자당 건물마다 공격을 당한다면 당연히 방어해야 하겠지만, 통일노동자당 지도부는 우리에게 방어 자세만 취하고 사격을 최대한 자제하라는 지침을 보냈다는 것이다. 바로 맞은편에는 폴리오라마라는 영화관이 있고 그 위에는 미술관이 있고 꼭대기에는 조그만 쌍둥이 돔 관측소가 있는데, 다른 모든 건물 지붕보다 위치가 높았다. 쌍둥이 돔에서는 거리가 굽어 보여, 소총수 몇 명만 배치하면 통일노동자당 건물에 대한 공격을 사전에 모두 파악할 수 있었다. 영화관 관리인은 전국노동자연맹 조합원이라서 우리를 드나들게 할 터였다. 카페 모카에 틀어박힌 치안대는 문제가 없었다. 그들 역시 싸우길 원치 않으니, 자기네도 살고 상대도 사는 편을 기쁘게 반길 터였다. 콥은 적이 사격하거나 건물을 공격하지 않는 한 먼저 사격하지 말라는 명령을 되풀이했다. 콥이 말하진 않았지만, 내가 보기에 통일노동자당 지도부는 이런 사태로 말려드는 자체에 격분하면서도, 전국노동자연맹을 지지해야 한다고 생각하는 것 같았다.

관측소에는 소총수를 이미 배치한 상태였다. 나는 폴리오라마 지붕에서 사흘 밤낮을 보냈다. 식사하러 호텔에 다녀올 때만 자리를 잠시 비우는 정도였다. 위험한 건 없었다. 배가 고프고 따분한 것만 빼면 힘들 건 하나도 없지만, 이 시기는 내 평생에 가장 견디기 힘든 순간이었다. 시가전이 벌어진 고약한 며칠보다 역겹고 환멸이 일고 신경이 곤두선 적은 없었던 것 같다.

나는 지붕에 앉아서 너무나 어리석은 사태에 기가 차서 혀를 내두르곤 했다. 관측소 조그만 창문에서는 주변 몇 킬로미터를 내다볼 수 있었다. 높고 날씬한 건물과 유리 돔, 녹색과 구리색 타일을 얹어서

환상적으로 번쩍이며 물결치는 지붕은 끝도 없이 뻗어 나가고, 동쪽 멀리서는 푸르스름한 바다가 희미하게 반짝였다. 스페인에 들어오고 처음 보는 바다였다. 그런데 인구가 백만에 달하는 거대한 도시 전체는 폭력적인 무기력에 빠져들었다. 움직이는 물체는 하나도 없고 소리만 가득한 악몽 같았다. 햇볕이 환하게 내리쬐는 거리마다 텅텅 비었다. 바리케이드나 모래주머니를 댄 창에서 총알을 퍼붓는 외에는 아무런 움직임도 없었다. 거리에는 움직이는 차량도 없고, 전투가 벌어지는 순간에 운전사가 모두 달아나서 람블라스 거리 곳곳에 꼼짝 않고 멈춰 선 전차만 보였다. 그런데도 지옥 같은 소리는 석조 건물 수천 동에서 땅땅, 쾅쾅, 우르릉, 메아리치는 게 끝없이 밀려들고 또 밀려드는 열대성 폭풍우 같았다. 때로는 총성 몇 발로 잦아들고 때로는 귀가 먹먹할 정도로 일제사격을 퍼붓는데, 해가 지기 전에 멈춘 적은 없고, 다음날 동이 트자마자 곧바로 다시 일어났다.

도대체 무슨 일이 벌어지는 건지, 누가 누구와 싸우고 누가 이기는 건지 알아내는 자체가 처음에는 무척 힘들었다. 바르셀로나 사람은 시가전도 익숙하고 동네 지리도 밝아서 어느 정당이 어느 거리와 건물을 장악했는지 본능적으로 깨달았다. 이 점에서 외국인은 불리하기 짝이 없었다. 관측소에서 내려다보니, 람블라스가 바르셀로나 중심도로 양쪽을 가르며 경계선 역할을 한다는 걸 알 수 있었다. 람블라스 오른편 노동 계급 거주지는 무정부주의 세력이 장악하고, 왼쪽 구불구불한 뒷골목은 싸움이 복잡하게 벌어지긴 해도 통일사회당과 치안대가 대체로 장악한 편이었다. 우리가 있는 람블라스 거리 위쪽 끝은 카탈루냐 광장 주변인데, 사정이 워낙 복잡한 나머지 건물마다 정당 깃발을 내걸지 않으면 무엇 하나 알 수 있는 게 없었다.

이곳에서 가장 중요한 건물은 콜론 호텔로, 통일사회당 본부가 있는 데다 카탈루냐 광장까지 보였다. 정면에 〈호텔 콜론〉이라는 커다란 글자가 있는데, 마지막 두 번째 글자 O자 옆 창문에 기관총을 설치해서 광장을 완벽하게 장악한 상태였다. 우리 오른쪽 100m 거리 람블라스 아래쪽으로 (영국의 〈청년공산주의동맹〉에 해당하는) 통일사회주의청년동맹 J.S.U.는 커다란 백화점을 장악해서 우리 관측소를 마주 보는 백화점 옆면 창문마다 모래주머니를 쌓고 대치했다. 그들은 적기를 내리고 카탈루냐 깃발을 올렸다. 이번 사태를 일으킨 계기로 작용한 전화교환소는 카탈루냐 깃발과 무정부주의 깃발이 나란히 나부꼈다. 여기는 일시적으로 타협을 맺었으니, 전화교환 작업을 계속할 뿐 아니라 교환소 건물에서 사격하는 사람도 없었다.

우리 쪽은 이상할 정도로 평화로웠다. 카페 모카를 점령한 치안대는 강철 셔터를 내리고 카페 가구로 바리케이드를 쌓더니, 나중에는 치안대원 대여섯 명이 지붕으로 올라와서 우리 맞은편에 매트리스로 바리케이드를 쌓고 그 위에 카탈루냐 깃발을 걸었다. 하지만 싸움을 시작할 의사는 없는 게 분명했다. 콥이 확실히 약속한 대로, 그들이 총을 안 쏘는 한 우리도 총을 안 쏠 터였다.

콥은 어느새 치안대와 아주 가까워져서, 카페 모카를 여러 차례 놀러 가기도 했다. 그들은 카페에 있던 술을 당연히 모두 약탈했으니, 맥주 열다섯 병을 콥에게 선물로 주기도 했다. 거기에 대한 보답으로 콥은 우리 소총 가운데 한 자루를 실제로 주었다. 그들이 전날 잃어버린 소총 한 자루를 메워준 것이다.

그런데도 지붕에 앉아서 경계하는 기분이 묘했다. 때로는 모든 게 따분한 나머지, 흉악한 소리에 아예 관심을 끊은 채 다행히도 며칠 전에 산 펭귄 문고 몇 권을 연속으로 읽으며 시간을 보내고, 때로는 오십 미터 거리에서 지켜보는 치안대원이 너무나 신경 쓰였다. 전선 참호에 다시 들어선 느낌마저 들었다. 습관적으로 상대를 〈파시스트〉라고 여러 차례 지칭할 정도였다.

우리 쪽 지붕에는 대체로 여섯 명 정도가 있었다. 그래서 관측소 돔 양쪽에 보초를 한 명씩 배치하고 나머지는 함석지붕 밑에 앉았는데, 돌기둥 말뚝이 유일한 엄폐물이었다. 치안대가 전화 명령을 받고 언제라도 사격할 수 있다는 사실을 나는 계속 의식했다. 발포하기 전에 미리 경고하기로 서로 약속했지만, 그들이 지킨다는 보장은 없었다. 하지만 문제가 실제로 벌어질 것 같던 경우는 딱 한 번뿐이었다. 맞은편 치안대원 하나가 무릎을 꿇더니 바리케이드 너머로 사격을 시작한 거다. 나는 당시에 관측소에서 보초를 서는 중이었다. 그래서 상대에게 소총을 겨누며 소리쳤다.

"이봐! 우리한테 쏘지 마!"

"뭐?"

"우리에게 쏘지 말라고. 우리도 응사할 테니까!"

"아냐, 아냐! 너희한테 쏜 게 아니야. 보라고…… 저 아래!"

상대는 소총으로 우리 건물 아래쪽 샛길을 가리켰다. 그곳에서 정말로 파란 작업복 차림 젊은이가 소총을 한 손에 들고 모퉁이를 돌며 달아나는 중이었다. 그 젊은이가 지붕에 있는 치안대를 향해 총을 쏜 게 분명했다.

"나는 저자한테 쏜 거야. 저자가 먼저 쐈다고. 우리는 너희를 쏘고 싶지 않아. 우리도 노동자야. 너희와 똑같다고." (나는 이 말이 사실이라고 믿는다.)

상대가 반파시스트 경례를 하고 나도 응답했다. 그리고 건너편에 대고 소리쳤다.

"맥주 좀 남았어?"

"아니, 바닥났어."

바로 그날, 내가 창문에 몸을 기대고 있는데, 거리 아래쪽 통일사회주의청년동맹 건물에서 어떤 작자가 갑자기 소총을 들더니, 나에게 총을 쏘았다. 특별한 이유는 없었다. 내가 구미 당기는 표적으로 보인 모양이다. 나는 응사하지 않았다. 100m 거리에 불과한데도 관측소 지붕조차 못 맞힐 정도로 총알이 한참 빗나갔다. 이번에도 스페인 사람 특유의 사격 솜씨가 나를 살린 것이다. 그 건물에서는 이후에도 나를 여러 번 쏘았다.

총알을 퍼붓는 소리가 섬뜩하게 일어나고 또 일어났다. 하지만 내가 보고 들은 바로 판단하건대, 양편 모두 방어하는 차원이었다. 사람들은 건물 내부나 바리케이드에 머물며 맞은편에 무턱대고 쏘아댔다. 우리 쪽에서 칠팔백 미터 떨어진 거리에 전국노동자연맹과 노동자총연합 주요 건물이 살짝 마주 보는 거리가 있는데, 그쪽에서 일어나는 총소리가 제일 끔찍했다. 싸움이 끝난 다음 날 그 거리를 지나는데, 상점 유리창마다 체 모양으로 구멍이 송송 뚫린 상태였다. (바르셀로나 상점 대부분은 유리창마다 띠처럼 생긴 종이로 가로세로 교직해서 총알에 맞아도 유리가 산산이 깨지지 않았다.) 때때로 소총과 기관총 소리가 우당탕 일어나다가 수류탄이 터지는 소리로 끝나곤 했다. 아주 가끔은, 전부 합해서 여남은 번은 될 것 같은, 엄청나게 커다란 폭발음이 일어났는데, 당시에는 그게 무슨 소리인지 알 수 없었다. 공중에서 포격하는 소리 같으나, 그럴 리는 없었다. 주변에 비행기는 한 대도 없었기 때문이다. 나중에 들은 바에 의하면, 첩자들이 공포감을 증폭시켜서 싸움을 부추기려고 엄청난 폭탄을 일부러 터뜨렸다는 건데, 사실일 가능성이 컸다. 하지만 포격은 없었다. 나는 포격 소리가 혹시 일어나나, 특히 신경 쓰며 귀를 기울였다. 포대는 시가전에서 결정적인 요인이니, 포격한다는 건 상황이 심각하게 변할 가능성이 농후하다는 의미다. 거리에서 포격전이 벌어졌다는 황당한 이야기가 나중에 신문에 실렸지만, 포탄에 맞은 건물을 증거로 들이댄 기사는 없었다. 대포를 발사했다면 그 소리에 익숙한 사람은 확실히 들었을 터인데 말이다.

시가전 초기부터 식량이 부족했다. 치안대가 람블라스 거리에서 사람을 끊임없이 저격해, 사방이 어두울 때 팔콘 호텔에서 힘겹게 날라, 통일노동자당 집행부 건물에 있는 민병대 병사 열다섯에서 스무 명에게 전달했지만, 간신히 충당할 정도라서 우리는 가능하면 콘티넨털 호텔로 가서 식사했다. 〈콘티넨털〉은 다른 호텔 대부분과 달리 전국노동자연맹이나 노동자총연합 대신 헤네랄리테가 접수한 터라, 양측에서 중립지대로 간주했다. 그래서 시가전이 일어나자마자 콘티넨털 호텔은 정말 다양한 사람으로 넘쳐흘렀다. 외국인 기자, 다양한 정치 성향을 지닌 수상한 인물, 인민전선 정부 측에 근무하는 미국인 비행사, 다양한 공산당 비밀요원, 이 가운데는 뚱뚱하고 음흉하게 생긴 러시아인도 있는데, '오그푸'라는 비밀요원으로, 찰리 찬이란 별명으로 불리면서 허리띠에 자동권총과 말끔하게 생긴 조그만 수류탄을 하나 달았으며, 파시스트 동조자로 보이는 부유한 스페인 가족 여럿, 국제여단 출신 부상병 두세 명, 프랑스로 오렌지를 싣고 가다 시가전에 길이 막힌 프랑스 트럭 운전사 일행, 인민군 장교 몇 명 등이었다. 인민군은 전체적으로 시가전 내내 중립을 지켰으나 병사 몇 명이 병영에서 빠져나와 개인적으로 참여해, 화요일 아침에는 통일노동자당 바리케이드에서 인민군 병사 두 명을 실제로 보기도 했다.

처음에는 식량부족이 심각하지 않고 언론도 증오심을 부추기지 않아, 시가전을 일종의 장난처럼 여기는 경향이 있었다. 이런 일은 바르셀로나에서 매년 일어난다고 말하는 사람이 대부분이었다. 그런 참에 이탈리아 기자로 우리와 아주 가깝게 지내던 친구 게오르게 티올리가 바지를 피로 흠뻑 적신 채 돌아왔다. 상황이 어떤지 보러 나갔다가 부상병이 보도에 쓰러진 걸 보고 붕대를 묶어주는 참에 누군가 장난으로 수류탄을 던진 건데, 다행히도 중상은 아니었다. 그 친구가 바르셀로나 거리를 포장한 돌에 숫자를 적어야 한다고 말한 게 기억난다. 그렇게 하면 바리케이드를 쌓고 허물 때마다 고생하는 걸 많이 줄일 수 있다면서 말이다.

한번은 야간 경계근무를 마쳐서 지치고 배고프고 더러운 몸으로 돌아오니, 내 호텔 방에 국제여단 병사 두 명이 앉아서 기다리던 기억도 난다. 그들 역시 완전히 중립이었다. 그들이 훌륭한 당원이었다면 나에게 편을 바꾸라고 강권하거나, 손발을 붙들어 매고라도 호주머니에 가득한 수류탄을 모두 빼앗았을 것이다. 하지만 휴가를 나왔는데도 지붕에서 경계근무를 서는 처지가 안타까운 수준으로, "이건 무정부주의 집단과 경찰 사이에서 일어난 소동에 불과할 뿐, 특별한 의미는 없다"는 일반적인 태도를 보였다. 전투 범위나 부상자 숫자야 어떻든, 나는 계획적인 봉기라는 공식 보도보다는 두 사람 말이 진실에 훨씬 가깝다고 믿는다.

상황이 변하기 시작한 건 (5월 5일) 수요일 즈음이었다. 상점이 모두 닫힌 거리는 을씨년스러웠다. 극소수 행인이 어쩔 수 없는 이유로 나와서 허리를 숙인 채 손수건을 흔들며 살금살금 움직이고, 총알이 날아들지 않는 람블라스 거리 한복판에서는 몇몇 사람이 텅 빈 거리를 향해 신문을 사라고 소리쳤다.

화요일에는 무정부주의 신문 《솔리다리다드 오브레라》가 전화교환소 공격을 '극악무도한 도발'이라며 비난하더니, 수요일에는 어조를 바꿔서 생업으로 돌아가라고 모두에게 호소했다. 무정부주의 지도부 역시 똑같이 호소하는 내용을 방송했다.

전화교환소가 공격받을 무렵에 무방비 상태였던 통일노동자당 신문 《라 바탈라》 사무실도 치안대에 공격받고 넘어간 상태였으나, 《라 바탈라》는 다른 장소에서 적은 부수를 인쇄하고 배포했다. 이 신문은 바리케이드를 그대로 지키라고 모두에게 촉구했다.

사람들은 마음이 갈라진 채, 도대체 어떻게 돌아가는 건지 의아하고 불안했다. 아직은 바리케이드를 떠나는 분위기가 아니지만, 의미 없는 싸움을 모두 싫어하는 건 확실했다. 이번 싸움에서 현실적인 결론이 나올 수 없다는 사실도 명백했다. 이번 시가전이 전면전으로 치닫는 걸 아무도 원치 않았기 때문이다. 전면전은 프랑코와 싸우는 내전에서 패하는 지름길이었다. 양측 모두 이 점을 걱정했다. 내가 당시에 사람들 이야기를 최대한 모아서 추측한 바로는, 전국노동자연맹 지도부와 조합원이 바라는 건, 처음부터 바란 건, 딱 두 가지, 전화교환소를 돌려받는 것 그리고 혐오스러운 치안대 무장을 해제하는 것이었다. 헤네랄리테가 두 가지 요구 사항을 약속한다면, 그리고 식량으로 폭리를 취하는 걸 중단하겠다고 약속한다면, 바리케이드를 두 시간 안에 철거하는 건 문제도 아니었다. 하지만 헤네랄리테는 양보할 생각이 없는 게 분명했다.

흉흉한 소문이 돌았다. 발렌시아 정부가 바르셀로나를 점령하려고 병력 6천 명을 파견했다는 소문도 돌고, 무정부주의자와 통일노동자당 병력 5천 명이 거기에 맞서려고 아라곤 전선을 벗어났다는 소문도 돌았다. 두 소문 가운데 첫 번째만 진실이었다. 옅은 잿빛 군함 모양 여러 척이 항구로 다가오는 게 관측소 돔에서 보였다. 뱃사람 출신 더글러스 모일은 영국 구축함처럼 보인다고 말했다. 실제로 영국 구축

함이었는데, 우리는 훨씬 나중까지 그 사실을 몰랐다.

그날 저녁에 우리는 에스파냐 광장에서 치안대 4백 명이 무정부주의자에게 항복하고 무기를 내놓았다는 소식을 들었다. 출처가 어딘지 모르지만, 주로 노동자가 거주하는 교외 지역에서는 전국노동자연맹이 상황을 통제한다는 소식도 들었다. 우리가 이기는 중인 것 같았다. 하지만 같은 날 초저녁에 콥은 나를 불러서 엄숙한 얼굴로, 방금 입수한 정보에 따르면 정부가 통일노동자당을 불법 단체로 간주하고 선전포고할 거라고 말했다. 나는 커다란 충격을 받았다. 이번 사태가 앞으로 풀려나갈 방향을 나는 그때 비로소 어렴풋이 깨달았다. 시가전이 끝나면 모든 책임을 통일노동자당에 전가할 거란 사실을, 세력이 제일 약한 정당이니 희생양으로 적격일 수밖에 없단 사실을 나는 어렴풋이 예측했다. 그러는 사이에 우리 구역도 중립이 끝날 터였다. 인민전선 정부가 선전포고한다면 우리는 스스로 방어해야 할 거라고, 옆 건물 치안대가 명령에 따라 우리를 공격할 수밖에 없을 거라고 확신했다. 우리가 이길 방법은 먼저 공격하는 수밖에 없었다. 콥은 전화기 옆에서 명령을 기다렸다. 통일노동자당이 불법화되었다는 소식을 확인하는 즉시, 우리는 카페 모카를 접수할 준비에 들어가야 했다.

건물 방어 태세를 강화하며 지루하게 보낸 악몽 같은 초저녁이 기억난다. 우리는 강철 셔터를 내려서 정문을 차단하고, 일꾼들이 건물 개조 공사를 하다가 남긴 석판으로 그 뒤에 바리케이드를 쌓았다. 다음에는 무기를 점검했다. 맞은편 폴리오라마 지붕에 있는 소총 여섯 자루를 포함하면 소총은 모두 스물한 자루인데 한 자루는 불량이고, 총알은 소총 한 자루당 쉰 발 정도 돌아가고, 수류탄도 몇십 개 있었다. 나머지는 단발 권총과 자동권총 몇 자루였다. 일이 터지면 카페 모카를 공격하겠다고 여남은 명이 자원했는데, 주로 독일인이었다. 물론 새벽에 지붕을 타고 기습하는 식으로 공격해야 했다. 숫자는 저쪽이 많으나, 우리는 사기가 높아, 상대편 건물로 치고 들어갈 자신이 있었다, 설사 사람을 죽여야 하는 사태가 벌어지더라도.

건물에 먹을 거라곤 초콜릿 몇 조각이 전부며, "저들이" 물 공급을 차단할 거라는 소문도 돌았다. ("저들이" 누구인지 아무도 몰랐다. 수도 사업을 통제하는 정부일 수도 있고 전국노동자연맹일 수도 있는데…… 정확히 아는 사람은 없었다.) 우리는 빈 물통마다, 마지막에는 텅 빈 맥주병까지, 치안대가 콥에게 준 맥주병 열다섯 개까지, 물을 가득 채우느라 오랫동안 고생했다.

나는 기본적으로 억울한 마음이 가득한 데다, 잠조차 예순 시간이나 제대로 못 잔 탓에 지칠 대로 지쳤다. 이제 밤이 깊었다. 사람들은 아래층 바리케이드 곳곳에 흩어져 잠잤다. 위층에는 조그만 방이 있는데 소파 하나가 있어서, 우리는 그곳을 응급 치료소로 쓸 작정이었다. 하지만 건물을 아무리 뒤져도 요오드나 붕대를 못 찾았다는 건 말할 필요도 없다.

아내는 혹시 간호사가 필요할까 해서 우리 건물에 머물렀다. 나는 소파에 누웠다. 모카를 공격하다가 죽을 수도 있으니, 공격하기 전에 삼십 분이라도 쉬는 게 좋을 것 같았다. 허리띠에 찬 권총이 등허리를 계속 찔러서 견딜 수 없이 불편하던 기억이 난다. 아내가 바로 옆에서 바라보는 걸 깨닫고 소스라치며 깨어난 기억도 난다.

날이 환하게 밝았다. 간밤에는 아무 일도 없었다. 인민전선 정부는 통일노동자당에 선전포고하지 않고, 수도도 끊기지 않았다. 거리에서 총소리가 간헐적으로 일어나는 외에는 모든 게 정상이었다. 아내는 차마 나를 깨울 수 없어서 앞쪽 방 팔걸이의자에서 잤다고 했다.

그날 오후에 일종의 휴전을 맺었다. 총소리가 사그라들자, 놀라울 정도로 갑작스럽게 거리마다 사람들로 가득 찼다. 몇몇 상점은 셔터를 걷어 올리고, 장터는 먹을 걸 사려고 아우성치는 사람으로 가득하지만, 매대는 텅 비었다. 하지만 전차는 여전히 안 다닌다는 게 이상했다. 치안대 역시 카페 모카 바리케이드에 그대로 머물렀다. 어느 쪽도 요새로 바꾼 건물을 비우지 않았다. 밖에서는 사람들이 먹을 걸 사느라 이리저리 돌아다니는데, 어디를 가나 똑같이 근심스럽게 묻는 말이 들렸다.

"이제 그것은 끝난 건가요? 그것을 다시 시작할까요?"

"그것을" - 시가전을 - 사람들은 누구도 막을 수 없는 자연재해 같은 거로, 태풍이나 지진 같은 거로 여겼다. 아니나다를까 곧바로 - 휴전은 서너 시간 만에 끝나, 내가 느끼기엔 몇 분에 불과한 것 같았으니 - 소총 소리가 여름철 소낙비처럼 갑자기 울려 퍼지는 바람에 모두 혼비백산하며 대피하고, 강철 셔터는 철커덩 닫히고, 거리는 마법처럼 텅텅 비고, 바리케이드에는 사람이 들어차서 "그것을" 다시 시작했다.

나도 분노와 역겨움에 치가 떨리는 기분으로 지붕 자리로 돌아갔다. 이런 사건에 참여한다는 건 미약하나마 역사에 참여하는 셈이니 당연히 역사적 인물이 된 기분일 것 같지만, 실제는 완전히 다르다. 이런 상황에서는 아주 사소한 문제에 빠져드느라 다른 건 하나도 느낄 수 없기 때문이다.

시가전 내내 기자들은 수백 킬로미터 떨어진 거리에서 상황에 대한 올바른 〈분석〉을 무척이나 그럴듯하게 하는데, 나는 단 한 번도 그럴 수 없었다. 내가 주로 생각한 건 비참하고 치명적인 시가전이 옳은지 그른지가 아니라, 불편하기 짝이 없는 지붕에 밤낮으로 앉아서 지내야 하는 불편과 권태, 점차 심각하게 변하는 굶주림이 전부였다. 월요일 이후로 우리 가운데 누구도 식사를 제대로 못 했다. 그런데도 이번

사태가 끝나는 즉시 전선으로 돌아가야 한다는 생각만 가득했다. 화가 저절로 치밀었다. 전선에서 백십오 일을 고생하고 잠시나마 편히 쉬려고 돌아왔는데 이렇게 지붕에 앉아서 시간을 보내야 한다니…… 맞은편 지붕을 지키는 치안대 역시 나만큼 지루한지, 나에게 정기적으로 손을 흔들며 (총을 쏘지 말라는 뜻으로) 자기네도 "노동자"라고 소리쳤다. 하지만 그들 역시 명령을 받으면 총을 쏠 게 분명했다. 이게 역사인지 모르겠지만, 실감은 안 났다. 전선에서 병력이 부족해 터무니없이 오랫동안 경계근무를 서던 최악의 시기 같다는 생각만 들었다. 그래서 영웅적인 느낌 대신 맡은 위치에 머물며 따분해 하다가 꾸벅꾸벅 졸기만 할 뿐, 돌아가는 상황에는 아무런 관심이 없었다.

호텔에서는 잡다한 사람이 다양하게 모인 채, 무서워서 호텔 바깥으로 코빼기조차 못 내밀고 서로를 의심하는 섬뜩한 분위기만 가득했다. 다양한 사람이 첩자 강박증에 사로잡혀, 살금살금 돌아다니며 자기를 뺀 다른 모든 사람을 공산주의, 트로츠키주의, 무정부주의 첩자라고 속삭였다. 뚱뚱한 러시아 정보원은 외국인 피난민 모두를 구석으로 차례로 데려가서 무정부주의자들이 음모를 꾸며서 이런 사태가 발생한 거라고 그럴듯하게 설명했다. 나는 그자가 그러는 모습을 가만히 지켜보았다. 거짓말하는 걸 직업으로 삼는 사람을 본 건 처음이기 때문이다……기자를 제외하면. 소총 소리가 시끌벅적한 가운데 창문마다 셔터를 내린 채 근사한 호텔 생활을 그대로 흉내 내는 광경이 정말 역겨웠다.

총알이 창으로 날아들어 기둥을 파먹은 이후로 앞쪽 식당엔 아무도 얼씬을 않고 뒤쪽 어두컴컴한 방에만 가득 모여들었으나, 그곳은 식탁이 충분하지 않았다. 웨이터도 숫자가 줄었다. 일부는 전국노동자연맹 조합원이라서 총파업에 가담하고 나머지는 풀 먹인 셔츠를 벗었지만,

식사는 여전히 격식을 갖추어 대접했다. 그런데 먹을 건 현실적으로 거의 없었다. 목요일 밤 저녁에는 핵심 요리가 한 사람당 정어리 한 마리였다. 호텔에서 빵이 떨어진 지 며칠이 지났고, 포도주도 바닥날 지경이라, 우리는 오래된 만큼 가격도 비싼 포도주로 점차 옮겨가야 했다.

식량부족 사태는 시가전이 끝난 뒤에도 며칠 동안 이어졌다. 아내와 나는 사흘 내내 빵도 음료수도 없이 염소젖 치즈를 조금씩 떼어먹는 거로 아침을 때운 기억이 난다. 유일하게 충분한 건 오렌지였다. 프랑스 트럭 운전사들이 오렌지를 호텔로 엄청나게 들여왔다. 운전사는 겉모습이 하나같이 거칠어, 야한 스페인 여자와 검은 작업복 차림에 몸집은 커다란 짐꾼이 주로 어울렸다. 속물처럼 아첨만 일삼는 호텔 지배인이 평소 같으면 무슨 수를 써서라도 그들을 불편하게 만드는 건 물론, 아예 호텔에 받아들이는 자체를 거부했겠지만, 당장은 그들 모두 인기가 좋았다. 우리와 달리 빵을 따로 챙겨둔 상태라, 모두가 어떤 식으로든 빵을 얻으려고 안달이 났기 때문이다.

나는 마지막 밤을 지붕에서 보냈다. 다음 날에는 시가전이 정말 끝나는 것처럼 보였다. 그날은, 금요일에는, 총 쏘는 소리도 별로 안 들렸던 것 같다. 발렌시아에서 정부 쪽 부대가 정말로 오는 건지 아닌지 확실히 아는 사람은 아무도 없는 것 같았다. 그런데 그날 저녁에 부대가 실제로 들어왔다. 인민전선 정부는 달래는 분위기와 협박하는 분위기가 묘하게 섞인 포고문을 방송해, 모두 집으로 돌아가라고 부탁하면서 일정 시간 이후에 무기를 지니고 다니는 사람은 누구든 체포하겠다고 선포했다. 사람들은 정부 방송에 별다른 관심을 안 보였으나, 곳곳에서 바리케이드를 지키던 사람은 숫자가 줄었다. 가장 커다란 이유는 식량부족 현상 때문이었다. 사방에서 "먹을 게 없어, 일터로 돌아가야 해"라는 소리가 일어났다. 그런데 도시에 먹을 게 조금이라도 있는 한 치안대는 확실하게 배급받으니, 맡은 위치를 그대로 유지할 수 있었다. 오후에는 거리마다 정상으로 돌아오고, 바리케이드는 텅텅 비었다.

람블라스 거리는 사람들이 몰려들고, 가게도 대체로 문을 열고, 무엇보다 다행스러운 건, 오랫동안 꿈쩍을 않던 전차가 철커덩거리며 움직이기 시작했다는 사실이다. 치안대는 카페 모카를 여전히 점령한 채 바리케이드를 철거하지 않았지만, 일부가 의자를 들고 밖으로 나와서 소총을 무릎에 올려놓고 앉았다. 내가 지나다가 그들 가운데 한 명에게 한쪽 눈을 찡긋하며 아는 척하자, 상대도 우호적인 표정으로 싱긋 웃었다. 나를 알아본 거다.

전화교환소에서는 무정부주의 깃발을 내리고 카탈루냐 깃발만 펄럭였다. 이건 노동자들이 확실하게 졌다는 의미였다. 정치에 무지한 덕분에 또렷하게 확신한 건 아니지만, 나는 정부가 자신감이 생기면 보복을 시작할 것 같았다. 하지만 당시에는 그런 문제에 관심이 조금도 없었다. 지독한 총성이 멎었다는 안도감을, 전선으로 돌아가기 전에 음식도 사고 휴식과 평화도 약간은 누릴 수 있겠다는 안도감을 느낀 게 전부다.

발렌시아 출신 병력이 거리에 처음 나타난 건 그 날 초저녁 늦은 시각이었을 거다. 그들은 공화국 정예 부대로 손꼽히는 돌격대로, 치안대나 국경경비대와 비슷한 편제, 즉, 치안 업무를 다루는 데 적합한 편제였다. 하나같이 땅에서 갑자기 솟아난 것 같았다. 어디를 가나 열 명씩 무리 지어 거리를 순찰하는 모습이 보였다. 회색이나 청색 제복을 입은 커다란 병사들이 어깨에 기다란 소총을 메고, 무리마다 기관총이 한 대씩 있었다.

이런 분위기에 조심스럽게 처리할 일이 있었다. 관측소 돔에서 경비하느라 사용하던 소총 여섯 자루가 지붕에 그대로 있으니, 그것을 통일노동자당 건물에 다시 들여놓아야 했다. 도로 하나만 건너서 옮기면 된다. 건물 무기고에 정식으로 들어가는 무기였다. 하지만 그걸 들고 거리로 나서는 건 정부 명령을 어기는 셈이니, 그것을 들고 있다가 들키면 그대로 체포될 게 분명하고, 더 끔찍한 건 여섯 정 모두 압수당할 수밖에 없다는 사실이다. 건물에 있는 총이 스물한 자루밖에 안 되는데 여섯 자루나 빼앗길 순 없었다. 한참 의논한 끝에, 빨간 머리 스페인 소년과 내가 총을 몰래 가져오는 게 제일 좋겠다는 결론을 내렸다.

돌격대 순찰을 피하는 건 쉬운데, 문제는 모카를 지키는 치안대였다. 그들은 관측소에 소총이 있다는 사실을 잘 아니, 우리가 총을 옮기는 걸 보면 소리칠 가능성이 있었다. 우리 두 사람은 옷을 반쯤 벗어서 소총을 왼쪽 어깨에 메고 개머리판을 겨드랑이에 끼고 총신을 바지에 넣었다. 문제는 총신이 하나같이 기다란 모제르 소총이란 사실이었다. 나처럼 키가 커다란 사람도 기다란 총신을 바지에 넣으니 여간 불편한 게 아니었다. 왼쪽 다리가 나무토막처럼 뻣뻣한 상태에서 관측소 나선형 계단을 내려오는 게 정말 힘들었다. 거리로 들어선 다음에는 아주 천천히, 무릎을 굽힐 필요가 없을 정도로 천천히 움직이는 것 말고는 방법이 없었다. 내가 거북이처럼 느릿느릿 걷는 모습을 영화관 앞에 모인 사람들이 흥미롭다는 표정으로 빤히 쳐다보았다. 당시에 그 사람들이 나를 보고 무슨 생각을 했을지 궁금하다. 전쟁에서 다쳤다고 생각했을 것 같다. 어쨌든 이런 식으로 우리는 아무런 사고 없이 소총을 모두 빼냈다.

다음 날, 돌격대가 거리 곳곳을 정복자처럼 돌아다녔다. 정부는 주민이 저항하지 않으리라는 사실을 뻔히 알면서도 대중을 위압하는 차원에서 세력을 과시하는 게 분명했다. 시가전이 다시 벌어지는 걸 두려워했다면 돌격대가 병영을 나와서 이렇게 무리 지어 돌아다닐 리 없었다. 어쨌든 훌륭한 부대로, 내가 스페인에서 본 것 가운데 최고였다. 어떤 의미에서 그들은 〈적군〉이지만, 나는 그 모습이 마음에 안 들 수 없었다. 그들이 거리에서 어슬렁거리는 모습을 보노라면 감탄이 절로 나왔다. 옷차림은 남루하고 무장도 형편없는 아라곤 전선 민병대에 익숙한 터라, 공화국에 이런 부대가 있는 줄 미처 몰랐다. 그들은 신체 조건만 정예 부대가 아니었다. 정말 놀라운 건 그들이 지닌 무기였다. 모두가 〈러시아 소총〉으로 알려진, 소련이 스페인으로 보내긴 했지만 내가 알기론 미국에서 제조한 신형 소총으로 무장했다. 나는 그 가운데 하나를 자세히 살폈다. 완벽하다고 할 순 없지만, 우리가 전선에서 사용하던 형편없이 낡아빠진 나팔총은 상대가 안 됐다. 게다가 열 명에 기관총이 한 정이고, 자동권총은 모두 한 자루씩 지녔다. 전선에서 우리는 쉰 명에 기관총 한 정이고, 권총이나 자동권총은 불법으로 손에 넣은 게 전부였다. 그때는 미처 몰랐지만, 사정은 어느 전선이나 비슷했다. 그런데 전선에 배치할 의도가 전혀 없는 치안대나 국경경비대는 우리보다 무장 상태도 훌륭하고 옷도 좋았다. 후방을 관리하는 경찰력은 산뜻하고 전선을 지키는 병사는 남루한 모습으로 대조를 이루는 건 전쟁하는 나라는 어디든 똑같을 거란 생각이 든다.

돌격대는 하루 이틀이 지난 다음부터 주민과 대체로 잘 지냈다. 첫날은 문제가 많이 발생했다. 돌격대원 일부가 도발적으로 행동했기 때문인데, 그렇게 하라는 지시가 있었던 것 같다. 그래서 돌격대원이 무리 지어 전차마다 올라타서 승객을 수색하고, 호주머니에서 전국노동자연맹 조합원 신분증이 나오면 찢어서 발로 짓밟았다. 그래서 무장한 무정부주의자들과 드잡이질을 벌이고, 한두 사람을 살해했다. 하지만 돌격대는 정복자 같은 태도를 곧바로 버리고, 관계는 원만하게 변했다. 하루 이틀이 지나자 대부분 여자를 하나씩 꿰차고 다녔다는 사실도 주목할 만하다.

바르셀로나 시가전은 발렌시아 정부가 오랫동안 갈망하던 구실을, 카탈루냐를 확실하게 통제할 구실을 주었다. 노동자 민병대를 해산하고 인민군으로 재배치했다. 스페인 공화국 국기가 바르셀로나 전역에 나부꼈는데, 내가 그런 장면을 목격한 건 파시스트 참호 말고 처음인 것 같다.

노동 계급 거주지역은 바리케이드를 모두 철거해서 지저분하게 늘어놓았다. 바리케이드라는 게 쌓는 것보다 돌을 되돌려놓는 게 훨씬 어렵기 때문이다. 통일사회당 건물 앞에 있는 바리케이드는 그대로 두어도 좋다고 허락받아, 유월이 다 가도록 자리를 지켰다.

치안대는 전략 거점을 그대로 장악했다. 전국노동자연맹 거점에서는 무기를 하나같이 대규모로 몰수당했다. 하지만 몰수당하는 걸 피한 무기도 상당했을 게 분명하다. 《라 바탈라》는 계속 발간했지만, 검열 때문에 1면은 거의 완벽한 백지였다. 통일사회당 신문은 검열을 안 받아, 통일노동자당 활동을 금지하라고 요구하며 선동하는 기사를 내보냈다. 통일노동자당을 위장 파시스트 조직이라 선언하고, 통일노동자당이 낫과 망치 가면을 벗자 나치 표식이 섬뜩하게 드러나는 만평을 시내 전역에 배포했다. 바르셀로나 시가전을 바라보는 정부 시각이 분명했다. 통일노동자당이 선동해서 파시스트 〈제5열〉[40]이 봉기한 것으로 말이다.

시가전이 끝나자, 호텔에서는 서로 의심하고 적대시하는 분위기가

40) 후방에서 활약하는 파시스트 첩자를 뜻한다.

오히려 훨씬 끔찍하게 나타났다. 비난하는 어투가 이리저리 오가는 상황에서 중립을 지키는 자체가 불가능했다. 우체국은 업무를 다시 시작하고 외국 공산당 계열 신문도 들어오는데, 시가전에 대한 설명이 극히 당파적일 뿐 아니라, 당연히, 구체적인 사실과 거리가 턱없이 멀었다. 현장에서 실제 사건을 구체적으로 목격한 공산주의자 상당수는 이런저런 사건 기사나 논설을 보고 크게 실망하면서도, 겉으로는 당연히 자기편 논조에 매달렸다. 그런 가운데 공산당 친구 한 명이 다가와서 국제여단으로 옮기지 않겠느냐고 묻는 말에 나는 깜짝 놀라며 물었다.

"자네네 신문에서 나를 파시스트라고 하던데? 나는 정치적으로 의심받을 수밖에 없어, 통일노동자당 출신이니까."

"맙소사, 그건 괜찮아. 자네는 명령을 받고 행동한 것뿐이잖아."

나로서는 이번 사태를 겪고 보니, 공산당이 통제하는 부대는 어디에도 가입할 수 없다고 대답해야 했다. 결국에는 스페인 노동 계급을 진압하는 데 이용당할 수 있기 때문이다. 그런 일이 언제 다시 터질지는 아무도 모르는데, 행여나 그런 일이 터져서 총을 들어야 한다면 나는 노동 계급을 억누르는 편이 아니라 지지하는 편에서 싸울 거라고 말했다.

상대는 이 말을 꽤 바람직하게 받아들였다. 하지만 전체적인 분위기는 이미 완전히 바뀐 상태였다. 예전처럼 정치적으로 견해가 다른 사람과 "서로 다르다는 걸 인정"하고서 술을 마실 수도 없었다. 호텔 라운지에서는 툭하면 치졸한 언쟁이 벌어졌다.

그러는 동안에 감옥은 이미 차고 넘쳤다. 시가전이 끝난 뒤에 무정부주의 측에서는 포로를 당연히 석방했지만, 치안대는 포로를 석방하지 않고 재판도 없이 감옥에 처넣어서 몇 달씩 가두어놓았다. 언제나 그렇듯, 완벽하게 무고한 사람마저 경찰이 착각한 덕분에 체포당했다. 앞에서 더글러스 톰슨이 4월 초에 전선에서 다쳤다고 말한 적이 있다. 그 후로 우리는 연락이 끊겼다. 부상병에게는 흔한 일이었다. 이 병원 저 병원으로 툭하면 옮기니 말이다. 그런데 그는 테라고나 병원에 있다가, 시가전이 일어날 무렵에 바르셀로나로 이송된 상태였다. 그래서 화요일 아침에 거리에서 만났는데, 그는 사방에서 벌어지는 전투에 무척 당황한 표정으로 누구나 하는 질문을 던졌다.

"도대체 어떻게 된 거야?"

나는 최선을 다해 설명했다. 그러자 톰슨이 즉시 대꾸했다.

"나는 안 끼겠네. 팔이 여전히 아파. 호텔로 돌아가서 그냥 가만히 있겠네."

톰슨은 호텔로 돌아갔는데, 불행히도 그 호텔은 (시가전에서는 동네 지리를 자세히 아는 게 정말 중요하다!) 치안대가 통제하는 구역이었다. 결국, 호텔은 습격당하고 톰슨은 체포되어 감옥에 들어가, 사람이 너무 많아 누울 자리도 없는 감방에서 여드레를 보냈다.

비슷한 사례는 정말 많다. 정치 경력을 의심받을 만한 외국인 다수는, 경찰이 추적하는 가운데, 언제 잡혀갈지 모르는 공포에 끊임없이 시달리며 피신했다. 이탈리아인과 독일인은 대체로 자국 비밀경찰에 수배받은 상태로 여권마저 없어서 특히 심했다. 그들은 체포당하면 프랑스로 추방당할 가능성이 큰데, 그건 이탈리아나 독일로 송환된다는 의미로, 그렇게 된다면 어떤 끔찍한 일을 겪을지 아무도 모를 터였다. 그래서 외국인 여성 한두 명은 스페인 남자와 서둘러 〈결혼하는〉 방법으로 신분을 바꿨다. 독일 여자 한 명은 신분증이 하나도 없어, 어떤 남자와 며칠 동안 잠자리를 하는 식으로 경찰을 피했다. 그 남자 침실에서 나오다가 나와 우연히 마주친 순간에 가엾은 여자가 비참한 표정으로 얼굴에 떠올린 수치심이 지금도 생생하게 기억난다. 물론 그 여인은 그 남자 애인이 아니지만, 내가 그렇게 생각할 거라고 믿었을 게 분명하다.

이 기간 내내 사람들은 지금까지 친구로 여기던 누군가가 자신을 비밀경찰에 신고할 수도 있다는 끔찍한 공포에 시달렸다. 기나긴 악몽 같던 시가전, 끔찍한 총소리, 식량과 수면 부족, 지붕에 앉아서 내가 어느 순간에 총알에 맞을지 혹은 내가 어느 순간에 다른 사람에게 총을 쏠 수밖에 없을지 걱정하던 긴장과 권태가 뒤범벅되어, 나는 신경이 바짝 곤두선 상태였다. 문이 쾅! 하는 소리를 낼 때마다 권총을 움켜잡는 습관마저 생길 정도였다.

토요일 아침에는 거리에서 총소리가 시끄럽게 일어나자, 모두가 "다시 시작됐다!"고 소리쳤다. 나는 거리로 달려나갔으나, 돌격대원 몇 명이 미친개를 쏜 것에 불과했다. 당시나 몇 달 뒤에 바르셀로나에 머물던 사람은 공포, 의심, 증오, 검열받은 신문, 비좁은 감옥, 먹을 걸 사려고 기다랗게 늘어선 줄, 거리를 어슬렁거리는 무장 순찰대 무리 등이 빚어낸 끔찍한 분위기를 절대로 못 잊을 거다.

나는 바르셀로나 시가전 한복판에 머물던 기분이 어땠는지 알리려고 지금까지 노력했으나, 기묘한 당시 느낌을 제대로 전달한 것 같지는 않다. 그때를 되돌아볼 때마다 우연히 만난 사람들 모습이, 갑자기 눈에 들어온 민간인 모습이, 이들에게는 시가전 전체가 무의미한 소동에 불과했다는 사실이 꼭 떠오른다. 한두 블록 떨어진 거리에서 총소리가 시끄럽게 일어나는데, 한 여인이 유행하는 옷차림으로 한쪽 팔에 장바구니를 끼우고 하얀 푸들을 데리고 람블라스 거리를 천천히 걸어가던 모습도 떠오른다. 물론 여인이 청각장애인일 가능성도 있지만 말이다.

완전히 텅 빈 카탈루냐 광장에서 한 남자가 하얀 손수건을 양손에 하나씩 쥐고 열심히 흔들면서 뛰어가던 모습도 떠오른다. 검은 옷을 차려입은 사람이 잔뜩 모여서 카탈루냐 광장을 지나려고 한 시간이나 애쓰다가 결국 실패한 광경도 떠오른다. 그들이 모퉁이 골목길에서 나오기만 하면 콜론 호텔에서 통일사회당 기관총 사수들이 총을 쏘아 대서 모두 돌려보내는 식이었다. 모두 무장을 안 한 게 분명한데, 왜 그랬는지 도무지 모르겠다. 그들은 장례식에 참석하려던 무리가 확실하다는 생각만 계속 떠오른다.

폴리오라마 위층 미술관에서 관리인 노릇을 하던 조그만 남자도 떠오르는데, 그는 시가전 자체를 일종의 사회활동으로 보는 것 같았다. 그래서 영국인이 찾아온 걸 정말 기뻐하며, 영국인은 아주 심파티코[41]라고 말했다. 그러면서 사태가 끝나면 우리 모두 다시 찾아주기를 바라고, 실제로 나는 그를 다시 찾아가서 만났다.

마찬가지로 몸집이 조그만 남자가 또 떠오른다. 그는 현관에 몸을 숨기고 총알이 날아다니는 지옥 같은 카탈루냐 광장 쪽으로 재미있다는 듯 머리를 쑥쑥 내밀고 집어넣다가 (좋은 아침이라고 인사하듯) "결국에는 우리가 7월 19일로 되돌아온 셈이로군요!"라고 말했다.

내 군화를 만들던 구둣가게 사람들도 떠오른다. 나는 시가전이 벌어지기 전에도 시가전이 끝난 다음에도 그곳을 찾아가고, 5월 5일 잠깐 휴전한 사이에도 몇 분 동안 들렀다. 고급 구둣가게로, 일하는 사람들은 노동자총연합 조합원이니, 통일사회당에 정식으로 가입했을 수도 있다. 어쨌든 그들은 정치적으로 다른 편이고, 그들 역시 내가 통일노동자당에 복무한다는 걸 안다. 그런데도 하나같이 완벽하게 무관심한 태도를 보였다. 이렇게 말하면서 말이다.

---

41) 호감이 간다는 뜻이다.

"정말 안타까워요, 이런 사태는, 그렇지 않습니까? 장사에 지장이 많아요. 끝날 기미가 안 보여서 정말 안타까워요! 전선에서 저런 일이 벌어지는 거로 충분치 않은가 봐요!" 기타 등등.

시가전 전체에 아무런 관심도 없거나 공습이 벌어질 때 느끼는 관심 정도만 느끼는 사람도 많았던 게 분명하다. 어쩌면 바르셀로나 주민 대부분이 그럴 수도 있었다.

지금까지 나는 내가 직접 체험한 내용만 묘사했다. 다음 장에서는 실제로 어떤 일이 벌어지고 어떤 결과를 낳았는지, 무엇이 옳은지 그른지, 책임질 사람이 있다면 그게 누군지 등, 훨씬 커다란 문제에 대해 최선을 다해서 논의하겠다.

바르셀로나 시가전에 대해 정치적 논란이 워낙 거세기 때문에 균형 잡힌 시각을 확보하려고 노력하는 건 매우 중요하다. 이 문제에 관해 엄청나게 많은 책에서 엄청나게 많은 내용을 말했으나, 10분의 9는 사실이 아니라 해도 과장은 아닐 것이다. 당시에 실린 신문기사 대부분은 머나먼 곳에서 살던 기자들이 작성해, 내용 자체가 부정확한 건 물론 의도적으로 왜곡한 것까지 있다. 그래서, 언제나 그렇듯, 일반 대중은 지금까지 한쪽 시각을 접할 수밖에 없었다. 당시에 바르셀로나에 머물던 사람 모두가 그런 것처럼, 나 역시 주변에서 벌어지는 사건만 목격했지만, 지금까지 돌아다니던 거짓말은 대부분 반박할 수 있을 정도로 충분히 보고 들었다. 정치 논쟁이나 (중국 국공내전에 나오는 군벌 이름처럼) 이름이 혼란스러운 다양한 정당과 소속단체에 관심이 없다면 이번 역시 앞 장처럼 읽지 말고 그냥 넘어가라. 정당 사이에서 벌어지는 논쟁에 깊숙이 파고드는 건 오물 구덩이로 뛰어드는 만큼이나 끔찍하니 말이다. 하지만 진실을 최대한 확보하려고 노력하는 건 정말 필요하다. 먼 도시에서 지저분하게 벌인 싸움이 겉보기보다 중요할 수 있으니 말이다.

제11장

바르셀로나 시가전을 편견 없이 완벽하고 정확하게 설명한다는 건 절대 불가능하다. 필요한 기록이 존재하지 않기 때문이다. 미래 역사가들이 검토할 자료는 엄청난 분량의 비난 문건과 정당 선전물 말고 하나도 없다. 나 자신도 내 눈으로 직접 목격한 내용, 그리고 내가 믿을 만하다고 믿는 목격자에게서 들은 내용 외에는 자료가 거의 없다. 하지만 나는 악명높은 거짓말 가운데 몇 가지를 반박하고, 훨씬 또렷한 시각으로 사건 전체를 바라보도록 도울 순 있다.

무엇보다 먼저, 실제로 일어난 사건을 차례대로 살펴보자. 카탈루냐 전역에는 시가전 이전부터 팽팽한 긴장이 오랫동안 감돌았다. 이 책 앞 장에서 나는 공산당과 무정부주의 그룹이 빚는 갈등을 상당히 자세히 설명했다. 그러다가 1937년 5월에는 폭력 사태가 불가피한 수준에 도달했다. 충돌이 일어난 직접적인 원인은 개인 무기를 모두 내놓으라는 정부 명령, 그리고 중무장한 "비정치적" 경찰력을 재건하면서 노동조합 조합원은 배제한다는 정부 결정이었다. 이런 명령과 결정이 암시하는 내용은 또렷했다. 전국노동자연맹이 통제하는 주요 산업을 빼앗는 조치가 잇따를 것 역시 확실했다. 게다가, 빈부 격차가 벌어진다는 사실과 혁명을 방해한다는 막연한 느낌 때문에 노동 계급 사이에선 불만이 상당했다. 이런 분위기에서 5월 1일 노동절 시위까지 취소하자, 많은 사람이 깜짝 놀라기도 하고 좋아하기도 했다. 5월 3일에는 운영 상태가 엉망일 뿐 아니라 공무용 전화까지 도청한다는 명분으로 정부는 전화교환소를 접수하겠다고 결정했다. 전화교환소는 전국노동자연맹 조합원이 내전 초기부터 운영하던 곳이다.

경찰서장 살라스는, 명령받은 이상으로 행동했을 수도 있고 아닐 수도 있는데, 트럭 세 대로 무장 치안대를 파견해서 전화교환소 건물을 장악하고, 사복 차림 무장 경찰관은 주변 거리를 통제했다. 비슷한 시간에 치안대 무리는 전략 거점에 있는 건물을 여럿 장악했다.

진짜 의도가 무엇이든, 사람들은 이것을 치안대와 통일사회당이, 공산주의자와 사회주의자들이, 전국노동자연맹을 총공격하는 신호로 받아들였다. 노동자가 장악한 건물이 공격당한다는 소문은 순식간에 도시 전역으로 퍼지고, 무정부주의자들이 모든 작업을 중단한 채 총을 들고 거리로 뛰쳐나오면서 전투는 벌어졌다. 그날 밤과 다음 날 아침에는 도시 전역에 바리케이드가 들어서고, 총격전은 5월 6일 아침까지 끊이지 않았다. 그러나 양편 모두 대체로 방어하는 식이었다. 건물을 포위했지만, 내가 아는 한, 돌격한 사례는 하나도 없고, 대포도 사용하지 않았다.

대충 말하자면, 전국노동자연맹과 무정부주의 연합과 통일노동자당 연합은 노동 계급이 사는 교외를 장악하고, 무장 치안대와 통일사회당은 도시 중심부와 공공건물을 차지했다. 5월 6일에 휴전했으나 곧바로 총격전을 다시 벌였는데, 치안대가 전국노동자연맹 조합원을 섣부르게 무장 해제하려고 했기 때문일 가능성이 크다. 하지만 다음 날 아침에는 사람들이 스스로 바리케이드를 떠나기 시작했다. 대체로 5월 5일 저녁까지는 전국노동자연맹이 우세해서 치안대 다수가 항복했다. 하지만 전국노동자연맹은 전체를 통솔하는 지도자가 없고, 확실한 계획도 없었다. 사람들이 보기에, 치안대에 저항한다는 막연한 결의 말고는 특별한 계획이 하나도 없었다. 게다가 전국노동자연맹 공식 지도부는 노동자총연합 지도부와 함께 모든 노동자에게 일터로 돌아가라고 호소했다. 무엇보다도 식량이 부족했다. 이런 상황에서 누구도 계속 싸우자고 자신 있게 주장할 순 없었다.

5월 7일 오후에는 모든 상황이 거의 정상으로 돌아오고, 초저녁에는 돌격대 6천 명이 발렌시아에서 바다를 건너 도시 전체를 장악했다. 정부는 정규군이 소지한 무기만 빼고 모든 무기를 넘기도록 명령하고, 며칠에 걸쳐서 무기를 대량으로 몰수했다. 시가전 동안에 다친 사상자 공식 집계에 따르면, 사망자 4백 명에 부상자 천 명이었다. 사망자 4백 명은 과장일 가능성이 크지만, 증명할 방법이 없으니 우리로선 그대로 인정할 수밖에 없다.

두 번째로, 시가전 후유증을 살펴보자. 시가전이 내전 자체에 직접적인 영향을 미쳤다는 증거는 없다. 확실하게 단정할 순 없지만, 며칠만 더 끌었더라도 상황은 달랐을 게 분명하다. 무엇보다 확실한 건, 시가전이 발렌시아 정부에게 카탈루냐를 직접 통제하고, 민병대 해산을 앞당기고, 통일노동자당을 탄압해서 카발레로 정부를 무너뜨릴 구실을 주었다는 거다. 하지만 시가전이 아니더라도 어차피 상황은 그렇게 흘러갈 수밖에 없었다고 볼 수도 있다.

여기에서 따지고 넘어갈 문제는, 거리로 나온 전국노동자연맹 노동자들이 이번 사태에 저항한 게 이익이었느냐, 손해였느냐 하는 거다. 순전히 추측이나, 내가 보기에 그들은 잃은 것보다 얻은 게 많다. 바르셀로나 전화교환소 점령은 일련의 사건 가운데 하나에 불과하다. 한 해 전부터 노동자 권력이 조금씩 교묘하게 줄어들고, 일반적인 움직임 역시 노동 계급 통제에서 중앙 집권 통제로 이동하면서 국가 자본주의나 사적 자본주의를 다시 도입하는 방향으로 나아갔다. 중요한 건,

여기에 저항하면서 속도가 일정하게 줄어들었다는 거다. 내전이 일어나고 1년이 지나면서 카탈루냐 노동 계급은 힘을 많이 잃었지만, 아직은 비교적 유리한 편이었다. 어떤 식으로 도발해도 묵묵히 따르겠다는 태도를 보였다면 훨씬 불리한 처지에 빠져들 가능성이 컸다. 싸워서 지는 편이 아예 안 싸우는 편보다 효과적일 때도 있는 법이다.

세 번째로, 이런 사태가 일어난 배후에 행여나 무슨 목적이 있었던 건 아닐까? 일종의 쿠데타나 혁명적인 시도는 아니었을까? 정부를 전복하겠다는 뚜렷한 목적이 있었을까? 사전에 논의한 게 있을까?

내가 보기에, 사전에 논의한 게 조금이라도 있다면 그건 모두가 시가전을 예상했다는 수준 정도에 불과하다. 양쪽 모두 계획을 구체적으로 세운 징후는 하나도 없다. 무정부주의 쪽에서 볼 때, 시가전은 자연 발생적으로 일어난 게 거의 확실하다. 일반 조합원이 주도했으니 말이다.

일반 조합원이 거리로 쏟아져 나오자, 지도부는 모른 척하거나 마지못해 따라나서는 식이었다. 혁명적인 말이라도 한 세력은 무정부주의 연합에 속한 소수 과격파 〈두루티와 친구들〉 그리고 통일노동자당이 전부였다. 하지만 이들 역시 뒤를 좇는 수준일 뿐, 앞에서 이끈 건 아니다. 〈두루티와 친구들〉은 혁명적인 전단을 뿌렸으나 5월 5일 이후가 처음이니, 시가전을 촉발했다고 말할 수도 없다. 시가전은 이틀 전에 자연 발생적으로 일어났다.

전국노동자연맹 공식 지도부는 처음부터 시가전과 관련이 없다고 부인했다. 이런 데에는 몇 가지 이유가 있다. 우선, 전국노동자연맹 대표가 중앙정부와 헤네랄리테에서 요직을 계속 차지했다는 건 연맹 지도부가 추종자보다 보수적이라는 사실을 증명한다. 두 번째로, 전국노동자연맹 지도부가 세운 핵심 목표는 노동자총연합과 동맹하는 건데, 시가전은 전국노동자연맹과 노동자총연합 사이를, 최소한 일정 기간은, 크게 벌릴 수밖에 없었다. 세 번째로, 당시에 널리 알려진 사실은 아니지만, 무정부주의 지도부는 사태가 일정 수준을 넘어서, 실제로 5월 5일에 그런 것처럼, 노동 계급이 도시를 장악하면 외국에서 간섭할 가능성이 크다고 우려했다. 영국 순양함 한 척과 구축함 두 척이 항구에 근접한 상태고, 다른 전함도 멀지 않은 곳에 대기한 건 의심할 여지가 없었다. 영국 언론은 영국 전함이 '영국의 이익을 보호하려고' 바르셀로나로 다가가는 중이라고 보도했지만, 실제로 그렇게 행동한 사례는, 병력을 상륙시키거나 난민을 태운 사례는 전혀 없다. 확실한 건 아니지만, 프랑코 반란에서 스페인 정부를 구하는 일에는 손가락 하나 까딱하지 않았던 영국 정부가 스페인 노동 계급에 대항해서 스페인 정부를 구하는 일에는 신속하게 개입할 가능성이 정말 컸다.

통일노동자당 지도부는 시가전에 관여한 걸 부인하지 않고, 실제로, 추종 세력에게 바리케이드를 지키라 촉구했을 뿐 아니라 5월 6일 발행한 《라 바탈랴》에서는 〈두루티와 친구들〉이 발행한 과격한 전단을 받아들였다. (전단 자체는 확실하지 않다. 전단을 실제로 제시할 사람은 아무도 없는 것 같다.) 외국 언론 대부분은 이 전단을 '선동적인 포스터'라고 지칭하면서, 도시 곳곳에 '붙여놓았다'고 주장했다. 그러나 그런 포스터는 없었던 게 확실하다. 다양한 보도를 종합하면 전단에서는 (1) 혁명 위원회(훈타)를 구성하고, (2) 전화교환소 공격 책임자를 총살하고, (3) 치안대 무장을 해제하라고 요구했다. 《라 바탈랴》가 전단 내용을 어디까지 받아들였는지 역시 불확실하다. 나 자신은 그 전단이나 그날 발행한 《라 바탈랴》를 못 보았다. 내가 시가전 당시에 본 전단이라곤 규모가 아주 작은 트로츠키주의 그룹 〈볼셰비키-레닌주의자 그룹〉이 5월 4일에 발행한 것 하나가 전부다. 전단에 적힌 내용은 〈바리케이드로 집결하라. 군수 산업을 제외한 모든 산업체는 총파업하라〉는 정도다. (쉽게 말해서, 이미 벌어지는 사태를 새삼스레 요구한 수준이다.)

하지만 통일노동자당 지도부가 주저하는 태도를 보인 것 역시 사실이다. 이들은 프랑코와 싸우는 전쟁에서 승리할 때까지 봉기하면 결코 안 된다고 주장했다. 그런데 노동 계급이 거리로 나서니, 통일노동자당 지도부는 노동 계급이 거리로 나서면 혁명 정당은 함께 해야 한다는 현학적인 마르크스주의 노선에 따랐다. 그래서 「7월 19일 정신을 일깨우자」는 혁명 구호를 외치면서도, 노동 계급 전략을 방어 수준으로 제한하려고 애썼다. 예를 들어, 그들은 어떤 건물을 공격하라고 명령한 적이 한 번도 없다. 건물을 지키라는 명령만, 내가 앞 장에서 언급한 것처럼, 사격하는 자체를 최대한 피하라는 명령만 추종자들에게 내렸다. 《라 바탈랴》 또한 어떤 부대도 전선을 이탈하지 말라는 지침을 논설에 실었다.[42]

내가 평가하기에 통일노동자당에 책임이 있다면 모든 사람에게 바리케이드를 지키라고 촉구한 수준, 그리고 여러 사람에게 원래 계획한 이상으로 오래 지키도록 설득한 수준이다. 당시에 통일노동자당 지도부를 개인적으로 접촉한 사람들이 나에게 말한 바에 따르면, 그들은 시가전 자체에 당황하면서도 시가전에 관여해야 한다고 느낀 게 사실이다. 그리고 나서 당연히 그 사태를 정치적 자산으로 삼는 상투적인 모습을 보였다. 통일노동자당 지도자 가운데 하나인 고르킨은 나중에 "영광스러운 5월"이라는 말까지 했다.

42) (원주) 《인프레코르》 최신호는 정반대로 주장한다. 《라 바탈랴》가 통일노동자당 부대에게 전선에서 나오라고 촉구했다는 거다! 이 주장은 《라 바탈랴》 발행 날짜를 보면 가볍게 반박할 수 있다.

선전이라는 관점에서 이런 자세는 올바를 수 있다. 확실히, 통일노동자당은 탄압받기 직전에 당원이 순간적으로 확 늘었다. 〈두루티와 친구들〉은 아주 작은 조직인 데다가 통일노동자당에 대체로 적대적인데, 〈두루티와 친구들〉 전단에 찬성한 건 전술적으로 실수일 수 있다. 모두가 흥분한 상태라는 사실과 당시에 양편에서 주장한 내용을 고려해볼 때, 전단 내용은 사실상 〈바리케이드를 지키라〉는 의미 이상이 아니었으나, 무정부주의 신문 《솔리다리다드 오브레라》는 그것을 거부했는데도 통일노동자당 지도부는 그것을 승인하는 모습을 보인 결과, 훗날 공산당 계열 언론에서 시가전은 통일노동자당이 단독으로 일으킨 폭동이라고 주장할 구실을 제공했다. 하지만, 그게 아니더라도 공산당 계열 언론은 어차피 그런 식으로 주장했을 게 분명하다. 실제로, 이 정도 주장은 이들이 시가전을 전후로 훨씬 사소한 사례를 근거로 제시하며 다양하게 비난한 것에 비하면 아무것도 아니니 말이다. 전국노동자연맹 지도부는 통일노동자당 지도부보다 조심스러운 태도를 보인 바람에 얻은 게 별로 없다. 정부에 충성했다며 칭찬받았지만, 반대파가 득세하는 순간에 정부와 헤네랄리테에서 모두 밀려나고 말았다.

당시에 사람들이 말하던 내용으로 판단하건대, 혁명을 전개할 진정한 의도는 어디에도 없었다. 바리케이드를 지킨 사람은 전국노동자연맹에 속한 평범한 노동자로, 노동자총연합 소속 노동자는 가물에 콩 나듯 끼어든 수준이고, 이들이 바라는 건 정부를 전복하자는 게 아니라 옳든 그르든 경찰 공격에 저항하자는 정도였다. 그래서 행동 자체도 기본적으로 방어하는 수준이니, 이것을 거의 모든 외국 언론이 그런 것처럼 〈봉기〉라고 주장할 수 있을지 나로선 의심스럽다. 봉기는 또렷한 계획과 공격 행위를 수반한다. 따라서 봉기라기보다는 폭동이라고,

유혈 폭동이라고 하는 편이 타당할 것이다. 양편 모두 총기를 들고 사용할 의지도 충분했으니 말이다.

그렇다면 상대편은 어떤 의도였을까? 무정부주의 그룹이 쿠데타를 일으킨 게 아니라면, 혹시 공산당 그룹이 전국노동자연맹을 단번에 분쇄하려는 의도로 쿠데타를 일으킨 건 아닐까?

나는 그렇다고 믿지 않지만 몇 가지 사례를 보면 그런 의심이 든다. 이틀 뒤에 타라고나에서 아주 비슷한 사태가 발생했다는 건, 그래서 바르셀로나가 명령하는 대로 움직이는 무장 경찰이 전화교환소를 점령했다는 건 정말 중요하다. 게다가 바르셀로나에서 전화교환소를 습격한 건 단독 행동이 아니었다. 바르셀로나 곳곳에서 치안대와 통일사회당 지지자 무리가 전략 거점에 있는 건물을 여럿 점령했는데, 시가전이 발발하기 전에 그런 건 아닐지라도, 신속한 행동으로 기습한 건 사실이다. 그러나 우리가 기억할 사실은 그런 일이 영국이 아니라 스페인에서 일어났다는 점이다. 바르셀로나는 시가전 역사가 깊은 도시다. 그런 곳에서는 사태가 신속하게 일어나며, 당파는 이미 존재하고, 사람들은 주변 지리를 잘 아니, 총소리가 일어나는 순간에 사람들은 소방훈련이라도 하듯 맡은 자리로 달려간다. 전화교환소 점령을 지휘한 사람은 실제로 발생한 규모는 아닐지라도 문제가 생긴다는 정도는 분명히 예상하고 거기에 대처할 준비도 했을 것이다. 그렇다고 해서 그들이 전국노동자연맹을 전면적으로 공격할 계획을 세웠다는 건 아니다. 쌍방 누구도 대규모 전투를 준비한 건 아니라고 내가 확신하는 건 두 가지 이유 때문이다.

(1) 어느 쪽도 사전에 군대를 바르셀로나로 들여오지 않았다. 시가전은 바르셀로나에 남아있는 사람들, 주로 민간인과 경찰 사이에서 벌어졌다.

(2) 식량이 즉시 바닥났다. 스페인 군대에 복무한 사람은 스페인 사람이 제대로 수행하는 군사 작전이 있다면 그건 부대에 식량을 공급하는 거란 사실을 잘 안다. 쌍방 모두 식량을 사전에 준비하지 않고 한두 주일 동안 시가전이나 총파업을 벌일 가능성은 없다.

마지막으로 시가전에 관해서 무엇이 옳은지 그른지 따져보자.

외국 반파시스트 언론에서 엄청나게 부산을 떨었지만, 항상 그렇듯, 이들은 사건을 한쪽 측면만 강조했다. 그래서 바르셀로나 시가전은 불충한 무정부주의 그룹과 트로츠키주의 그룹이 "등 뒤에서 스페인 정부에 칼을 꽂은" 봉기로 규정당했다. 그런데 문제가 그렇게 간단한 건 결코 아니었다. 양립할 수 없는 적과 전쟁할 때는 아군끼리 싸우지 않는 게 당연히 유리하다. 하지만 싸움을 하려면 양쪽이 필요하다는 사실과 사람들은 도발 당했다고 느끼지 않는 한 바리케이드를 쌓지 않는다는 사실 역시 고려해야 한다.

사태는 정부가 무정부주의자들에게 무기를 내놓으라고 명령하면서 자연스럽게 일어났다. 영국 언론에서는 이것을 영국식으로 번역해, 아라곤 전선에서 무기가 절대적으로 필요한데 비애국적인 무정부주의자들이 무기를 장악한 바람에 보낼 수 없었다는 식으로 정리했다. 이렇게 정리하는 건 스페인에 구체적으로 존재하던 다양한 조건을 무시하는 행위다. 무정부주의자와 통일사회당이 무기를 확보한 건 모두가 아는 사실이며, 바르셀로나에서 시가전이 벌어졌을 때, 이런 사실은 훨씬 또렷하게 나타났다. 양쪽 모두 상당한 무기를 꺼냈으니 말이다. 무정부주의 그룹은 자기네가 무기를 내놓더라도, 카탈루냐에서 제일 중요한 정치 세력인 통일사회당은 무기를 안 내놓을 거란 사실을 정확히 예측했으며, 이런 사태는 시가전이 끝난 다음에 실제로 일어났다. 그와 동시에 거리에는 전선에서 지극히 반길 무기가 상당히 많다는 사실 역시 구체적으로 드러났다. 후방에서 〈정치색 없는〉 경찰력을 확보하는 차원에서 보관한 무기 말이다. 무장 경찰력이 필요한 이면에는 공산당과 무정부주의 그룹 사이에 도저히 양립할 수 없는 차이가 있고, 따라서 조만간에 상당한 갈등을 빚을 수밖에 없다는 현실이 존재했다. 내전이 발발한 이후로 스페인 공산당은 당원 숫자를 엄청나게 불려가며 정치권력을 대부분 장악하고, 외국 공산주의자 수천 명이 스페인으로 들어왔는데, 이들 대부분은 프랑코를 물리치는 즉시 무정부주의자들을 "숙청"하겠다고 공공연하게 주장했다. 이런 상황에서 무정부주의 그룹이 1936년 여름에 확보한 무기를 내놓을 거로 기대하는 건 무리였다.

전화교환소를 점령한 건 이미 존재하던 폭탄에 불을 댕긴 것에 불과하다. 전화교환소를 점령한 세력도 그것 때문에 사태가 크게 번지리란 예상은 못 했을 가능성이 크다. 카탈루냐 대통령 콤파니스는 시가전 며칠 전에 무정부주의 그룹이 무슨 일을 겪더라도 꾹 참을 거라고 호언장담했다.[43] 하지만 전화교환소를 점령한 건 지혜로운 행동이 아니었던 게 확실하다. 몇 달 전부터 스페인 곳곳에서 공산당과 무정부주의 그룹이 잇따라 무력충돌했기 때문이다. 카탈루냐는, 특히 바르셀로나는, 긴장이 고조된 나머지 길거리 난투극과 암살 같은 사태가 곳곳에서 일어났다. 그런 참에 무장 세력이 다양한 건물을, 노동 계급이 7월 전투에서 점령해 정서상으로 커다란 의미를 부여하던 건물 곳곳을 공격한다는 소문이 도시 전역에 갑자기 나돈 거다. 여기에다, 노동 계급 다수는 치안대를 좋아하지 않는다는 사실도 기억해야 한다. 치안대 '라 가르디아'는 수세대에 걸쳐 지주와 고용주에 기생하던 세력이며, 파시스트에 맞서 싸우는 전쟁에서도 노동자 계급에 협조하지 않는

43) (원주) 《뉴 스테이츠먼》(5월 14일) 기사.

다는 의심을 산 터라[44] 그만큼 더 증오받는 대상이었다.

시가전 처음 몇 시간 사이에 사람들이 거리로 달려 나온 감정은 내전 초기에 사람들이 반란군에 저항한 감정과 비슷했을 것 같다. 물론, 전국노동자연맹 노동자들이 저항하지 않고 전화교환소를 그냥 넘겨주어야 했다고 주장할 수도 있다. 여기에 대한 의견은 중앙 집권 정부와 노동계급 통치를 바라보는 시각에 따라 다를 수밖에 없다. "그래, 전국노동자연맹 주장이 옳을 수도 있어. 하지만 내전을 치르는 중이니까 후방에서 시가전을 벌이는 건 정당하지 않아"라는 주장은 정말 타당할 수 있다. 여기에 나도 전적으로 동의한다. 내부 혼란은 프랑코를 도울 가능성이 크다. 그런데 실제로 시가전을 촉발한 건 무엇인가? 정부는 전화교환소를 점령할 권리가 있을 수도 있고 없을 수도 있다. 문제는 실제 상황에서 전화교환소를 점령하는 건 시가전으로 이어질 가능성이 컸다는 사실이다. 그것은 도발 행위였다. "너희 권력은 이제 끝장났으니, 우리가 인수하겠다"고 말하는 것과 같다. 당연히 저항이 일어날 수밖에 없었다. 균형 감각을 유지하려면, 어느 한 편이 전적으로 잘못한 건 아니란 사실을, 이런 상황에서는 결코 그럴 수 없다는 사실을 깨달아야 한다. 그런데도 일방적인 편견을 받아들인 이유는 스페인 혁명 정당에 우호적인 외국 언론이 없었기 때문이다. 특히 영국 언론에서는 내전 전체 기간에 스페인 무정부주의 그룹을 우호적으로 언급한 내용을 아무리 뒤져도 발견할 수 없다. 무정부주의 그룹은 입체적으로 꾸준히 모욕당했으며, 나도 경험해서 아는데, 무정부주의 그룹을 옹호하는 기사를 싣는 건 지금 현재도 불가능하다.

나는 지금까지 바르셀로나 시가전을 객관적으로 묘사하려고 애썼지

44) (원주) 내전이 발발하자, 치안대는 어디서나 강한 쪽을 편들었다. 나중에 내전이 한창일 때, 가령 산탄데르 같은 곳에서는 지역 치안대가 파시스트에게 통째로 넘어가기도 했다.

만, 이런 문제에 완벽하게 객관적일 수 있는 사람은 어디에도 없다. 현실적으로 한쪽 편을 들 수밖에 없으며, 그래서 내가 어느 편에 섰는지도 또렷하게 드러난다. 다시 말하지만, 내가 이 부분을 설명한 내용은 물론 다른 부분을 설명한 내용에도 착각한 게 분명히 있을 거다. 선전용 이외 문건이 없어서 스페인 내전을 정확하게 묘사한다는 건 정말 어렵기 때문이다. 따라서 여러분 모두에게 경고하니, 내가 지녔을 편견을 조심하라. 모두에게 경고하니, 내가 착각할 수도 있다는 사실을 명심하라. 내가 할 수 있는 말은, 정직하게 묘사하려고 최선을 다했다는 정도다. 하지만 내가 설명한 내용은 외국 언론에, 특히 공산당 계열 언론에 실린 내용과 완전히 다르다. 따라서 공산당 주장을 지금부터 검토해야 할 것 같다. 그 주장은 전 세계에 발표하고, 이후에도 수시로 보완해, 가장 널리 받아들이는 견해가 되었으니 말이다.

공산당과 공산주의 계열 언론은 바르셀로나에서 시가전이 일어난 모든 책임을 통일노동자당에 전가했다. 시가전 자체를 자연 발생적인 폭동으로 다루지 않고, 통일노동자당이 철학도 그르고 "통제할 수도 없는" 선동에 따라 단독으로 추진해서 정부를 타도하려고 계획적으로 봉기했다는 식이다. 여기에다, 통일노동자당 봉기는 파시스트 음모가 확실하며, 파시스트 명령에 따라 후방에서 반란을 일으켜 정부를 마비시키려고 했다는 주장까지 덧붙였다. 통일노동자당은 '프랑코 제5열'이며, 파시스트와 결탁한 '트로츠키주의' 조직이라는 주장도 따라다녔다. 《데일리 워커》 5월 11일 기사를 보자.

악명 높은 "제4 인터내셔널 대회"를 "준비한다"는 구실로 바르셀로나에 몰려든 독일과 이탈리아 첩자에게는 한 가지 커다란 과제가 있었다. 그건 다음과 같다.

현지 트로츠키주의 집단과 협력해서 혼란 사태와 유혈 사태를 일으켜, 독일과 이탈리아가 "바르셀로나에 무질서가 심해서 해군 단독으로는 카탈루냐 해안을 효과적으로 통제할 수 없다", 따라서 "바르셀로나에 병력을 상륙시킬 수밖에 없다"고 선포하도록 만드는 것이다.

독일과 이탈리아 정부가 "평화를 유지한다"는 명목으로 카탈루냐 해안에 해병대를 비롯한 병력을 공공연하게 상륙시키는 상황을 조성하려는 것…… 그 임무를 맡은 게 바로 통일노동자당이라고 하는 트로츠키주의 조직이다.

통일노동자당은 모두가 아는 범죄자를 동원해서 무정부주의 조직에 속한 다양한 인물을 꼬드겨, 후방에서 내란을 계획하고 조직하고 주도했는데, 이는 빌바오 전선에서 파시스트가 공세를 펼친 시각과 정확히 일치한다, 등등.

이 기사는 뒤에서, 바르셀로나 시가전은 "통일노동자당이 공격"한 것으로 변하고, 같은 호 다른 기사에서는 "카탈루냐에서 유혈 사태가 일어난 책임은 통일노동자당에 있는 게 분명하다"고 주장한다. 5월 29일 《인프레코르》는 바르셀로나에서 바리케이드를 설치한 세력은 "애초에 통일노동자당에서 그럴 목적으로 따로 선별해서 조직한 당원뿐"이라는 주장까지 한다.

인용할 기사는 엄청나게 많지만, 이 정도로 충분하다. 통일노동자당은 파시스트가 명령하는 대로 움직였으며, 그래서 모든 책임이 있다는 것이다. 공산당 언론에 실린 기사에서 몇 가지 더 발췌할 테니, 기사 내용 자체가 자기모순에 빠져들어 얼마나 무가치하게 변하는지 살펴보라. 하지만 당장은 5월 시가전을 통일노동자당이 독자적으로 일으킨 파시스트 봉기라는 주장부터 논박하면서 몇 가지 근거를 제시하는 게 좋겠다.

(1) 통일노동자당에는 그만한 규모로 혼란을 조장할 조직원이나 영향력이 없었다. 총파업을 주도할 능력은 더더욱 없었다. 통일노동자당은 노동조합에 확고한 기반이 없는 정치 조직이니, 통일노동자당이 바르셀로나 전역에 총파업을 일으킨다는 건 (가령) 영국 공산당이 글래스고 전역에 총파업을 일으키는 만큼이나 어려울 수밖에 없다. 앞에서 말했듯이, 통일노동자당 지도부가 보인 태도 때문에 시가전이 조금 길어질 순 있을지언정, 아무리 간절히 원하더라도 이들에겐 시가전을 일으킬 능력이 없었다.

(2) 소위 파시스트 음모론이란 건 단순한 주장에 불과할 뿐, 실질적인 증거는 하나같이 정반대를 가리킨다. 독일과 이탈리아 정부가 카탈루냐에 병력을 보낼 계획이라고 했는데, 카탈루냐 해안에 실제로 접근한 독일이나 이탈리아 부대는 하나도 없었다. 〈제4 인터내셔널 대회〉라든가 〈독일과 이탈리아 첩자〉 역시 허구에 불과하다. 내가 아는 한, 제4 인터내셔널 대회라는 말은 나온 적도 없다. 통일노동자당과 영국 독립노동당과 독일 사회주의노동당 등이 대회를 열려는 막연한 계획은 있었는데, 시가전이 두 달이나 지난 7월로 대략 예정한 터라, 대표단은 아직 한 명도 도착하지 않은 상태였다. 〈독일과 이탈리아 첩자〉는 《데일리 워커》 말고 어느 기사에도 나오지 않는다. 게다가 당시에 국경을 넘어본 사람이라면 누구나 알듯, 스페인으로 "몰려드는" 건 물론 스페인에서 빠져나오는 것도 정말 어려웠다.

(3) 통일노동자당이 제일 강한 레리다 지방은 물론 전선에서도 특별한 일은 전혀 일어나지 않았다. 통일노동자당 지도부가 파시스트를 돕고자 했다면, 민병대에게 전선에서 철수하도록 명령하여 파시스트가 들어올 길을 열어주었을 게 분명하다. 하지만 이런 사태는 일어난 적도 제안한 적도 없다. 전선에서 병력을 미리 빼낸 적도 없다. 이런저

런 구실을 붙여서 병력 1~2천을 바르셀로나로 몰래 충분히 불러들일 수 있었는데도 말이다. 전선에 간접적으로 손해를 입히려는 시도 역시 없었다. 식량, 탄약 기타 등등을 평소와 다름없이 운송했으니, 이는 나중에 내가 직접 조사해서 확인한 사실이다. 무엇보다 중요한 건, 언론에서 암시한 봉기를 계획적으로 일으키려면 몇 달에 걸친 준비는 물론, 민병대를 상대로 정부 타도 등등을 먼저 선전했어야 했다. 하지만 그런 기미도 소문도 없었다. 무엇보다도 결정적인 증거는 전선 민병대가 〈봉기〉에 참여하지 않았다는 거다. 통일노동자당이 실제로 쿠데타를 계획했으면서도 자신들이 확보한 유일한 무장 병력 만여 명을 동원하지 않는다는 건 생각할 수도 없다.

이런 다양한 사실로 볼 때, 통일노동자당이 파시스트 명령에 따라 〈봉기〉했다는 공산당 주장은 뚜렷한 증거가 하나도 없는 게 명백하다. 공산당 언론에서 발췌한 글 몇 개를 지금부터 살펴보자. 시가전을 일으킨 사건, 즉 전화교환소 습격을 다룬 공산당 기사는 많은 내용을 시사한다. 이들은 상대편에 책임을 떠넘기는 것만 빼면 서로 일치하는 게 하나도 없다. 영국 공산당 계열 언론이 무정부주의 집단을 먼저 비난하고 통일노동자당을 나중에 비난한 건 주목할 만하다. 이렇게 한 이유는 명백하다. 〈트로츠키주의〉에 대해 들어본 영국인은 많지 않아도, 영어를 사용하는 사람은 〈무정부주의자〉라는 말에 몸서리치니 말이다. 〈무정부주의자들〉이 관여했다고 규정하면 편견을 쉽게 조장할 수 있으니, 그러고 나면 〈트로츠키주의자들〉에게 책임을 무난하게 전가할 수 있는 거다. 그래서 《데일리 워커》 5월 6일 기사는 이렇게 시작한다.

> 무정부주의자들이 월요일과 화요일에 전신 전화국을 공격하고 건물을 점령해, 거리에서 총격전이 일어났다.

아아! 처음부터 역할을 이렇게 완전히 바꾸는 건 옳지 않다. 전국노동자연맹이 점유한 건물을 치안대가 공격한 거다. 기사 내용이 사실이라면 전국노동자연맹은 자기네 건물을 공격해서 자기네끼리 싸운 셈이 된다. 그래서 《데일리 워커》 5월 11일 기사는 이렇게 말한다.

> 좌익 카탈루냐 공안부 장관 아이구아데, 그리고 통일사회당 최고 공안위원 로드리케 살라스는 무장한 공화국 경찰을 텔레포니카[45] 건물로 보내서 그곳 직원을 무장 해제했는데, 직원 대다수는 전국노동자연맹 조합원이었다.

이 기사는 앞에서 언급한 기사와 완벽하게 어긋나는데도 《데일리 워커》는 앞에서 언급한 기사가 틀렸다고 밝히지 않는다. 5월 11일 《데일리 워커》는 〈두루티와 친구들〉 전단이 – 전국노동자연맹 측에서 아무런 관련이 없다고 밝힌 전단인데 – 시가전이 한창이던 5월 4일과 5월 5일에 나돌았다고 한다. 그런데 5월 22일 《인프레코르》는 그 전단이 5월 3일에, 시가전 이전에, 나돌았다고 하면서 이렇게 덧붙인다.

> 다양한 전단이 출현한 사실로 고려하건대, 경찰서장은 5월 3일 오후에 경찰을 직접 이끌고 중앙 전화교환소를 점령했다. 경찰은 임무를 수행하는 과정에서 총격을 받았다. 이걸 신호로 선동 분자들이 도시 전역에서 총을 쏘며 달려들기 시작했다.

다음은 5월 29일 《인프레코르》 기사다.

> 오후 3시에 최고 공안위원 살라스 동지는 전화교환소로 갔다. 그곳은

45) 전화국을 말한다.

통일노동자당 당원 50명을 비롯해 통제할 수 없는 다양한 세력이 전날 밤에 점령한 상태였다.

내용이 정말 이상하다. 통일노동자당 당원 오십 명이 전화교환소를 점령했다는 건 구체적인 상황이니, 당시에 그 장면을 구체적으로 목격한 사람이 있을 게 분명하다. 그런데 서너 주가 지난 다음에 비로소 그 사실을 발견한 것 같다. 《인프레코르》 다른 날 기사에서는 통일노동자당 당원 오십 명이 통일노동자당 민병대 오십 명으로 변한다. 짧은 구절 몇 개에 이보다 많은 모순을 모아놓기도 힘들다. 전국노동자연맹이 전화교환소를 공격했다고 하다가 다음에는 전국노동자연맹이 전화교환소에서 공격당했다 하고, 전화교환소를 점령하기 전에 전단을 뿌려서 전화교환소를 점령하게 했다고 주장하다가 다음에는 전화교환소를 점령한 다음에 뿌렸다고 주장하고, 전화교환소를 점령한 사람은 전국노동자연맹 조합원도 되었다가 통일노동자당 당원도 되는 식이다. 그런데 훨씬 나중에 6월 3일 《데일리 워커》에서 J.R. 캠블은 전화교환소에 바리케이드를 벌써 설치했기 때문에 정부가 점령한 거라고 주장한다!

지면이 한정된 관계로 지금까지 한 가지 사건에 대한 보도만 사례로 들었지만, 공산당 계열 매체에 실린 기사마다 이런 모순을 하나같이 드러낸다. 게다가 순전히 날조한 게 분명한 주장도 다양하게 나타난다. 예를 들어 5월 7일 《데일리 워커》는 파리 주재 스페인 대사관에서 발표했다며 이렇게 인용한다.

이번 봉기에서 나타난 중요한 특징은 바르셀로나 주택 난간 여러 곳에서 왕정 깃발이 나부꼈다는 사실이다. 그들은 봉기를 주도한 세력이 상황을 장악했다고 확신한 게 분명하다.

《데일리 워커》는 들은 내용을 성실하게 옮겨 적었을 가능성이 크지만, 스페인 대사관 책임자는 특정 의도로 거짓말한 게 확실하다. 국내 사정을 아는 스페인 사람 가운데 이 말을 곧이곧대로 받아들일 사람은 아무도 없다. 바르셀로나에 왕정 깃발이라니! 정말 그렇다면, 그건 아무리 치열하게 싸우던 당파라도 한순간에 뭉칠 수밖에 없는 커다란 사건이다. 공산주의자라도 현장에 있었다면 그 기사를 읽는 순간에 비웃음이 절로 떠오를 거다. 공산당 계열 언론이 다양한 기사를 통해 〈봉기〉 기간에 통일노동자당이 사용했다고 주장하는 무기도 마찬가지다. 구체적인 사실을 조금이라도 아는 사람은 절대로 믿을 수 없는 내용이니 말이다. 5월 17일 《데일리 워커》에서 프랭크 핏케언은 이렇게 주장한다.

> 그들은 봉기를 일으킬 때 실제로 온갖 무기를 사용했다. 몇 달 전에 훔쳐서 감추어둔 무기도 있고, 탱크도 있었는데, 봉기를 일으킨 순간에 군부대에서 훔친 탱크다. 그들은 지금도 기관총 수십 정과 소총 수천 정을 확보한 게 분명하다.

5월 29일 《인프레코르》는 또 이렇게 주장한다.

> 5월 3일에 통일노동자당은 기관총 수십 정과 소총 수천 정을 사용했다……. 에스파냐 광장에서 트로츠키주의자는 75밀리 대포를 사용했는데, 이는 아라곤 전선에서 민병대가 은밀하게 빼돌린 대포다.

핏케언은 통일노동자당이 기관총 수십 정과 소총 수천 정을 확보한 걸 자신이 언제 어떻게 확인했는지 말하지 않는다. 하지만 나는 통일노동자당 핵심 건물 세 곳에 확보한 무기를 앞에서 대충 언급했다. 소총은 약 80정, 수류탄 몇 개, 기관총은 없었다. 건물을 지키던 사람에게 간신히 지급할 수준으로, 이 정도 무기는 당시에 어느 정당이든 확보했다. 나중에 통일노동자당이 탄압받으면서 건물을 모두 빼앗길 때, 수천 정에 달하는 무기가 안 나왔다는 게 이상할 정도다. 탱크나 야포 같은 무기는 굴뚝에 숨길 수도 없는데 말이다. 위에서 언급한 두 기사는 그들이 현지 사정을 전혀 몰랐다는 사실을 드러낼 뿐이다. 핏케언에 따르면 통일노동자당은 "군부대에서" 탱크를 훔쳤다. 하지만 어느 군부대인지는 말하지 않는다. 바르셀로나에 있던 통일노동자당 민병대는 인민군 부대와 함께 레닌 병영을 이용했는데, 정당 민병대를 직접 뽑는 걸 중단한 상태라서 인민군 숫자가 훨씬 많았다. 그렇다면 핏케언 주장은 통일노동자당이 인민군과 공모해서 탱크를 훔쳤다는 말이 된다. 75밀리 대포를 민병대가 은밀하게 빼돌렸다는 말도 마찬가지다. 어디로 빼돌렸다는 말이 없는 것도 똑같다. 에스파냐 광장에서 대포를 발사했다는 주장 역시 다양한 신문에 실렸지만, 그런 건 전혀 없었다고 우리 모두 자신 있게 말할 수 있다. 앞에서 언급한 것처럼, 나는 시가전 내내 대포 소리를 전혀 못 들었다, 에스파냐 광장은 1~2㎞ 거리에 불과한데도 말이다.

나는 시가전이 끝나고 며칠 뒤에 에스파냐 광장을 살폈는데, 어느 건물에서도 포탄 흔적을 찾을 수 없었다. 시가전 내내 인근 지역에 머물던 목격자는 그곳에 대포가 등장한 적이 없다고 단언했다. (대포를 훔쳤다는 이야기는 러시아 총영사 안토노프 오브센코 입에서 처음에 우발적으로 나왔다. 어쨌든, 총영사는 저명한 영국 기자에게 그렇게 말하고, 영국 기자는 그 말을 주간지에 그대로 옮겼다. 안토노프 오브센코는 나중에 〈숙청〉되었는데, 이게 그 말의 신뢰성과 어떤 관련이 있는지는 모르겠다.) 말할 필요도 없겠지만, 탱크, 야포 등에 관한 주장은 하나같이 날조한 거다. 그러지 않으면 통일노동자당이 소규모 인원으로 바르셀로나 전역에서 규모가 엄청난 시가전을 벌였다고 꿰맞출 수 없기 때문이다. 그들은 시가전에 대한 책임을 통일노동자당에 모두 뒤집어씌우면서, 동시에 통일노동자당은 추종자가 없는, 《인프레코르》에 따르면, 〈당원이 수천 명에 불과한〉 하잘것없는 정당이라는 주장까지 해야 했다. 두 가지 내용을 모두 믿음직하게 만드는 방법은 통일노동자당이 현대식 최첨단 무기를 확보해서 사용했다고 주장하는 수밖에 없는 것이다.

공산당 언론에 실린 기사를 읽다 보면 구체적인 사실을 전혀 모르는 대중에게 편견을 심어주는 게 유일한 목적이라는 생각이 절로 떠오른다. 가령, 5월 11일 《데일리 워커》에서 핏케언이 "봉기"를 진압한 건 인민군이라고 말한 게 좋은 사례다. 이렇게 말한 이유는 카탈루냐 전체가 〈트로츠키주의자들〉에 맞서서 굳세게 단결했다는 인상을 외부인에게 주기 위해서다. 인민군은 시가전 내내 중립을 지키고, 바르셀로나에 있던 사람은 누구나 이 사실을 아니, 핏케언이 이런 사실조차 몰랐다고 믿을 순 없기 때문이다. 공산당 계열 언론은 봉기 규모를 과장하려는 목적으로 사망자 숫자와 부상자 숫자까지 조작했다. 공산당 매체는 스페인 공산당 총서기 디아스 말을 주로 인용하면서, 사망자 9백 명에 부상자 2천5백 명이라는 숫자를 제시했다. 카탈루냐 선전부 장관은 사망자 4백 명에 부상자 천 명이라고 했는데, 그가 숫자를 낮추어 잡았을 가능성은 거의 없다. 공산당으로선 숫자를 두 배로 부풀린 데다 몇백 명을 추가하는 행운까지 누린 것이다.

외국 자본주의 언론은 시가전에 대한 책임을 대체로 무정부주의자에게 돌리면서 공산당 노선을 따랐다. 그 가운데 하나가 영국 《뉴스 크로니클》인데, 특파원 존 랭던 데이비스는 당시에 바르셀로나에 있었다. 그가 작성한 기사 가운데 일부를 인용하겠다.

〈트로츠키주의자 반란〉

……이것은 무정부주의자들이 봉기한 게 아니다. 이것은 〈트로츠키주의〉 통일노동자당이 〈두루티와 친구들〉과 〈자유의지 청년단〉이라는 산하 조직을 동원해서 일으키고 실패한 봉기다……. 비극적인 사태는 전국노동자연맹 조합원 전화국 노동자에게서 무기를 몰수하려고 정부가 무장 경찰을 파견한 월요일 오후를 기점으로 일어났다. 전화국은 불법 운영으로 오랫동안 심각한 물의를 빚은 상태였다. 전화국 앞 카탈루냐 광장에는 많은 인파가 모이고, 전국노동자연맹 조합원은 저항하면서 한 층씩 밀리다가 건물 꼭대기로 퇴각했다……. 경과 자체가 극히 애매한데, 정부가 무정부주의자를 몰아낸다는 소문이 돌았다. 거리마다 무장한 사람이 가득 들어찼다……. 어둠이 깔릴 즈음에는 노동자 센터와 정부 건물마다 바리케이드를 설치하고, 10시에 처음으로 일제히 사격하고, 구급차가 처음으로 사이렌을 울리며 거리를 달렸다. 새벽에는 바르셀로나 전역에 총알이 날아다녔다……. 하루가 지나고 사망자가 백 명을 넘어설 때 비로소 우리는 어떤 사태가 일어났는지 짐작할 수 있었다. 무정부주의 전국노동자연맹과 사회주의 노동자총연합은 실질적으로 "거리에 나서지" 않았다. 그들은 바리케이드에서 잔뜩 경계하며 기다리다가 무장한 사람이 거리에 나타나면 즉각 사격했다……. 혼자 몸을 숨긴 사람이, 파코가, 대체로 파시스트인데, 지붕 꼭대기에서 공포 분위기를 키우려는 목적 하나로 아무에게나 총을 쏘며 상황을 악화시켰다……. 하지만 수요일 초저녁 즈음에는 폭동을 일으킨 배후가 또렷하게 드러나기 시작했다. 즉각적인 혁명을 그리고 공화주의자와 사회주의자 지도부를 총살하라고 요구하며 선동하는 벽보가 나붙은 거다. 벽보

에 〈두루티와 친구들〉이라는 단체 이름도 밝혔다. 목요일 아침에 무정부주의 집단은 평소와 마찬가지로 자신들은 관련이 없다며, 동조하지도 않는다며 부인했으나, 통일노동자당 신문 《라 바탈라》는 벽보 내용을 게재하고 크게 칭찬했다. 스페인 제일 도시 바르셀로나는 이렇게 위험한 조직을 이용한 선동 분자 때문에 유혈 사태로 빠져들었다.

이건 내가 앞에서 인용한 공산당 주장과 완벽하게 일치하진 않아도, 자체 모순에 빠졌다는 사실은 금방 드러난다. 기사 내용은 사건 자체를 처음에는 〈트로츠키주의자 반란〉으로 제시하더니, 나중에는 전화국 건물을 습격하고 정부가 무정부주의자를 〈몰아낸다〉는 소문이 나돈 결과라고 말한다. 도시 전역에 바리케이드가 들어서고, 전국노동자연맹과 노동자총연합은 바리케이드를 지키고 이틀 뒤에 선동하는 벽보가 (실제로는 전단이다) 나타나는데, 그러면서 모든 사태가 발생했다고 은연중에 암시한다. 결과가 원인보다 앞선 거다. 하지만 여기에 매우 심각한 허위사실이 끼어든다. 랭던 데이비스는 〈두루티와 친구들〉과 〈자유의지 청년단〉을 통일노동자당 "산하 조직"으로 묘사한다. 그러나 두 조직 모두 무정부주의 조직으로 통일노동자당과 아무런 관련이 없다. 〈자유의지 청년단〉은 무정부주의 청년 동맹으로, 통일사회당 소속 통일사회주의 청년 동맹에 해당하는 조직이다. 〈두루티와 친구들〉은 무정부주의 연합에 속한 조그만 조직으로 통일노동자당에 대체로 적대적이었다. 내가 직접 확인한 바에 의하면, 양쪽에 동시에 가입한 사람은 한 명도 없다. 기사에서 주장한 건 〈사회주의 동맹〉을 영국 노동당 〈산하 조직〉이라고 주장하는 것과 똑같다. 랭던 데이비스는 이런 사실을 몰랐을까? 정말 몰랐다면, 이렇게 복잡한 문제를 좀 더 확실하게 조사한 다음에 기사를 작성하는 게 마땅할 터였다.

나는 랭던 데이비스가 정직하지 않다고 말하려는 게 아니다. 하지만 스스로 인정하듯, 랭던 데이비스는 시가전이 끝나자마자, 구체적인 내용을 마침내 확실하게 조사할 수 있는 순간에, 바르셀로나를 떠났다. 그래서 〈트로츠키주의자 반란〉이라는 정부 측 주장을 충분히 검증하지 않고 그대로 받아들였다는 사실이 기사 곳곳에 또렷하게 나타난다. 이런 사실은 내가 앞에서 인용한 부분만 봐도 뚜렷하다. "어둠이 깔릴 즈음에는" 바리케이드를 설치하고, "10시"에 처음으로 일제히 사격했다. 이건 목격자가 한 말이 아니다. 내용 자체만 보면, 독자는 적이 바리케이드를 친 다음에 비로소 사격하는 게 일반이라는 억측까지 하게 된다. 바리케이드 설치와 일제사격을 처음 할 때까지 몇 시간 간격이 있었다는 암시도 하는데, 실제는 당연히 정반대였다. 일제히 사격하는 소리를 나를 비롯한 많은 사람이 처음 들은 건 이른 오후였다. 랭던 데이비스는 "혼자 몸을 숨긴 사람이, 대체로 파시스트"가 지붕 꼭대기에서 총을 쏘았다는 주장도 한다. 하지만 그들이 파시스트라는 걸 어떻게 알았는지 설명하지 않는다. 지붕에 직접 올라가서 물어보지는 않았을 터인데 말이다. 결국, 자신이 들은 말을 단순히 되풀이하는 수준인데, 정부 측 주장과 맞아떨어지니까 의문조차 안 품은 거다. 재미있는 건, 랭던 데이비스가 기사 앞부분에서 선전부 장관을 경솔하게 언급하며 자신이 얻은 정보 대부분이 나온 곳을 드러냈다는 거다. 스페인에 들어온 외국 기자가 선전부 주장에 대책 없이 흔들린 건데, 이름 자체가 그런 부서라면 경계하는 게 마땅하다. 스페인 선전부가 바르셀로나 사태를 객관적으로 설명할 가능성은 카슨 경[46]이 1916년에 발발한 더블린 사태를 객관적으로 설명할 가능성과 맞먹으니 말이다.

46) 영국의 아일랜드 자치법안 실시에 반대한 북아일랜드 정치가.

지금까지 나는 바르셀로나 시가전에 관한 공산당 주장을 바람직하게 받아들일 수 없는 이유를 제시했다. 여기에 덧붙여, 통일노동자당이 프랑코와 히틀러에게 지원받는 비밀 파시스트 조직이라는 비난 일반에 대해서도 한마디 해야겠다.

이런 비난을 공산당 계열 매체는 끊임없이 되풀이하는데, 1937년 초반 이후로 특히 심하게 나타났다. 공산당이 〈트로츠키주의〉에 대항해 세계적인 차원에서 벌인 운동인데, 통일노동자당을 스페인에서 〈트로츠키주의〉를 대표하는 조직으로 간주한 거다. 발렌시아 공산당 기관지 《프렌테 로호》에 따르면, '트로츠키주의는 정치 교리가 아니다. 트로츠키주의는 자본가를 대변하는 조직이며, 인민에 맞서서 범죄와 파업을 자행하는 파시스트 테러 집단이다.' 통일노동자당은 파시스트와 결탁한 〈트로츠키주의〉 조직으로, 〈프랑코 제5열〉에 가담했다는 거다. 처음부터 주목할 사실은 이렇게 규정할 증거는 어디에도 제시하지 않는다는 점이다. 권위적인 분위기로 그렇게 주장하는 게 전부다. 그래서 내전 자체에 미칠 영향을 조금도 고려하지 않고 최대한 공격하는 무책임성을 그대로 드러냈다.

공산주의자 집필진 가운데는 통일노동자당을 비방할 수만 있다면 군사 기밀을 드러내는 정도는 중요하지 않다고 생각하는 사람도 많은 것 같다. 예를 들어, 《데일리 워커》는 2월에 전선을 지킨 병력은 통일노동자당이 실제로 주장하는 숫자의 절반에 불과하다는 기사를 게재했다. 이 내용은 사실이 아니지만 기자는 사실로 믿었던 모양이다. 그래서 기자든 《데일리 워커》든 신문 기사를 통해서 정말 중요한 정보를 적군에게 자유의지로 기꺼이 넘겼다. 《뉴 리퍼블릭》에서 랠프 베이츠는 통일노동자당 부대가 "무인지대에서 파시스트와 축구 시합을 한다"고 했는데, 실제로 그때는 통일노동자당 부대에 사상자가 많이 발생해, 내가 아는 동료 여럿이 전사하거나 다쳤을 때다. 게다가 통일노동자당이 망치와 낫을 그린 가면을 벗자 나치 표식이 드러나는 악랄한 만평 역시 처음에는 마드리드에, 나중에는 바르셀로나에 널리 돌아다녔다. 하지만 공산당이 정부를 실제로 통제하지 않았다면 전시에 이런 만평이 광범위하게 돌아다니는 사태는 결코 없었을 거다. 만평 내용은 통일노동자당 민병대는 물론이고 인근에서 싸우는 병사들 사기까지 꺾어버리는 행동이다. 바로 옆에서 전선을 지키는 부대가 반역자라는 말을 듣고 용기가 생길 리 없으니 말이다. 사실, 나는 후방에서 쏟아부은 비난이 통일노동자당 민병대 사기를 꺾는 효과를 냈다고 생각하지 않는다. 하지만 만평을 사방에 돌린 건 그럴 목적이었던 게 분명하며, 그런 일을 저지른 세력은 반파시스트 연합보다 상대 세력에 대한 원한을 훨씬 중요하게 여긴 것 역시 확실하다.

통일노동자당에 대한 비난은 노동 계급이 다수를 이루는 조직원 수만 명, 파시스트에게 시달리다가 공감하고 도우러 온 수많은 외국인, 민병대 수천 명이 모여서 만든 정당을 파시스트에게 매수당한 방대한 첩자 집단이라고 비난하는 형태로 이어진다. 이런 비난은 상식에 어긋난다. 통일노동자당이 지나온 역사를 보면 도저히 믿을 수 없다는 사실도 드러난다.

통일노동자당은 지도부 전체가 혁명가로 오랫동안 활약했다. 일부는 1934년 반란[47]에 참여해, 왕정치하[48]나 레로욱스 정부[49]에서 사회주의 활동으로 투옥당했다. 1936년 당시 지도자 호아킨 마우린은 스페인 의회 코르테스에서 프랑코가 반란을 일으킬 거라고 동료 의원과

47) 카탈루냐 자치권을 확보하겠다며 일어난 반란을 말한다
48) 1931년 이전을 말한다.
49) 1933~1935년 스페인 중도 우파 정부

함께 경고했다. 내전이 일어나고 얼마 후에는 프랑코 후방에서 저항 세력을 조직하다가 잡혔다. 반란이 일어나자, 통일노동자당은 거기에 저항하며 두드러진 역할을 담당하고, 특히 마드리드에서는 많은 당원이 시가전에 참전하고 전사했다. 카탈루냐와 마드리드에서 민병대를 제일 먼저 창설한 정당도 통일노동자당이다. 파시스트에 매수된 정당이 이렇게 행동했다고 볼 순 없다. 파시스트에 매수된 정당이라면 반대편에 가담할 터이니 말이다.

게다가 내전 기간에 친 파시스트 활동을 한 징후 역시 어디에도 없다. 통일노동자당이 혁명적인 정책을 강하게 다그치는 방법으로 정부 역량을 분산시켜서 파시스트를 도왔다는 주장도 있으나, 나는 여기에 동의할 수 없다. 개혁 성향이 강한 정부가 통일노동자당 같은 정당을 귀찮은 존재로 여기는 건 당연할 수 있다. 하지만 이건 반역행위를 저지른 것과 완전히 다르다. 통일노동자당이 정말 파시스트 조직이라면 거기에 속한 민병대가 정부에 계속 충성한 이유를 설명할 방법이 없다. 1936~37년 겨울이라는 견디기 힘든 조건에서 통일노동자당 민병대에 속한 병력 팔천에서 만 명이 전선을 지켰다. 이들 대부분이 네댓 달 연속으로 참호에서 지냈다. 이들이 전선에서 그냥 물러나거나 적군에게 넘어가지 않은 이유는 무어란 말인가. 이들은 언제든 그럴 수 있었고, 그래서 결정적인 영향을 미칠 수 있었다. 하지만 그들은 계속 싸우고, 통일노동자당을 불법 정당으로 선포된 직후에도, 모든 병사가 그 사실을 곱씹으면서도, 인민군으로 재편되기 전인데도, 통일노동자당 민병대는 우에스카 동부에서 치열한 공격을 감행해 불과 하루 이틀 사이에 수천 명이 전사했다. 사람들은 통일노동자당 민병대가 적군과 내통하면서 조금씩 끊임없이 탈영할 거라고 당연히 예상했다. 그러나 앞에서 지적했듯, 탈주병 숫자는 극히 적었다. 통일노동자당 측이 친 파시스트 선전을 하거나, "패배주의"를 조장할 거라고 예상한 사람도 있었다. 그런데도 그런 징후 역시 전혀 없었다. 물론 통일노동자당 내부에도 파시스트 첩자나 선동 분자는 분명히 있었을 거다. 좌익 정당은 어디든 그런 첩자가 있으니 말이다. 하지만 다른 정당보다 통일노동자당에 첩자가 유난히 많았다는 증거는 어디에도 없다.

결국, 공산당 계열 매체는 통일노동자당 지도부만 파시스트에게 매수되고 일반 당원은 아니라고 한발 물러선 것 역시 사실이다. 하지만 이건 일반 당원을 지도부와 이간하려는 시도에 불과하다. 이들이 비난한 내용에는 일반 당원, 민병대, 기타 등등 역시 친 파시스트 음모에 모두 가담했다는 뜻을 기본적으로 내포한다. 닌, 고르킨을 비롯한 지도부가 파시스트에게 실제로 매수당했다면, 런던이나 파리나 뉴욕에 있는 기자보다는 일상적으로 접촉한 추종자들이 그 사실을 파악할 가능성이 훨씬 크니 말이다. 실제로, 통일노동자당을 불법으로 규정하고 탄압하자, 공산당이 통제하는 비밀경찰은 통일노동자당에 속한 모두를 유죄로 가정하고 움직이며, 통일노동자당과 관련한 사람 가운데 손댈 수 있는 사람은, 부상자나 간호사나 당원 부인은 물론 일각에선 어린애까지 모조리 잡아들였다.

마침내, 통일노동자당은 6월 15~16일에 불법 단체라는 오명을 공개적으로 뒤집어쓰고 탄압당하기 시작했다. 5월에 정권을 잡은 네그린 정부에서 제일 먼저 내린 조치였다. 통일노동자당 집행위원회를 감옥에 넣자, 공산당 계열 매체는 엄청난 파시스트 음모를 발견한 것처럼 떠들어댔다. 공산당 계열 전 세계 언론은 관련 기사를 뜨겁게 실었다. 《데일리 워커》가 스페인 공산당 계열 신문을 요약해서 6월 21일에 보도한 기사를 보자.

〈스페인 트로츠키주의자, 프랑코와 공모하다〉

바르셀로나를 비롯해 각지에서 트로츠키주의 주동자를 다수 체포하면서…… 전쟁역사상 최대라 할 정도로 섬뜩한 첩보전이, 가장 추악한 트로츠키주의 반역 사건이, 주말 사이에 낱낱이 드러났다……. 경찰이 확보한 문건과 2백 명에 달하는 범죄자들이 구체적으로 자백한 내용은 다음같이 드러났다.

이렇게 해서 〈드러난〉 내용은 통일노동자당 지도부가 프랑코 장군에게 무전으로 군사 기밀을 전송하고, 베를린과 접촉하고, 마드리드 비밀 파시스트 조직과 손잡고 활동했다는 거다. 여기에다, 보이지 않는 잉크로 작성한 비밀 메시지와 (닌을 나타내는) N이라는 문자로 서명한 수수께끼 문서, 기타 등등까지 자세히 첨부했다.

어쨌든 최종 결과는, 시가전이 일어나고 여섯 달 뒤, 이 글을 쓰는 지금까지, 통일노동자당 지도부 대부분은 여전히 감옥에 있지만, 재판정에 선 적이 한 번도 없으며, 무전으로 프랑코에게 연락했다는 등을 지금까지 공식적으로 문제 삼은 적 역시 한 번도 없다는 거다. 그들이 정말로 간첩죄를 지었다면 일주일 사이에 재판받고 총살당했을 거다. 예전에 수많은 파시스트를 실제로 그렇게 처형했으니 말이다. 하지만 구체적인 증거는 공산당 매체가 근거 없이 보도한 내용 외에는 단 한 건도 없었다. "구체적으로 자백"한 내용이 2백 개에 달한다니, 실제로 그런 게 존재한다면 누구라도 유죄 판결을 피할 수 없을 터인데, 이 말은 두 번 다시 안 나왔다. 이건 누군가 상상력을 2백 번 발휘했다는 사실을 방증할 뿐이다.

이게 전부가 아니다. 스페인 정부 각료 대부분은 통일노동자당에 대한 혐의를 하나같이 믿을 수 없다고 말했다. 최근에는 내각에서 반파시스트 정치범 석방을 5대2 표결로 결정했는데, 반대한 두 명은 공산당 각료였다. 8월에는 하원의원 제임스 맥스턴을 단장으로 국제 대표단이 스페인에 들어가서 통일노동자당에 대한 혐의와 안드레스 닌 실종사건을 조사했다. 국방장관 프리에토, 법무장관 이루호, 내무장관 수가사고이티아, 검찰총장 오르테가 이 가세트, 프라트 가르시아 등은 통일노동자당 지도부가 간첩죄를 저질렀다는 주장을 모두 부인했다. 이루호는 자신이 사건 기록을 모두 훑어보았지만, 증거라는 것 가운데는 검증할만한 건 하나도 없고, 닌이 서명했다는 문서도 "무가치하다"고, 조작한 거라고 덧붙였다. 프리에토는 통일노동자당 지도부가 바르셀로나 5월 시가전에 책임이 있다고 생각하지만, 파시스트 첩자라고 생각하지는 않는다고 하면서 이렇게 덧붙였다.

"무엇보다 심각한 문제는 정부가 아니라 경찰이 독자적으로 판단하고 결정해서 통일노동자당 지도부를 체포했다는 사실이다. 그렇게 결정한 주체는 경찰 수뇌부도 아니고 그 측근으로, 공산당에서 평상시 관행에 따라 침투시킨 세력이다."

프리에토는 경찰이 사람을 불법으로 체포한 또 다른 사례까지 언급했다. 마찬가지로, 이루호는 경찰이 "준 독립" 상태로 변해, 외국 공산당이 통제하는 게 현실이라고 선언했다. 프리에토는 러시아가 무기를 공급하는 한 정부는 공산당을 건드릴 수 없다고 대표단에 상당히 또렷하게 암시했다. 하원의원 존 맥거번을 단장으로 12월에 또 다른 대표단이 스페인에 들어가서 똑같은 답변을 들었으며, 내무장관 수가사고이티아는 프리에토가 암시한 내용을 "우리는 러시아에 원조받기 때문에, 마음에 안 드는 행동이라도 용인할 수밖에 없다"며 훨씬 또렷하게 반복했다. 교도소장과 법무부 장관이 서명한 명령서가 있어도 맥거번을 비롯한 대표단은 바르셀로나 공산당이 관리하는 "비밀 감옥"에 들

어갈 수 없었는데, 이것 역시 경찰 독립성을 드러내는 흥미진진한 사례라고 할 수 있다.[50)]

이 정도면 문제가 선명하게 드러났다고 생각한다. 통일노동자당에 대한 간첩 혐의는 오로지 공산당 계열 매체에 실린 기사와 공산당이 통제하는 비밀경찰 수사내용에 근거한 게 전부다. 통일노동자당 지도부, 그리고 수십만에 달하는 추종자는 여전히 감옥에 있으며, 공산당 계열 매체는 "반역자"를 처단하라고 지난 여섯 달 동안 끊임없이 아우성친다. 하지만 네그린을 비롯한 정부 각료는 "트로츠키주의자" 대량 학살을 거부하며 이성을 지킨다. 그들에게 가한 압력을 고려할 때, 그들이 지금까지 대량 학살을 거부한 건 정말 칭찬할 만하다. 어쨌든, 내가 지금까지 인용한 내용을 고려할 때, 통일노동자당을 파시스트 첩자 조직이라고 믿는 건 그만큼 더 어려울 수밖에 없다. 그렇게 믿으려면 맥스턴, 맥거번, 프리에토, 이루호, 수가사고이타이 등도 파시스트에게 모두 매수되었다고 믿어야 하니 말이다.

마지막으로 통일노동자당이 "트로츠키주의자"라는 혐의에 대해서 살펴보자. "트로츠키주의"라는 표현은 시간이 지나면서 훨씬 폭넓게 돌아다니는데, 완전히 엉뚱하게 사용하는 사례가 많고 그래서 실제로 오해를 불러일으키는 사례도 많다. 그러니 여기에서 단어부터 정의하고 넘어갈 필요가 있겠다. 트로츠키주의자라는 단어는 세 가지 뚜렷한 사실을 나타낼 때 사용한다.

> (1) 트로츠키처럼 '일국 사회주의'에 반대하며 '세계 혁명'을 주장하는 자. 포괄적인 의미에서, 혁명적 이상주의자를 말한다.

---

50) (원주) 두 대표단에 관한 기사는 《르 포퓰레르》(9월 7일), 《라플레셰》(9월 18일)를 참고하고, 맥스턴 대표단에 대한 기사는 《인디펜던트 뉴스》와 맥거번이 작성한 소책자 《스페인의 공포》를 참고하라.

(2) 트로츠키가 실제로 이끄는 조직 구성원을 말한다.
(3) 혁명가로 가장해, 소련에선 사보타지 활동을 하고, 일반적으로 좌익을 분열시키며 그 세력을 갉아먹는 파시스트를 말한다.

(1)이란 관점에서 통일노동자당을 트로츠키주의자로 보는 건 타당할 수 있다. 이 점에서는 영국 독립노동당, 독일 사회주의노동당, 프랑스 좌익 사회주의자 등도 똑같다. 그러나 통일노동자당은 트로츠키나 트로츠키주의자 혹은 '볼셰비키-레닌주의자' 조직과 아무런 관련도 없다. 내전이 발발한 시점에 스페인에 들어온 외국 트로츠키주의자 열다섯에서 스무 명 정도가 처음에는 정치적 견해가 비슷하다는 이유로 통일노동자당에서 일했으나 당원으로 가입하진 않았으며, 나중에 트로츠키는 그 추종자들에게 통일노동자당 정책을 공격하라 명령하고, 그래서 트로츠키주의자는 당 간부직에서 쫓겨나, 민병대에 소수만 남았다. 마우린이 파시스트에게 잡힌 후 통일노동자당 지도자가 된 '닌'은 예전에 트로츠키 비서였으나 오래전에 관두고, 다양한 야당 공산주의자를 하나로 묶고 정당 초기 형태인 노동자농민연합과 통합해서 통일노동자당을 결성했다. 닌이 한때 트로츠키와 관련이 있었다는 사실은 공산당 계열 매체에서 통일노동자당을 트로츠키주의 집단으로 규정하는 근거로 작용한다. 하지만 이런 논리라면 영국 공산당 역시 파시스트 조직으로 돌변한다. 존 스트래치는 한때 오스왈드 모슬리 경[51]과 관련이 있었으니 말이다.

(2)란 관점에서, 구체적인 단어로 유일하게 정의한 관점에서 볼 때, 통일노동자당은 트로츠키주의가 분명히 아니다. 이걸 정확히 구분하는 건 중요하다. 공산주의자 대다수는 (2)란 관점에서 트로츠키주의자

51) 영국 파시스트연합 지도자이다.

는 반드시 (3)이란 관점으로 나아간다고, 트로츠키주의 조직 전체는 파시스트 첩자 조직에 불과하다고 생각하기 때문이다. 〈트로츠키주의〉는 러시아에서 일어난 다양한 파업을 재판하는 과정에서 대중에게 모습을 드러냈으며, 따라서 어떤 사람을 트로츠키주의자라고 부르는 건 살인자나 선동 분자라고 부르는 것과 똑같다. 하지만 동시에 좌익 관점에서 공산주의 정책을 비판하는 사람 역시 트로츠키주의자라고 비난하는 경향도 많다. 그렇다면 혁명적 이상주의를 주장하는 사람은 하나같이 파시스트에 매수된 것인가?

이건 지역 형편에 따라 그럴 수도 있고 아닐 수도 있다. 맥스턴이 앞에서 언급한 대표단과 스페인에 갔을 때, 《베르다드》, 《프렌테 로호》를 비롯한 스페인 공산당 계열 언론은 맥스턴을 〈트로츠키-파시스트〉, 게슈타포 첩자 등이라며 즉각적으로 비난했다. 그런데 영국 공산주의자들은 이렇게 비난하지 않으려고 조심했다. 영국 공산당 계열 언론에서는 맥스터를 "노동 계급의 반동"으로 아주 느긋하면서도 막연하게 표현했다. 그 이유는 딱 하나, 영국 공산당 계열 언론이 명예훼손법에 걸려서 뜨거운 맛을 여러 차례 보았기 때문이다. 뚜렷한 근거를 요구하는 나라에서 똑같이 비난하지 않았다는 사실 자체는 그게 거짓말이라는 걸 고백하는 셈이 아닐 수 없다.

통일노동자당을 비난한 문제에 내가 필요 이상으로 기다랗게 매달린다고 생각할 수도 있겠다. 내란이라는 엄청난 비극에 비하면 이런 식으로 나타나는 정당 간 갈등은, 불의와 거짓이 난무하더라도, 아주 사소하게 보일 수 있으니 말이다. 그런데 실제는 그렇지 않다. 이런 비방과 언론 공세는 물론 거기에 담긴 성향이야말로 반파시스트란 대의에 가장 치명적인 피해를 줄 수 있다고 나는 확신한다.

이 문제를 잠깐이라도 살펴본 사람이라면 사실을 날조하고 비방하는 방식으로 정적을 제거하는 공산당 전술이 결코 새로운 게 아니란 사실을 알 것이다. 오늘은 〈트로츠키-파시스트〉가 핵심어지만 어제는 〈사회주의-파시스트〉였다. 러시아 국사범 재판에서 레옹 블룸[52]과 영국 노동당 유명인사를 포함한 제2 인터내셔널 지도자들이 소련을 군사적으로 침략하려는 엄청난 음모를 꾸몄다는 사실을 〈입증〉한 게 불과 6~7년 전이다. 그런데 오늘날 프랑스 공산주의자는 블룸을 지도자로 기꺼이 받아들이고, 영국 공산주의자는 노동당에 들어가려고 야단법석이다. 아무리 종파적인 관점이라 해도, 나는 이런 식으로 상황을 풀어가는 게 바람직한지 의심스럽다. 〈트로츠키-파시스트〉라는 비난은 당연히 증오와 불화를 일으킬 수밖에 없다. 하급 공산주의자 다수는 지도부 주장에 이끌려 어디서든 〈트로츠키주의자〉를 몰상식하게 마녀사냥하고, 통일노동자당 같은 정당은 공산당에 반대한다는 이유 하나로 끔찍하게 위험한 처지로 내몰린다. 세계 노동 계급 운동은 분열 현상이 벌써 위험할 정도로 나타났다. 평생을 사회주의자로 살아온 사람들을 이런 식으로 비난한다면, 통일노동자당을 공격한 혐의 같은 걸 계속 조작한다면, 이렇게 분열하는 현상은 임계점을 넘을 수 있다. 이걸 해결할 방법은 정치 논쟁을 보장하고 모든 문제를 철저하게 토론하는 것밖에 없다.

공산당이 있다면 훨씬 왼쪽으로 간 좌익도 있는데, 이들은 현실적으로 커다란 차이가 있다. 공산당은 자본가 계급 일부와 동맹(인민전선)해서 파시즘을 물리칠 수 있다고 주장하는데, 여기에 반대하는 세력은 이런 공작이 파시즘에 새로운 온상을 제공할 뿐이라고 주장한다. 여기에 대한 논쟁은 확실하게 해결하고 넘어가야 한다. 엉뚱한 결론을 내리면 우리는 향후 몇백 년 동안 반(半)노예 상태로 빠져들 수 있다. 그런데

52) 프랑스 사회당 당수

도 〈트로츠키-파시스트!〉라는 비난 말고 아무런 주장도 안 나온다면, 토론은 시작조차 못 한다. 예를 들어, 나는 바르셀로나 시가전을 둘러싸고 공산당 당원과 옳고 그름에 대해서 논쟁하는 자체가 아예 불가능하다. 내가 사실을 있는 그대로 진실하게 설명한다고 인정할 공산주의자는, 그럴 정도로 〈좋은〉 공산주의자는 어디에도 없으니 말이다. 당 노선에 충실한 당원이라면 내 말이 거짓말이라고, 꽤 좋은 공산주의자라면 내가 구체적인 사실을 심각하게 착각한다고, 사건 현장에서 1천5백 킬로미터나 떨어진 곳에서 《데일리 워커》 머리기사를 흘끗 본 사람이 바르셀로나에서 구체적인 사건을 생생하게 목격한 나보다 훨씬 잘 안다고 선언할 게 분명하다. 이런 상황에서는 논쟁 자체가 불가능하며, 꼭 필요한 최소한의 합의조차 도달할 수 없다. 맥스턴 같은 사람이 파시스트에 매수되었다고 주장하는 게 과연 어떤 목적에 바람직할까? 그 목적은 진지하게 논의할 수 없게 하는 것 하나밖에 없다. 이것은 체스 시합 도중에 갑자기 상대 선수에게 방화범이나 중혼죄를 저지른 범죄자라고 악쓰는 거나 마찬가지다. 그래서 진짜로 문제가 되는 쟁점은 손조차 못 대는 식이다. 하지만 비방으로 해결할 수 있는 건 하나도 없다.

제12장

우리가 전선으로 돌아간 건 바르셀로나 시가전이 끝나고 사흘이 지난 뒤 같다. 시가전을 겪고 나니, 그리고 신문에서 서로 욕설을 퍼부으며 싸우는 모습을 생생하게 목격하고 나니, 스페인 내전 자체를 예전처럼 이상적인 관점에서 순진하게 생각할 수 없었다. 나는 스페인에서 몇 주를 보낸 사람이라면 누구든 어느 정도는 환멸을 느낄 수밖에 없다고 본다. 바르셀로나에 온 첫날에 만난 신문사 특파원이 생각난다. 당시에 그는 "여느 전쟁과 마찬가지로 이 전쟁도 사기"라고 말했다. 이 말은 나에게 커다란 충격이었다. 지금도 나는 이 말이 12월 당시를 정확히 표현했다고 보지 않는다. 5월 당시도 마찬가지다. 하지만 그 말이 사실로 변하기 시작했다. 실제로 어떤 전쟁이든 달을 거듭하는 사이에 점차 타락하는 게 사실이다. 개인적인 자유나 진실한 언론은 군사적 효율성과 양립할 수 없기 때문이다.

이제는 실제로 벌어지는 사태를 제대로 예측할 수 있었다. 카발례로 정부가 무너지고 우익 정부가 들어서면서 공산당이 훨씬 강한 영향을 미치리란 정도는 쉽게 짐작하고, 한두 주 뒤에는 실제로 그렇게 되었으며, 새로 등장한 우익 정부는 노동조합 세력을 단번에 완벽하게 깨부수는 작업에 들어갈 게 분명했다. 그러고 나면, 설사 프랑코를 물리친다 해도, 스페인 전역을 재건하는 엄청난 문제는 차치하더라도, 스페인에 장밋빛 전망은 없다. 이걸 "민주주의로 나아가는 전쟁"이라고 주장하는 언론 논조는 눈속임에 불과하다. 제정신을 지닌 사람이라면 내전이 끝나도 스페인처럼 철저하게 분열하고 피폐한 나라에 민주주의가, 영국이나 프랑스에서 실시하는 속임수 민주주의나마, 깃들 거라는 희망을 품을 수 없다. 독재가 들어설 수밖에 없는데, 노동 계급이 독재할 기회는 완전히 사라진 게 또렷했다. 이 말은 모든 움직임이 일종의 파시즘으로 나아갈 수밖에 없다는 의미다. 물론 파시즘이라는 이름 말고 훨씬 우아한 이름이, 스페인이란 특징 때문에, 독일이나 이탈리아보다는 훨씬 인간적이며 능률은 떨어지는 이름이 붙을 게 분명하다. 여기에 대한 대안은 악랄하기 짝이 없는 프랑코 독재로 들어서거나,

국토 분단 상태로 내전을 끝내는 것밖에 없다. 휴전선을 긋거나 경제 구역을 양분하는 형태로 말이다.

어느 쪽을 선택하든 전망은 우울했다. 하지만 프랑코와 히틀러라는 훨씬 노골적인 파시즘과 싸우는 차원에서 현 정부를 위해 싸울 가치가 없다는 말은 아니었다. 전후에 들어설 정부에 어떤 결함이 있더라도 프랑코 정권보다는 좋을 게 분명했다. 노동자에게, 도시 프롤레타리아에게, 누가 이기든 별다른 차이는 없을지언정, 스페인은 기본적으로 농업 국가며 농민에겐 정부가 승리하는 편이 확실히 바람직했다. 적어도 몰수한 토지 가운데 일부는 농민 소유로 남을 테고, 그러면 프랑코가 점령하던 지역 역시 토지를 새로 분배할 게 분명하니, 스페인 일부 지역에 실질적으로 존재하는 농노제는 부활하지 않을 터였다. 전후에 권력을 장악할 정부는 성직 계급과 봉건제 부활에 어떤 식으로든 반대해, 최소한 당분간은 교회를 억누르고 도로를 건설하거나 교육과 공중 보건을 장려하는 식으로 국가를 근대화할 게 분명했다. 내전을 수행하는 동안에도 이런 방향으로 일정하게 나아갔으니 말이다. 반면에 프랑코는 이탈리아와 독일의 꼭두각시 역할은 물론, 봉건 대지주와 결탁한 케케묵은 교회 권력과 군국주의 반동을 상징한다. 인민전선이 사기일 순 있으나, 프랑코는 시대착오다. 백만장자나 낭만주의자만 프랑코가 승리하길 바랄 뿐이다.

여기에다, 파시즘이 전 세계에서 일어선다는 문제가 있다. 이는 일이 년 전부터 악몽처럼 쫓아다니며 나를 괴롭히는 문제다. 1930년 이후로 파시스트는 곳곳에서 승리해, 이제 그들을 물리쳐야 할 때가 되었으니, 누가 앞장서든 문제가 될 순 없다. 우리가 프랑코와 외국인 용병을 바다로 몰아낸다는 건, 설사 스페인 전체가 숨 막히는 독재에 시달리고 훌륭한 인물은 모두 감옥에 갇히는 사태가 벌어진다 해도,

국제 정세를 바람직한 방향으로 돌려놓는 엄청난 승리일 수 있다. 이것 하나만 해도 이번 내전은 이길 가치가 충분하다.

이게 내가 당시에 상황을 바라보는 시각이었다. 그래서 지금 나는 네그린 정부를 처음 들어설 때보다 훨씬 높이 평가한다고 말할 수 있다. 네그린 정부는 지금까지 대단한 용기를 발휘하며 힘든 싸움을 계속한 건 물론, 정치적 관용을 모두가 기대한 이상으로 보여주었다. 그렇지만 뜻밖의 사태가 일어나서 스페인을 두 개로 가르지 않는 한, 내전 이후에 들어설 정부는 파시스트 경향을 띨 수밖에 없다고 나는 확신한다. 이 의견을 다시 한 번 밝히니, 시간이 지나서 모든 예언자가 한 말처럼 내 말도 들어맞는지 두고 보자.

전선에 막 도착하니, 보브 스마일리가 영국으로 돌아가다 국경에서 체포당해 발렌시아로 끌려가서 감옥에 갇혔다는 소식이 들렸다. 스마일리는 지난 10월부터 스페인에 머물렀다. 통일노동자당에서 간부로 몇 달 일하다가 나중에 도착한 독립노동자당 당원들과 함께 민병대에 합류했다. 전선에서 석 달만 복무한 뒤에 영국으로 돌아가서 전국을 순회하는 선전 활동에 참여한다는 조건이었다.

우리는 시간이 꽤 흐른 다음에 스마일리가 체포된 이유를 알 수 있었다. 그는 독방에 감금된 상태로, 변호사조차 만날 수 없었다. 스페인은 실질적인 영장 제도라는 게 없어, 재판은 둘째치고, 아무런 죄목조차 없이 몇 달 연속으로 감옥에 가둘 수 있다. 그래서 석방된 사람을 통해, 스마일리가 "무기 소지죄"로 체포되었다는 사실을 어렵게 확인한 거다. 내가 들은 내용에 따르면, "무기"란 내전 초기에 사용하던 극히 원시적인 수류탄 두 개로, 스마일리가 순회강연에서 청중에게 보여줄 생각으로 포탄 조각을 비롯한 다양한 물품과 함께 영국으로 가져가려고 했던 거다. 화약과 도화선도 제거한 상태니, 수류탄 두 개는 쇠로 만든 원통일 뿐, 아무런 해도 가할 수 없었다. 수류탄은 구실일 뿐, 통일노동자당하고 연결되었다는 사실 때문에 체포당한 게 분명했다. 바르셀로나 시가전이 끝난 직후라서 경찰 당국은 시가전 공식 발표 내용에 반박할 만한 사람이 스페인을 못 벗어나도록 안달하던 시점이었다. 그래서 별것도 아닌 핑계를 대고 국경에서 사람을 잡아들이기 일쑤였다. 스마일리 역시 처음에는 사나흘 붙잡아두려는 의도였을 가능성이 매우 크다. 하지만 문제는 스페인에서 감옥에 한 번 들어가면 다시 나오기 쉽지 않다는 사실이다, 재판하든 안 하든.

우리는 우에스카에 그대로 머물렀지만, 배치받은 전선은 한참 오른쪽, 우리가 몇 주 전에 잠시 점령한 파시스트 요새 맞은편이었다. 나는 영국 사람과 스페인 사람이 섞인 소대 서른 명을 지휘하는 테니엔테를 맡았다. 영국군 소위에 해당하는 계급이었다. 부대에서 정식 임관을 상부에 신청했으나, 나는 정식 임관을 받아들여야 할지 애매했다. 예전에 민병대 장교는 정식으로 임관하는 걸 거부했다. 정식으로 임관하는 건 더 많은 보수를 의미하는데, 이는 민병대 평등 정신에 어긋나기 때문이다. 하지만 지금은 누구나 정식 임관을 받아들일 수밖에 없었다. 베냐민은 대위로 이미 임관한 상태고, 콥은 소령으로 임관하는 절차를 밟는 중이었다. 물론 정부는 민병대 장교가 없으면 도저히 버틸 수 없는데도 민병대 장교에게 소령보다 높은 계급은 절대로 안 주었다. 그보다 높은 지휘권은 〈전쟁 학교〉를 졸업하고 새롭게 임관한 장교와 정규군 장교에게만 부여하려는 조치 같았다. 그 결과, 우리 29사단에서는 사단장, 여단장, 대대장이 모두 소령 계급장을 다는 묘한 상황이 벌어졌는데, 다른 사단도 마찬가지였을 게 분명하다.

전선에서는 별다른 일이 없었다. 하카 도로를 둘러싼 전투는 이미 사그라들어, 6월 중순까지 다시 전투할 기미는 없었다. 우리 진지에서

제일 커다란 문제는 저격병이었다. 파시스트 참호는 거리가 150m 이상이지만, 그들은 위치가 높은 데다 우리는 직각으로 돌출한 상태라, 적군은 두 지점에서 우리를 노릴 수 있었다. 돌출부 모서리가 가장 위험한 지점으로, 거기에서 저격병 희생자가 늘 발생했다. 파시스트는 소총으로 발사하는 수류탄 같은 무기로 우리 쪽을 가끔 공격했다. 그래서 무시무시한 소리를 내며 터질 때마다 우리 모두 기겁했다. 폭탄이 터지는 소리를 듣고서 피할 순 없기 때문이다. 하지만 실제로 그렇게 위험한 건 아니었다. 폭탄이 터져도 땅에 생기는 구멍은 세숫대야 크기에 불과했다.

밤에는 따뜻하고 쾌적하며, 낮에는 찌는 듯 덥고, 모기가 성가시게 굴고, 바르셀로나에서 깨끗한 옷을 가져왔는데도 곧바로 하얀 이가 들끓었다. 저 너머 무인지대 버려진 과수원에는 버찌가 나무에 달린 채 하얗게 변했다. 이틀간 비가 억수로 퍼부어, 참호는 물이 넘치고, 흉벽은 30cm나 가라앉았다. 형편없는 스페인 삽으로, 손잡이도 없고 툭하면 양철 숟가락처럼 휘는 삽으로, 끈적끈적한 진흙을 며칠 동안 파내야 했다.

상부는 참호마다 박격포를 한 대씩 주기로 약속하고, 나는 박격포가 오기를 고대했다. 밤이면 평소처럼 주변을 순찰하고, 파시스트 참호는 예전보다 험악했다. 병력이 늘고 경계도 삼엄하고 철조망 곳곳에 깡통을 걸어서 딸랑 소리만 들리면 기관총을 난사했다. 낮에는 우리가 무인지대에서 저격했다. 백 미터만 기어서 도랑으로 다가가 높다란 풀잎 뒤에 숨으면 파시스트 흉벽 틈새가 보였다. 도랑에 소총 받침대를 설치하고 한참을 기다리면 카키색 군복을 입은 병사가 틈새를 서둘러 지나곤 했다. 나도 몇 차례 사격했다. 내가 쏜 총에 누가 맞았는지 모르겠다. 아마 아무도 안 맞았을 거다. 사격 솜씨가 형편없었기 때문이다.

하지만 재미있었다. 파시스트는 어디서 총알이 날아오는지 모르고, 나는 언젠가는 한 명쯤 쓰러뜨릴 거라고 자신했다. 하지만 덫에 걸린 사람은 나였다. 파시스트 저격병이 나를 맞춘 거다. 전선으로 돌아가서 열흘쯤 되었을 때 일어난 일이다. 총알에 맞는 과정과 느낌 자체도 극히 흥미진진하니, 자세히 묘사할 가치가 있을 것 같다.

아침 5시, 흉벽 안쪽 모서리였다. 이 시간은 등 뒤에서 동녘이 밝아와, 행여나 흉벽 위로 머리를 내밀면 하늘을 배경으로 머리 윤곽이 뚜렷이 드러나기 때문에 늘 위험했다. 나는 보초에게 교대를 준비하라고 말하는 중이었다. 무언가 한창 말하는데, 갑자기 어떤 느낌이 왔다. 말로 표현할 수 없는 느낌인데, 기억만큼은 무척이나 생생하다.

대충 말하자면 무언가 폭발하는 한가운데로 들어선 느낌이다. 쾅! 소리가 커다랗게 일어나면서 사방이 번쩍이는 느낌에 앞이 안 보이는 것 같았다. 충격이 엄청났다. 통증은 없었다. 엄청난 충격이 전부였다. 전극 단자를 몸에 대는 충격이었다. 동시에 완전한 무력감이, 총에 맞아서 몸이 움츠러들다 사라지는 느낌이 몰려들었다. 바로 앞에 있던 모래주머니가 엄청나게 멀어졌다. 벼락에 맞으면 그런 느낌이 들 것 같았다. 나는 총에 맞았다는 사실을 단번에 깨달았다. 하지만 탕! 소리랑 섬광 때문에 바로 옆에서 오발한 소총에 맞은 줄 알았다. 모든 일이 눈 깜짝할 사이에 일어났다. 다음 순간에는 무릎이 꺾이고 몸이 쓰러지면서 머리가 땅을 꽝! 때렸으나, 다행히도 그것 때문에 다친 건 없었다. 멍하고 어찔어찔한 느낌이었다. 심하게 다쳤다는 의식은 있으나, 흔히 말하는 통증은 없었다.

내가 말하던 미국인 보초가 앞으로 뛰쳐나오며 "맙소사! 맞았어요?" 하고 물었다. 사람들이 모여들었다. "들어 올려! 어디를 맞은 거야? 셔츠를 젖혀!" 등등, 흔한 소동이 일어났다. 미국인 보초가 셔츠를 찢게 칼을 달라고 했다. 나는 호주머니에 칼이 있다는 걸 떠올리고 그걸 꺼내려다가 오른팔이 마비된 걸 알았다. 통증은 없다는 사실이 이상하게 만족스러웠다. 아내가 기뻐할 게 분명하단 생각도 들었다. 아내는 내가 다치길 바랐다. 그래야 앞으로 다가올 커다란 전투에서 전사하는 걸 피할 수 있다는 논리였다. 이제 비로소 어디를 맞았는지, 얼마나 심각한지 궁금하단 생각이 떠올랐다. 아무것도 느낄 수 없지만, 몸뚱이 앞쪽 어딘가에 총알을 맞았다는 느낌은 들었다. 말을 하려는데 목소리가 나오질 않았다. "꺽꺽" 소리가 흐릿하게 나올 뿐이었다. 하지만 다시 시도해서 어디를 맞았냐고 간신히 물었다. 동료들이 목이라고 대답했다. 들것 담당자 해리 웹이 응급치료 때 쓰도록 배급받은 조그만 알코올 병 하나와 붕대를 가져왔다. 동료들이 들어 올리자 입에서 피가 쏟아지고, 목을 깨끗하게 관통했다는 스페인 동료 목소리가 뒤에서 들렸다. 상처에 알코올을 뿌리는 느낌이, 평소 같으면 엄청나게 따가울 터인데, 이번에는 상쾌할 정도로 시원했다.

동료들은 나를 다시 눕히고 누군가 들것을 가져왔다. 총알이 목을 관통했다는 걸 아는 순간, 이제 끝장났다는 생각이 들었다. 총알이 목 한가운데를 관통하고도 사람이나 짐승이 살아났다는 이야기는 한 번도 들은 적이 없었다. 피가 입 가장자리에서 뚝뚝 떨어졌다. '동맥이 날아갔다'는 생각이 절로 들었다. 경동맥이 잘리면 얼마나 오래 버티는지 궁금했다. 몇 분 안 걸릴 것 같았다. 모든 게 흐릿했다. 나는 내가 당연히 죽는다고 최소한 2분 동안 생각한 것 같다.

정말 흥미진진했다. 이런 상황에 내가 떠올릴 생각을 아는 게 흥미진진하다는 뜻이다. 처음 떠올린 생각은, 정말 상투적으로, 아내였다. 두 번째 떠올린 생각은 무척이나 마음에 드는 세상을 떠나야 한다는 사실에 대해 격렬하게 치솟는 분노였다. 나는 이런 감정을 극히 생생하게 느낄 여유가 있었다. 터무니없는 불운에 격분했다. 얼마나 의미 없는 죽음이냐! 전투도 아니고 케케묵은 참호 귀퉁이에서 순간적인 부주의로 죽다니! 나를 쏜 사람도 생각했다. 어떻게 생겼을까, 스페인 병사일까, 외국인 병사일까, 나를 맞혔다는 사실을 알까 등등이 궁금했다. 상대에 대한 분노는 전혀 느낄 수 없었다. 상대는 파시스트니, 나도 그럴 수 있다면 상대를 죽였겠지만, 그 순간에 상대가 포로로 잡혀서 끌려온다면, 나는 잘 쏘았다며 상대를 칭찬할 거 같았다. 하지만 정말로 죽어가는 중이라면 완전히 다른 생각이 들었을 수도 있다.

동료들이 들것에 막 올려놓는 순간, 오른팔 마비가 풀리면서 지독하게 아프기 시작했다. 처음에는 바닥에 쓰러지면서 팔이 부러졌다고 상상했으나, 통증이 살아나서 마음이 놓였다. 사람이 죽을 때는 감각이 예민하게 살아나지 않는다는 걸 알기 때문이다. 정상적인 감각이 조금씩 돌아왔다. 나는 정상이란 느낌이 들었다. 가엾게도 동료들은 들것을 어깨에 걸쳐 메고 땀을 뻘뻘 흘리며 달리고 나는 미안한 마음도 들었다. 야전 병원까지는 2㎞ 거리인데, 길이 울퉁불퉁하고 미끌미끌해, 들것을 메고 걷기가 고약했다. 나도 하루 이틀 전에 부상병을 운반한 적이 있어, 그게 얼마나 힘든 작업인지 잘 안다. 참호 가장자리를 따라 군데군데 늘어선 은백양 나뭇잎이 얼굴을 스쳤다. 은백양이 자라는 세상에 살아서 숨 쉬니 정말 좋다는 생각이 절로 떠올랐다. 하지만 너무 심하게 아파, 욕이 절로 튀어나오는 걸 꾹 참으려고 애썼다. 숨을 거칠게 내쉴 때마다 입에서 피거품이 나왔기 때문이다.

군의관은 상처를 붕대로 다시 감고 모르핀을 한 대 놓더니, 나를 시에타모로 보냈다. 시에타모 병원은 급하게 지은 목조 오두막으로, 부상병은 두세 시간 머물다가 바르바스트로나 레리다로 이송하는 게 원칙이다. 모르핀 때문에 정신이 멍한데도 통증은 여전히 지독했다.

조금도 움직일 수 없어, 피만 계속 삼켰다. 내가 이 지경인데도 미숙한 간호사는 병원규정에 따른 음식을, 수프와 달걀과 기름진 스튜 등 엄청난 음식을 억지로 먹이려다가 내가 안 먹으려 해서 많이 놀란 것 같았다. 스페인 병원 특유의 전형적인 운영 방식이 아닐 수 없었다. 나는 담배를 달라고 했으나, 담배 기근 현상이 심각한 시기라서 병원 전체에 담배는 한 대도 없었다. 곧이어 동료 두 명이 전선을 몇 시간 이탈해도 좋다는 허락을 받고 찾아왔다.

"이야! 살았군, 그래? 좋아. 손목시계랑 권총이랑 손전등을 내놓게. 칼도 주고, 있으면."

그들은 내 소지품을 모두 챙겨서 떠났다. 부상병이 생기면 그 소지품을 곧바로 나누어 갖는 건 늘 일어나는 현상인데, 손목시계나 권총 등은 전선에서 아주 귀중한 터라, 부상병 배낭에 그대로 넣어두면 이송 도중에 도적맞을 수밖에 없으니, 당연한 현상이었다.

병자와 부상병이 조금씩 들어오더니, 초저녁 무렵에 구급차 서너 대를 가득 채울 정도가 되자, 바르바스트로로 떠났다. 가는 길은 정말 대단했다! 이번 전쟁에서는 팔다리를 다치면 회복하지만, 복부를 다치면 반드시 죽는다는 말이 나돌곤 했다. 그 이유를 나는 그때 비로소 깨달았다. 묵직한 화물 트럭에 산산이 깨져나가도 내전 발발 이후로 보수한 적이 단 한 번도 없어서 끊임없이 덜컹거리는 자갈길 수십 킬로미터를 자칫하면 내출혈이 일어날 수밖에 없는 환자가 견딜 순 없으니 말이다. 쾅, 덜컹, 우당탕! 그렇게 달리노라니, 아주 어릴 적에 화이트시티 박람회에서 체험한 '이리 흔들, 저리 흔들'이라던 끔찍한 놀이기구가 저절로 떠올랐다. 야전 병원에서는 우리 몸을 들것에 묶어두는 걸 깜빡 잊은 상태였다. 그래도 나는 왼팔에 힘이 남아서 매달릴 수 있으나, 가엾은 부상병 한 명은 바닥에 떨어져서 말도 못 할 고통을 겪었다.

다른 부상병 한 명은 걸을 수 있어서 구급차 구석에 앉았다가 사방에 토하기도 했다. 바르바스트로 병원은 부상병이 정말 많아, 침상을 거의 닿을 정도로 다닥다닥 붙여놓았다. 다음 날 아침, 병원 측에서는 우리 부상병 일부를 병원 열차에 태워서 레리다로 후송했다.

나는 레리다에서 오륙일 정도를 보냈다. 큰 병원이었다. 병이 난 군인과 부상병과 민간인 환자가 대충 뒤섞인 상태였다. 내가 있던 병실에는 끔찍하게 다친 부상병이 여럿이었다. 바로 옆 침상은 머리가 까만 젊은이였는데, 이런저런 병으로 고생하며 약만 먹어서 오줌이 에메랄드 같은 녹색이었다. 그래서 그가 사용하는 요강은 우리 병실에서 좋은 구경거리였다. 영어를 사용하는 네덜란드 공산주의자는 병원에 영국인이 들어왔다는 말을 듣고 일부러 찾아와서 친구도 돼주고 영어 신문도 갖다 주었다. 그는 10월 전투에 끔찍하게 다쳐, 레리다 병원에서 지내다가 그럭저럭 자리를 잡고 간호사와 결혼까지 했다. 부상 때문에 한쪽 다리가 오그라들어 내 팔뚝 굵기만 했다. 휴가를 나온 민병대 두 명이 친구를 면회하러 왔다가 나를 알아보았다. 전선에서 첫주에 만난 병사로, 둘 다 열여덟 살에 불과한 아이였다. 두 아이는 침대 옆에 어색하게 서서 뭐라도 할 말을 떠올리려고 애쓰더니, 내가 다친 걸 정말 안타깝게 여긴다는 마음을 보여주려고 둘 다 호주머니에서 갑자기 담배를 꺼내서 나에게 주고, 돌려줄 틈도 없이 달아났다. 정말 스페인 사람답지 않은가! 시내 어디를 가도 담배를 구할 수 없으며, 두 아이가 나에게 준 건 일주일 치 배급량 전부라는 사실은 나중에 알았다.

사나흘 후에는 침상에서 일어나 한쪽 팔을 삼각건에 걸고 돌아다닐 수 있었다. 그런데 웬일인지 팔을 그냥 늘어뜨릴 때보다 훨씬 아팠다. 쓰러질 때 다쳐서 한동안 복부가 쓰리고 목소리도 거의 완벽하게 사라졌으나, 총상 자체로 아팠던 적은 한순간도 없다. 이런 사례가 일반적인 것 같다. 총알이 살을 찢는 엄청난 충격에 감각이 부분적으로 마비된 거다. 반면에 포탄이나 수류탄 파편은 울퉁불퉁해서 충격은 훨씬 약해도 통증은 정말 지독하다.

병원 구내 정원이 아름다웠다. 연못에는 금붕어를 비롯해 짙은 회색에 조그만 물고기가 노니는데, 잉어였던 것 같다. 나는 몇 시간씩 앉아서 물고기를 가만히 구경했다. 레리다에서 일 처리하는 방식을 보면 아라곤 전선을 담당하는 병원 시스템을 속속들이 알 수 있었는데, 다른 전선도 똑같은지는 모르겠다. 병원은 여러 측면에서 꽤 훌륭했다. 의사는 하나같이 유능하고 약과 장비도 부족하지 않은 것 같았다. 하지만 목숨을 건질 사람이 두 가지 심각한 결함 때문에 수없이 죽어간 건 의심할 여지가 없다.

한 가지 결함은 전선 인근 병원을 부상자 후송용 야전 병원으로만 사용했다는 거다. 그래서 후송할 정도로 부상 상태가 심하지 않으면 아무런 치료도 못 받았다. 이론상으로는 부상병 모두를 바르셀로나나 타라고나로 곧장 이송하지만, 운송 수단이 부족해 목적지까지 도달하는 데 일주일에서 열흘이 걸리는 경우가 잦았다. 그러면 중간에 시에타모, 바르바스트로, 몬손, 레리다 등지에 머물러야 하는데, 여기에 머무는 동안에는 붕대를 가끔 바꾸는 외에 아무런 치료도 못 받고, 때로는 붕대를 바꾸는 치료조차 없었다. 포탄에 뼈가 부러지는 등 끔찍하게 다친 부상병은 붕대와 소석고로 덮개 같은 걸 만들어서 부위를 감싸고, 다친 내용을 겉면에 연필로 적으면, 바르셀로나나 타라고나에 도착한 열흘 뒤에 비로소 덮개를 벗는 식이다. 도중에 다친 부위를 진찰하는 건 거의 불가능했다. 몇 안 되는 의사가 그렇게 많은 일을 감당할 순 없어, 병상 옆을 급히 지나며 "그래요, 그래요, 바르셀로나에서 치료할 거예요"라고 말하는 게 전부였다. 병원 열차가 바르셀로나로 '마냐나' 떠난다는 소문만 가득했다.

또 한 가지 결함은 유능한 간호사가 부족하다는 사실이다. 스페인에는 훈련받은 간호사를 공급하지 않는 게 분명한데, 내전 이전에는 수녀가 간호사 일을 도맡았기 때문인 것 같다. 나는 스페인 간호사에게 불만이 없다. 나에겐 하나같이 친절했다. 하지만 그들이 끔찍하게 무지했다는 사실은 의심할 여지가 없다. 체온 재는 법은 누구나 알고 상당수는 붕대 묶는 법도 알지만, 그게 전부였다. 그래서 너무 아픈 나머지 혼자 힘으로 움직일 수 없는 환자는 어처구니없을 정도로 무시당했다. 환자가 일주일 동안 변을 못 봐도 그대로 놔두고, 힘이 없어서 못 씻는 환자를 씻겨주지도 않았다. 팔이 으스러진 가엾은 동료 환자가 나에게 삼 주 동안 세수 한번 못했다고 하소연한 기억까지 난다. 심지어 병상을 며칠씩 청소하지 않고 그대로 놔두었다.

음식은 어느 병원이나 매우 좋았다. 정말 너무 좋았다. 스페인이란 나라에서는 환자에게 잔뜩 먹이는 게 전통 같았다. 레리다에서도 식사는 환상이었다. 오전 6시에는 아침 식사로 수프, 오믈렛, 스튜, 빵, 백포도주, 커피가 나오고, 점심은 더 으리으리했다. 민간인 대부분이 식량부족으로 심각하게 시달릴 때였는데도 말이다. 스페인 사람들은 가벼운 식사 같은 건 인정하지 않는 것 같다. 이들은 환자에게도 건강한 사람과 마찬가지로 영양가 높고 기름진 요리에 올리브 기름을 듬뿍 뿌린 음식을 준다.

하루는 아침에 병실 환자 모두를 오늘 바르셀로나로 후송한다고 발표했다. 나는 아내에게 전보를 간신히 보내서 곧 도착할 거라 알리고, 병원 측에서는 곧이어 우리를 버스에 빽빽하게 태워서 기차역으로 보냈다. 기차가 출발한 다음에 비로소 함께 가던 병원 잡역부가 우리는 바르셀로나가 아니라 타라고나로 가는 거라고 태연하게 말했다. 열차 기관사가 마음을 갑자기 바꾸기라도 한 것처럼 말이다. '스페인답다!'는 생각이 절로 떠올랐다. 하지만 내가 전보를 다시 보내는 동안 기차를 세워놓고 기다린 것도 스페인답고, 전보가 아내에게 영원히 전달되지 않은 건 더더욱 스페인다웠다.

병원 측은 우리를 나무 좌석이 있는 평범한 삼등칸에 넣었는데, 많은 환자가 심하게 다친 데다 그날 아침에 병상에서 처음 나온 환자도 많았다. 오래지 않아 더위와 진동으로 환자 절반이 금방이라도 혼절할 것 같고, 몇 명은 바닥에 토했다. 병원 잡역부는 시체처럼 사방에 널브러진 형상 사이를 요리조리 다니며, 커다란 염소 가죽 물통에 가득한 물을 이 사람 저 사람 입에 뿜어주었다. 정말 더러운 물이었다. 지금도 그 맛이 기억날 정도다.

우리는 해가 저물 무렵에 타라고나로 들어섰다. 철로는 바다 바로 옆에서 해안을 따라 이어졌다. 우리 기차가 역으로 들어설 때 국제여단 병사를 가득 태운 열차는 역에서 빠져나오고, 철로 위 육교에는 사람들이 모여서 손을 흔들었다. 아주 기다란 열차에 병사들은 객차가 터져나갈 정도로 빽빽하고, 뚜껑 없는 화물칸은 야포를 싣고, 그 주변에 많은 병사가 모여있었다. 열차는 초저녁 노란빛을 받으며 웅장하게 지나고, 창문마다 시커먼 얼굴은 미소 짓고, 총신은 기다랗게 가로눕고, 주홍색 스카프는 펄럭이는…… 이런 장면 전체가 청록색 바다를 배경으로 우리를 천천히 지나던 장면이 지금도 생생하게 기억난다.

"에스트란헤로스……. 외국인이야. 이탈리아인이라고."

누군가 말했다. 그렇다, 이탈리아인이 확실했다. 그렇게 모여서 흥겨워할 사람은, 군중에게 그렇게 우아하게 답례할 사람은, 절반 정도가 열차 지붕에서 포도주병을 들고 나발 부는데도 우아한 모습이 조금도 안 줄어드는 사람은 이탈리아 사람밖에 없다. 나중에 들은 바에 의하면, 이들은 3월에 구아달라하라에서 커다랗게 승리한 부대 소속으로, 휴가를 마치고 아라곤 전선으로 이동하는 중이었다. 불과 서너 주 후에는 우에스카에서 대부분 전사하니, 참으로 안타까운 운명이 아닐 수 없다.

우리도 움직일 수 있는 사람은 일어나서 객차를 가로질러 이탈리아인을 응원했다. 목발 하나가 창밖으로 나와서 흔들리고, 붕대를 감은 팔은 혁명군 경례를 했다. 싱싱한 남자는 객차를 가득 채운 채 전선을 향해 자랑스럽게 올라가고, 팔다리를 다친 남자는 전선에서 천천히 물러나고, 그러는 내내 무개화차에 실린 야포는 우리 가슴을 뛰게 하면서 전쟁은 정말 영광스러운 거라는 느낌을 도저히 못 지우도록 파괴적으로 되살리는 게, 전쟁을 풍자한 그림 같았다.

타라고나 병원은 무척 커다란 병원이라 전선 전체에서 후송한 부상병으로 가득했다. 별의별 부상병이 다 있었다! 다친 부위를 최신 치료법에 따라 치료하는 것 같은데, 눈으로 보기에는 정말 끔찍했다. 상처에 붕대를 안 감고 그대로 둔 채 가림망을 철사로 펴서 걸쳐놓아 파리가 접근하는 걸 막았다. 그래서 가림망 밑으로 아물지 않은 상처가 시뻘겋게 드러났다. 얼굴과 목을 다친 병사는 가림망으로 만든 둥그런 모자를 쓰느라 입까지 막혀서 입술 사이에 조그만 관을 넣고 숨을 쉬었다. 그런 환자는 당연히 말을 할 수 없어, 가림망 너머로 상대를 물끄러미 쳐다보다가 가엾게도 혼자서 이리저리 어슬렁거리며 외롭게 지내야 했다.

나는 타라고나에 사나흘 머물렀다. 체력이 돌아와서 하루는 천천히 걷다가 해변까지 내려갔다. 산책로를 따라 멋지게 늘어선 카페, 천 킬로미터 이내에는 전쟁 같은 게 없다는 듯 해수욕하고 휴대용 접의자에 누워서 일광욕하는 뚱뚱한 현지 부르주아지 등, 해변 풍경은 평소와 다를 게 없다는 사실이 신기했다. 그런데 공교롭게도 해수욕하던 사람이 익사하는 장면을 목격했다, 바닷물이 얕고 미지근해서 그런 일은 결코 없을 것 같은데도 말이다.

전선을 벗어나고 8~9일 만에 나는 상처 부위를 마침내 진찰받았다. 늑골이나 빗장뼈 등이 부서진 병사는 전선 후방 야전 병원에서 다친 부위에 석고로 가슴받이를 만들어 씌웠으니, 새로 도착한 환자는 진료소에서 커다랗고 지저분한 가슴받이 구멍 사이로 일주일이나 못 깎아서 턱수염이 덥수룩하고 더러운 얼굴로 불안하게 쳐다보고, 의사는 커다란 가위를 들고서 석고를 잘라내기 일쑤였다. 성격이 활달하고 잘생긴 얼굴은 서른 살가량으로 보이는 의사가 나를 의자에 앉혀, 거친 가제 조각으로 내 혀를 잡아서 최대한 기다랗게 당기더니, 치과용 거울을 목구멍으로 들이밀고 나에게 "아!" 하는 소리를 내라고 말했다. 의사는 혀에서 피가 나고 눈에서 눈물이 날 때까지 이런 식으로 살피더니, 성대 하나가 마비되었다고 통보했다.

"그럼 목소리는 언제 돌아오나요?"

내가 묻자, 의사가 쾌활하게 대답했다.

"목소리요? 아, 목소리는 절대로 안 돌아옵니다."

그런데 의사 판단이 틀렸다. 속삭이는 이상으로 한동안 말할 수 없었으나, 한두 달이 지나면서 목소리가 갑자기 정상으로 돌아온 거다. 다른 성대가 "보정"하는 식으로 말이다. 팔에서 일어나는 통증은 총알이 목 뒷덜미 신경 가닥을 끊어서 생긴 거였다. 신경통처럼 쿡쿡 쑤셔서 한 달가량 아팠다. 밤이면 통증이 특히 심해서 제대로 잘 수도 없었다. 오른손 손가락도 절반은 마비되었다. 다섯 달이나 지난 지금도 검지는 여전히 감각이 없다. 목을 다친 결과가 참 신기하다.

내가 당한 부상은 호기심을 살짝 일으키는 대상이었다. 여러 의사가 다친 부위를 검사하고 혀를 끌끌 차며 "케 수에르테! 케 수에르테!"[53]라고 중얼거렸다. 한 의사는 권위 있는 태도로 총알이 동맥을 "1mm 정도" 피했다고 말했다. 그 의사가 그걸 어떻게 알았는지 모르겠다. 의사든 간호사든 프락티칸테[54]든 주변 환자든, 이 무렵에 만난 사람은 나를 볼 때마다 목에 관통상을 입고도 살아남은 사람은 지상에서 운이 제일 좋은 사람이라고 말했다. 나는 그럴 때마다 아예 총에 안 맞으면 운이 훨씬 좋았을 거라고 생각했다.

제13장

내가 병원에서 마지막 몇 주를 보내는 사이에 바르셀로나에는 극히 사악한 기운이 감돌았다. 의심과 공포와 불확실성과 증오심을 속으로 억누르는 분위기였다. 오월 시가전은 지울 수 없는 후유증을 남겼다. 카발례로 정권이 붕괴하면서 공산당은 권력을 확고하게 움켜잡고, 치안 책임은 공산당 출신 각료에게 넘어갔으니, 이들이 기회만 생기면 모든 정적을 깡그리 숙청하리란 사실을 아무도 의심하지 않았다. 아직은 아무 일도 안 일어나고, 나 자신은 앞으로 일어날 사태를 상상조차 못 하나, 막연한 위기감마저, 매우 나쁜 일이 곧 들이닥칠 거란 느낌마저 지울 순 없었다. 음모를 꾸민 적이 전혀 없는 사람이라도 음모에 가담한 느낌이 들도록 강요하는 분위기에 카페 구석에서 숨죽여 대화

53) 〈다행이군, 다행이야〉라는 뜻이다.
54) 〈약사〉다.

하다가 행여나 옆 테이블에 앉은 사람이 경찰 첩자는 아닌가 의심하며 온종일을 보내는 느낌마저 들었다.

언론 검열 덕분에 불길한 소문이 다양하게 나돌았다. 네그린-프리에토 정부가 타협해서 내전을 종결할 거란 소문도 돌았다. 당시에 나는 이 소문을 믿는 쪽으로 기울었다. 파시스트가 빌바오로 밀고 올라오는데, 정부는 그곳을 사수하려는 노력을 조금도 안 했기 때문이다. 바스크[55] 깃발은 도시 전역에 나부끼고, 여자아이들은 모금함을 딸랑거리며 카페를 돌아다니고, "전선을 지키는 영웅들"은 평소처럼 방송에 나오지만, 바스크 사람들은 실질적인 도움을 조금도 못 받았다. 정부가 속 다르고 겉 다르게 행동한다는 의심이 절로 일었다. 나중에 나타난 양상을 보며 내가 완전히 잘못 생각했다는 걸 알았지만, 정부가 조금만 더 노력했더라면 빌바오를 충분히 지켰으리란 생각은 지금도 여전하다. 아라곤 전선에서 공세를 펼쳤다면, 설사 공격 자체는 성공을 못 하더라도 프랑코는 병력 일부를 그쪽으로 돌릴 수밖에 없을 터였다. 하지만 너무 늦어서 소용이 없을 때까지, 빌바오가 적군에게 실제로 떨어질 때까지, 정부는 아무런 공세도 펼치지 않았다. 전국노동자연맹은 〈모두 경계하라!〉고 촉구하는 전단을 엄청나게 뿌려서, (공산당을 의미하는) "특정 정당"이 쿠데타 음모를 꾸민다고 암시했다.

적군이 카탈루냐를 공격할 거란 공포감도 사방에 가득했다. 일전에, 우리가 전선으로 돌아갈 때, 나는 전선 후방 수십 킬로미터 거리에 방어 시설을 강력하게 구축하고, 바르셀로나 전역에 공습대피호를 새롭게 파는 광경을 목격했다. 공습이나 함포 사격에 대한 소동이 툭하면 일어나고, 경보는 대부분 틀렸지만, 사이렌이 울릴 때마다 도시 전역은 모든 불을 몇 시간씩 끄고 사람들은 겁에 질린 채 지하실로 뛰어들

55) 스페인 북부로, 빌바오가 여기에 있다.

었다.

경찰 첩자가 사방에 가득했다. 감옥은 5월 시가전 때문에 잡아들인 죄수로 바글거리는데도 한두 명씩 감옥으로 끌려가는 사태는 끊이질 않았다. 대부분은 당연히 무정부주의자나 통일노동자당 지지자였다. 누구나 알듯, 재판받은 사람은 물론 기소당한 사람조차 〈트로츠키주의〉라는 또렷한 혐의도 없이 감옥에 끌려가서 그대로 갇힌 채 연락마저 끊기기 일쑤였다.

보브 스마일리 역시 발렌시아 감옥에 그대로 있었다. 우리가 파악한 거라곤, 현장으로 달려간 독립노동자당 대표도 사건을 맡은 변호사도 허가가 안 떨어져서 당사자를 만날 수 없다는 사실이 전부였다. 국제여단이나 다른 민병대 출신 외국인이 투옥되는 사례도 꾸준히 늘었다. 대체로 탈영병으로 체포당하는 식이었다. 당시는 민병대가 자원병인지 정규군인지 누구도 확실히 알 수 없는 상황이었다. 몇 달 전만 해도 민병대에 입대한 사람은 모두 자원병이니, 원하면 언제든 제대증을 받을 수 있다고 했다. 그런데 정부가 마음을 바꾸어서 민병대를 정규군으로 규정하더니, 집으로 돌아가려고 하면 탈영병으로 잡아들이는 것 같았다. 하지만 이 점에 대해서 확실히 아는 사람도 없는 것 같았다. 전선 일부 지역에서는 제대증을 여전히 예전처럼 발급했다. 그런데 이런 제대증이 국경에서 통할 때도 있고 아닐 때도 있으니, 안 통하면 곧바로 감옥행이었다. 그러다 보니 감옥에 갇힌 외국인 "탈영병"은 수백 명까지 불어나더니, 본국에서 시끄럽게 굴자, 대부분 돌려보냈다.

돌격대는 무장한 채 여럿이 모여서 거리마다 돌아다니고, 치안대는 전략 지점에 있는 카페나 건물을 그대로 점거하고, 통일사회당 건물은 모래주머니를 쌓아 올린 바리케이드가 대체로 그대로 있었다. 치안대나 국경경비대는 도시 곳곳에 초소를 설치해, 지나는 사람을 세워서 신분증을 요구했다. 사람들은 나에게 통일노동자당 민병대 신분증을 내밀지 말고 여권과 병원 입원증만 제시하라고 하나같이 경고했다. 통일노동자당 민병대로 복무했다는 사실 하나로 위험할 수 있다면서 말이다. 전선에서 다치거나 휴가 나온 통일노동자당 민병대는 사소한 일로, 가령, 봉급조차 못 받는 식으로 어려움을 겪었다. 《라 바탈라》는 계속 발행해도 거의 모든 기사를 검열당해 빈칸으로 나오기 일쑤고, 《솔리다리다드》를 비롯한 무정부주의 신문 역시 마찬가지였다. 그러자 검열받은 부분은 비워두지 말고 다른 기사로 채워야 한다는 규정이 새로 생겨서 어떤 기사를 삭제당했는지 분간할 수 없을 때도 잦았다. 식량부족 사태는 내전 기간 내내 좋았다가 나쁜 식으로 파동쳤는데, 그 당시는 나쁜 시기였다. 빵이 귀한 나머지, 쌀가루를 섞은 싸구려 빵까지 나왔다. 병사들이 병영에서 받는 빵은 유리창 접합체처럼 끔찍했다. 우유와 설탕은 극히 귀하고, 담배는 아예 사라졌다. 값비싼 밀수 담배가 전부였다.

스페인에서 다양하게 사용하는 올리브 기름도 크게 부족했다. 여자들이 올리브 기름을 사려고 기다랗게 줄 서면 치안대원은 말에 올라탄 채 감독하다가 기다란 줄로 뒷걸음쳐서 여인네 발가락을 말굽으로 밟으며 즐거워하기 일쑤였다.

이 무렵에 특히 짜증스러운 건 잔돈이 부족했다는 거다. 정부 측에서 은화를 회수하고 아직은 동전을 새로 만들지 않아, 10센티모 동전과 2페세타 50센티모 지폐를 이어줄 화폐가 전혀 없는 데다가 10페세타 아래쪽 화폐도 몹시 귀했다.[56] 극빈자는 식량이 부족한 상황에 그만큼 많이 고생할 수밖에 없었다. 10페세타짜리 지폐 한 장만 가진 여자

56) (원주) 1페세타는 4펜스에 해당한다.

CNT

는 식료품점 밖에서 몇 시간씩 줄을 서도, 식료품점에 잔돈이 없고 여자는 10페세타를 다 쓸 여유가 없으면 결국에는 아무것도 살 수 없기 때문이다.

늘 바뀌는 소문에 불안감은 묘하게 치솟고, 신문은 검열당하고, 무장 병력은 거리를 꾸준히 감시하는 악몽 같은 분위기를 지금 여기에서 그대로 전하는 건 쉽지 않다. 이런 분위기에 비유할만한 상황이 당장은 영국에 없기 때문이다. 영국에서는 정치 탄압을 당연하게 받아들이지 않는다. 물론 정치적으로 사소하게 박해하는 형태는 존재해, 광부가 사장에게 공산주의자로 알려지는 걸 걱정할 순 있으나, 스페인 정치에 폭력적으로 등장하는 "훌륭한 정당인" 같은 하수인은 여전히 드물며, 의견이 다른 사람을 모조리 "숙청"하거나 "제거"한다는 건 상상할 수도 없었다. 그런데 바르셀로나에서는 그런 게 지극히 자연스러웠다. "스탈린주의자"가 권좌에 오르니, 〈트로츠키주의자〉 모두가 위험에 처하는 건 너무나 당연한 결과였다. 결국엔 안 일어났지만, 사람마다 시가전이 다시 일어나서 통일노동자당과 무정부주의자에게 모든 책임이 돌아가는 건 아닐까 두려워했다. 어디에선가 시가전을 알리는 총성이 두 귀에 들리는 것 같을 때도 종종 있었다. 거대한 생명체가 도시 전체를 사악하게 내리누르는 느낌이었다. 모두가 똑같은 느낌으로 한마디씩 뱉어냈다. 모두가 하나같이 "이곳 분위기는 정말 끔찍해. 정신병원에 들어온 것 같아"라면서 비슷한 느낌을 드러내는 게 정말 신기할 정도였다. 그런데 "모두"라고 말하면 안 될 것 같다. 스페인을 스치듯 지나간 영국인 다수는, 호텔에서 호텔만 옮겨 다닌 방문객 다수는 일반 분위기에 문제가 있다는 사실을 조금도 못 느낀 것 같으니 말이다. 애솔 공작부인이 경험한 내용을 한번 보자(《선데이 익스프레스》 1937년 10월 17일).

나는 발렌시아, 마드리드, 바르셀로나에 있었다……. 세 도시 모두 폭력 현상은 전혀 없고 질서는 완벽했다. 내가 묵은 호텔은 버터와 커피는 부족해도, 모두 '정상'으로 '훌륭'할 뿐 아니라 매우 편안했다.

말쑥한 호텔 바깥에 존재하는 건 실제가 아니라고 여기는 모습이 정말 영국인 여행객답다. 애솔 공작부인에게 버터까지 구해주었더라면 더할 나위 없을 걸 그랬다.

나는 마우린 요양소에 머물렀다. 통일노동자당이 운영하는 요양소 가운데 하나였다. 티비바도 산 근처 교외 지역인데, 티비바도 산은 바르셀로나 뒤로 묘하게 우뚝 솟은 산으로, 사탄이 예수에게 지상의 수많은 나라를 보여주었다는 전설이 있어서 그런 이름을 붙인 곳이다. 요양소는 원래 돈 많은 부르주아 소유였으나 혁명기에 접수한 건물이다. 여기에 있는 사람은 전선에서 다쳐 팔다리를 절단하는 등 영원히 불구로 살아야 하거나 병에 걸려서 후송된 사람이 대부분이었다. 나 말고 영국인이 몇 명 있었는데, 다리를 다친 윌리엄스, 참호에서 결핵 증상을 보여 후송된 열여덟 살짜리 스태퍼드 코트먼, 부러진 왼팔을 커다란 철망에, 스페인 병원에서 비행기라는 별칭으로 부르는 철망에 묶고 다니는 아서 클린턴 등이었다.

아내는 콘티넨털 호텔에 그대로 묵고, 나는 대체로 바르셀로나로 가서 한낮을 보냈다. 아침이면 종합병원으로 가서 팔에 전기치료를 받는데, 따끔따끔한 전기 충격을 연달아 가해서 다양한 근육이 툭툭 튀어 오르다가 가라앉는 이상한 치료로, 손가락이 다시 움직이고 통증도 줄어드는 걸 보면 효과는 있는 것 같았다.

아내와 나는 영국으로 최대한 빨리 돌아가는 게 최선이란 결론을 내린 상태였다. 나는 체력이 많이 떨어지고, 목소리가 영원히 안 나올 것 같고, 의사들은 적어도 몇 달은 지나야 전선으로 복귀할 수 있을 거라고 말했다. 조만간에 돈도 벌어야 하는 데다, 스페인에 죽치고 앉아서 다른 사람에게 가야 할 식량이나 축내는 건 아무런 의미가 없는 것 같았다. 하지만 이기적인 동기가 대부분이었다. 끔찍한 상황에서 벗어나고픈 욕구가 엄청났다. 정치 성향을 의심하고 증오하는 끔찍한 분위기에서, 무장한 무리가 몰려다니는 거리에서, 공습과 참호와 기관총, 시끄러운 전차, 우유를 안 넣은 차, 기름진 요리와 담배 부족에서, 스페인과 관련된 모든 상황에서 달아나고 싶었다.

종합병원 의사들은 내가 전투 부적격자라는 의학적 소견서를 발행했지만, 제대증을 받으려면 전선 근처 병원 군의관 위원회에서 심사받은 다음, 시에타모로 가서 서류에 통일노동자당 민병대 사령부 직인을 받아야 했다.

콥은 전선에서 막 빠져나와 대단히 즐거워했다. 군사 작전에 참여하다 왔는데, 마침내 우에스카가 우리 손에 넘어올 것 같다면서, 정부가 마드리드에서 병력 3만을 끌어와 우에스카 전선에 투입하고 비행기도 엄청나게 동원했다고 덧붙였다. 내가 목격한 이탈리아인 부대는 타라고나에서 전선을 따라 올라가 하카 도로를 공격했으나 많은 사상자를 내고 탱크 두 대를 잃었다고 했다. 그래도 우에스카는 결국 떨어질 수밖에 없다는 거다. (아아! 하지만 아니었다. 공격은 엄청난 실패로 끝나, 신문마다 거짓말 잔치를 벌이는 계기만 만들어주었다.) 콥은 발렌시아 육군성으로 면접을 보러 가야 했다. 동부에서 군대를 지휘하는 포사스 장군에게 추천서를, 콥을 '전적으로 신임하는 사람'이라면서 공병대에 특별히 추천하는 서류를 받은 것이다. 콥은 군대에 오기 전에 기술자였다. 그래서 내가 시에타모로 떠나는 날에 콥은 발렌시아로 떠났다. 6월 15일이었다.

나는 바르셀로나를 닷새간 비웠다. 사람이 가득 올라탄 화물 트럭에 끼어서 자정쯤 시에타모로 들어섰다. 통일노동자당 사령부에 도착하자마자 사령부 측에서 기다란 줄을 세우더니, 소총과 탄약통을 나누어 주기 시작했다. 이름조차 안 물었다. 공격을 개시할 예정이라, 당장 가동할 수 있는 병력은 모두 동원하는 것 같았다. 나는 호주머니에 병원 입원증이 있지만, 전투에 참여할 수 없다는 말이 차마 입 밖으로 나오질 않았다. 그래서 땅바닥에 누워 탄약통을 베개 삼아 잠을 청하는데, 무척 당혹스러웠다. 총상을 입으면 누구나 그렇듯 사기가 잔뜩 꺾인 상태라서, 총알이 쏟아지는 전쟁터로 나가야 한다는 사실이 정말 끔찍했다. 하지만 평소와 마찬가지로 '마냐나'가 작용하고, 우리는 불려가지 않으니, 나는 바로 다음 날에 병원 입원증을 제시하고 제대증을 찾으러 갔다. 이건 계속 헛걸음질하며 이리저리 정신없이 돌아다녀야 한다는 의미였다. 항상 그렇듯, 나는 시에타모, 바르바스트로, 몬손 등등, 이 병원 저 병원을 돌아다니며 마냥 다투다가 시에타모를 다시 찾은 다음에 비로소 제대증에 직인을 받고, 바르바스트로와 레리다를 거치며 전선을 따라 다시 내려갔다. 우에스카로 병력을 집결하면서 운송 수단을 모두 징발하는 바람에 다른 곳으로 가는 차편이 없었기 때문이다. 그래서 여기저기 이상한 곳에서 잠을 잔 기억이 난다. 한번은 병원 침대, 한번은 도랑, 한번은 한밤중에 비좁은 벤치에 주저앉은 그대로, 한번은 바르바스트로 시립 숙박소였다.

철로를 벗어나면 지나가는 트럭에 올라타야 했다. 길가에서 몇 시간씩, 때로는 보따리로 오리나 토끼를 가득 묶은, 수심에 잠긴 농민 여러 명과 서너 시간씩 꾸준히 기다리며 트럭이 다가올 때마다 손을 흔들어야 했다. 그러다가 사람이나 빵이나 탄약 상자를 빼곡히 채운 사이에 공간이 남은 트럭을 만나면, 험한 도로에서 덜컹대느라 진이 다 빠졌다. 말을 타도 그렇게 높이 뛰어오르진 않을 거다. 모두 똘똘 뭉쳐서 서로를 꼭 붙들고 가는 수밖에 없었다. 창피하게도 나는 체력이 여전히 약한 상태라서 다른 사람이 돕지 않으면 트럭에 혼자 올라탈 수도 없었다.

군의관 위원회에 참석하러 갔다가 몬손 병원에서 하룻밤 잤다. 바로 옆 침상엔 돌격대원이 있는데 왼쪽 눈 위를 다친 상태였다. 그는 다정하게 굴면서 나에게 담배도 주었다. 나는 "바르셀로나에서 만났다면 서로 총질을 했겠군"이라 말하면서 함께 웃음을 터뜨렸다. 전선 근처는 어디를 가든 분위기가 완전히 다른 게 정말 신기했다. 정당에 대한 원한과 증오심은 어디에도 없었다. 전선에 있는 동안, 통일사회당 추종자가 나에게 통일노동자당이란 이유로 적대감을 보인 기억은 단 한 번도 없다. 그런 적대감은 바르셀로나처럼 전선에서 멀리 떨어진 지역에서만 나타났다.

시에타모에는 돌격대원이 많았다. 우에스카 공격에 투입하려고 바르셀로나에서 보낸 병사들이었다. 돌격대는 전선에 투입할 목적으로 만든 부대가 아니라서 총알을 퍼붓는 전쟁터를 경험한 병사가 거의 없었다. 바르셀로나 거리에서는 왕처럼 군림해도, 전선에서는 킨토(신참)에 불과하니, 전선에서 몇 달을 보낸 열다섯 살짜리 민병대 꼬마에게도 구박받는 처지였다.

몬손 병원에서 군의관은 다른 의사와 마찬가지로 혀를 잡아당기고 거울을 들이밀더니, 내가 다시는 목소리를 찾을 수 없을 거라고 다른 의사와 마찬가지로 쾌활하게 말하며 안심시키곤, 증명서에 서명했다. 그곳에서 검사받을 순서를 기다리는 동안, 수술실에서는 마취도 않고 정말 무시무시한 수술을 하는 중이었다. 지금 다시 생각해도 마취를 안 한 이유가 뭔지 모르겠다. 어쨌든 수술은 끝없이 이어지고 비명도 끝없이 울려 퍼졌는데, 내가 들어가니 의자는 여기저기 나뒹굴고 바닥에는 피와 오줌이 흥건했다.

당시에 마지막으로 돌아다닌 과정 하나하나가 지금도 이상할 정도로 또렷하게 떠오른다. 그때 기분은 지난 몇 달 사이에 느낀 기분과 완전히 달랐다. 가만히 관찰하는 느낌이었다. 제대증도 받고, 29사단 직인도 받고, 내가 〈무능〉하다는 군의관 확인서도 받았다. 영국으로 마음대로 돌아갈 수 있었다. 이제 비로소 스페인을 제대로 볼 것 같은 느낌이었다.

나는 바르바스트로에서 하루를 지체했다. 기차가 하루에 한 번밖에 없기 때문이다. 예전에 바르바스트로를 잠시 훑어본 적이 있는데, 그때는 진창이 곳곳에 널리고 추운 잿빛과 시끄러운 트럭과 초라한 병사가 가득한 풍경만, 전쟁과 관련된 부분만 보였던 것 같다. 그런데 이번에는 묘하게 달랐다. 바르바스트로를 이리저리 돌아다니며 꼬불꼬불 재미있는 거리도, 오래된 돌다리도, 사람만큼 높고 커다란 술통이 즐비한 포도주 가게도, 사람들이 수레바퀴나 짧은 칼이나 나무 숟가락이나 염소 가죽 물통을 만드는 풍경이 신기한 반지하 상점도 발견했다. 염소 가죽으로 물통 만드는 광경을 지켜보다가 전엔 전혀 모르던 흥미로운 사실도, 털을 깎지 않고 안쪽에 댄다는 사실도, 그러면 물에 섞인 불순물을 염소 털이 걸러낸다는 사실도 발견했다. 이런 효능도 모른 채 지난 몇 달 동안 염소 물통에 물을 담아서 마신 거다.

도시 뒤쪽으로는 옥빛 강물이 얕게 흐르고 그 위로 바위 절벽이 수직으로 솟았는데, 바위를 파서 집을 만들어, 침실 창문에서 침을 뱉으면 수십 미터 아래 강물로 떨어졌다. 절벽 구멍에는 헤아릴 수 없이 많은 비둘기가 살았다. 레리다에서는 낡아서 무너지는 건물 처마마다 수없이 많은 제비가 둥지를 틀어, 조금 떨어진 거리에서 보면 둥지에 뒤덮인 모양이 로코코 시대에 만든 화려한 장식물 같았다. 여섯 달을 보내면서도 그런 모습에 눈길조차 안 보냈다는 사실이 정말 신기했다.

제대증을 호주머니에 넣는 순간에 인간으로 돌아온 것 같았다. 관광객이 된 느낌마저 살짝 들었다. 내가 정말로 스페인에 있다는 느낌이, 오랫동안 가고 싶던 나라 스페인에 있다는 느낌이 든 건 거의 처음이었다. 레리다와 바르바스트로 조용한 뒷골목에서 모든 사람이 상상하던, 아득한 소문 속에 존재하던 스페인을 조금은 본 것 같다. 하얗고 뾰족한 산맥, 염소지기, 종교재판소 지하감옥, 모로코식 궁전, 꾸불꾸불 줄지어 가는 새까만 노새, 잿빛 올리브나무와 레몬 숲, 머리에서 어깨까지 베일을 까맣게 덮어쓴 처녀들, 말라가와 알리깐떼 포도주, 대성당, 추기경, 투우, 집시, 세레나데……. 바로 이게 스페인이었다. 유럽에서 가장 활발한 상상력을 불러일으키는 나라였다. 마침내 여기까지 왔는데 북동쪽 귀퉁이만 본다는 사실이, 내전에 빠져서 혼란스러운 데다 겨울이라서 추웠다는 사실이 아쉬울 뿐이었다.

바르셀로나로 들어서니, 시간이 늦어서 택시가 없었다. 마우린 요양소는 도시 끝자락이라서 도저히 갈 수 없어, 나는 콘티넨털 호텔로 가다가 도중에 저녁을 먹었다. 구리를 돌려서 단단히 묶어 포도주를 담은 떡갈나무 항아리에 대해 아버지 같은 웨이터와 대화한 게 기억난다. 내가 하나 사서 영국에 가져가고 싶다고 말하니, 웨이터는 공감하는 표정으로 이렇게 대답했다.

"그래요, 아름다워요, 그죠? 하지만 요즘에는 살 수가 없어요. 이런 걸 만드는 사람이 이제 없거든요…… 무얼 만드는 사람이 하나도 없어요. 전쟁이…… 정말 안타까워요!"

전쟁이 정말 안타깝다는 사실에 우리는 동의했다. 나는 관광객 같은 느낌이 다시 들었다. 스페인이 마음에 드느냐, 다시 오겠느냐. 그럼요, 당연히 다시 와야지요. 웨이터가 다정하게 묻고 내가 다정하게 대답하며 평화롭게 주고받은 대화가 기억 속에 단단히 틀어박혔다, 조금 후에 일어난 사건 때문이다.

호텔로 들어서니, 아내는 라운지에 앉아서 기다리는 중이었다. 그러다가 벌떡 일어나서 다가오는데, 아무런 관심도 없다는 태도를 충격적으로 보이더니, 내 목에 한쪽 팔을 올리고 라운지에 있는 사람들을 의식해서 다정한 미소를 머금으며, 내 귀에 대고 재빨리 속삭였다.

"밖으로 나가!"

"뭐?"

"당장 여기에서 나가!"

"뭐?"

"여기에서 어물쩍대지 말라고! 얼른 나가!"

"뭐? 왜? 무슨 소리야?"

아내는 벌써 팔을 잡고 계단 쪽으로 끌어당기기 시작했다. 계단을 반쯤 내려가다가 프랑스인 한 명을 만났다. 그 사람 이름은 말하지 않겠다. 통일노동자당과 아무런 관련이 없는데도 문제가 발생한 내내 우리에게 좋은 친구가 되어준 사람이다. 그 사람이 걱정스러운 얼굴로 나를 바라보며 말했다.

"잘 들어요! 당신은 여기에 오지 말아야 했어요. 사람들이 경찰에 신고하기 전에 얼른 나가서 몸을 숨겨요."

그러더니 계단 밑에서는 통일노동자당 당원(호텔 지배인은 모르는 게 분명한) 호텔 직원 하나가 엘리베이터에서 슬그머니 빠져나와 엉터리 영어로 나에게 어서 나가라고 말했다. 그때까지도 나는 도대체 무슨 영문인지 이해할 수 없었다.

"도대체 다들 이러는 이유가 뭐야?"

내가 물었다. 보도로 나온 직후였다.

"……못 들었어?"

"뭘 못 들어? 아무것도 못 들었어."

"통일노동자당을 탄압하는 중이야. 당국에서 모든 건물을 급습했어. 거의 모든 사람을 감옥에 가뒀어. 벌써 총살을 시작했다는 소문까지 돌아."

드디어 문제가 터졌다. 우리에겐 자세히 이야기할 공간이 필요했다. 람블라스 도로변 커다란 카페는 하나같이 경찰이 득실거려, 우리는 샛길에서 조용한 카페를 찾아내고, 아내는 내가 없는 사이에 일어난 사태를 설명했다.

6월 15일, 경찰이 갑자기 안드레스 닌을 집무실에서 체포하고, 같은 날 초저녁에 팔콘 호텔을 급습해서 그곳에 있던 사람을 모두 체포했는데, 휴가 나온 민병대가 대부분이었다. 팔콘 호텔은 졸지에 감옥으로 돌변하고, 곧바로 온갖 죄수를 잡아넣었다. 다음 날 정부는 통일노동자당을 불법 조직으로 선포하고, 관련 사무실, 책방, 요양소, 〈붉은 원조〉 센터 등을 점령했다. 그러는 동안, 경찰은 통일노동자당과 어떤 식으로든 관계가 있다고 알려진 사람을 닥치는 대로 체포했다. 하루 이틀 사이에 집행위원 40명을 거의 전부 투옥했다. 한두 명이 피신했지만, 경찰은 당사자가 없으면 부인을 인질로 삼았다. 이번 전쟁을 치르는 동안 양편에서 널리 사용한 수법이다. 얼마나 많은 사람이 체포당했는지 파악할 수도 없었다. 아내가 들은 소문에 의하면 바르셀로나에서만 대략 4백 명이 체포당했다. 아무리 그런 시기라도 정말 엄청난 숫자라는 생각이 절로 들었다. 별의별 사람이 체포당했다. 다쳐서 병원에 입원한 민병대까지 경찰이 질질 끌고 나올 정도였다.

정말 황당했다. 도대체 이게 다 뭐란 말인가? 통일노동자당을 탄압하는 건 이해할 수 있지만, 사람들을 잡아 가둘 이유가 뭐란 말인가? 내가 아는 한 아무런 이유도 없었다. 통일노동자당 활동을 소급해서 탄압하는 게 확실했다. 통일노동자당은 이제 불법이며, 따라서 예전에 거기에 속한 자체로 법을 어겼다는 거다. 늘 그렇듯, 체포한 사람을 이번에도 정식으로 기소한 사례는 단 하나도 없었다. 그런데도 발렌시아 공산당 계열 신문은 적군과 무전으로 내통하고, 안 보이는 잉크로 문서에 서명했다는 등, 거대한 '파시스트 음모'를 열심히 떠들어댔다. 예전에 충분히 접한 기사였다. 중요한 건 이런 기사를 발렌시아 신문들만 실었다는 사실이다. 내가 보기에 바르셀로나 신문은 공산당 계열이든, 무정부주의 계열이든, 공화주의 계열이든, '파시스트 음모'에 대한 기사나 통일노동자당 탄압에 관한 기사를 단 한 줄도 안 싣는 것 같았다. 통일노동자당 지도부에 씌운 혐의를 우리가 처음으로 정확하게 파악한 건 스페인 신문이 아니라 하루 이틀 뒤에 바르셀로나에 도착한 영국 신문을 통해서다. 그걸 보기 전까지만 해도, 우리는 정부가 반역이나 간첩 혐의를 걸었으며, 정부 각료는 그런 혐의를 부인한다는 사실을 알 수 없었다. 통일노동자당 지도부와 나머지 당원 모두 파시스트에 매수당한 혐의 정도만 막연하게 짐작하는 수준이었다.

그런데도 사람들을 감옥에서 비밀리에 총살한다는 소문은 사방에 나돌았다. 과장한 부분도 많지만, 그런 사례가 몇 차례 벌어진 건 확실하다. 닌이 바로 그런 사례라는 건 의심할 여지가 없다. 닌은 체포당한 뒤에 발렌시아로 이송되었다가 마드리드로 다시 이송되었는데, 얼마 후에, 6월 21일에, 닌이 총살당했다는 소문이 바르셀로나에 돌더니, 나중에는 훨씬 구체적으로 돌았다. 비밀경찰이 닌을 감옥에서 총살하고 시신을 거리에 내버렸다는 거다. 이 주장은 여러 소식통에서 나왔다. 전직 정부 각료 페데리카 몬트세니스도 그 가운데 하나였다. 그날 이후로 오늘날까지, 닌이 살았다는 이야기는 두 번 다시 안 들렸다. 나중에 각국에서 파견한 대표단이 물어보자, 정부는 닌이 사라졌으며 자신들은 그 소재를 전혀 모른다는 식으로 우물쭈물 대답했다. 일부 신문은 닌이 파시스트 영토로 탈출했다는 이야기를 실었다. 하지만 그걸 뒷받침할 증거는 조금도 없고, 법무장관 이루호는 나중에 에스파냐 통신사가 자신의 공식 성명을 왜곡했다고 선언했다.[57] 어떤 경우든 닌처럼 중요한 정치범이 탈출할 가능성은 거의 없다. 나중에라도 살아서 나타나지 않는 한, 우리는 닌이 감옥에서 살해당했다고 생각할 수밖에 없다.

체포 소식은 몇 달이 넘도록 끊임없이 이어지더니, 마침내 정치범 숫자는 파시스트 말고도 수천 명으로 불어났다. 한 가지 주목할 현상은 하위직 경찰관이 자발적으로 움직였다는 사실이다. 대부분 불법으로 체포한 건 명백하고, 이들은 경찰서장이 석방하도록 명령한 사람을 감옥 문 앞에서 다시 붙잡아 '비밀 감옥'으로 옮겼다. 전형적인 사례가 쿠르트 란다우 부부다. 부부는 6월 17일경에 체포당하고, 란다우는 곧바로 '실종'되었다. 부인은 다섯 달이 지나도록 감옥에 갇힌 채 남편 소식도 못 듣고 재판도 못 받았다. 그래서 단식 투쟁을 선언한 다음에 비로소 법무장관은 남편이 죽었다고 확인하는 전갈을 보냈다. 그런 직후에 부인을 석방했으나 곧바로 체포해 감옥에 다시 가뒀다. 또 주목할 현상은 경찰이, 최소한 처음에는, 자기네 행동이 전쟁에 미칠 영향에 전혀 아무런 관심도 없는 것 같았다는 사실이다. 중요한 자리를 차지한 군 지휘관을 사전에 아무런 허락도 안 받고 거리낌 없이 체포했다. 6월이 끝날 무렵에는 바르셀로나에서 온 경찰관 몇 명이 29사단

57) 11장에 언급한 맥스턴 대표단 보고서를 참고하라.

사단장 호세 로비라 장군을 전선 근처에서 체포했다. 사단 참모들은 육군성에 대표단을 보내서 항의했다. 그러나 육군성도, 검찰총장 오르테가도, 경찰서장도 로비라 장군을 체포한다는 보고를 못 받았다는 게 확인되었다.

이런 사태가 벌어지는 동안 내가 정말 황당하게 여긴 건, 안 중요할 수도 있는데, 전선에 주둔한 부대는 밖에서 일어나는 사건을 조금도 알 수 없었다는 사실이다. 여러분도 알겠지만, 통일노동자당 탄압 소식을 나든 누구든 전선에서는 아무도 못 들었다. 통일노동자당 민병대 사령부, 〈붉은 원조〉 센터 등은 평소와 다름없이 돌아가고, 사건 발발 이후 많은 시간이 지난 6월 20일에도, 바르셀로나와 150㎞ 떨어진 전선 인근 레리다에서 소식을 들은 사람은 하나도 없었다.

바르셀로나 신문은 관련 기사를 철저하게 배제하고, 간첩 기사를 실은 발렌시아 신문은 아라곤 전선까지 안 왔다. 바르셀로나로 휴가 나온 통일노동자당 민병대를 모두 체포한 건 그들이 전선으로 돌아가서 소식을 전하지 못하도록 하려는 의도도 있는 게 분명했다. 부대를 전선에 새로 배치한 건 6월 15일에 나와 함께 올라간 사례가 마지막인 것 같았다. 물자를 수송하는 트럭 등이 계속 오가는데도 그렇게 엄청난 사건을 비밀로 유지할 수 있다는 게 나는 지금 생각해도 어리둥절하지만, 비밀을 유지했다는 사실은 의심할 여지가 없고, 나중에 여러 사람에게 확인한 것처럼, 전선을 지키던 병사는 며칠이 지나도록 아무런 소식도 못 들었다.

이렇게 모든 걸 철저하게 비밀로 한 동기는 분명하다. 우에스카 공격을 시작했는데, 통일노동자당 민병대는 여전히 독립 부대니, 바르셀로나에서 일어나는 사태를 병사들이 알면 전투 자체를 거부하지 않을까 우려한 거다. 하지만 소식을 접한 다음에도 실제로 그런 일은 벌어지지 않았다. 그 사이 며칠 동안, 후방에서 신문마다 자신을 파시스트라고 비난한다는 사실조차 모른 채 전사한 병사도 꽤 많을 게 분명하다. 이런 일을 용서하는 건 쉽지 않다. 전선을 지키는 부대에 나쁜 소식을 알리지 않는 게 관례며 원칙적으로 합당하다는 건 나도 안다. 하지만 사람들을 전쟁터로 몰아넣고 그 등 뒤에서 그들이 속한 정당을 탄압하고, 지도부를 반역죄로 체포하고 가족과 친구를 투옥했다는 사실조차 알리지 않는 건 문제가 다르다.

아내는 우리 친구들이 어떻게 됐는지 하나씩 알려주기 시작했다. 영국인을 비롯한 외국인 몇 명은 국경을 넘었다. 윌리엄과 스태퍼트 코트먼은 경찰이 마우린 요양소를 급습할 당시에 피신해서 어딘가에 숨었다. 존 맥네어도 마찬가지였다. 프랑스에 있다가 통일노동자당이 불법단체로 선포된 이후에 스페인으로 다시 들어온 건데, 정말 성급한 행동이 아닐 수 없지만, 동지들이 위험에 처한 상태에서 혼자만 안전한 곳에 머물고 싶지 않았다는 거다. 나머지는 "누구누구는 이렇게 저렇게 잡혀갔다", 또 "누구누구는 이렇게 저렇게 잡혀갔다"고 열거하는 수준이었다. 거의 모두 "잡혀간" 것 같았다. 그런데 게오르게스 콥까지 "잡혀갔다"는 소식에 나는 깜짝 놀라지 않을 수 없었다.

"뭐! 콥까지? 콥은 발렌시아에 있잖아."

콥은 바르셀로나로 예전에 돌아온 상태였다. 그는 육군성 장관이 동부 전선에서 공병을 지휘하는 대령에게 보내는 추천서도 있었다. 통일노동자당이 탄압받는다는 사실도 당연히 알았지만, 군사적으로 긴급한 임무를 띠고 전선으로 가는 자신을 경찰 측이 체포할 정도로 바보짓을 하진 않을 거로 생각한 모양이다. 그래서 배낭을 가지러 콘티넨털 호텔로 돌아왔는데, 호텔 사람들이 거짓말로 붙들어두고선 경찰에 신고한 거다. 당시에 내 아내는 밖에 나가서 없었다. 콥이 체포당했다는 소식을 듣는 순간 나는 솔직히 화가 치밀었다. 개인적으로 절친한 사이인 데다 그 밑에서 몇 달을 복무하며 총알이 빗발치는 전쟁터를 함께 뛰어다닌 터라, 나는 콥이 살아온 역사를 잘 안다. 콥은 스페인으로 건너와서 파시스트와 싸우려는 목적 하나로 가족과 국가와 직업 등 모든 걸 희생한 사람이다. 벨기에 예비군인데도 허가조차 안 받고 떠나서 외국군에 합류하고, 그전에는 스페인 정부를 위해 탄약 제조를 불법으로 돕기도 해서 본국으로 돌아가면 징역형을 몇 년은 살아야 했다. 그런데도 1936년 10월부터 전선을 지키고, 밑바닥에서 열심히 노력해 소령까지 올랐으며, 수많은 작전을 지휘하고, 내가 지켜보는 앞에서 한 차례 다치기도 했다. 5월 시가전에서는 자신이 지휘하는 지역에서 전투가 일어나는 걸 막아, 열에서 스무 명에 달하는 생명까지 구했다. 그런데도 저들이 보답한 건 감옥에 처넣은 게 고작이었다. 화내는 건 시간 낭비에 불과하지만, 이렇게 어리석은 복수는 인내심을 시험하지 않을 수 없었다.

그런데도 저들은 내 아내를 "잡아가지" 않았다. 콘티넨털 호텔에 계속 있는데도 경찰은 아내를 체포하려고 안 했다. 아내를 미끼로 삼은 게 분명했다. 하지만 불과 이틀 전 새벽에 사복형사 여섯 명이 우리 방으로 밀고 들어와서 샅샅이 수색했다. 그래서 우리가 지닌 서류를 다행히도 여권과 수표책만 남겨두고 모두 가져갔다. 내 일기장도, 우리 책도, 몇 달 동안 오려서 모아놓은 신문 기사도(신문 스크랩이 도대체 저들에게 무슨 의미가 있는지 의아하다), 전쟁 기념품도, 편지도 모두 가져갔다. (덧붙여 말하자면, 저들은 내가 독자에게 받은 편지까지 모두 가져갔다. 일부는 답장을 안 한 상태고, 주소는 당연히 없었다. 내가 지난번에 발표한 책을 읽고 편지를 보냈는데 답장을 못 받은 분이 이 글을 보신다면, 지금 내가 한 말을 사과로 받아주실 순 없을까?) 나중에는 경찰이 마우린 요양소에 두고 온 소지품까지 모두 가져갔다는 사실을 깨달았다. 더러워서 벗어둔 속옷 더미도 예외가 아니었다. 내가 거기에다 투명 잉크로 비밀 메시지라도 써놓았다고 생각한 모양이다.

아내는 호텔에 머무는 편이 훨씬 안전할 것 같았다, 최소한 당장은. 아내가 숨는다면 저들이 즉시 추적할 게 분명했다. 그러나 나는 곧장 숨어야 했다. 이런 생각을 하니까 구역질이 일었다. 수많은 사람이 체포당했는데도, 내가 위험하다는 게 도저히 안 믿겼다. 모든 사태가 정말 무의미한 것 같았다. 너무나 어이없는 공격을 나처럼 심각하게 받아들이지 않아서 콥은 감옥에 갇혔다. 나를 잡아가려는 이유가 뭔데? 내가 무슨 짓을 했냐고? 나는 통일노동자당 당원도 아니라고. 나는 이렇게 끊임없이 되뇌었다. 5월 시가전 당시에 무기를 든 건 맞지만, 당시에는 (대략) 4~5만 명이 그랬다. 어쨌든, 나는 제대로 잠자고 싶은 욕구가 간절했다. 체포당할 위험을 무릅쓰고 호텔로 돌아가고 싶었다. 하지만 아내가 반대했다. 그러면서 현 상황을 차분하게 설명했다. 당신이 무슨 짓을 하고 안 하고는 중요하지 않다. 지금은 범죄자를 검거하는 게 아니다. 공포 정치를 펼치는 것뿐이다. 당신을 잡으려는 건 범죄 때문이 아니라 〈트로츠키주의〉 때문이다. 당신은 통일노동자당 민병대에 복무했다는 사실 하나로 감옥으로 끌려갈 수밖에 없다. 법만 지키면 안전하다는 영국식 사고방식은 소용없다. 지금 여기에서는 경찰이 마음대로 하는 게 법이다. 당신에게 중요한 건 몸을 숨기고 통일노동자당과 관계한 사실을 모두 감추는 것 하나밖에 없다.

아내와 나는 내 호주머니를 샅샅이 뒤졌다. 그러더니 아내는 P.O.U.M.(통일노동자당)이란 활자가 크게 찍힌 민병대 카드를 찢으라고, 통일노동자당 깃발을 배경으로 민병대 동료들과 찍은 사진도 찢으라고 재촉했다. 당시에는 이런 사진 하나로도 체포당했기 때문이다. 하지만 제대증은 그대로 지녀야 했다. 29사단 직인이 찍힌 데다 경찰은 29사단이 통일노동자당이란 사실을 알 터이니, 제대증도 위험한 건 마찬가지지만, 이게 없으면 탈영병으로 체포당할 수 있기 때문이다.

우리는 스페인을 빠져나갈 방법을 궁리했다. 조만간에 투옥될 게 뻔한데 그대로 머물 이유가 없었다. 사실대로 말하자면, 아내든 나든 계속 머물면서 상황을 끝까지 지켜보고 싶은 마음이 간절했다. 하지만 나는 스페인 감옥이 아주 지저분할 거란 사실을 충분히 예감한 데다(실제로는 내가 상상한 이상으로 끔찍했다), 한번 갇히면 언제 나올지 모르는데, 팔이 아픈 건 둘째치고 건강이 몹시 안 좋았다. 우리는 다음 날 영국 영사관에서 만나기로 약속했다. 아내가 코트먼과 맥네어도 데려오기로 했다. 여권을 정리하려면 이틀은 걸릴 터였다. 스페인을 떠나려면 경찰서장, 프랑스 영사, 카탈루냐 이민국 등, 관공서 세 곳에서 여권에 도장을 받아야 했다. 당연히 경찰서장은 위험하다. 하지만 영국 영사라면 우리가 통일노동자당과 관계가 있다는 사실을 숨기고 사태를 해결하도록 도와줄 것 같았다. 〈트로츠키주의〉로 의심하는 외국인 명단이 있을 게 분명하고 우리 이름도 거기에 있을 가능성이 크지만, 운만 따르면 명단보다 먼저 국경에 도착할 수 있었다. 혼란과 '마냐나' 덕분에 확률이 높았다. 다행히도 여기는 독일이 아니라 스페인이었다. 스페인 비밀경찰은 게슈타포 정신이 상당하지만, 능력은 훨씬 못 미쳤다.

그래서 우리는 헤어졌다. 아내는 호텔로 돌아가고, 나는 잘 곳을 찾아 어둠 속에서 헤맸다. 우울하고 따분하던 느낌이 기억난다. 침대에서 하룻밤 편하게 자고 싶은 마음이 그렇게 간절했는데! 당장 갈 곳도 없고 피난처로 삼을 집도 없었다. 통일노동자당은 실질적으로

지하 조직이 전혀 없다. 지도부는 당이 탄압받을 가능성을 항상 생각했을 게 분명하지만, 이런 식으로 전면적인 마녀사냥을 벌이는 건 조금도 예상을 못 했다. 정부가 탄압을 시작한 당일까지 통일노동자당에서는 건물을 개조하는 작업에 (은행 건물로 사용하던 집행부 건물 내부에 극장을 만드는 작업에) 열중할 정도였으니 더 말할 게 없었다. 그래서 혁명 정당이라면 당연히 있어야 할 접선 장소나 은신처가 아예 없었다. 그날 밤에 경찰이 집을 습격하는 바람에 얼마나 많은 사람이 거리에서 잠을 청했는지 아무도 모른다.

팔이 끔찍하게 아픈데도 도저히 잘 수 없는 곳을 전전하며 닷새를 힘겹게 보냈는데, 멍청한 바보들이 잡으려고 하는 바람에 또다시 땅바닥에서 자다니……! 이게 내가 생각할 수 있는 전부였다. 정치적으로 제대로 숙고한 건 하나도 없었다. 나는 사태가 긴박하게 벌어질 때는 그런 생각을 조금도 못 한다. 전쟁이나 정치에 말려들면 늘 그러는 것 같다. 지랄 같은 사태가 빨리 끝나서 편하게 쉬는 것만 계속 떠올린다. 나중에는 이런저런 사건에 담긴 의미를 떠올려도, 사태가 벌어질 당시에는 어서 벗어나고 싶은 마음만 가득하니, 정말 저열한 성품이 아닐 수 없다.

한참을 방황하다가 종합병원 근처에서 돌연히 걸음을 멈췄다. 참견하기 좋아하는 경찰관이 나를 발견하고 신분증을 요구하는 일 없이 누울만한 장소를 찾고 싶었다. 방공 대피소를 살폈지만, 새로 파서 축축해 물이 뚝뚝 떨어졌다. 그러다가 무너진 교회로 다가갔는데, 혁명이 일어날 당시에 내부를 뜯어내고 불을 지른 곳이었다. 껍데기만 남아서 지붕도 없는 담벼락에 돌무더기가 가득했다. 나는 이리저리 쑤시면서 돌아다니다가 누울 만한 공간을 찾았다. 깨진 돌덩어리가 등을 찔러서 편하진 않아도, 다행히 밤 날씨가 따뜻한 덕분에 몇 시간이나마 잘 수 있었다.

제14장

바르셀로나 같은 도시에서 경찰에 쫓길 때 무엇보다 힘든 건 어디든 문을 너무 늦게 연다는 점이다. 한데서 자면 늘 새벽녘에 깨어나는데, 바르셀로나 카페는 9시 이전에 문을 여는 데가 하나도 없다. 그래서 나는 몇 시간이 지난 다음에 비로소 커피도 마시고 면도도 했다. 이발소에 무정부주의자 벽보가 그대로 붙어서 팁을 금지하며, 〈혁명이 사슬을 끊었다〉고 설명하는 내용을 보니, 느낌이 묘했다. 조심하지 않으면 사슬에 다시 묶인다고 이발사에게 말하고 싶은 마음만 간절하게 일었다.

나는 다시 어슬렁거리며 도심으로 들어섰다. 통일노동자당 건물마다 위에서 휼날리던 적기는 모두 뜯겨나가 공화주의 깃발이 대신 휘날리고, 현관마다 무장한 치안대원이 어슬렁거렸다. 카탈루냐 광장 모퉁이에 자리한 〈붉은 원조〉 센터는 경찰이 재미 삼아서 유리창을 모조리 깨뜨린 상태였다. 통일노동자당 책방에는 책이 한 권도 없고, 람블라스 거리 아래쪽 게시판에는 통일노동자당에 반대하는 만화를 붙여놓았다. 가면을 벗기면 파시스트 얼굴이 나오는 만화였다.

람블라스 거리를 마냥 걸어서 항구 근처까지 내려가니, 묘한 광경이 보였다. 민병대원 여럿이 전선에서 막 돌아온 진흙투성이 넝마 차림으로 구두닦이용 의자에 한 줄로 기다랗게 앉아서 축 늘어진 거다. 나는 그들을 한눈에 알아보았다. 실제로 한 명은 내가 얼굴을 아는 병사였다. 통일노동자당 민병대원들이 전날에 전선에서 돌아왔다가 통일노동자당이 탄압받는 건 물론 자기네 집마저 모두 급습당했다는 사실을 알고 거리에서 하룻밤을 보낸 게 분명했다. 이 무렵에 바르셀로나로 돌아온 통일노동자당 민병대는 재빨리 숨든가 감옥으로 가든가, 둘 가운데 하나를 선택해야 했다. 전선에서 서너 달을 보낸 사람에게 유쾌한 대접은 아니었다.

우리가 처한 상황은 정말 묘했다. 밤에는 도망자로 쫓기는데, 낮에는 거의 정상인처럼 살았다. 통일노동자당 지지자를 숨겨준다고 알려진 집은 감시받거나, 그럴 가능성이 컸다. 호텔이나 하숙집에 묵을 수도 없었다. 호텔 주인이든 하숙집 주인이든 낯선 사람이 들어오는 즉시 경찰에 신고해야 한다는 포고령 때문이다. 밤마다 거리에서 지낼 수밖에 없다는 뜻이다. 하지만 낮에는, 바르셀로나는 꽤 커다란 도시라서, 상당히 안전한 편이었다. 거리마다 치안대원과 돌격대원과 국경경비대와 일반 경찰관이 우글거리고, 사복을 입은 첩자는 또 얼마나 많은지 아무도 모른다. 하지만 지나가는 사람을 모두 세워서 조사할 순 없으니, 겉모습만 평범하면 주목받는 걸 피할 수 있다. 무엇보다 중요한 건 통일노동자당 관련 건물 근처나 웨이터가 얼굴을 알아보는 카페나 레스토랑에서 어슬렁거리지 말아야 한다는 거다. 나는 그날도 다음 날도 공중목욕탕에서 목욕하며 오랜 시간을 보냈다. 사람들 눈에 안 띄면서 시간을 보내는 좋은 방법이란 생각이 들었기 때문이다. 문제는 똑같이 생각한 사람이 너무 많다는 거다. 내가 바르셀로나를 떠나고 사나흘 뒤에 경찰은 대중목욕탕 한 곳을 급습해서 벌거벗은 〈트로츠키주의자〉를 여럿 잡았다.

람블라스 거리를 따라 절반쯤 오르다, 마우린 요양소에서 만난 부상병과 마주쳤다. 우리는 당시에 모든 사람이 하던 대로 눈짓을 슬쩍

교환한 뒤, 거리 한참 위쪽 카페에서 남의 눈에 안 띄게 만났다. 그는 마우린 요양소가 습격당할 때 간신히 피했지만, 다른 사람처럼 거리로 내몰릴 수밖에 없었다. 그런데 저고리조차 못 걸치고 달아났기 때문에 셔츠 차림인 데다 돈도 한 푼 없었다. 그는 치안대원 하나가 커다란 마우린 초상화를 벽에서 뜯어내 발로 짓밟은 이야기도 했다. 마우린은 통일노동자당을 처음 만든 지도자로, 당시에 파시스트 손에 잡혀서 사살당했다는 소문이 도는 상태였다.

나는 10시에 영국 영사관에서 아내를 만났다. 맥네어와 코트먼도 곧바로 나타났다. 그들은 보브 스마일리가 죽었다는 사실부터 알려주었다. 발렌시아 감옥에서 죽었는데, 사인을 확실히 아는 사람은 아무도 없었다. 시신은 곧바로 매장당하고, 독립노동자당 대표 데이비드 머레이가 현장을 찾아갔으나, 시신조차 확인할 수 없었다고 했다.

당연히 나는 단번에 스마일리가 총살당했다고 짐작했다. 당시에는 모두가 그렇게 믿었다. 하지만 내 짐작이 틀릴 수도 있겠다는 생각이 든다. 맹장염 때문에 죽었다는 발표가 나중에 나온 데다, 그곳에 있다가 풀려난 사람에게 스마일리가 감옥에서 아팠다는 이야기도 들었다. 그래서 맹장염 이야기가 맞을 수도 있다. 시신을 확인하겠다는 머레이 요구를 거부한 건 그냥 심술부린 것에 불과하고 말이다. 하지만 확실하게 짚고 넘어갈 게 있다. 보브 스마일리는 나이가 스물두 살에 불과한 데다, 내가 만난 사람 가운데 누구보다 건강하고 강인한 편이다. 영국 병사와 스페인 병사를 막론하고 참호에서 석 달을 보내는 동안 감기 한 번 안 걸린 사람은 스마일리가 유일하다. 이렇게 강인한 사람은 제대로 돌본다면 맹장염으로 죽지 않는다. 하지만 정치범을 가두려고 임시로 만든 스페인 감옥을 본 사람이라면 병자가 제대로 간호받을 가능성이 거의 없다는 사실을 너무나 잘 안다. 어떤 감옥이든 하나같이 지하감옥 같다는 말 한마디로 충분히 설명될 정도다. 영국에서 비슷한 감옥을 찾으려면 18세기까지 거슬러 올라가야 한다. 사람들이 비좁은 공간에 빽빽하게 들어차서 누울 자리도 없는 건 물론, 지하실이나 어두컴컴한 장소에 갇히기 일쑤였다. 그런데 일시적인 조치도 아니었다. 햇빛도 불빛도 없이 네다섯 달이나 갇힌 사례도 많다.

음식은 지저분할 뿐 아니라, 하루에 수프 두 접시와 빵 두 조각에 불과할 정도로 부족했다. (하지만 몇 달 뒤부터 음식은 조금 좋아진 것 같다.) 과장하는 게 아니다. 스페인에서 정치범으로 갇혔던 사람 누구에게나 물어보라. 나는 지금까지 다양한 사람에게 스페인 감옥 체험담을 들었는데, 내용이 하나같이 믿을 수 없을 정도로 비슷하다. 게다가 몇 차례에 걸쳐서 내 눈으로 직접 보기도 했다. 다른 영국인 친구는 나중에 투옥되었는데, 감옥 생활을 직접 체험하고서 '스마일리 사례를 곧바로 이해했다'고 편지에 담았다. 스마일리가 사망한 건 내가 쉽게 용서할 수 있는 문제가 아니다. 용감하고 재능도 탁월한 청년이 파시즘과 싸우려고 글래스고 대학 자리까지 내팽개치고 스페인으로 달려와, 내가 직접 목격한 것처럼, 전선에서 맡은 일을 흠잡을 데 없는 용기로 흔쾌하게 해냈는데, 저들이 한 짓이라곤 감옥에 던져놓고 하찮은 동물처럼 죽도록 내버려둔 게 전부다.

엄청난 전쟁터에서 수많은 목숨이 죽어 나가는 판에 한 사람이 죽은 걸 놓고 야단법석 떠는 건 아무런 소용도 없다는 사실을 나도 잘 안다. 비행기가 떨군 폭탄 하나가 혼잡한 거리에서 정치적 박해 이상으로 많은 고통을 일으킬 수 있으니 말이다. 그런데도 내가 화나는 건 아무런 의미도 없는 개죽음이기 때문이다. 전쟁터에서 전사하는 것…… 그렇다, 바로 이게 우리가 기대하던 거다. 하지만 날조한 혐의조차 없이 멍청하고 맹목적인 복수심 하나로 감옥에 끌어가서 혼자 쓸쓸히

죽게 하는 것…… 이건 완전히 다른 문제다. 스마일리 사례 역시 똑같으니, 이런 짓거리가 승리를 어떻게 앞당긴다는 건지 나로선 도무지 모르겠다.

아내와 나는 그날 오후에 콥을 찾아갔다. 독방에 갇히지 않은 정치범은 면회할 수 있으나, 한두 번 이상 찾아가서 면회하는 건 그 자체로 위험했다. 오가는 사람을 경찰이 감시하니, 감옥에 너무 자주 찾아가면 〈트로츠키주의자〉 친구라는 낙인이 찍혀서 감옥에 갇힐 수 있었다. 이렇게 된 사람이 벌써 여럿이었다.

콥은 독방에 갇힌 게 아니라서 우리는 어렵지 않게 면회할 수 있었다. 교도관에게 안내받으며 강철 문을 하나둘 지나서 감옥으로 들어가는데, 전선에서 알고 지내던 스페인 민병대 한 명이 치안대원 두 명 사이에서 끌려 나왔다. 눈이 서로 마주치고, 나는 이번에도 한쪽 눈을 은밀하게 찡긋했다. 그리고 감방으로 들어서는 순간, 우리가 제일 먼저 발견한 사람은 며칠 전에 고국으로 떠난 미국인 민병대 병사였다. 서류를 제대로 갖췄는데도 국경에서 체포당했는데, 코르덴 바지를 그대로 입어서 민병대 출신이라는 게 드러난 것 같다. 우리는 전혀 모르는 사람처럼 지나쳤다. 정말 끔찍했다. 지난 몇 달 동안 참호에서 함께 지내던 사이였다. 전선에서 총에 맞았을 때는 들것을 들고 나를 야전 병원까지 운반도 했다. 그런데도 우리는 모른 척 지나칠 수밖에 없었다. 경비병이 파란 제복을 입고 사방에서 기웃거리는데, 너무 많은 사람을 알아보는 건 치명적일 수 있었다.

감방이라는 곳은 원래 상점 1층이었다. 20㎡ 정도 되는 방 두 곳에 백 명에 달하는 정치범을 몰아넣었다. 달력에 담긴 18세기 뉴게이트 감옥 풍경 그대로였다. 곰팡내는 가득하고, 사람은 아무렇게나 쑤셔 넣고, 돌 바닥에 기다란 의자 하나와 너덜너덜한 담요 몇 장을 빼면 가구라곤 하나도 없고, 창문마다 골함석으로 막아서 내부는 어둑어둑했다. 더러운 벽에는 〈비스카 P.O.U.M!〉, 〈비바 라 레볼루시온!〉 같은 혁명 구호를 휘갈겼다. 지난 몇 달 동안 정치범을 집어넣는 유치장으로 활용한 터였다. 왁자지껄한 목소리에 귀가 먹먹했다. 면회 시간인 데다 사람들이 가득해서 움직이는 것조차 힘들었다. 대부분이 가장 가난한 노동 계급이었다. 곳곳에서 여인네들이 갇힌 가족에게 주려고 보잘것없는 음식 보따리를 풀었다. 죄수들 가운데는 마우린 요양소에서 만난 부상병도 몇 명 있었다. 두 사람은 한쪽 다리를 절단했는데, 그 가운데 하나는 목발조차 못 챙긴 채 끌려와서 한 발로 껑충껑충 뛰어다녔다. 열두 살 정도로 보이는 사내아이도 있는 걸 보면, 어린애까지 잡아들이는 게 분명했다. 적절한 위생 시설 없이 사람을 무더기로 가두어놓을 때 생길 수밖에 없는 악취가 역겨웠다.

콥은 팔꿈치로 인파를 밀치며 다가왔다. 혈색이 좋고 통통한 얼굴은 평소와 다름없으며, 주변이 지저분한데도 제복은 단정하고, 면도까지 용케 했다. 죄수 가운데는 인민군 제복을 입은 장교가 또 있었다. 그 장교와 콥은 비좁은 틈새를 힘겹게 지나면서도 서로에게 경례하는데, 그 모습이 왠지 처량해 보였다.

콥은 기분이 무척 좋은 것 같았다. "으흠, 우리 모두 총살할 것 같아"라고 쾌활하게 말하는데, "총살"이란 소리에 나는 속으로 부르르 떨었다. 나는 최근에 총알이 몸을 꿰뚫은 적이 있는 터라 그 느낌이 여전히 생생한데, 잘 아는 사람에게 그런 일이 생긴다고 생각하니, 유쾌한 기분은 아니었다.

나 역시 당시에는 저들이 통일노동자당 핵심 인물 전체를, 콥까지 포함해서, 모두 총살할 거라고 예감한 상태였다. 닌이 살해당했다는 소문은 막 흘러들고, 통일노동자당은 반역죄와 간첩죄를 뒤집어썼다.

모든 상황이 지도자급 〈트로츠키주의자〉를 재판정에서 대량으로 조작하고 학살하는 방향으로 나아갔다. 친구가 감옥에 갇혔는데 도울 방법은 하나도 없다니, 정말 끔찍했다. 내가 할 수 있는 건 정말 하나도 없었다. 벨기에 당국에 호소하는 것도 아무런 소용이 없었다. 콥이 여기에 있는 자체가 벨기에 법을 어겼다는 의미기 때문이다.

나는 대화 전체를 아내에게 맡길 수밖에 없었다. 주변이 시끄러운 탓에 내가 끽끽거리는 목소리를 나조차 알아들을 수 없기 때문이다. 콥은 새로 사귄 죄수 친구들 얘기도 하고 경비병 얘기도 하는데, 좋은 사람도 있지만, 잔뜩 겁먹은 죄수를 학대하면서 때리는 사람도 있다고, 그리고 음식은 "돼지죽"이라고 했다. 음식 보따리에다 담배까지 가져온 게 우리는 정말 다행스러웠다. 이윽고 콥은 자신이 체포당하면서 빼앗긴 서류 이야기를 꺼냈다. 거기에는 육군성에서 동부 전선 공병대를 지휘하는 대령에게 보내는 편지도 있다. 경찰은 그 편지를 빼앗고 돌려주지 않는데, 경찰서장실에 편지가 있다. 그걸 되찾으면 상황을 되돌릴 수도 있다는 거였다.

나는 그게 얼마나 중요한지 곧바로 깨달았다. 육군성 추천서와 포사스 장군 추천서를 포함한 공식 문서라면 콥이 가슴에 품은 선의를 증명할 수 있을 터였다. 문제는 그런 문서가 존재한다는 사실을 증명하는 게 쉽지 않다는 사실이다. 경찰서장 집무실에서 문서를 공개하면 이런저런 하수인이 없애버릴 게 분명했다. 그것을 돌려받을 사람은 딱 하나, 수취인 주소에 적힌 대령뿐이었다. 콥 역시 똑같이 생각하고 대령에게 보내는 편지를 작성했으니, 나에게 몰래 가지고 나가서 우편으로 보내라는 것이다. 하지만 직접 찾아가는 게 훨씬 빠르고 확실할 게 분명했다.

나는 아내를 그곳에 두고 얼른 빠져나와서 한참 헤맨 끝에 택시한 대를 잡았다. 시간이 무엇보다 중요했다. 벌써 5시 반인데, 대령은 6시에 퇴근할 가능성이 크고, 내일이면 공식 문서가 어디로 사라질지 아무도 모를 터였다. 누가 없애버릴 수도 있고 용의자를 끊임없이 잡아들이는 와중에 엄청나게 쌓이는 서류 더미에 파묻힐 수도 있었다. 대령 집무실은 항구 옆 육군성에 있었다.

내가 계단을 급하게 오르자 문에서 보초를 서던 돌격대원이 기다란 총검으로 길을 막으며 신분증을 요구했다. 나는 제대증을 흔들어 보였다. 그는 글을 못 읽는 게 분명했다. 그래서 〈신분증〉이라는 모호하고 신비로운 물건에 감명받고 통과시켰다.

안으로 들어서니, 안뜰을 중심으로 거대한 미로가 복잡하게 휘감고, 층마다 사무실 수백 개가 늘어섰는데, 과연 스페인다웠다. 내가 찾는 사무실을 조금이라도 아는 사람은 하나도 없었으니 말이다. 나는 "엘 코로넬 아무개, 헤페 데 인헤니에로스, 에헤르시토 데 에스테!(동부군 공병 사령관 아무개 대령; 역주)"를 묻고 또 물었으나, 사람들은 하나같이 웃으면서 어깨만 우아하게 으쓱했다. 뭔가 아는 사람이 가리킨 곳은 방향이 하나같이 달라, 이 계단을 오르고 저 계단을 내려가고, 끝없는 복도를 따라가면 막다른 길이 나왔다. 그러는 동안에도 시간은 끊임없이 흘렀다. 급하게 뛰어서 계단을 오르내리고, 수수께끼 같은 사람을 지나치고, 열린 문 사이로 사방에 서류가 널리고 타자기 소리는 끊임없이 일어나는 혼잡한 사무실을 들여다보노라니, 악몽을 꾸는 느낌마저 묘하게 들고, 시간은 계속 흐르고, 한 사람 목숨은 이리저리 흔들렸다.

하지만 결국엔 제시간에 도착해, 안으로 들어오라는 말에 살짝 놀랐다. 내가 만난 사람은 대령이 아니라…… 옆방에서 부관인지 비서인지, 조그맣고 날씬한 몸집에 제복은 말쑥한 장교가 나와서 커다란 눈으로 쳐다보며 용건을 물었다. 나는 찾아온 용건을 쏟아냈다. 직속상관 게

오르게스 콥 소령을 대신해서 찾아왔다. 콥 소령은 급한 임무를 띠고 전선으로 가는 도중에 착오로 체포당했다. 아무개 대령에게 보내는 편지는 극비 사항이니 당장 되찾아야 한다. 나는 콥 소령 밑에서 몇 달 동안 복무했는데, 성품이 정말 훌륭한 장교며, 그를 체포한 건 착오가 분명하다. 경찰이 다른 사람이랑 혼동한 것 같다, 기타 등등, 기타 등등.

전선에서 콥 소령이 긴급한 업무를 처리해야 한다 말하고 또 말했다. 이게 무엇보다 중요하단 사실을 잘 알기 때문이다. 하지만 내 말이 정말 이상하게 들렸을 것 같다. 형편없는 스페인어가 중요한 순간마다 프랑스어로 변했으니 말이다. 정말 최악은, 말을 꺼내는 순간에 목소리가 거의 사라진 나머지, 안간힘을 써야 꺽꺽거리는 소리가 겨우 나왔다는 사실이다. 목소리가 완전히 사라지는 건 아닐까, 조그만 장교가 이야기를 들으려고 애쓰다가 지치는 건 아닐까 두려웠다. 장교는 내가 목소리에 문제가 있다고 생각했을까, 혹시 내가 술에 취했다거나 죄의식 때문에 괴로워한다고 생각한 건 아닐까, 지금 생각해도 궁금하다.

하지만 장교는 끈기있게 들으며 고개를 끄덕이더니, 내가 하는 말에 조심스럽게 동의했다. 그래요, 착오한 것 같군요. 확실히 조사하겠소. '마냐나'……. 나는 단번에 항의했다. '마냐나'는 안 됩니다! 아주 급합니다. 콥 소령은 벌써 전선에 도착했어야 합니다. 이번에도 장교는 동의하는 것 같았다. 그러더니 내가 두려워하던 질문을 던졌다.

"콥 소령이란 사람…… 어느 부대에서 근무했소?"

무시무시한 대답이 나올 수밖에 없었다.

"통일노동자당 민병대입니다."

"통일노동자당!"

이렇게 대답하는 목소리에 가득한 충격을 내가 제대로 전달할 수 있다면 얼마나 좋을까! 당시에 사람들이 통일노동자당을 바라보던 시각을 명심해야 한다. 첩자에 대한 두려움이 최고조에 이르렀으니, 아무리 선량한 공화주의자라도 최소한 하루 이틀은 통일노동자당을 독일에 매수된 거대한 간첩 조직으로 여길 수밖에 없었다. 인민군 장교에게 그걸 말한다는 건 빨갱이에 대한 공포가 최고조에 달할 때 영국 기병대 클럽에 들어가서 자신을 공산주의자라고 밝히는 거나 마찬가지였다. 조그만 장교는 까만 눈동자로 나를 비스듬히 훑어보았다. 기나긴 정적이 또 흐르더니, 마침내 장교가 천천히 물었다.

"그리고 당신은 전선에서 그 소령 밑에 있었다는 거군요. 그렇다면 당신도 통일노동자당 민병대로 복무했소?"

"그렇습니다."

장교는 몸을 돌려서 대령 집무실로 들어갔다. 잔뜩 흥분한 채 대화하는 소리가 흘러나왔다. '다 틀렸다'는 생각이 들었다. 공식 문서를 절대로 못 돌려받겠구나. 게다가 나 자신도 통일노동자당에 있었다고 고백했으니, 저들은 경찰에 전화해서 나를 체포하도록 할 게 분명해, 나 역시 트로츠키주의자가 되어서 도매금으로 넘어가겠구나. 하지만 장교는 곧바로 나타나서 모자를 똑바로 쓰더니, 따라오라고 엄숙하게 손짓했다.

우리는 경찰서장 집무실을 향해 걸었다. 거리가 멀었다. 20분이나 걸렸다. 자그마한 장교는 군인다운 자세로 앞에서 뻣뻣하게 걸었다. 가는 내내 우리는 한마디도 주고받지 않았다. 경찰서장 집무실로 다가가니, 문 앞에 경찰 하수인이거나 정보원이거나 첩자가 분명한 악당들이 무시무시한 표정으로 우글거렸다. 몸집이 자그마한 장교는 안으로 들어가고, 거기에서 열띤 대화를 오랫동안 이어갔다. 화나서 솟구치는 목소리도 들렸다. 어깨를 으쓱하거나 탁자를 내려치는 난폭한 몸짓이 떠올랐다. 경찰은 문서를 내줄 수 없다고 하는 게 분명했다. 하지만 장교는 시뻘겋게 달아오른 얼굴로 커다란 공식 봉투를 들고 마침내 나타났다. 콥이 가지고 있던 공식 문서였다. 우리가 조그만 승리를 거둔 것이다. 하지만 그걸로 달라지는 건 하나도 없다는 사실이 드러났다. 대령이 문서를 정확히 전달받는다 해서 콥을 감옥에서 꺼낼 수 있는 건 아니었다.

어쨌든 장교는 문서를 확실히 전달하겠다고 약속했다. 내가 "그러면 콥 소령은 어떻게 됩니까? 우리가 콥 소령을 풀어낼 수 없는 겁니까?" 하고 묻자, 장교는 어깨를 으쓱하며, 그건 문제가 다르다고 대답했다. 콥을 무슨 죄목으로 체포했는지 모른다. 자신이 말할 수 있는 건, 조사를 제대로 하겠다는 것밖에 없다……. 더는 할 말이 없었다. 이제 헤어져야 했다. 우리는 고개를 살짝 숙여서 작별 인사를 나눴다. 바로 그 순간에 기묘하면서도 놀라운 현상이 일어났다. 자그마한 장교가 잠시 망설이다가 다가와서 내 손을 꼭 잡은 거다.

이 행동이 나에게 얼마나 깊은 감동을 주었는지 여러분에게 제대로 전달할 수 있을지 모르겠다. 여러분에게는 극히 사소한 행동처럼 보이겠지만, 나에겐 아니었다. 당시 분위기를, 의심과 증오가 난무하고 거짓말과 헛소문이 사방에 가득하고 게시판마다 나 같은 사람은 하나같이 파시스트 첩자라고 고함지르는 무시무시한 분위기를 명심해야 한다. 게다가 경찰서장 집무실 바로 앞이라는, 밀정이나 앞잡이 같은 지저분한 무리가 득실거린다는, 내가 경찰이 〈쫓는〉 인물이란 걸 이들 가운데 하나가 눈치챌 수도 있다는 사실을 명심해야 한다. 자그마한 장교가 한 행동은 제1차 세계대전 당시에 독일군 손을 공개적으로 잡아준 것과 마찬가지였다. 장교는 내가 진짜 파시스트 첩자는 아니라고 어떤 식으로든 판단한 것 같다. 하지만 그렇다 해도 손까지 잡아준 건 정말 대단하지 않을 수 없었다.

사소하게 보일 수도 있는데 내가 굳이 이런 사례까지 언급하는 이유는, 스페인이라서 그런 거란 느낌이 들었기 때문이다. 최악의 상황에서 스페인 사람 특유의 깊은 정을 본 것 같았기 때문이다. 나는 스페인에 대한 기억이 정말 나쁘지만, 스페인 사람들에 대한 기억이 나쁜 건 아니다. 내가 스페인 사람에게 심하게 화낸 기억 자체도 딱 두 번인데, 지금 돌아보면, 두 번 모두 내가 잘못 판단한 거였다. 스페인 사람이 정도 많고 고상한 종족이라는, 20세기에 어울리지 않을 정도라는 사실은 의심할 여지가 없다. 그래서 아무리 파시즘이라도 스페인에서는 사람들이 충분히 견딜 만큼 느슨한 형태로 나타날 거란 희망을 품는다. 스페인 사람 가운데는 현대식 전체주의 국가가 요구하는 지독한 효율성과 일관성을 지닌 사람이 거의 없다. 경찰이 아내 방을 수색한 며칠 전 밤에도 이런 사실을 묘하게 보여주는 조그만 사례가 있었다. 수색하는 과정이 정말 흥미진진한 나머지, 내 눈으로 직접 보고 싶었을 정도다, 내가 성질을 못 누를 게 뻔하니, 그 자리에 없는 편도 좋았겠지만 말이다.

경찰이 수색하는 방식 자체는 소련 비밀경찰이나 독일 게슈타포 방식과 같았다. 이른 새벽에 문을 쾅쾅 두드리고 사내 여섯 명이 들어와서 전등을 켜고, 각자 맡은 위치로 즉각 움직이는 게 사전에 역할을 분담한 게 분명했다. 그래서 모든 공간을, 욕실까지, 믿을 수 없을 정도로 철저하게 수색했다. 벽도 이리저리 두드리고, 현관 매트도 들어 올리고, 바닥도 살피고, 커튼도 더듬고, 욕조와 난방기 밑도 살피고, 서랍과 가방을 모조리 비워서 옷을 일일이 더듬고 공중에 들어서 불빛에 비추어보았다. 종이란 종이는 모두 압수하는데 쓰레기통에 버린 휴지도 예외가 아니니, 책 역시 한 권도 남기지 않았다. 그들은 히틀러가 쓴 『나의 투쟁』 프랑스 번역본을 발견하는 순간, 상상의 나래를 마음껏 펼쳤다. 그들이 발견한 게 그 책 한 권뿐이라면 우리 운명은 결정 날 수밖에 없었다. 『나의 투쟁』을 읽는 사람은 파시스트가 분명하니 말이다. 그런데 다음 순간에 그들은 스탈린이 발표한 소책자 「트로츠키주의자를 비롯한 이중 첩자 제거 방법」을 발견하고서 그나마 마음을 놓았다. 한 서랍에서는 빈 담뱃갑이 쏟아져 나왔다. 그들은 행여나 무슨 메시지가 적힌 건 아닐까 생각하고 담뱃갑을 일일이 뜯어서 자세히 살폈다.

그렇게 두 시간 가까이 곳곳을 뒤졌다. 그런데도 침대는 한 번도 안 뒤졌다. 아내가 침대에 계속 누워 있었기 때문이다. 베개 밑에 트로츠키주의 문건이 한 무더기 있을 수도 있고, 매트리스 밑에 기관단총이 여남은 자루 나올 수도 있는데 말이다. 그런데도 형사들은 침대에 손을 댈 생각조차 안 했다. 심지어 침대 밑도 들여다보지 않았다. 나는 소련 비밀경찰도 마찬가지라고 믿을 수 없다. 경찰은 공산당이 완전히 장악했다는 사실을, 형사들 역시 공산당원일 가능성이 크다는 사실을 명심해야 한다. 하지만 그들은 스페인 사람이기도 하니, 여자를 침대에서 끌어낼 순 없었다. 그래서 침대를 빼놓으니, 수색 작업은 당연히 무의미했다.

나는 그날 밤에 맥네어와 코트먼과 함께 황량한 주택부지 가장자리에 무성하게 자란 잡초더미에서 잠을 잤다. 계절에 안 맞게 밤 날씨가 추워서 제대로 잔 사람은 하나도 없었다. 오랫동안 우울하게 돌아다닌 다음에 비로소 커피 한잔을 마신 기억도 난다. 바르셀로나에 오고서 처음으로 성당을, 세상에서 가장 끔찍하게 지은 현대식 성당을 구경하러 갔다. 들쭉날쭉한 첨탑 네 개가 포도주병 모양 그대로였다. 성당 건물 자체는 바르셀로나에 있는 다른 모든 성당과 달리 혁명기에 부서

지지 않았다. 사람들 말로는, 건물이 지닌 "예술적 가치" 덕분에 화를 면했다. 첨탑 사이로 검붉은 깃발을 내걸긴 했지만, 내가 보기에, 기회가 있을 때 건물을 부수지 않은 건 무정부주의자들 심미안이 정말 나쁘다는 증거였다.

그날 오후에는 아내와 함께 콥을 마지막으로 만나러 갔다. 우리가 콥을 도울 수 있는 건 하나도, 단 하나도 없었다, 잘 있으라 인사하는 것 그리고 스페인 친구들에게 돈을 맡겨서 먹을 것과 담배를 공급하도록 하는 것 외에는. 그런데 우리가 바르셀로나를 떠난 직후에 콥을 독방으로 옮기는 바람에 먹을 것조차 보낼 수 없었다.

그날 밤 우리는 람블라스 거리를 걷다가 카페 모카를 지나쳤는데, 치안대가 여전히 점거한 상태였다. 나는 충동적으로 카페에 들어가서 어깨에 소총을 멘 채 계산대에 몸을 기댄 치안대원 두 명에게 말을 건넸다. 그래서 5월 시가전 당시에 여기를 지키던 동지들을 아느냐고 물었다. 그들은 모른다고, 그리고 스페인 사람 특유의 모호한 어투로, 어떻게 하면 찾을 수 있는지도 모르겠다고 대답했다. 나는 그들에게 이렇게 말했다. 친한 친구 게오르게스 콥이 감옥에 갇혔는데, 5월 시가전에 참여한 죄목으로 재판받을지 모른다. 당시에 여기를 지킨 사람이라면 콥이 싸움을 막아서 목숨을 구해주었다는 사실을 알 터이니, 그들이 나서서 증언해야 한다.

내가 이렇게 말한 사람 가운데에서 묵직한 체구가 둔하게 보이는 사내 하나는 고개를 계속 가로저었다. 자동차가 오가는 소음이 시끄러워서 내 목소리를 들을 수 없었기 때문이다. 하지만 다른 사내는 달랐다. 자기 동지 몇 사람에게서 콥은 훌륭한 행동을 했다고, 콥은 부엔 치코, 즉, 좋은 사람이라고 하는 말을 들었다는 거다. 하지만 나는 이렇게 말하는 순간조차 쓸데없는 짓이라고 생각했다. 콥이 재판이란 걸 받는다면, 항상 그런 것처럼 날조한 증거가 난무할 게 분명했다. 총살이라도 당한다면(이럴 가능성이 제일 커서 걱정인데), 묘비명을 '조직은 더러워도, 훌륭한 행동을 훌륭하다고 평가할 인간성을 지닌 가련한 치안대원의 "부엔 치코"'라고 새길 것 같았다.

우리는 하루하루를 비정상으로 터무니없이 살아갔다. 밤이면 범죄자로 쫓기고 낮이면 잘나가는 영국인 관광객으로…… 어쨌든 겉보기엔 그랬다. 한데서 밤을 보낸 다음이라도 면도하고 목욕하고 구두만 깨끗이 닦으면 겉모습이 완벽하게 달라졌다. 당장은 최대한 부르주아처럼 꾸미는 게 제일 안전했다. 그래서 시내 고급 주택가를 자주 찾았다. 그곳에는 우리 얼굴을 아는 사람이 없는 터라 고급 레스토랑에 가서 웨이터에게 진짜 영국인처럼 굴었다. 생전 처음으로 벽에다 낙서도 했다. 이런저런 고급 레스토랑 통로에 최대한 커다랗게 〈비스카 P.O.U.M.!〉라고 휘갈긴 거다. 실질적으로 숨어서 살았지만, 위험하단 느낌은 조금도 안 들었다. 모든 게 우스꽝스럽기만 했다. 법만 안 어기면 체포당하지 않는다는 영국식 믿음이 가슴속에 깊이 뿌리박힌 상태였다. 정치적 학살을 자행하는 시기에는 정말 위험한 믿음이 아닐 수 없었다. 맥네어는 이미 체포 영장이 나온 상태고, 나머지 둘도 명단에 있을 가능성이 컸다. 급습하고 수색하고 체포하는 작태가 끊일 줄 몰랐다. 전선에 머문 사람만 빼면, 우리가 아는 사람 모두 감옥에 갇혔다. 경찰은 피난민을 태워 나르는 프랑스 정기선 선박까지 올라타서 〈트로츠키주의〉 용의자를 잡아들였다.

우리는 여권에 도장을 다 받았다. 영국 영사가 일주일을 정말 힘들게 보내면서 친절을 베푼 덕분이다. 이제 한시라도 빨리 떠나는 게 바람직했다. 포트 보우로 떠나는 기차가 저녁 7시 30분에 있으니, 8시 30분에 떠날 가능성이 컸다. 우리는 아내에게 택시를 미리 불러서 대기시키고 짐을 꾸리고 호텔비를 치른 다음, 최대한 느지막하게 나오라고 했다. 호텔 사람이 미리 알아채면 경찰에 알릴 게 분명했다. 나는 7시쯤 기차역으로 갔으나 기차는 이미 떠나고 없었다. 7시 10분 전에 떠났다. 아니나 다를까, 이번에는 기관사 마음이 반대쪽으로 변한 거다. 다행히도 아내에게 미리 연락할 수 있었다. 다음 날 아침 이른 시각에 기차가 또 있었다. 맥네어와 코트먼과 나는 기차역 근처 조그만 레스토랑에서 식사하고 조심스럽게 묻는 식으로 레스토랑 주인이 전국노동자연맹 조합원에다 성격은 다정하단 사실을 파악했다. 그는 우리에게 침대 세 개가 딸린 방을 빌려주고, 경찰에게 통보하는 건 잊어버렸다. 내가 옷을 벗고 잠잔 게 닷새 만에 처음이다.

다음 날 아침에 아내는 호텔을 무사히 빠져나왔다. 기차는 한 시간 늦게 출발했다. 나는 그 시간을 활용해서 육군성에 보낼 편지를 기다랗게 작성해, 콥이 당한 사례를 알리면서, 실수로 체포된 게 분명하다, 전선에서 꼭 필요한 사람이다, 무죄를 증언할 사람은 수없이 많다, 기타 등등, 기타 등등 설명하고 또 설명했다. 공책에서 찢어낸 종이에 (손가락 일부에 감각이 여전히 없어) 흔들리는 필체로, 스페인어는 한층 더 흔들리면서 편지에 담은 내용을 행여나 읽어준 사람이 있는지 지금도 궁금하다. 어쨌든, 이 편지는 물론 다른 어떤 시도도 효과가 없었다. 지금 이 글을 쓰는 순간에도, 사건이 생기고 여섯 달이 지난 지금도, 콥은 재판도 없고 죄목도 없이 (총살당한 게 아니라면) 감옥에 그대로 있다.

처음에는 콥이 편지를 두세 번 보냈다. 석방된 죄수가 몰래 가지고 나와 프랑스에서 부친 거다. 내용은 하나같이 똑같다. 더럽고 어두운 골방에 갇혔다, 음식은 허술한 데다 불충분하다, 수감 환경이 나빠서 몸이 몹시 아프다, 의사를 불러달라고 해도 소용없다……. 나는 이런 사실을 영국인과 프랑스인을 통해 다양하게 확인했다. 극히 최근에 콥은 〈비밀 감옥〉으로, 누구하고도 소통할 수 없는 곳으로 사라졌다. 콥 하나가 아니라 수십, 수백에 달하는 외국인이 똑같은 처지며, 스페인 사람은 몇천이나 되는지 아무도 모른다.

마침내 우리는 국경을 무사히 건넜다. 기차에는 일등칸도 있고 식당칸도 있었다. 이걸 스페인에서 본 건 처음이다. 카탈루냐에는 최근까지 기차 등급이 하나밖에 없었다. 형사 두 명이 객차를 돌아다니며 외국인 이름을 적는데, 우리는 식당칸에 있는 걸 보고서 존경스러운 신분으로 여기고 그냥 넘어간 것 같다. 모든 게 변했다는 게 정말 이상했다. 여섯 달 전만 해도, 무정부주의자들이 지배할 때만 해도, 존경스럽게 보이려면 프롤레타리아 차림이어야 했다. 프랑스 페르피냥에서 스페인 세르베레로 가는 길에 같은 칸에 탄 프랑스 상인이 아주 엄숙한 어조로 "그런 차림으로 스페인에 들어가면 안 되오. 목깃과 넥타이를 떼시오. 바르셀로나에 가면 사람들이 떼어낼 테니" 하고 경고할 정도였다. 이 말은 과장이지만, 당시에 사람들이 카탈루냐를 바라본 시각은 잘 드러난다. 옷을 잘 차려입은 프랑스인 부부를 국경에서 무정부주의자 경비병이 돌려보내기도 했는데, 이유는 딱 하나, 두 사람이 너무 부르주아처럼 보였기 때문이다. 그게 지금은 정반대로 변했다. 부르주아처럼 보여야 살 수 있었다. 여권 검사대에서 관리는 우리 이름을 들고 용의자 명단을 살폈으나, 경찰이 비효율적인 덕분에 우리 이름은 물론, 맥네어 이름조차 없었다. 머리끝에서 발끝까지 수색도 했으나, 우리에겐 범죄 사실을 증명할 물건이 하나도 없었다. 내 제대증이 유일한 예외나, 나를 수색한 국경경비대는 29사단이 통일노동자당이라는 사실조차 몰랐다. 그래서 우리는 장벽을 빠져나가고, 나는 꼭 여섯 달 만에 프랑스 땅을 다시 밟았다. 스페인에서 가져온 기념품이라곤 염소 가죽 물통 하나,

그리고 아라곤 농민이 올리브 기름을 태우는 조그만 쇠 등잔 하나로, 2천 년 전에 로마인이 쓰던 테라코타 등잔과 비슷한 모양이다. 다 쓰러진 어느 오두막에서 주운 게 무슨 영문인지 짐에 딸려온 거다.

나중에 드러난 바에 의하면, 우리가 탈출한 건 정말 아슬아슬했다. 우리가 프랑스에서 처음 살펴본 신문에 맥네어를 간첩 혐의로 체포했다는 기사까지 있었다. 스페인 당국이 약간 서둘러서 발표한 거다. 〈트로츠키주의〉는 프랑스에서 범죄가 아니라는 사실이 다행스러울 뿐이었다.

여러분이라면 전쟁이 한창인 나라를 빠져나와 평화로운 땅에 첫발을 내딛는 순간에 제일 먼저 무엇부터 할지 궁금하다. 나는 담뱃가게로 달려가서 시가와 궐련을 호주머니마다 잔뜩 쑤셔 넣을 만큼 샀다. 그런 다음에는 모두 함께 뷔페로 가서 차를 마셨다. 몇 달 만에 처음으로 신선한 우유를 넣은 차였다. 마음만 먹으면 아무 때나 담배를 살 수 있다는 사실에 적응하는 데 며칠이 걸렸다. 담뱃가게를 찾아가면 문에 빗장을 지른 채 〈담배 없음〉이라는 푯말만 걸었을 거란 느낌이 애매하게 떠오르곤 했다.

맥네어와 코트먼은 파리로 간다고 했다. 나와 아내는 첫 번째 역 바니윌에서 내렸다. 쉬고 싶었다. 하지만 바르셀로나에서 왔다는 사실이 드러나는 순간에 우리는 바니윌에서 좋은 대접을 받을 수 없었다. 매번 똑같은 질문을 들었다. "스페인에서 왔다고요? 어느 편에서 싸웠소? 정부? 맙소사!" 그러면서 분위기는 냉랭하게 변했다. 조그마한 도시 전역이 프랑코를 확고하게 지지하는 것 같았다. 스페인 파시스트 피난민이 다양하게 몰려들어서 그런 게 분명하다. 내가 자주 찾아간 카페 웨이터는 프랑코를 지지하는 스페인 사람으로, 아페리티프[58]를

58) 식전에 마셔서 식욕을 돋는 술.

갖다 줄 때마다 눈을 내리깔았다. 하지만 페르피냥은 분위기가 완전히 달랐다. 인민전선 정부 지지자들이 다양한 분파를 만들어서 음모를 꾸미며 살벌하게 싸우는 분위기가 바르셀로나와 똑같았다. 그래서 〈통일노동자당〉이라고 말하는 즉시 웨이터가 환하게 웃고 프랑스 친구들이 모여드는 카페도 있었다.

우리는 바니윌에서 사흘 동안 머문 것 같다. 그런데 이상할 정도로 불안했다. 폭탄, 기관총, 먹을 걸 사려고 늘어선 줄, 선전, 음모 등과 멀리 떨어진 어촌에서 우리는 한적한 분위기를 정말 고맙고 여유롭게 받아들여야 마땅했다. 그런데 그런 걸 전혀 못 느꼈다. 스페인에서 멀찌감치 벗어났는데도 우리가 스페인에서 겪은 악몽은 줄어들거나 사라질 줄 몰랐다. 뒤에서 갑자기 쏜살처럼 너무나 생생하게 달려들었다. 우리는 스페인을 끊임없이 생각하고 말하고 꿈꾸었다. "스페인을 빠져나가면" 지중해 근처 한적한 곳에서 낚시나 하며 조용한 시간을 보내자고 노래를 불렀는데, 막상 빠져나오니, 모든 게 따분하고 실망스럽기만 했다. 날씨는 쌀쌀하고, 바람은 바다에서 끈질기게 불어대고, 물은 탁하고 파도는 거칠어, 항구 모서리마다 재와 코르크와 생선 내장이 뭉쳐서 바위에 부딕쳤다. 미친 소리처럼 들리겠지만, 우리 두 사람은 스페인으로 돌아가고픈 마음이 간절하게 일었다. 좋아할 사람은 아무도 없다 해도, 아니, 심각한 피해만 준다 해도, 아내나 나나 차라리 감옥에서 동지들과 함께 지내는 게 훨씬 좋겠다는 마음만 간절했다.

스페인에서 보낸 몇 달이 나에게 어떤 의미가 있는지 제대로 전달을 못 한 것 같다. 겉으로 드러난 사건은 조금이나마 기록했지만, 내가 받은 느낌은 제대로 기록을 못 했다. 문장으로 담을 수 없는 풍경과 냄새와 소리만 그득하니, 참호마다 가득한 냄새, 새벽이면 봉우리 사이로 끝없이 뻗어 나가는 서광, 싸늘하게 땅땅거리는 총소리, 번쩍이며 시끄럽게 터지는 폭탄, 선명하고 싸늘하게 밝아오는 바르셀로나 아침, 훈련소 연병장에서 쿵쿵거리는 군홧발 소리, 사람들이 혁명을 확신하던 12월, 음식을 사려고 기다랗게 늘어선 줄과 검붉은 깃발과 스페인 민병대 병사들 얼굴, 무엇보다 선명하게 떠오르는 스페인 민병대 병사들 얼굴, 전선에서 만났으나 이제 어디로 흩어졌는지 아무도 모르는 동지들, 전쟁터에서 전사한 동지들, 불구로 평생을 살아갈 동지들, 감옥에 갇힌 동지들, 바라건대 모두가 안전하고 건강하기 바란다. 모두에게 행운이 가득하기 바란다. 내전에서 이겨, 독일인과 러시아인과 이탈리아인 같은 외국인을 스페인에서 깡그리 몰아내기 바란다.

스페인 내전은, 내가 비효율적으로 참여한 전쟁은, 대체로 나쁜 기억이나, 나는 거기에 동참한 것까지 후회하진 않는다. 대량 학살과 고통이 아니더라도, 스페인 내전은 정말 끔찍한 참사로 드러날 수밖에 없으나, 이렇게 끔찍한 참사를 잠시 목격한다고 해서 환멸과 냉소만 가득 쌓이는 건 아니다. 정말 이상한 건, 엄청난 참사를 경험하는 동안 나는 인간의 존엄성을 믿는 마음이 줄어든 게 아니라 오히려 훨씬 강하게 단련되었다는 사실이다. 그래서 나는 지금까지 한 이야기가 여러분을 엉뚱한 방향으로 이끌지 않기를 바란다. 이번 문제에 대해서 완벽하게 진실하거나 진실할 수 있는 사람은 어디에도 없다. 자기 눈으로 직접 본 게 아니면 확실한 게 아니다. 인간은 글을 쓸 때 의식적 무의식적으로 당파성을 띨 수밖에 없다. 앞에서 충분히 언급하지 않을 수 있어서 지금 다시 당부하니, 내가 지닌 당파성을, 구체적인 사실을 착각할 가능성을, 한쪽 귀퉁이만 보면서 나타날 수밖에 없는 왜곡을 조심하라. 그리고, 스페인 내전에서 이 시기를 다룬 다른 책을 읽을 때도 마찬가지로 조심하라.

우리가 실제로 할 수 있는 건 전혀 없는데도, 어떤 식으로든 움직여야 한다는 의무감에 우리는 계획보다 일찍 바니월을 떠났다. 북쪽으로 갈수록 프랑스는 녹음이 짙으면서 부드럽게 변했다. 포도밭이 가득한 산악에서 느릅나무가 가득한 초원으로 들어섰다. 스페인으로 가는 길에 지나던 파리는 분위기가 황량하고 우울했다. 내가 8년 전에 경험한, 생활비는 싸고 히틀러란 이름은 들리지도 않던 파리와 너무나 달랐다. 내가 예전에 이용하던 카페 가운데 절반은 손님이 없어서 문을 닫고, 사람들은 전쟁이 일어날 거란 두려움과 높은 생활비에 사로잡힌 상태였다. 그런데도 가난한 스페인에서 돌아오니, 그런 파리마저 쾌활하고 활달한 느낌이었다. 박람회도 활력이 가득하지만, 우리는 거기에 놀러 가는 걸 애써 피했다.

마침내 영국으로 돌아왔다. 영국 남부는 풍경이 세상 어디보다 풍요로운 것 같다. 그곳을 지나다 보면, 임항 열차[59]에서 내려 열차 쿠션 의자에 편히 앉아 뱃멀미를 느긋하게 해소할 때면 더더욱, 어딘가에서 험한 일이 벌어진다는 느낌은 조금도 안 든다. 일본에서 지진이 일어나고, 중국에서 사람들이 굶고, 멕시코에서 혁명이 일어난다고? 걱정하지 마, 내일 아침이면 현관에 우유가 놓이고, 금요일이면 《뉴 스테이츠먼》이 나오니까.

산업 도시는 멀찌감치 떨어졌으니, 매연과 가난에 찌든 얼룩 역시 완만한 지표면 곡선 너머에나 존재할 뿐이다. 남부는 내가 어릴 적에 알던 영국 모습 그대로니, 철로 주변에는 야생화가 흐드러지고, 드넓은 초원에서는 준마가 화려한 광채를 번뜩이며 한가로이 풀을 뜯고, 천천히 흐르는 개울마다 버드나무가 자라고, 느릅나무는 녹색으로 우거지고, 시골집 정원에는 참제비고깔이 가득하고, 그러다가 런던 외곽

59) 선박과 연계해서 운행하는 열차.

으로 접어드니, 드넓은 광야는 평화롭고, 강물에는 선박이 다양하고, 거리는 익숙하고, 포스터는 크리켓 시합과 왕족 결혼식을 알리고, 사내는 중산모를 쓰고, 트래펄가 광장에는 비둘기가 노닐고, 거리마다 빨간 버스가 달리고, 경찰관은 파란 제복 차림이다. 영국 전체가 깊고 깊은 잠에 빠져, 폭탄이 시끌벅적하게 터져서 화들짝 놀라기 전에는 누구도 깊은 잠에서 안 깨어날까 두렵다.

작품해설 및 역자 후기

『1984』가 '디스토피아 3대 걸작' 가운데 하나라면, 『카탈루냐 찬가』는 『세계를 뒤흔든 열흘』(존 리드, 러시아혁명), 『중국의 붉은 별』(에드거 스노, 모택동 대장정)과 더불어 '르포문학 3대 걸작' 가운데 하나다. 하지만 『세계를 뒤흔든 열흘』과 『중국의 붉은 별』이 혁명가를 열광적으로 찬양한다면, 『카탈루냐 찬가』는 그 이면에서 벌어진 이전투구와 내분까지 그려낸, 가장 인간적이면서도 비판적이며 현실적인 작품으로 손꼽힌다.

조지 오웰은 영국 식민정책을 현장에서 목격하며 자라고, 버마(지금의 미얀마) 주재 영국 경찰이 되지만, 식민지에서 제국주의 국가의 권력기구로 살아가는데 죄책감을 느끼고 영국으로 돌아온다. 하지만 산업사회 이후 확대되는 빈부 격차, 제국주의 국가와 피식민지 국가의 차별과 불평등은 뇌리에서 벗어날 줄 모르니, 런던과 파리 밑바닥에 직접 뛰어들어 부랑자 생활을 하다가 경험한 내용을 모아서 첫 번째 르포문학 『파리와 런던의 밑바닥 생활』을 출간한다.

자본주의 사회의 불평등, 억압당하는 인간과 자유 같은 주제에 집착하던 그는 1936년에 발발한 스페인 내전에 종군기자로 뛰어드는 순간, '노동자 도시'라는 새로운 희망을 목격하고 감동한 나머지, 스페인 현지에서 '파시즘과 싸우고 파시스트를 한 명이라도 죽이기 위해' 총을 들고 내전에 참여한다. 『카탈루냐 찬가』라는 걸작이 탄생한 배경이다.

스페인은 왕당파와 공화파가 끊임없이 갈등하는 가운데, 1874년 군부 쿠데타를 통한 왕정복고 이후 스페인 내전까지 60년에 걸쳐서 군부 독재와 왕정과 민주정부를 거치는 사이에 수많은 사람이 죽어 나가는 등, 계급 갈등과 지역 갈등이 첨예했다. 노동자 농민은 교회를 불태우고, 교회는 경찰을 통해 수백 명을 체포하고 처형하는 사건이 반복해서 일어났다.

1929년에 세계를 강타한 대공황은 리베라 군부 정권을 무너뜨리고, 왕당파는 민주주의를 요구하는 시민에 밀려서 1931년 4월 12일 총선을 치르고, 공화파가 완벽하게 승리하면서 국왕은 망명한다. 온건한 부르주아 민주주의자 '사모라'가 초대 대통령에 취임하고 사회주의자들이 정부에 참여한다. 하지만 극좌와 극우가 공존하면서 사회는 극도로 흔들리고, 다시 치른 1933년 총선에 우파가 승리하면서 군대를 동원한 노동운동 탄압으로 지지율이 떨어진다. 1936년 2월에 다시 치른 총선에선 사회주의노동자당, 좌파 공화파, 스페인 공산당 등으로 구성한 인민전선이 승리해서 의회를 장악한다.

인민전선 정부는 오랜 염원이던 토지개혁을 전면적으로 단행하고 지주, 자본가, 가톨릭 교회 등 왕당파는 불만이 고조되니, 스페인령 모로코 주둔 사령관 프랑코를 중심으로 군부, 가톨릭 교회, 왕당파, 지주, 자본가 등은 마침내 1936년 7월에 반란을 일으키고 스페인 전역을 장악한다. 하지만 도시마다 노동자를 중심으로 시민이 봉기해서 프랑코 세력을 몰아내고 동시에 혁명을 추진하니, 앙드레 말로, 어니스트 헤밍웨이, 파블로 네루다 등 세계적 지성과 문호들은 스페인 전선으로 당장 달려가서 총을 들고 파시즘과 싸운다.

한국 전쟁이 제2차 세계대전 이후에 나타난 세계적 모순과 계급 갈등이 한반도라는 독특한 공간에서 집약적으로 드러난 사건이라면, 스페인 내전은 유럽의 모순과 계급 갈등이 스페인이라는 독특한 공간에서 집약적으로 드러난 사건이다. 제1차 세계대전이 끝나고 유럽에 울린 첫 포성은 제2차 세계대전이 아니라 스페인 내전이었다. 내전이라고 해도 독일, 이탈리아, 소련 등이 개입하고 전 세계에서 민병대가 자발적으로 참전해 공화주의를 지키려고 파시즘과 싸웠다는 점에서 사실상 국제전이었다. 그러나 공화파 내부에서 '내전이 먼저냐 혁명이 먼저냐'란 논쟁이 벌어져서 스페인 내전 내내 끊임없는 갈등으로 자리한다.

조지 오웰은 노동자 민병대에서 이상 사회를 체험한다. 지휘관과 사병은 모든 점에서 평등했다. 사병이 사단장에게 "담배 한 대 달라"고 할 정도였다. 월급이나 대우는 차이가 없고 체벌도 없었다. 상명하달이 아니라 자발적으로 규율을 정하며 체계를 만들어 나갔다. 어린 시절부터 꿈꾸던 세상을 체험한 오웰은 전선에서 온갖 위험을 자청하며 프랑코 파시스트와 싸운다. 문제는 공화파 내부 분열이었다.

사회주의 혁명과 반파시즘 전쟁이라는 두 마리 토끼를 잡을 방법에 대해 정파별로 이견이 갈리고, 전쟁과 혁명을 동시에 수행하자는 정파와 전쟁에서 이길 때까지 혁명을 미루자는 정파, 전쟁이야 어찌 되건 혁명 자체를 억누르려고 애쓰는 정파가 공화파 내부에서 본색을 드러내며 반파시즘 전선은 흔들리고, 공화국 정부를 장악한 공산당이 혁명을 막는다는 사실에 오웰은 충격받는다. 공산당은 혁명을 주도하는 게 아니라 억압했다. 노동자 부대가 두려운 나머지 무기조차 공급을 않는 건 물론, 전쟁 승리를 명분으로 내세우며 부르주아식 인민군을 창설해서 노동자 부대를 여기에 편입하려는 음모를 꾸몄다. 현대식 무기와 장비는 전선을 지키는 노동자 민병대가 아니라 후방에 있는 경찰과 인민군에게 공급해서 혁명세력을 감시하고 억압했다. 전선에서 115일을 싸우다가 휴가를 받고 돌아온 오웰은 사회 분위기가 완전히 딴판으로 변한 사실에, "예전에는 바르셀로나 전역에 거지가 없다는 사실에 놀랐으나, 지금은 거지가 사방에 넘쳐난다는 사실에" 놀란다. 노동자 도시가 부르주아 도시로 돌아오면서 빈부 격차 역시 극심하게 벌어진 거다.

공화파 내부에서 혁명을 갈망하는 세력과 혁명을 억압하고 부르주아 사회로 돌아가려는 세력이 마침내 '바르셀로나 시가전'으로 충돌하면서 국면은 새롭게 변한다. 공산당에게 사주받은 경찰이 쿠데타를 일으키고, 혁명세력은 일주일에 걸친 시가전을 통해 우세를 점한다. 하지만 반파시즘 전선을 유지하는 차원에서 혁명세력이 양보하니, 공산당은 경찰력을 증강하고 언론을 통해 혁명세력을 〈파시스트〉로 조작하면서 본격적인 검거 작전에 들어간다. 휴가 중에 시가전에 참여해서 공화파 내부 갈등을 몸으로 체험한 오웰은 시가전 이후에 노골적으로 나타나는 공산당의 반 혁명성과 사실 왜곡 및 조작 그리고 혁명을 위해 목숨을 바치며 싸우던 사람들을 검거하고 구속하고 처형하는 작태에 분노한다. 그리고 이렇게 표현한다.

> 경찰 첩자가 사방에 가득했다. 감옥은 5월 시가전 때문에 잡아들인 죄수로 바글거리는데도 한두 명씩 감옥으로 끌려가는 사태는 끊이질 않았다. 대부분은 당연히 무정부주의자나 통일노동자당 지지자였다. 누구나 알듯, 재판받은 사람은 물론 기소당한 사람조차 또렷한 혐의도

> 없이 감옥에 끌려가서 그대로 갇힌 채 연락마저 끊기기 일쑤였다…… 감방이라는 곳은 원래 상점 1층이었다. 20㎡ 정도 되는 방 두 곳에 백 명에 달하는 정치범을 몰아넣었다…… 대부분이 가장 가난한 노동 계급이었다…… 죄수들 가운데는 마우린 요양소에서 만난 부상병도 몇 명 있었다. 두 사람은 한쪽 다리를 절단했는데, 그 가운데 하나는 목발조차 못 챙긴 채 끌려와서 한 발로 깡충깡충 뛰어다녔다. 열두 살 정도로 보이는 사내아이도 있는 걸 보면, 어린애까지 잡아들이는 게 분명했다…… 영국에서는 의견이 다른 사람을 모조리 "숙청"하거나 "제거"한다는 건 상상할 수도 없었다. 그런데 바르셀로나에서는 그런 게 지극히 자연스러웠다. "스탈린주의자"가 권좌에 오르니, 〈트로츠키주의자〉 모두가 위험에 처하는 건 너무나 당연한 결과였다.

순수한 이상주의자 조지 오웰은 현실정치와 국제 정세에 눈을 뜬다. 스페인 공산당이 반혁명으로 돌아선 원인은 스탈린의 '일국사회주의'와 코민테른에 있다는 사실도 깨닫는다. 스탈린 파시즘을 이제 비로소 이해하기 시작한 거다.

'노동자가 주인인 세상 건설'을 목표로 러시아혁명을 추진하는 과정에서 레닌이 혁명 방법론을 제시했다면, 트로츠키는 탁월한 글과 언변으로 대중을 끌어모으고, 스탈린은 조직을 관리했다. 1917년 러시아 볼셰비키 혁명 이후, "노동자가 생산한 건 노동자가 모두 가진다"는 대명제에 따라 노동 계급이 노동에 전념하면서 생산성은 급증하나, 자본주의 열강이 러시아를 공격하면서 상황은 급변한다. 이런 와중에 레닌이 1924년에 사망하니, 스탈린은 "만국의 노동자는 단결해서 소비에트 공화국을 보호하라"는 일국사회주의를 주장하고, 트로츠키는 "만국의 노동자는 단결해서 혁명을 일으키라"는 영구혁명론을 주장하면서 본격적인 후계자 싸움을 벌인다. 결국, 트로츠키는 조직을 장악한 스탈린에게 밀려서 1927년에 출당당하고 1929년에 터키로 추방된다. 이후 프랑스, 노르웨이 등지를 전전하는 망명생활을 하면서 "코민테른은 계급 협조주의 도구로 전락했다"고 비판하며 '제4 인터내셔널'을 창건한다. 하지만 그 세력은 미미하니, 1940년 8월 마지막 망명지 멕시코에서 스탈린이 보낸 자객에게 암살당한다.

스탈린의 일국사회주의 이론에 따라 조직한 코민테른은 각국 공산당을 통해 그 나라에서 일어나는 혁명 기운을 억누르고, 그 대가로 그 나라 자본주의 정부가 소비에트 공화국에 협조하도록 압박한다. 결국, 각국 공산당은 혁명성을 잃으면서 관료주의 압력조직으로 변신하고, 소비에트 공화국은 자본주의 열강의 공격을 막아 일국사회주의를 건설한다는 명분으로 애국주의를 강조하며 항시 전시체제를 구축해, 마침내 세계에서 가장 강력하며 철두철미한 파시즘으로 나아간다.

> 코민테른 정책 전체는 이제 소련 방어를 최우선으로 삼고…… 군사동맹 체계 역시 여기에 기초한다. 그래서 소련은 자본주의 제국주의 국가 프랑스와 동맹까지 맺었다. 이 동맹은 프랑스 자본주의가 강하지 않으면 러시아에 쓸모가 없으니, 프랑스 공산당 역시 반혁명으로 돌아설 수밖에 없었다.

오웰 역시 언제 잡혀서 구속당할지 몰라, 밤에는 길거리에서 노숙하고 아침마다 목욕하고 이발하고 면도해서 부르주아 관광객처럼 꾸미는 식으로 생활하며 스페인 탈출을 모색한다. 식민지 생활에서 제국주의 병폐와 비인간성을 뼈저리게 느끼고, 스페인 내전에서 겉으로 드러난 '파시즘'은 물론, 뒤에 숨어서 은밀하게 움직이는 '파시즘'이 얼마나 무서운지 깨달았다. 파시즘과 싸우다 죽는 건 두렵지 않으나 〈파시스트〉로 몰려서 죽기엔 너무나 억울했다. 진실을 위해 싸우다가 죽는 건 괜찮으나, 왜곡된 죽음까지 받아들일 순 없었다. 진실을 기록해서 세상에 알리고 싶었다. 그래서 왜곡에 대한 분노, 진실에 대한 열정으로 『카탈루냐 찬가』를 세상에 내놓았다. 그리고 책 마지막에서 자신을 이렇게 갈무리한다.

> 통일노동자당 지도부, 그리고 수십만에 달하는 추종자는 여전히 감옥에 있으며, 공산당 계열 매체는 "반역자"를 처단하라고 지난 여섯 달 동안 끊임없이 아우성친다. 하지만 네그린을 비롯한 정부 각료는 "트로츠키주의자" 대량 학살을 거부하며 이성을 지킨다…… 스페인 내전은, 내가 비효율적으로 참여한 전쟁은, 대체로 나쁜 기억이나, 나는 거기에 동참한 것까지 후회하진 않는다. 대량 학살과 고통이 아니더라도, 스페인 내전은 정말 끔찍한 참사로 드러날 수밖에 없으나, 이렇게 끔찍한 참사를 잠시 목격한다고 해서 환멸과 냉소만 가득 쌓이는 건 아니다. 정말 이상한 건, 엄청난 참사를 경험하는 동안 나는 인간의 존엄성을 믿는 마음이 줄어든 게 아니라 오히려 훨씬 강하게 단련되었다는 사실이다.

한 지식인이 몸과 마음을 온전히 바치며 처절하게 추구한 반파시즘 투쟁, 온몸으로 깨달은 진실, 그게 1938년 『카탈루냐 찬가』라는 탁월한 르포문학으로 나타나, 노동자는 목숨을 걸고 혁명 투쟁에 나서나 공산당이 그걸 억누르며 혁명성을 잃는 과정을 고발한다면, 1944년에 발표한 『동물농장』에서는 혁명이 변질하는 과정과 결과를 우화로 묘사한다. 그리고 1948년에 발표한 『1984』에서는 파시즘의 다양한 유형이 인간을 어떻게 파멸하는지, 그 구성원은 파시즘에 어떻게 적응하며 파멸하는지 고발한다. 세 작품에서 제기한 문제는 소비에트 공화국과 동구 공산권 국가 일반이, 아니, 파시즘 전체가 결국엔 자멸할 수밖에 없는 원인이라고 할 수 있다.

스페인 내전은 1939년 3월 28일 프랑코 군이 수도 마드리드에 입성하면서 파시스트 승리로 끝났다. 60만 명이 죽고 50만 명이 망명했다. '제2차 세계대전의 전초전', '세계 양심의 시험대'라고 불린 스페인 내전에서 국제사회는 일그러진 양심을 드러내고, 프랑코 정권은 무수히 많은 공화파를 처형하며 1975년까지 장기 독재를 이어나간다.

미국은 트럼프 당선과 취임 이후에 『1984』가 '아마존' 1위에 오르는 등, 조지 오웰 작품에 새로운 관심을 보인다. 파시즘에 대한 경계심이 발동한 거다. 우리나라는 이승만과 박정희와 전두환과 이명박과 박근혜를 통해 민간독재와 군부 독재를 다양하게 겪었다. 유신체제라는 파시즘은 사회 곳곳에 뿌리내려 박근혜까지 이어지며 우리 정신을 갉아먹었다. 해방되고 72년이 지나도록 일제 식민지 잔재조차 청산을 못 할 정도다. 이런 상황에서 드러난 '최순실 국정농단'과 '정경유착'을 우리는 파시즘을 몰아내고 건강한 사회로 거듭나는 계기로 삼아야 한다. 우리가 진정으로 민주사회를 원한다면 우리 자신부터 민주적으로 사고하고 행동하는 인간으로 거듭나야 한다. 사회는 결국 우리가 만들어 나가는 공간일 수밖에 없기 때문이다. 이번에 새로운 번역으로 출판하는 조지 오웰 삼부작 『1984』, 『동물농장』, 『카탈루냐 찬가』가 여기에 조금이라도 도움이 되길 바란다.

스페인 내전 당시에 노동자 민병대가 즐겨 부르던 노래로 작품소개를 마친다. 스페인 혼성그룹 '아바'가 부른 '페르난도'다.

— Fernando —

북소리가 들리는가, 페르난도?
옛날이, 오늘처럼 별이 그득한 날이 기억나는군.
자네는 모닥불 옆에 앉아서, 페르난도, 혼자 콧노래를 흥얼거리며
조용히 기타를 쳤어.
그런데 멀리서 북소리가 일어났지.
나팔 소리는 우리를 부르고.

북소리는 점차 다가왔어, 페르난도.
한순간 한순간이 영원한 것 같았지.
난 정말 두려웠네, 페르난도,
우린 나이도 젊고 삶에 대한 열정도 가득해,
죽는다는 생각을 한 번도 안 했잖아.
그런데 이젠 부끄럽지 않아,
사방에서 울려 퍼지는 총소리와 대포 소리에
하마터면 내가 울 뻔했다고 말하는 게.

그날 밤은 하늘이 정말 특별했어.
별이 환하게 떠올랐지, 페르난도.
자네와 내가 자유를 위해
싸우는 모습을 비추었어, 페르난도.
우리가 진다고 생각한 적은 없지만
나는 후회하지 않아,
또 그렇게 싸워야 한다면
나는 싸우겠어, 친구, 페르난도.

이제 우리도 늙어서 백발이야, 페르난도.

자네가 소총을 추켜든 모습을 나는
오랫동안 한 번도 못 봤네.
북소리가 들리는가, 페르난도?
우리가 리오그란데 강을 숙명처럼 건너던
밤을 자네는 아직도 떠올리는가?
나는 자네 눈에서 그걸 본다네.
이 땅에서 자유를 위해 싸울 수 있다는 걸
자네는 정말 자랑스러워 했지.

그날 밤은 하늘이 정말 특별했어.
별이 환하게 떠올랐지, 페르난도.
자네와 내가 자유를 위해
싸우는 모습을 비추었어, 페르난도.
우리가 진다고 생각한 적은 없지만
나는 후회하지 않아,
또 그렇게 싸워야 한다면
나는 싸우겠어, 친구, 페르난도.

그날 밤은 하늘이 정말 특별했어.
별이 환하게 떠올랐지, 페르난도.
자네와 내가 자유를 위해
싸우는 모습을 비추었어, 페르난도.
우리가 진다고 생각한 적은 없지만
나는 후회하지 않아,
또 그렇게 싸워야 한다면
나는 싸우겠어, 친구, 페르난도.
그래, 또 그렇게 싸워야 한다면
나는 싸우겠어, 친구, 페르난도.

조지 오웰 연보

1903년 6월 25일, 인도 벵골에서 태어난다. 본명은 에릭 아서 블레어(Eric Arthur Blair)고, 아버지는 스코틀랜드계 영국인으로 인도 정부 아편국 소속 하급관리 리처드 웜슬리 블레어(Richard Walmesley Blair), 어머니는 아이다 메이블 블레어(Ida Mabel Blair)로 영국계와 프랑스계 혈통을 이어받았다.

1904년 어머니는 자식들을 교육하고자 에릭과 다섯 살 위 누나 마조리를 데리고 영국으로 귀국해, 런던에서 60㎞ 떨어진 옥스퍼드 헨리온템스에 정착한다.

1907년 어머니가 막내 에이브릴을 출산한다. 어머니는 남편이 귀국하는 1912년까지 남편이 인도에서 부치는 돈으로 세 아이를 키우며 생활한다.

1911년 9월, 여섯 살에 들어가 2년 동안 공부한 성공회 '헨리온템즈 유치원'에서 추천받아, 영국 남동부 이스트본 근처 사립 예비학교 세인트 시프리언스 기숙사에 학비를 절반만 내는 장학생으로 입학한다. 이곳 생활은 지옥이었다. 부잣집 아이들은 가난한 에릭을 따돌리고, 음식은 형편없고, 겨울철 난방은 안 되고, 공중목욕탕 물은 미지근하고, 커다란 아이들은 끊임없이 학대하고, 선생님은 수시로 매질하니, 여덟 살에 불과한 에릭은 야뇨증에 시달린다.

1914년 10월 2일 자 〈헨리 & 사우스 옥스퍼드 스탠더드〉 지에 '깨어나라! 영국의 젊은이여'라는 시를 발표한다.

1917년 3월, 웰링턴에서 1년 동안 공부하다가 이튼스쿨에 왕립 장학생으로 입학한다. 지방 신문에 시를 두 편이나 싣고, 역사 퀴즈 대회에서 이등상을 받고, 학업성적이 우수한 결과다.

1918년 폐렴으로 고생한다.

1921년 이튼스쿨에 다니면서 계급차별을 뼈저리게 체험한다. 약하고 못생겼다는 열등감에 시달리며 자신을 실패한 인생으로 규정한다. 그리고 이런 사고방식에 평생 시달린다. 결국, 공부에 재미를 잃고 167명 가운데 138등이란 성적으로 졸업하는데, 이런 성적으로는 옥스퍼드에 갈 수 없어서 아버지와 마찬가지로 식민지 관료라는 길을 선택한다. 아직은 영국 제국주의와 식민정책이라는 속성을 모를 때였다. 실제로 이튼스쿨의 교육목표는 학생을 식민 관료와 군인과 제국주의자로 만드는 것이고, 오웰 역시 여기에서 벗어날 수 없었다.

1922년 6월에 경찰시험을 1주일 동안 치러서 합격한다. 동년 11월 27일부터 인도제국 경찰로 미얀마 양곤과 16㎞ 떨어진 지역에서 부 총경으로 근무한다. 당시 버마는 영국인 경찰 간부 90여 명이 현지인 경찰 13,000여 명을 관리하고, 그들이 1,300만 인구를 통제했다. 하지만 오웰은 영국인 간부 특유의 영국식 사교활동에 끼어들지 않고 고독하게 지낸다.

1927년 5년에 걸친 식민지 관리 생활에서 인간이 인간을 지배하는 행태에 깊이 혐오하다가 휴가를 받아 귀국하고 사직한다. '압제의 일원'으로 '양심의 가책'을 느끼고 '실패하는 게 유일한 미덕' 같던 시절이었다. 안정적인 신분을 포기한 거다. 당연히 가족이 반대했으나 에릭은 글을 써서 먹고살겠다는 선언과 함께 집을 뛰쳐나와 런던 빈민가 노팅힐에서 자취하며 뜨내기 생활을 시작한다.

1928년 경찰관 사직서가 수리되자, 작가의 길을 걸으려 마음먹고 자신이 흠모하던 잭 런던의 논픽션 '심연의 사람들'을 그대로 체험하고자 이모가 사는 파리로 가서, 빈민가 허름한 호텔 방에 묵으며, 접시닦이로 하루 13~17시간 일하거나 영어 개인교수 등으로 빈곤하게 살아간다. 12월 29일, 자신이 쓴 글 '싸구려 신문'을 산문 형태로 영국 신문지 〈G.K. 위클리〉에 처음 발표한다.

1929년 여름, 도둑이 들어서 돈을 전부 훔쳐가, 호텔에서 접시닦이로 힘들게 생활한다. 런던 친구에게 취직자리를 부탁한다.

1930년 병만 얻은 채 일 년 만에 영국 런던으로 돌아간다. 일 개월 동안 런던 빈민가에서 부랑자들과 함께 노숙자로 생활하고 시골을 떠돌다, 켄트에서 이삭줍기 노동을 하루에 열 시간씩 3주 동안 한 뒤에 런던으로 돌아온다. 파리와 런던에서 접시닦이를 하고 구빈원을 돌아다니며 체험한 내용을 바탕으로 〈파리와 런던의 밑바닥 생활〉을 집필한다.

1931년 8월 초, 파리와 런던에서 궁핍하게 생활한 경험을 사실적으로 묘사한 처녀작 〈파리와 런던의 밑바닥 생활〉 원고를 조너선

케이프 출판사에 넘긴다.

1932년 햄스테드 서점 점원, 호손즈 남자 고등학교에서 교사생활을 시작한다. 이때 엘리노어 자크를 만나서 사랑에 빠진다.

1933년 처녀작 〈파리와 런던의 밑바닥 생활〉을 몇몇 출판사에서 거절, 1월 9일 골란츠 출판사에서 〈조지 오웰〉이란 필명으로 출간한다. (필명을 사용한 건 작가로서 실패해도 가족이 놀라지 않도록 하려는 조치인데, '조지'는 영국에서 가장 흔한 이름이고 '오웰'은 서퍼크 지방 오웰 강에서 따왔다.) 비평가들은 높게 평가하고 〈선데이 익스프레스〉는 '금주의 베스트셀러'로 선정한다. 〈버마 시절〉 집필을 시작한다. 크리스마스를 며칠 앞두고 폐렴에 네 번째 걸려서 옥스브리지 코티지 병원에 입원한다.

1934년 미얀마에서 체험한 내용을 집필한 소설 〈버마 시절〉을 뉴욕 하퍼스에서 출판한다. 영국에서는 골란츠에서 출판한다. 교사생활을 하면서 체험한 내용을 바탕으로 소설 〈목사의 딸〉을 집필한다.

1935년 〈목사의 딸〉을 골란츠 출판사에서 출판한다. 교구 목사관과 여학교 일상을 사회학적으로 분석해서 묘사한 내용이다. 출간 당시에는 감상적인 중류계급 소설이라는 평가를 받고, 오웰 자신은 '돈벌이를 목적으로 쓴 멍청한 작품'이라고 혹평했는데 상업적으로는 괜찮았다.

1936년 영국 북부에서 생활환경에 대한 소설을 쓰려고 1월 31일 북부로 출발한다. 3월 30일에는 북부에서 작업을 마치고 런던으로 돌아온다. 4월 30일, 서점 점원 생활체험을 엮은 소설 〈엽란을 날려라〉를 골란츠 출판사에서 출판한다. 〈뉴 아델피〉를 시작으로 다양한 잡지사에 글을 기고한다. 골란츠 출판사 사장 빅터 골란츠가 회장으로 활동하던 '좌파독서클럽' 의뢰로 1월 말에 북부 셰필드, 맨체스터, 리즈, 위건 등, 탄광 및 공업 도시를 차례로 방문해, 고통에 시달리는 노동자 생활을 살핀다. 6월, 하숙집 주인에게 소개받아 아일랜드계 여인으로 대학원에서 심리학을 공부하던 아일린 오쇼네시와 결혼한다. 평생에 걸친 사상적 동반자를 만난 것이다. 오웰은 부인과 함께 런던을 떠나 하퍼드 주에서 잡화점을 하며 작가생활을 계속한다.

1936년 7월에 스페인 내전이 발발하자, 12월에 섹커 출판사에 지원받아 "파시즘과 맞서 싸우고" 스페인 내전을 보도하고자 바르셀로나에 가서 무정부주의 조직 '마르크스주의 통일노동당(POUM)' 민병대에 입대한다. 정당 노선에 특별히 공감한 건 아니고 파시즘에 맞서 싸우는 대의명분은 똑같으니 어디라도 상관없다는 순진한 생각이었다. 당시 카탈루냐 지방은 공화파가 장악해서 노동자 나라 같은 분위기가 강했다. 영국 북부의 참혹상을 생생하게 겪은 오웰은 여기에서 인간에 대한 희망을 발견한다. 계급차별이 없는 거다. 장교나 사병이나 모두 평등한 대우를 받았다. 하지만 의용군 조직은 형편없고 오웰은 총알도 제대로 안 나가는 소총 한 자루만 들고 아라곤 전선에 배치된다. 그런데 전선이라는 곳은 똥과 쓰레기 냄새만 진동하는 허허벌판이고, 진짜 적은 눈에 띄지도 않는 파시스트가 아니라 밤마다 뼛속 깊이 파고드는 추위였다. 전투가 넉 달 넘게 없는데도 추위와 굶주림으로 많은 사람이 죽어나갔다. 민주주의 수호라는 대의명분을 믿고 이역만리에서 스페인으로 달려온 꺽다리 영국인은 환멸을 느낄 수밖에 없었다. 한때나마 식민지에서 경찰로 근무한 오웰에게 무기도, 군기도, 사명감도 없는 의용군 동지는 그야말로 오합지졸이었다. "어떤 날 밤엔 소년단원 스무 명만 공기총으로 무장하고 달려들어도 우리 진지를 단번에 쓸어버릴 거라는 생각이 들었다. 아니, 빨랫방망이를 든 소녀단원 스무 명만 있어도 충분할 것 같았다." 스페인 아라곤 전방 참호에서 115일 동안 생활하며 파시스트와 싸우던 오웰은 마드리드 국제여단에 가담하려고 전선에서 물러난다. 국제적인 연대를 통해 공화파가 승리하는 데 이바지하고 싶었다. 그러나 바르셀로나 전역에서 혁명 기운은 이미 사라지고 계급은 다시 살아나는 분위기였다. 공화파는 각종 노선 차이로 격하게 대립하고 POUM이 점거한 전화국을 빼앗기 위해 같은 편이라고 할 수 있는 공산당이 총격을 가하는 사태까지 벌어졌다. 스페인 공산당이 소련의 배후 조종을 받으면서 통일노동자당을 음해하고 탄압한 것이다. 오웰은 코민테른에 지시받던 국제여단 참여를 포기하고 POUM 소속으로 전투에 참여한다. 평등하던 부대에는 계급이 생기고 오웰은 소위가 되었다. 그리고 열흘째 되는 날 새벽 5시경, 꺽다리 영국인은 보초를 교대하려고 준비하다가 적군이 쏜 총알에 목을 관통당한다. "한마디로 말해서 온몸이 폭발하는 느낌이었다. 꽝! 소리와 함께 사방에서 빛이 번쩍거려 앞이 안 보였다. 엄청난 충격을 느꼈다. 통증은 없었다. 거대한 충격만 느꼈다." 훗날 오웰은 '총알에 맞은 게 총알에 안 맞은 것보다 행운'이었다고 회고한다. 하지만 스페인 공산당은 오웰을 트로츠키파로 의심하고,

아내 아일린은 가택수색까지 당한다. 결국, 부부는 야간열차를 타고 스페인을 간신히 빠져나온다. 조지 오웰이 전체주의 파시즘의 위험성을 뼈저리게 느낀 시기다.

1937년 3월 말, 하층 노동자 생활실태를 기록한 〈위건 부두로 가는 길〉을 골란츠 출판사에서 출판. 1부는 과도한 공업화로 피폐한 랭커셔와 요크셔 생활실태 및 가계를 조사한 내용이고 2부는 자신이 사회주의자로 변하는 과정, 사회주의가 성공하려면 사회주의를 공격해야 하는 이유 등에 초점을 맞춘다. 북부에서 생산한 석탄이 북부 사람을 착취해서 남부를 풍요롭게 하는 과정, 민중이 사회주의가 아니라 파시즘을 지지하는 이유, 마르크스주의자들이 교조적으로 마르크스주의를 맹신하고 소련을 숭배하며 민중과 동료를 비판하는 모습 등을 보여준다. 당시 소련은 중앙 유럽에 진출하고 나치는 동유럽을 침략했다. 영국 좌파 지식인은 노동운동보다 공산당을 지지하는 친소경향이 강하고 보수파는 나치가 공산주의 확산을 막아줄 거라고 기대했다. 그런데 오웰은 나치도 스탈린도 전체주의라며 비판한 거다. 영국으로 돌아온 오웰은 하퍼드 주 월링턴에서 잡화점을 다시 열고, 채소를 재배하고, 닭과 염소를 기르면서 스페인 내전을 다룬 〈카탈루냐 찬가〉를 집필한다. 하지만 스페인 공산당을 비판하고 코민테른에 무조건 동조하지 않았다는 이유로 여러 출판사가 거부한다. 친한 친구 골란츠마저 출간을 거부한다.

1938년 〈카탈루냐 찬가〉를 섹커 출판사에서 출판한다. 〈카탈루냐 찬가〉는 어리석은 전쟁과 스페인 민중에 대한 애정이 가득 담긴 르포문학의 걸작이다. 당시 정치 상황까지 분석해서 스페인 내전을 미시적이면서도 거시적인 관점으로 바라보았다. 그러나 오웰이 죽을 때까지 초판이 안 팔릴 정도로 철저하게 무시당한다. 마케팅능력에 한계가 있는 작은 출판사에서 출간했기 때문이다. 육체적 정신적으로 탈진한 오웰은 폐결핵이 재발해, 9월에 프랑스령 모로코로 가서 요양하며 겨울을 보낸다.

1939년 봄, 모로코에서 월링턴으로 돌아온다. 전쟁을 예고하고 경고하는 소설 〈숨 쉬러 나가다〉를 골란츠 출판사에서 출판한다. 9월, 2차 세계대전이 발발하면서 오웰 부부는 런던으로 올라온다. 육군에 입대하려 하지만 건강 때문에 거부당한다.

1940년 3월, 평론집 〈고래 뱃속에서〉를 골란츠 출판사에서 출판한다. 중산층 외판원으로 살다가 고향으로 돌아가지만, 마음 둘 곳은 어디에도 없다는 내용이다. 산업화로 인해 우리가 잃은 것에 대해 집요하게 파고든다. 이런 분위기는 나중에 묵시록적 소설 〈1984〉로 이어진다. 6월, 신체검사가 까다롭지 않은 민방위대에 자원해서 중사로 복무한다. 일주일에 하룻밤씩 군수공장에서 자원봉사한다.

1941년 좌익신문에 '런던통신'을 기고한다. 가을, 영국 BBC 방송국에 들어가서 동양총국 인도 전담 프로듀서가 되어 문예방송 제작 및 진행을 담당한다. 평론집 〈사자와 일각수〉를 섹커 출판사에서 출판한다. 골란츠 출판사에서 발행한 평론집 〈좌익의 배반〉 공동집필에 참여한다.

1942년 라우드리츠 출판사에서 발행한 평론집 〈승리냐 기득권이냐〉 공동집필에 참여한다.

1943년 3월, 어머니가 세상을 떠난다. 11월, 건강과 시간 때문에

BBC에 사표를 내고 노동당 주간지 〈트리뷴〉에 문예부장으로 15개월 근무하면서 고정 칼럼 '나 좋을 대로'를 기고한다. 〈동물농장〉 집필에 착수한다. 아내 아이린과 이런저런 의견을 주고받은 덕분에 해학으로 가득한 대중 친화적인 작품이 나온다. 부인 사후에 집필해서 어두운 분위기로 가득한 《1984》와 좋은 대조를 이룬다고 할 수 있다.

1944년 양자를 들여서 '리처드 호레이쇼 블레어'란 이름을 붙인다. 2월, 〈동물농장〉을 탈고하나, 소련을 통렬하게 비판한다는 이유로 출판을 거부당한다.

1945년 3월, 아내 아일린이 자궁 제거 수술 도중에 심장마비로 사망한다. 아내가 사망한 이후에 마음 둘 곳을 못 찾다가 세 명에게 청혼하지만 모두 거절당한다. 그중에 소냐 브라우넬이란 여인도 있는데, 소냐는 나중에 모리스 메를로퐁티와 연애하지만 오래가진 못한다. 〈트리뷴〉 문예부장을 그만두고, 〈옵서버〉 종군기자로 유럽에 갔다가 6월에 독일이 붕괴하는 모습을 목격한다. 전쟁이 끝나기 직전인데도 정부가 언론을 계속 탄압하자 오웰은 '자유방어위원회'에서 활동한다. 8월 17일, 마침내 〈동물농장〉이 영국과 미국에서 출판되어 커다란 호평을 받는다. 2주 만에 초판이 매진된다. 이런 인기에 힘입어, 1년 사이에 '런던 옵서버', '런던 타임스' 등 각종 신문과 잡지에 130편이 넘는 기사와 서평을 쓴다. 귀국 후 〈1984〉 구상에 들어간다.

1946년 5월, 누나 마조리가 짧은 생을 마감하자, 런던 아파트를 처분하고 스코틀랜드 서해안 주라 섬 반힐 농장으로 이주해, 여동생 에이브릴에게 도움받아 양자 리처드를 자연 속에서 키우며

〈1984〉 집필에 몰두한다. 수필집 〈비판적 수필〉을 출간.

1947년 예비학교 시절에 겪은 아픈 추억을 강렬하게 묘사한 수필 〈정말, 정말 좋았지〉를 쓴다. 〈1984〉를 거의 완성하지만, 폐결핵 악화로 글래스코 인근 병원에 입원한다. 이런 심정은 하지정맥류를 앓는 소설 속 주인공 윈스턴으로 나타나고, 소냐 브라우넬의 생기발랄한 이미지는 줄리아로 나타난다.

1948년 봄, 퇴원하고 반힐로 돌아와서 연말에 〈1984〉를 탈고한다. 1948년은 조지 오웰에게 극히 암울한 시대였다. 몸은 망가질 대로 망가지고, 미국과 소련은 핵무기 개발에 박차를 가하며 냉전체제에 들어가고, 소련 강제노동수용소에서는 나치 강제수용소 이상으로 끔찍한 사태가 벌어진다. 1948년에서 '48'을 거꾸로 돌린 〈1984〉라는 표제 자체로 절망적인 상황을 상징했다. 원고를 섹커 출판사에 보낸 뒤, 스코틀랜드 요양원에 다시 입원한다.

1949년 9월, 병세가 심해서 런던 유니버시티 칼리지 병원으로 옮긴다. 시월에 잡지사 편집자 소냐 브라우넬과 병실에서 약식으로 결혼한다. 〈1984〉를 섹커 출판사에서 출판한다.

1950년 병세가 호전되어 스위스 요양원으로 떠나려 한다. 1월 23일 유니버시티 칼리지 병원에서 심하게 각혈하다가 급사한다. 유언에 따라 템스 강 언저리 '올 세인츠 성공회 교회' 공동묘지에 안장한다. 묘비에 새긴 글귀는 '에릭 아서 블레어 여기 잠들다. 1903년 6월 25일 출생. 1950년 1월 21일 사망'이 전부다. 산문집 〈코끼리를 쏘다〉를 섹커 출판사에서 출판한다.

평론가 존 스트레이치가 묘사한 바에 의하면, 조지 오웰은 '길쭉한 몸이

해골처럼 여위고 흉한 얼굴은 상상력이 빛나는' 사람으로 영국 요리와 맥주와 인도 차와 석탄불을 좋아하지만, 대도시와 자동차, 라디오, 소음, 깡통 음식을 싫어했다.